NIKOTIN

ROMAN Aus dem Englischen von
Michael Kellner ROWOHLT

NELL
ZINK

1. Auflage Februar 2018

Die amerikanische Originalausgabe erschien 2016
unter dem Titel «Nicotine»
bei Ecco Books, HarperCollins, New York

Satz aus der SonsbekEco
Gesamtherstellung CPI books GmbH,
Leck, Germany
ISBN 978 3 498 07670 2

NIKOTIN

Ein dreizehnjähriges Mädchen steht in einer Mülllandschaft und brüllt auf ein Hausschwein ein. Der verwaschene Himmel über der Skyline des kolumbianischen Cartagena ist wolkenverhangen und verschmilzt mit dem Karibischen Meer.

Die Sau schüttelt die Hängebacken. Anstatt in ihren Pferch aus Tamariskenästen zu gehen, wendet sie sich gegen das Mädchen. Das Mädchen haut ihr mit einer Metallstange auf die Nase. Die Sau stößt ein kehliges Quieken aus. Eine zweite, größere Sau taucht auf, schlägt die gelben Hauer mit einem lauten Klacken aufeinander, während sie im Abfall schnüffelt. Sie hebt den Kopf und schaut auf das Mädchen, das anfängt, sich zu bepinkeln, und sich dabei krümmt und schreit. Die Pisse hinterlässt Streifen im dunklen Dreck auf ihren Beinen.

Um einen Haufen leerer Waschmittelflaschen kommt ein mittelalter Amerikaner in weißem Hemd und Chinos, dem ein Fernglas um den Hals hängt. Er nimmt einen schweren Ast aus dem Zaun. Er treibt die Säue in den Pferch, während das Mädchen davonspringt. Er ruft ihr hinterher: «*¡Momento, momento! Quédate, maja. ¿Como te llamas?*» Er stapft ihr nach.

«*Amalia*», sagt das Mädchen.

«*Ven conmigo. Te doy de comer*», sagt der Mann und hält ihr die Hand hin.

Sie lässt die Metallstange fallen und folgt ihm, als besäße sie nichts anderes als diesen steifen, groben, blutbespritzten Kittel. Und tatsächlich besteht ihr ganzer Besitz nur aus diesem ehemals weißen Kittel, und sie kehrt nie auf die Müllkippe zurück.

Zwei Jahrzehnte später, zwei Stunden ins Jahr 2005 hinein.

Eine Zigarette kämpft in völligem Dunkel gegen intensive Feuchtigkeit an. Beim Einatmen erhebt sich ein schwaches Glühwürmchen aus Tabak und leuchtet hell auf. Dann fällt es zurück und erlischt beinahe.

Die unsichtbare Raucherin rekelt sich nackt auf einem Haufen Tierfelle. Sie ist zwölf, hat braune Haut, schwarze Augen und langes, dichtes, dunkles Haar. Ihr Haaransatz sitzt sehr tief, kaum mehr als drei Zentimeter über den Brauen, und die Nase ist geschwungen wie eine Sechs. Sie hat kurze Beine, eine breite Taille und hohe, kleine Brüste.

Fünf große, bleiche Männer stapfen schweigend auf einem schmalen Pfad durch den wochenalten Schnee. Sie tragen nichts als Eskimostiefel. Hinter ihnen steigt der Rauch eines verfeuerten Weihnachtsbaums aus dem Schornstein. Von den Schindeln des zweistöckigen Bauernhauses, das am Fuß der Klippen der Palisades nicht weit südlich von Nyack, New York, kauert, blättert die rote Farbe. Die Nacht ist bewölkt, wenngleich mondhell.

Der erste Mann in der Reihe trägt eine Petroleumfackel in einem Bambushalter. Er ist einundsiebzig, der Älteste hier, und hat weißes Haar und einen weißen Bart. Die Fackel zieht eine ölige Spur schwarzen Rauchs hinter sich her. Er hält sie so, dass der Wind den Rauch von den anderen wegtreibt. Die Stiefel der Männer knirschen im Schnee, ein gleichmäßiges Geräusch, so als fräßen Raupen Blätter.

Die Gruppe gelangt zu einer dunklen Kuppel – einer Schwitzhütte auf einem hölzernen Podest, einem einfachen Bau aus Weidenästen, die mit Hirschfellen bedeckt sind.

Der weißhaarige Mann steckt die Fackel in den Schnee.

Sie beleuchtet einen einteiligen blauen Skianzug und ein Paar pelzbesetzte Eskimostiefel, die ein paar Schritte entfernt in Hüfthöhe auf dem verharschten Schnee liegen. Stirnrunzelnd hebt er die Klappe. Die Raucherin drückt die Zigarette am Rand eines dreifüßigen Eisenkessels aus und lässt sie zwischen die darin liegenden heißen Steine fallen.

«Ist das der Koala?», sagt ein jüngerer Mann und starrt in die Hütte. Er sieht dem älteren Mann sehr ähnlich, ist groß, schlank und muskulös und trägt den gleichen Bart, aber sein Haar ist noch schwarz.

Der alte Mann, sein Vater wie auch der des Mädchens, schlägt vier der Felle von dem Weidengerüst, das jetzt zu einem Viertel offen liegt, und sagt: «Du enttäuschst mich, Penny.»

«Lass das!», sagt sie. «Ich fange an zu frieren!»

«Du solltest im Bett liegen.»

«Ich konnte nicht schlafen. Im Haus lässt du mich nicht rauchen, und draußen ist es eiskalt.»

Er wendet sich der Gruppe zu. «Tut mir wirklich leid, Leute. Jetzt muss ich die Hütte erst mal lüften, und es wird dauern, bis sie wieder auf Temperatur ist. Wahrscheinlich eine Stunde.» Er redet wieder mit dem Mädchen. «Beweg deinen Hintern ins Haus», sagt er. «Sofort.»

Penny schlängelt sich über das Eis heraus, greift sich den Skianzug, zieht ihn an und schließt den Reißverschluss. Sie schlüpft in die Schuhe, schlägt Pulverschnee von den Pelzschäften. Sie rennt die dreißig Meter den Hügel hinab zum Haus. Vier Männer folgen ihr: ihre beiden Halbbrüder und zwei Freunde des Vaters. Hinter den Fenstern im Erdgeschoss brennt Licht. Ein paar der anderen sind noch wach und reden in der Küche.

Sie geht vom Eingang gleich die Treppe nach oben und ins Bett, streift im Schein einer Nachtleuchte den Skianzug ab. Sie schlüpft unter die schmale Polyestersteppdecke. Die Flanellbettlaken sind von einem ausgeblichenen Dunkelrot. Sie dreht das Gesicht zur Wand und liegt zehn Minuten still.

Sie setzt sich auf, ist zu unruhig, um zu schlafen. Sie überlegt, nach unten zu gehen und ihre Mutter um Wasser zu bitten. Nackt und barfuß wagt sie sich in den Flur.

Hinter der Tür eines Schlafzimmers am Treppenabsatz hört sie ein Paar beim Sex. Sie reißt die Tür auf und schaltet das Licht ein. Sie sieht den dunkelhaarigen Mann von zuvor – ihren Halbbruder Matt – nackt auf seiner Freundin liegen und sagt: «Wie war das mit dem Fasten vor der Schwitzhütte? Kein Essen, kein Sex, kein Alkohol.»

Matt sagt zu seiner Freundin: «Ich schwör dir, ich bring die Göre noch um.»

«Ich schwör dir, ich bring die Göre noch um», äfft Penny ihn leiernd nach. Er löst sich von seiner Freundin und klettert vom Bett. Er stürzt sich auf seine viel jüngere Halbschwester.

Er wird wissen, dass sie an Nacktheit gewöhnt ist. Aber so etwas wie seinen Penis in diesem Zustand hat sie noch nie gesehen. Auch nicht solche Wut. Sie merkt, dass es eine Verbindung zwischen beidem gibt, die charakteristisch für ihn und nicht gut oder angenehm ist. Mit ihrer Altklugheit ist es vorbei. Sie umklammert noch mit einer Hand den Türknauf, als er sie hochhebt und unter dem Arm zu ihrem Zimmer trägt, während sie ihm gegen die Beine tritt. Er schlägt die Decke zurück und lässt sie aufs Bett fallen.

Es folgt ein schweigendes Gerangel, typisch für Geschwister, aber irgendwie nicht ganz okay. Mehr wie ein

Vater, der sein Kind kitzelt, aber auch das nicht ganz okay: ein nackter Mann von Mitte dreißig, der eine Jugendliche mit Macht aufs Bett drückt. Sie hebt einen Fuß, um ihm in den Magen zu treten, und streift dabei mit der Wade versehentlich seinen Penis. Sie stößt den monoton schrillen, spontanen Schrei eines zehn Jahre jüngeren Kindes aus, der dem über sie gebeugten Matt wie Tinnitus in den Ohren tönt.

Reflexhaft legt er ihr die Hand über Mund und Nase und sagt: «Um Himmels willen.» Sie ballt eine Faust und boxt ihn auf die Brust. Ihm macht das nicht mehr aus, als träfe ihn ein verirrter Tischtennisball. Dann merkt er, dass sein vom Sex noch feuchter Schwanz an der Haut ihres Oberschenkels klebt. Mit dramatisch übertriebener Geste lässt er sie los, indem er beide Arme hochwirft, als wäre ein Schnappverschluss aufgesprungen.

Er steht auf. Sie wirft sich auf den Bauch und schluchzt, krümmt und windet sich dabei wie eine Raupe, was ihn an Gelächter oder einen Orgasmus denken lässt. Er deckt sie zu, tröstet sie und sagt: «Jetzt komm schon, sei still, du verrücktes Huhn. Beruhige dich.»

Als er in den Flur tritt und die Tür hinter sich schließt, sieht er ihre Mutter Amalia um die Ecke aus dem Treppenhaus kommen. «Hey, Matt!», sagt sie. «Was war das?» Sie ist braun und stämmig, drei Jahre jünger als ihr Stiefsohn.

«Penny hatte einen Albtraum und schrie los. Wir sind zu Tode erschrocken. Aber jetzt ist alles wieder in Ordnung. Gute Nacht.» Er geht zurück zu seiner Freundin und schließt die Tür.

Pennys Gesicht ist erhitzt. Ihre Augen sind gerötet, über die Wangen laufen Tränen. «Hast du schlecht geträumt?», fragt Amalia und setzt sich auf die Bettkante.

«Matt hat versucht, mich zu vergewaltigen», sagt sie, dreht sich um und setzt sich auf, damit Licht auf ihr tränenüberströmtes Gesicht fällt.

«O Gott. Das ist ja wirklich ein Albtraum! Du hast das ganze Haus aufgescheucht!»

Penny schüttelt den Kopf und lässt sich auf das Kissen zurückfallen. Amalia küsst ihre Wangen, vergräbt das Gesicht im dicken Haar ihrer Tochter und rümpft die Nase. «Wonach riecht das? Rauchst du Zigaretten? Sei ehrlich.»

«Ja.»

«Warum klaust du mir Zigaretten? Warum fragst du mich nicht?»

Penny schweigt. Irgendwo in ihrem Kopf, wo die Logik angesiedelt ist, rebelliert sie gegen die Absurdität, um Erlaubnis für etwas fragen zu sollen, das verboten ist. Nach außen hin verrät ihre Miene nur Zerknirschung.

Als Amalia gegangen ist, steht Penny auf und zieht ihren Skianzug an. Sie stiehlt sich aus der Eingangstür und geht durch den Schnee hügelan zu dem Grillplatz, wo der alte Mann, der jetzt einen blauen Overall und auf dem Kopf eine peruanische Skimütze trägt, die Steine für die Schwitzhütte wieder erhitzt.

«Daddy», sagt sie.

«Komm her, meine Kleine. Tut mir leid, dass ich so sauer geworden bin.» Er versucht, den Arm um sie zu legen. Sie entzieht sich ihm. Er versucht, ihr ins Gesicht zu sehen. Sie verbirgt es. «Sag. Was ist los?»

«Matt hat versucht, mich zu vergewaltigen.»

«Und? Mit Erfolg?»

«Nein.»

«Na, dann hat er es auch nicht versucht.»

«Daddy!»

«Stell dir vor, du versuchst ein Mäusekind mit einer Schere zu zerschneiden. Los. Mal es dir aus.»

Sie schnieft, malt es sich aus und sagt: «Geht nicht.»

«Richtig. Etwas hält dich davon ab. Wenn du überhaupt so weit kämst, es zu versuchen, wäre die Maus schon halbiert. Und deshalb ist mir klar, dass Matt nichts dergleichen getan hat. Jetzt schalte mal dein narratives Selbstgerechtigskeitsmaschinchen ab und erzähl mir, was passiert ist.»

«Matt hat mich in mein Zimmer geschleppt –»

«Wo war Naomi währenddessen? Fang am Anfang an. Ich will es ganz genau wissen. Ich will jedes unbedeutende Detail erfahren, so als würdest du einen Traum beschreiben, der keinen Sinn ergibt.»

Penny nickt. «Okay. Naomi und Matt waren in ihrem Zimmer und haben eine Menge Lärm gemacht, also hab ich die Tür geöffnet und sie gebeten, ein bisschen leiser –»

Er wirft den Kopf in den Nacken und lacht.

«Was ist daran so lustig?»

«Du hast sie nicht bei geschlossener Tür gefragt? Du weißt doch, Sex ist etwas Privates, und es ist einfach nur höflich, dabei auch mal laut zu sein. Das solltest du in deinem Alter doch wissen, und ich glaube, du weißt es auch. Ich glaube, du hast die Tür aufgemacht, weil du sie ärgern wolltest.»

«Aber das gibt ihm nicht das Recht –»

«Was zu machen? Was hat er gemacht?»

«Okay, er wurde wütend und hat mich ins Bett gesteckt, aber das war ziemlich komisch.»

«Jetzt stellst du dich dumm und tust so, als wärst du ein kleines Kind. Es ist mein Fehler, dass ich dich nicht wie eine Erwachsene behandelt habe, als du mir meine Schwitzhütte zugequalmt hast. Und auch Matts Fehler, dass er dich nicht wie eine Erwachsene behandelt hat, als du ihn beim Vögeln mit Naomi gestört hast. Glaubst du im Ernst, dass es für ihn nicht genauso seltsam war?»

Penny schweigt verlegen. Sie wendet sich ab und tritt nach einer ausgehöhlten, schmelzenden Schneewehe, die im Licht der qualmenden Petroleumfackel orange leuchtet.

«Du kannst nicht beides haben. Du bist kein Kind mehr, und niemand sollte dich so behandeln. Auch du selbst nicht. Wir sind hier alle gleich. Du übernimmst Verantwortung und entschuldigst dich, und ich rede mit Matt. Sind wir uns da einig?»

«Ich hasse Naomi», sagt Penny und starrt auf ihre Stiefel.

«Nicht wir müssen sie liebhaben», sagt Norm. «Das ist Matts Aufgabe, der muss sie lieben, ehren und respektieren. Wir alle sind Individuen.»

«Was an ihr magst du denn nicht?»

«Mal sehen», sagt er und drückt einen Stein mit einem langen Holzscheit tiefer in die Glut. «Sie will auf Teufel komm raus meinen Ältesten heiraten.»

«Was ist daran verkehrt?»

«Sie geht ihm ständig um den Bart, um ihm zu gefallen, und sie scharwenzelt um mich und deine Mutter herum. Sie ist eine Langweilerin. Sie wird ihn nicht halten können. Ich bin ja nun wirklich Jude genug, um mir zu wünschen, dass er sich mit einem netten Mädchen zusammentut und mir ein paar Enkel schenkt. Das wäre doch nett, was? Überall kleine Neffen und Nichten?»

«Babys sind niedlich», sagt Penny.

«Also wenn es etwas gibt, von dem ich hoffe, dass du es verstehst, dann, wie man im Leben aus den Fehlern anderer lernt, anstatt sie selbst zu machen. Im Moment hast du die Chance, von Naomi zu lernen. Es ist völlig sinnlos, Menschen zu lieben, wenn man sich dafür verstellen muss. Denn dann kann man noch nicht mal ‹Ich liebe dich› sagen.»

«Das sagt sie aber ständig.»

«Sie sagt ‹liebe› und ‹dich›, gut, aber wo ist das ‹Ich›? Das ist weg, auf der Strecke geblieben!»

Penny nimmt sich selbst einen Stock und stochert in der Glut, um sie anzufachen. Sie lächelt ihren Vater an, und der lächelt zurück.

«Ich», sagt er nachdrücklich und schlingt die Arme um seinen Oberkörper. «Liebe», fährt er fort, reckt die Arme hoch nach oben und schaut in den Himmel. «Dich!», schließt er und beugt sich vor, um sie fest zu umarmen. Er wiegt sich hin und her. Sie drehen sich und trampeln im Schnee herum.

«Jetzt ich», sagt Penny und kopiert das Ritual; dabei wackelt sie so sehr, dass ihr Vater das Gleichgewicht verliert und fast ins Feuer stolpert.

«Und jetzt ab ins Bett», sagt er. «Bei der nächsten Gelegenheit werde ich Matt sagen, dass du erwachsen bist, mit aller Würde, die das mit sich bringt, und dass er dich nicht herumkommandieren kann, warum auch immer, egal wie idiotisch du dich anstellst. Von jetzt an muss er *verhandeln.* Sind wir uns da einig?»

«Sind wir», sagt Penny.

Matt trottet missmutig hinauf zur Schwitzhütte, zum alljährlichen Schwitzritual. Es ist fast vier Uhr morgens, und er läge lieber im Bett und schliefe.

Sein Vater stellt ihn zur Rede. «Hast du dich an Penny vergriffen?»

Die beiden Männer geben ein bemerkenswertes Bild ab. Im Licht der ein paar Schritte entfernten orangefarbenen Flammen erinnern sie an zwei feindselige Raubkatzen – der eine jung und nackt, der Inbegriff von Kraft; der andere nunmehr eher zum Knuddeln mit seinem dick gefütterten Overall und der albernen Mütze.

Matt verdreht die Augen. «Die Buschtrommel arbeitet ja schnell», sagt er und streift seine Eskimostiefel ab. «Aber nein, ich hab mich nicht an ihr vergriffen. Ich war ein bisschen kribbelig, das Koks klang gerade ab, und sie ist einfach in unser Zimmer geplatzt, das war's.»

«Rühr sie nicht mehr an. Sie ist zwölf Jahre alt, und sie ist meine Tochter.»

«Himmel, Norm. Krieg dich ein.» Matt taucht ab in die Hütte. Er legt ein paar Schaffelle aneinander und legt sich schwerfällig darauf.

Norm zieht sich aus, um ihm zu folgen. «Wann willst du Naomi heiraten?», fragt er, während er durch den Eingang kriecht. Er greift sich ein Wolfsfell, dreht sich um und setzt sich aufrecht darauf.

«Dieses Mädchen liebt mich blindlings, wie ein Hund. Dabei kennt sie mich gar nicht.»

«Niemand kennt einen anderen wirklich, aber manche Frauen geben großartige Mütter ab.»

«Ich brauche keine Mutter. Mach ein bisschen Dampf, mir ist kalt.»

Norm lässt Wasser aus einer Schöpfkelle in den Eisentopf tröpfeln. «Sprich mit mir», sagt er. «Erzähl mir, warum du keine Familie gründen willst.»

«Weil ich glücklich bin», sagt Matt. «Ich habe einen Beruf, der mich erfüllt, und ich bin finanziell und emotional unabhängig.»

«Ich glaube, dass dir etwas entgeht, wenn du nie in irgendeiner Form von Gemeinschaft lebst.»

«Und ich glaube, dass dir was entgeht, wenn du für dein Selbstwertgefühl auf solche Gemeinschaften angewiesen bist. Deine Kunden da, Mann. Du nimmst die verletzlichsten Menschen der Welt aus, also erzähl mir nicht, das wäre deine Gemeinschaft.»

Leise sagt Norm: «Ich helfe, Seelen zu heilen, wenn die Körper nicht mehr heilbar sind.»

«Und sie das Geld sowieso nicht mehr brauchen. Ich bin nicht gekommen, um mir von dir was über das Leben erzählen zu lassen. Ich habe mein eigenes Leben. Ich verdiene mein Brot auf ehrliche Art, und darauf bin ich stolz.»

«Als Müllwagendesigner.»

«Ich entwerfe Prototypen von mobilen Müllpressen, die das Leben der Menschen verändern. Während du ihnen erzählst, dass das Leben schon so in Ordnung ist – auch das Sterben, denn sie sind ja auf der kosmischen Schlange geritten. Du bringst ihnen bei zu resignieren. Weißt du, warum ich keine Gemeinschaft brauche? Weil Müllwagen notwendig sind. Davon muss ich niemanden überzeugen. Und erzähl mir nicht, dein Drogenhandel hätte meine Ausbildung finanziert. Ich könnte das Zehnfache jedes Studienkredits zurückzahlen mit dem, was ich mir durch meine Kreativität und meinen Fleiß erarbeitet habe. Also hör mir auf damit, dass ich Müllwagen designe. Ich rette damit sprichwörtlich Menschenleben, indem ich die Deponiekapazitäten erhöhe und wir das Zeug nicht verbrennen und die Luft mit Dioxinen vergiften müssen, bis jeder Krebs im Endstadium hat und zu dir nach Brasilien kommen muss, um auf der kosmischen Schlange zu reiten. Oder wäre es dir lieber, wir würden den ganzen Scheiß im Ozean versenken?»

Norm lässt mehr Wasser auf die Steine tröpfeln, und die Sicht in der Hütte tendiert gegen null. Der Dampf verbirgt auch seinen Ausdruck tiefster Missbilligung. Matt hat sich auf den Rücken gelegt und schnarcht plötzlich. Er schläft.

Auch die anderen Männer, darunter Norms jüngerer Sohn Patrick, kommen zurück und setzen sich auf die Felle rund um Matt, achten darauf, ihn nicht zu stören. Sie sitzen mit übereinandergeschlagenen Beinen, und Norm nimmt sie mit auf eine spirituelle Reise.

April 2016. Elf weitere Jahre sind vergangen.

Ein Krankenhaus ragt über einem Fluss auf, der durch eine große Stadt im nördlichen New Jersey fließt. Die weiße Fassade wird von langen, gekurvten Bändern aus reflektierendem Blauglas durchbrochen. Die Architektur nimmt die Form des Flusses auf, aber nicht seine Farbe, denn der Fluss ist zwischen schwarzen Ufern von einem fahlen Grün.

Penny sitzt in einem mit schwarzem Kunststoff bezogenen Sessel, umgeben von langweilig beigen Wänden. Sie trägt rote Ballerinas, schwarz glänzende Leggings und einen weißen Baumwollpullover, der ihr über die linke Schulter gerutscht ist. Kein Make-up, ihre Haut ist klar, und die Wimpern sind dicht und dunkel. Ein BH-Träger ist zu sehen, ein guter Zentimeter schwarzes Satin. Ihr Haar reicht bis zu den Ellbogen. Manchmal hebt sie den Kopf und schaut hinaus auf den Fluss. Die Sessellehnen knarren, wenn sie ihr Gewicht verlagert.

Sie liest ihrem Vater vor, der hochgelagert in einem Krankenhausbett liegt. Das mit Hartholz furnierte Kopfende ist champagnerfarben. Zwei Metallhähne, mit SAUERSTOFF und ABSAUGUNG bezeichnet, sind ordentlich in Vertiefungen im Holz eingelassen. Sie liest aus Norman O. Browns *Life Against Death.*

Ihr Vater lacht über eine Formulierung. Er hustet. Aus seinem Mund beginnt Blut zu fließen.

Ohne das Buch aus der Hand zu legen, läuft sie aus dem Zimmer. Sie steht vor der Tür und schaut nach rechts und links. Auf dem Flur sind viele Menschen, aber sie weiß nicht, wer zuständig ist. «Hilfe!», sagt sie.

Eine Schwester lässt den Wagen los, auf dem Medikamente in Pappbechern stehen. Eine weitere Schwester kommt von ihrem Tisch hinter einem Tresen. Beide hasten an Penny vorbei ins Zimmer.

Während Penny zu einem Wartebereich mit Topfpflanzen schwankt, legen die Schwestern ihrem Vater ein dunkelblaues Handtuch unter das Kinn. Das helle, glasige Blut färbt seinen Bart rosa und das Handtuch beinahe schwarz.

«Was sollen wir tun, Mr. Baker», sagt eine der Schwestern. «Erinnern Sie sich an Ihre Patientenverfügung. Eine Transfusion würde Sie jetzt um zwei Wochen zurückwerfen.»

Er schüttelt den Kopf und krächzt: «Ich will nicht sterben.»

«Blut komplett und Thrombozyten», sagt die erste Schwester. Die andere eilt aus dem Zimmer.

Blut rinnt aus seinem Mund. Er atmet schwer durch die Nase. Die Gesichtsfarbe wechselt von teigig zu grau. Er neigt den Kopf nach links, um das Blut auf das Kissen fließen zu lassen, atmet mit großer Anstrengung. Seine Hände unter dem Handtuch sind bewegungslos, die nackten Arme unter der Haut übersät mit purpurfarbenen Ergüssen.

Er ist zum Bluter geworden, und das Knochenmark kommt nicht dagegen an.

Penny sitzt benommen auf einem Sofa im Wartebereich. Sie ruft ihre Mutter an und sagt angstvoll: «Dad wird sterben.»

«Bring ihn nach Hause», sagt Amalia entschieden. «Lass ihn hier zu Hause sterben.»

Eine Sozialdienstmitarbeiterin des Krankenhauses, eine hübsche Frau mit Locken und einer marineblauen Bluse, bittet Penny in ihr Büro. «Sie sehen erschöpft aus», stellt sie fest.

«Es ist anstrengend», sagt Penny. Sie sitzt auf dem Sofa, wirft die Schuhe achtlos auf den Boden und zieht die Beine unter sich. So wirkt ihr Körper wie der eines Kindes. Das Haar verschattet die Augen und bedeckt die nackte Schulter.

Sie glaubt nicht, dass sie die Richtige sein wird, um die anstehenden Aufgaben zu bewältigen. Sie weiß, dass Sterben etwas Natürliches und Universelles ist, das jeder kann. Das jeder tun *wird*. Keine Herausforderung, sondern ein Kinderspiel. Nachdem sie ihre Ängste und Zweifel abgelegt hat, bleibt ihr nichts mehr. Ihr Blick ist so leer wie der einer Taube.

«Von jetzt an gilt der Hospizmodus», sagt die Sozialdienstmitarbeiterin. «Wir greifen nicht mehr ein. Wir sorgen dafür, dass er sich wohl fühlt. Es wird einen weiteren Vorfall wie heute Morgen geben, und dann wird er verbluten. Eine angenehme Art zu sterben. Das Wahrscheinlichste ist, dass er im Schlaf aus dem Rektum bluten wird.»

«Darüber haben wir ja schon gesprochen.»

«Seine Frau sagte mir, dass sie zu Hause für ihn sorgen will. Ist sie Ihre Mutter?»

«Ja.»

«Arbeitet sie?»

«Sie ist Personalleiterin bei einer Investmentbank in der City. Ich bin in einer Umorientierungsphase und habe jede Menge Zeit.»

«Haben Sie Geschwister?»

«Zwei Brüder. Einer lebt auf dieser Insel im Südpazifik. Aber der andere ist in Fort Lee, und er ist selbständig, also kann er tagsüber mal in Morristown vorbeikommen, um mir zu helfen. Und Mom wird während der Nacht da sein.»

Die Sozialdienstmitarbeiterin tätschelt ihr Knie. «Sie wollen Verantwortung übernehmen. Sie sind eine gute Tochter. Aber ich muss hier eine Ermessensentscheidung treffen. Sie sagen, Ihre Mutter stehe voll im Berufsleben und Ihr Bruder habe in Fort Lee eine eigene Firma. Das klingt so, als wären beide ziemlich beschäftigt. Aber Ihr Vater benötigt rund um die Uhr Pflege und Aufmerksamkeit, und auch Sie müssen sich mal ausruhen. Wenn er anfängt zu bluten, braucht er jemanden mit einer ruhigen Hand, der ihm ein Beruhigungsmittel spritzt. Natürlich könnte das ein Profi machen. Wäre das in finanzieller Hinsicht für Sie eine Option?»

«Da müsste ich meinen Vater fragen. Ich kann mich bei Mom erkundigen, wenn sie aus ihrem Meeting kommt.»

«Okay», sagt die Sozialdienstmitarbeiterin. «So, wie das klingt, und angesichts des Zustands Ihres Vaters werde ich einen stationären Hospizmodus befürworten.»

«Aber was ist damit, ihn nach Hause zu holen?»

«Wenn Sie Pflegekräfte organisieren können. Aber um jetzt erst mal auf der sicheren Seite zu sein, werde ich bei ein paar Hospizhäusern anfragen. Welcher Religion gehört er an?»

«Er ist Schamanist.»

«Ich meine, wie wurde er getauft?»

«Jüdisch.»

«Hmm», sagt die Sozialarbeiterin. «Da gibt's eine lange Warteliste.»

Ein weiterer Tag vergeht.

«Ich will in den Stiefeln sterben wie Ambrose Bierce», verkündet Norm mit dünner, heiserer Stimme. Er liegt noch immer im selben Krankenhausbett. Seine Hände, die sich seit gestern nicht bewegt haben, sind jetzt mit winzigen durchsichtigen Schläuchen und grünen Plastikventilen geschmückt. Sein Haar, der Bart, die Laken: alle vom gleichen Weiß. Die Augen: grau und rot gesprenkelt.

«Der ist nach Mexiko gegangen, um sich Pancho Villa anzuschließen, und du kannst nicht mal aufrecht sitzen», sagt Penny, die am Fußende des Betts steht. Sie beugt sich vor und streichelt den rosafarbenen linken Fuß. Seine Fußnägel haben Streifen und sind dick und braun wie Hufe.

«Ich habe zu lange gewartet», sagt er.

«Vorgestern hast du geblutet, und du hast sie aufgefordert, dir eine Transfusion zu geben», erinnert sie ihn. «Vielleicht kannst du es, wenn ich hierbleibe und deine Hand halte?»

Sie spürt die Schärfe in ihrer Stimme. Sie möchte einfühlsam sein. Sie möchte sich ihm nahe fühlen. Aber sie steckt in einer emotionalen Zwickmühle: Sein Zustand bedeutet, dass sie nichts mehr gemein haben. Jedes Mal, wenn sie über sein Sterben sprechen, entfremden sie sich mehr voneinander.

«Ich muss mich noch von Matt und Patrick verabschieden. Das hält mich zurück. Hast du mit einem von ihnen gesprochen?»

«Mom schon, soweit ich weiß», sagt sie. «Wir anderen stehen über die sozialen Medien in Kontakt. Daher weiß ich, dass sie noch am Leben sind.» (Nur ältere Menschen maßen sich an, anderen ihr Telefongeklingel zuzumuten. Die jüngere Generation ist da dezenter. Norm ist das klar. Deshalb ruft er Matt oder Patrick nicht an.) «Wenn du willst, kann ich dir dein Telefon so einstellen, dass dir ihre Feeds vorgelesen werden.»

«Nein, danke», sagt er. «Versuch sie doch dazu zu kriegen, mich im Krankenhaus zu besuchen, ja?»

«Mom will, dass du nach Hause kommst. Sie will dich dort betreuen lassen.»

Er schüttelt den Kopf. «Ich habe gesehen, wie du reagiert hast, als ich anfing zu bluten. Ich will dich nicht in der Nähe haben, wenn es aufs Ende zugeht.»

Sein Hinweis auf ihre Sorge macht ihr Angst. Die Kraft und der Mut, nach denen sich beide sehnen – und die beiden fehlen –, sind die Kraft und der Mut, sich nie wiederzusehen. Die Angst ist etwas, das sie gemeinsam haben. Die Angst löst das emotionale Paradoxon. Einen Moment lang zerfließt ihr weiches Herz vor Liebe, und sie sagt: «Dad.»

«Geh nach Hause. Ich muss mich ausruhen. Sie wollen mich demnächst verlegen. Aber gib mir erst noch einen Schluck Wasser.»

Sie nimmt einen Plastikbecher voller Eiswürfel und hält ihm den Strohhalm an die Lippen. Er sagt: «Bäh. Mir ist schlecht», und sie stellt ihn wieder weg. Er schließt die Augen, und sein Gesicht erschlafft. Durch die dunklen Lider, violett wie die Ringe unter den Augen, sieht es so aus, als zögen sich die Augen an Stielen zurück wie in einen Panzer.

Flüchtig schießt ihr der Gedanke durch den Kopf, dass er jetzt schon wie tot aussieht. Sie ahnt, dass ihre ganze mühsam aufgebaute Tapferkeit in sich zusammenbrechen wird, wenn er stirbt. Sie wird die ganze unterdrückte Liebe in einem einzigen Weinkrampf herausheulen, und alle ringsum, selbst Fremde, werden ihre Verzweiflung verstehen und respektieren. Sie wähnt sich schon als Teil einer langen Reihe von erschütterten Trauernden bis zurück zu den griechischen Tragödien.

«Ich mach mich auf, Dad», sagt sie.

Er öffnet die Augen wieder und sagt: «Warte. Ich möchte, dass du mir morgen einen Gefallen tust.»

«Klar.»

«Bring mir doch meinen Laptop von zu Hause mit. Da ist eine Spracherkennungssoftware drauf, die ich noch nie benutzt habe. Vielleicht kann ich sie so einstellen, dass ich ein paar Sachen diktieren kann. Ein paar Geständnisse.»

«Das wäre großartig», sagt sie strahlend. «Ich habe noch so viele Fragen, besonders über die Zeit vor meiner

Geburt. Über Sachen wie Matts und Patricks Mutter. Ich weiß praktisch alles über deine Philip-Roth-Kindheit und Moms durchgeknalltes Dorf, aber ich weiß nicht mal, wie sie heißt!»

«Was ich brauche, ist eine Zeitkapsel. Ich habe dir noch so viel zu erzählen. Wenn alle anderen weg sind, wie in diesem Gedicht: ‹Wenn du einst alt und grau und Schlafes voll am Feuer döst, dann nimm dies Buch –›»

Penny schnürt sich die Kehle zusammen.

«Alles, was übrig bleibt, bist du. Du und deine Kinder. Du bist zwanzig Jahre jünger als die Jungs und deine Mutter, und wenn ich tot bin, wirst du noch siebzig Jahre leben. Die Eier für deine Kinder sind schon in dir. Ich kann sie beinahe sehen. Fast so, als würde ich meine eigenen Nachkommen kennen, als könnte ich in die Zukunft schauen. Auf nichts und niemanden bin ich so stolz wie auf dich. Es war ein solches Glück, dich zu kriegen.»

Penny steht mit Tränen in den Augen da, zu aufgewühlt, um zu sprechen.

«Hey!», sagt Norm. «Weine nicht, Koala-Girl. Jeder muss mal sterben.»

Ihre Stimme ist ein Elfenzirpen. «Ich hab dich so lieb, Dad.»

Norm stöhnt, als ihn der hünenhafte Fahrer des Krankenwagens und sein kaum kleinerer Helfer von der schweren, hohen Transportliege in sein neues Bett im anglikanischen Hospiz in North Bergen heben.

Das Zimmer ist geräumig. Es gibt eine gepolsterte Bank, auf der Angehörige schlafen können, zwei Sessel und vier um einen großen Tisch platzierte Stühle mit gerader Rückenlehne. Die Morgensonne knallt atombombengrell durchs Fenster. Das Bett ist breit, eine schwere Konstruktion, wie um höchsten Anforderungen zu genügen. In der Vase auf dem Tisch steht ein Strauß Papageienblumen – grün, orange und blau. Auf der Karte von Amalia steht: «Ich liebe dich, Darling!»

Nachdem die Rettungssanitäter gegangen sind, setzt Penny sich in einen der Sessel. Sie stellt die Laptoptasche neben den Rucksack zu ihren Füßen. Auf Norms Bitte hin lässt sie die Jalousien herab. Sie sitzt im Sessel ihm gegenüber, spielt mit der Steuerung des Betts und stellt die Füße darauf ab, was dazu führt, dass sie tiefer in den Sessel rutscht.

Er lächelt und sagt: «Lass das erst mal so. Diese Bettstellung gefällt mir.»

«Wie geht's dir?»

«Nicht so gut. Mein Nacken ist ganz steif. Vielleicht von der Fahrt im Krankenwagen. Es hat sich angefühlt, als würde ich jeden Moment aus dem Ding rausfliegen.» Er dreht den Kopf hin und her und seufzt.

Sie schlägt ihm eine Akupressur vor. Sie legt die Hände auf seinen Nacken und findet einen bestimmten Punkt zwischen zwei Wirbeln.

«Genau da», sagt er.

Drei Minuten später sagt er, dass es nicht hilft. Als sie ihn loslässt, sieht sie bestürzt, dass der Druck ihrer Finger einen dunklen Bluterguss hinterlassen hat. Sie fragt: «Willst du dich jetzt mit der Sprachsoftware beschäftigen?»

«Nicht gleich. Ich war heute Vormittag ziemlich beschäftigt. Du kannst mir ein bisschen vorlesen. Vielleicht schlafe ich ein, und dann sehen wir uns morgen, wenn ich wieder wach bin. Und vergiss den Laptop nicht, wenn du gehst.»

«Den klaut doch niemand.»

«Bist du dir da so sicher? Hast du hier irgendwo teure Geräte gesehen?»

«Hier sind Handtücher und ein Kissen», sagt sie, nachdem sie in ein paar Schränke geschaut hat. «Möchtest du ein Kissen?»

«Das nehme ich gern.»

Sie faltet es und arrangiert es so unter seinem Kopf, dass es ihn stützt. «Wie ist das?»

«Schon besser», sagt er. «Es ist wohl bloß eine Zerrung.»

Im Lauf der folgenden Stunde geht sie, nimmt den Laptop mit, und er bewegt den Kopf. Das Kissen fällt hinunter.

Er bemerkt es nicht und schläft weiter. Er wacht mit schrecklich steifem Nacken auf.

Früher Abend. Eine blonde Frau in den Fünfzigern, die einen blauen Laborkittel trägt, klopft zweimal an Norms offene Tür und betritt sein Zimmer. Er ist hellwach und starrt auf den leeren Fernsehbildschirm.

Sie stellt sich als stellvertretende Leiterin des Hospizes vor. Sie sagt, es müssten einige wichtige Entscheidungen hinsichtlich seiner Pflege getroffen werden. Natürlich könne man Familienangehörige hinzuziehen, aber das sei nicht zwingend notwendig.

Norm sagt, er fühle sich imstande, allein zu entscheiden. Sie bringt ein hellgrünes Formular zum Vorschein. Sie liest eine lange Liste vor, lauter Dinge, mit denen er Zeit schinden könnte, vom Defibrillator bis zu Antibiotika, und er lehnt alle ab. Sie zeigt ihm, wo er unterschreiben soll, und er zeichnet mit lesbaren Initialen.

Sie schließt mit einer Frage – für seine Begriffe etwas unerwartet: «Und was wollen *Sie?*»

«Nach all dem? Ich will, dass es wieder 1951 ist, und Sie sind ein Rootbeer mit Vanilleeis.»

«Das ist eine ernst gemeinte Frage. Bitte denken Sie sorgfältig nach.»

«Wie wär's mit 1968 und einer Überdosis Heroin? Ich will einfach kein alter Mann sein, der im Hospiz stirbt. Aber genau damit bin ich wohl geschlagen.»

Die Ärztin schweigt. Sie blinzelt.

«Wie Sie sich vielleicht vorstellen können, bin ich körperlich in einem erbärmlichen Zustand», fährt er fort. «Ich bin schwach. Durch die Beschwerden kann ich mich nicht konzentrieren, also werde ich vor Langeweile verrückt. Und das macht meine Tochter wahnsinnig. Ich hasse es, dass sie mich so erlebt, aber sie will einfach nicht gehen.»

«Sie liebt Sie sehr.»

«Sie betet mich an. Es bricht einem das Herz.»

Die Ärztin nickt und lächelt. Behutsam erkundigt sie sich: «Sind Sie religiös?» Er reagiert nicht. Sie fragt: «Haben Sie schon zu beten versucht?»

«Zu wem? Ich glaube nicht, dass in diesem Fall Gott zuständig ist. Das scheint mir eher ein Fall für diesen anderen Kerl zu sein.»

«Mr. Baker –»

«Gott bedeutet Leben. Ich gehöre nicht zu denen, die glauben, der Tod sei Teil des Lebens. Ich glaube, er ist verdammt eindeutig das Gegenteil davon, um ganz offen zu sein. Deshalb fällt es mir ein bisschen schwer, mich darauf zu freuen.»

«Das bedeutet aber nicht, dass Ihnen keine Hilfe zuteilwird, wenn Sie darum bitten. Bittet, so wird euch gegeben. Sie müssen den Mund aufmachen und *bitten.*»

«Ich bin ein erleuchteter Mensch.» Als er ihr Lächeln sieht, fährt er fort: «Nicht wie ein Zen-Buddhist! Erleuchtet im Sinne von aufgeklärt. Rational. Ohne Vorurteile. Ich glaube nicht an Gott, aber ich glaube an die Religion. Tradition und Ritual können ziemlich viel dazu beitragen, dass man sich mit einer lausigen Prognose abfindet. Ich habe mich mein halbes Leben lang mit dem Schamanismus beschäftigt, und Sie können mir glauben, dass ich jeden Geist um Hilfe gebeten habe, den ich kenne. Aber solange die ihren Arsch nicht hochkriegen und mir helfen, könnten Sie vielleicht irgendein Schmerzmittel für meinen steifen Nacken auftreiben.»

«Zum Personal gehört eine ehrenamtliche Masseuse, die sehr gut ist.»

«Für tantrische Massage? Das könnte vielleicht wirklich helfen.»

«Ich muss Sie doch bitten, Mr. Baker, Ihre Situation ernst zu nehmen. Sagen Sie mir, welche Art Pflege Sie erwarten.»

«Ma'am, ich verstehe Sie einfach nicht. Ich habe keine Ahnung, was Sie von mir hören wollen!»

Sie ist nicht bevollmächtigt, ihm zu sagen, was sie hören möchte – dass er am liebsten auf der Stelle ins Koma fallen und innerhalb einer Woche sterben will –, oder dass dieser Moment, den er gerade in morbider Unbeschwertheit ertränkt hat (sie traut sich nicht, das Thema noch einmal aufzugreifen), genau der richtige gewesen wäre, um darum zu bitten, seine letzten Erdentage tief und fest zu verschlafen.

Man hätte seiner Bitte gern entsprochen. Aber Vollnarkose gehört hier nicht zum offiziellen Programm, weil dieses Hospiz wie eines jener Bordelle geführt wird, die pro forma Strip-Clubs sind. Die Lizenz beinhaltet keinen Schutz der Tänzerinnen, die ihre Freier deshalb genauso verstohlen und ängstlich bedienen müssen wie das Hospizpersonal, wenn es einen schmerzlosen Tod verabreicht.

Und Norm will gar nicht sterben. Noch nicht. Er will sich noch von seinen Söhnen verabschieden. Er sehnt sich nach diesen Abschieden. Bei all dem, was er weiß, ist er überzeugt, dass es die Mühe wert ist, dem Tod mit offenen Augen und wachen Sinnen entgegenzutreten, wenn das bedeutet, dass er seine Söhne noch einmal sehen kann. Er ist ein gefühlsbetonter Mann. Das kann er nicht einfach abstellen.

«Ich liege im Sterben, und das deprimiert mich total», setzt er beharrlich nach, um die Ärztin davon zu überzeugen, dass seine Gefühle dieser Umgebung angemessen sind. «Ich bin für alles dankbar, was Sie für mich tun können.» Er sieht, dass sie immer noch enttäuscht ist. Er verzieht das Gesicht und schaut wieder geradeaus. «Läuft nicht gerade *Jeopardy?*»

Auf seine Bitte hin schaltet sie den Fernseher ein. Alex Trebek steigt aus seinem Satelliten in der Umlaufbahn herab in seine Box, der Inbegriff von Selbstgewissheit und Fair Play.

Norm entspannt sich. Die Ärztin legt ihm die Fernbedienung mit dem eingebauten Lautsprecher in die gekrümmte rechte Hand und geht aus dem Zimmer.

Am nächsten Morgen trifft Penny in Norms S-Klasse-Mercedes um halb elf im Hospiz ein; sie hat den Laptop dabei.

Er sagt, er habe zu große Schmerzen, um die Sprachsoftware einzurichten. Sie sagt, sie könne schnell tippen und mitschreiben, was er sagt. Er lacht und sagt, dazu bräuchte man eine Stenografiermaschine. Er liest dem Computer laut eine Reihe von Wörtern vor. Sie meint, er solle seine Geschichte erzählen und sie auf Tonband oder Video aufnehmen. Sie sagt, ihr Telefon habe eine Spracherkennungssoftware, und die funktioniere ganz ohne Programmierung. Er bittet darum, ihn in Ruhe zu lassen.

Er fühle sich zu elend, sagt er, um überhaupt noch zu reden, weil der Schmerz in Nacken und Schultern sich weiter ausbreite. «Als würde er über den Brustkorb bis in den Rücken kriechen», lässt er sie wissen. «Als wäre alles verrenkt.»

Penny ruft eine Schwester, die ihr sagt, sie solle versuchen, ihn zum Schlafen zu überreden. Er willigt ein, es zu versuchen. Sie geht in den Aufenthaltsraum, um einen Kaffee zu trinken, und liest, was dort herumliegt. Als sie zurückkommt, ist er wach. Er möchte Mahlers Fünfte hören.

Zwei Tage später, früher Morgen.

Eine andere Ärztin steht zu Norms Füßen, eine Frau von gut sechzig, die eleganten Platinschmuck trägt. Ein laminiertes Plastikschild weist sie als Leiterin des Hospizes aus. Sie trägt einen pfirsichfarbenen Ärztekittel über ihrer mausgrauen Hose und hat ein Klemmbrett unterm Arm.

«Wie geht's uns denn?», fragt sie.

«Nicht so gut», sagt Norm. «Mein Nacken tut weh wie verrückt.»

«Wo würden Sie den Schmerz auf einer Skala von eins bis zehn ansiedeln, wenn zehn unerträgliche Schmerzen bedeutet?»

«Achteinhalb.»

«Haben Sie sich mal vom Pflegepersonal umbetten lassen?»

«Leider kann ich nur so und nicht anders liegen», sagt er. «Wegen des Nackens.»

Sie blättert nachdenklich durch die Schriftstücke auf dem Klemmbrett und sagt: «Ich will ganz offen mit Ihnen sprechen. Einige Einträge in Ihrer Akte lassen mich befürchten, dass Sie Erfahrungen mit Drogen haben.»

«Erfahrungen habe ich immer gesucht, aber ich habe in meinem ganzen Leben keine Freizeitdroge genommen!»

«Das hier klingt wie ein Drogensüchtiger, der nach Opiaten verlangt.»

«Woher haben Sie das denn? Ich halte überhaupt nichts von Opiaten.»

«Meine Mitarbeiter sind besorgt, und ich weiß nicht, wie ich das ausdrücken soll» – sie schüttelt den Kopf, als zweifelte sie an den Notizen auf dem Klemmbrett, die ihre eigene Handschrift tragen –, «weil Sie in Brasilien in irgendeinen satanischen Drogenkult involviert gewesen sein sollen.»

«Was haben die gemacht, mich gegoogelt? Ich dachte, ich bin hier in einem Hospiz und nicht bei der NSA!»

«Palliative Pflege bedeutet die Behandlung des gesamten Menschen», weicht sie geschmeidig aus. «Mit all seinen Eigenarten.»

«Dann lassen Sie mir doch palliative Pflege zukommen! Ich weiß nicht, was mit meinem Nacken nicht stimmt, aber die Massage Ihrer ehrenamtlichen Mitarbeiterin hat bestimmt nicht geholfen. Ich kann mich erinnern, dass einige meiner Kunden etwas einwarfen, das Dilaudid hieß. Soll als Nebenwirkung euphorisch stimmen. Haben Sie so was?»

Sie schüttelt den Kopf. «Wir setzen ausschließlich auf moderne Therapien, damit sich unsere Patienten wohlfühlen.»

«Aber ich fühle mich nicht ‹wohl›. Es ist die Hölle. Doch als Gründer eines Satanskults müsste ich mich hier natürlich wie zu Hause fühlen.»

«Mr. Baker, wenn Sie lieber nicht in einer christlichen Einrichtung –»

Er verdreht die Augen. «Merken Sie nicht, dass ich Witze mache?»

Die Ärztin verschränkt die Arme. «Sich wohlfühlen heißt nicht, keine Schmerzen zu haben. Es heißt, nicht so zu sterben, wie die Menschen gewöhnlich sterben. Schreiend. Es heißt, geistig präsent zu sein.»

«Na, dann vielen Dank, dass Sie mir das rechtzeitig erklären, wo ich hier jetzt mit meinem Arsch festhänge, bis ich tot bin.»

«Mr. Baker, ich muss doch sehr bitten!»

«Na gut. Bitten Sie mich. Sie sind hier schließlich die renommierte Spezialistin für Palliativmedizin. Unternehmen Sie was wegen meinem verdammten Nacken.»

Die Ärztin dreht einen Moment lang den Stift zwischen den Fingern. Sie windet sich, als dächte sie mit den Eingeweiden. Schließlich sagt sie: «Es könnten Muskelkrämpfe sein. Es gibt Patienten, die auf ein Muskelrelaxans ansprechen.»

«Und warum probiert es dann nicht mal jemand aus?», bettelt Norm.

Penny verbringt einen unergiebigen Tag mit Norm, von der Arbeit an seinen Erinnerungen ist keine Rede.

Am Abend fährt sie beunruhigt und rastlos nach Morristown zurück. Auf die Signale des Transponders im Wagen hin öffnet sich das Tor.

Das Haus ist sehr groß und H-förmig; von außen weißer Verputz und hohe Fenster mit schwarzen Fensterläden. Der schwarze Einfassungszaun umschließt einen knappen Hektar.

Als sie durch den Nebeneingang in die Küche kommt, trinkt Amalia ein Bier und monologisiert am Telefon mit Norm. Sie schaut Penny an und sagt: «Muss Schluss machen, *cariño*. Dein Baby kommt gerade nach Hause. Hab dich lieb. Ciao.» Sie umarmt ihre Tochter und sagt: «Ich weiß, Liebes.»

«Du solltest ihn besuchen», sagt Penny. «Er bekommt einfach nicht die richtigen Schmerzmittel.»

Amalia schüttelt den Kopf. «Ganz bestimmt am Sonntag», sagt sie. «Bei der Arbeit ist es völlig verrückt. Wir sind bis über beide Ohren mit einer Fusion beschäftigt. Es könnte so viel einfacher sein. Wenn er zu Hause wäre, könnte ich ihn täglich sehen.»

«Aber was, wenn er anfängt zu bluten? Und versorgt werden muss? Ich weiß nicht recht, Mom.»

«Wenn er es will, dann finde ich einen Weg. Ich helfe dir. Kannst du mit ihm reden? Damit er nach Hause kommt?»

Am nächsten Morgen hat Norm ein neues Symptom. «U ir ei», erklärt er Penny. «Ih ab as ni ge-ol.»

«Langsam, langsam. Ich verstehe nicht, was du sagst.»

«Ih ab as ni ge-ol. Il ir. Oh. Oh, ei.»

«Hast du Schmerzen?»

«Ah!»

Penny stapft mit Tränen in den Augen zum Schwesternzimmer. «Mein Vater hat immer noch Schmerzen», berichtet sie der Schwester, die dort sitzt. «Und jetzt kann er verdammt noch mal nicht mehr *reden.*»

«Bitte drücken Sie sich manierlich aus», sagt die Schwester und schaut von ihrem Handy auf. «Schmerzen und Unruhe im letzten Stadium sind normal. Wenn er in den nächsten Minuten nicht einschläft, kann ich den Priester holen lassen.»

«Er ärgert sich, weil er Schmerzen hat und keine Schmerzmittel bekommt! Alles, was er bekommen hat, ist ein Muskelrelaxans!»

Ein Arzt, der an einem Tisch hinter der Schwester sitzt und Formulare ausfüllt, schaut auf und sagt: «Ich kann ihn fragen, ob er ein Beruhigungsmittel möchte.»

«Gute Idee», sagt Penny. «Er hat mir mal erzählt, dass er bei Bootsfahrten immer Valium genommen hat, seit diese Fähre, mit der er auf dem Amazonas unterwegs war, in Brand geriet und er deshalb Angst vor Schiffen bekam. Valium hat ihm da ziemlich gutgetan, hat er gesagt.» Angesichts der Lächerlichkeit von Norms Phobie muss sie beinahe selbst lachen, ist aber überrascht, als der Arzt etwas fast noch Blöderes sagt: dass nämlich Valium seine Leber schädigen könnte.

«Seine *Leber* schädigen? Wen *interessiert* das? Er liegt im Sterben!»

«Es könnte den Tod beschleunigen», sagt der Arzt. «Wir geben hier niemandem Hilfestellung, damit er schneller stirbt. Nur Gott entscheidet, wie und wann das geschieht. Wir lassen schlicht der Natur ihren Lauf.»

«Wir sind nicht hierhergekommen, um Gott und die Natur entscheiden zu lassen. Das können wir draußen vor der Tür umsonst haben.»

«Sie müssen verstehen, dass Ihr Vater nicht im Sterben liegt. Noch nicht. Seine Lunge klingt normal. Kein Rasseln. Die Nieren arbeiten. Er ist in einem sehr frühen Stadium. Aber wenn er größere psychische Qualen leidet, als er aushalten kann, könnte ich in Betracht ziehen, ihn in einen leichten Dämmerschlaf zu versetzen. Das ist der neueste Stand der Sterbebegleitung.»

«Zunächst mal müssen Sie dieses Muskelrelaxans absetzen, damit er sich wieder verständlich machen kann! Vorher litt er keine Qualen, er hatte einfach bloß Schmerzen.»

«Ich gehe jetzt zu ihm und frage ihn, ob er ein Beruhigungsmittel möchte, und wir denken weiter über Alternativen nach. Ich verspreche es Ihnen.» Der Arzt gibt Penny die Hand. «Sie sollten nach Hause gehen und sich entspannen. Nehmen Sie sich einen Tag frei und erholen Sie sich.»

«Und wenn er heute stirbt?»

«Auf gar keinen Fall», versichert er ihr.

Vier Tage vergehen. Penny sitzt neben Norm und füttert ihn mit Eiswürfeln. Er hustet. Er rollt die Eiswürfel mit der Zunge im Mund herum, aber er kann das Wasser nicht schlucken. Es rinnt in seinen sehr kurz geschnittenen Bart.

«Er hat keinen Durst mehr», erklärt eine Schwester.

«Wa-ah», protestiert er.

«Er bittet um Wasser», beharrt Penny.

«Das ist nichts als Gewohnheit», erklärt die Schwester weiter. «Er liegt im Dämmerschlaf. Er weiß nicht, was er sagt. Er ist daran gewöhnt, um Wasser zu bitten. Das ist eine Angewohnheit, wie alles andere auch.»

«Wa-ah», sagt Norm.

Die Mundpflege können Sie auch selbst vornehmen», sagt eine freundliche Krankenschwester zwei Tage später zu Penny. Sie zeigt ihr, wie man den quadratischen, großporigen Schwamm mit Haltestab ins Wasser taucht und an seinen Mund führt.

Norm saugt heftig daran. Sein Speichel bildet ein klebriges Netz um den grünen Schwamm. Die Mundhöhle ist mit gelbem Schleim verkrustet. Die Krankenschwester führt Penny vor, wie man Zähne und Zunge sanft bürstet, aber die Kruste deckt immer noch komplett den weichen Gaumen ab und blockiert seine Luftröhre.

«Können Sie das Zeug nicht rausholen, damit er atmen kann?», fragt Penny.

Die Schwester schüttelt den Kopf. «Wir halten hier nichts vom Absaugen. Das würde sein Leben nur verlängern.»

Penny nimmt einen Tupfer, wischt damit durch Norms Rachen und dreht ihn dabei. Die Substanz klebt daran fest wie Zuckerwatte. Ein Plättchen getrockneten Schleims löst sich vom Rachen wie ein labbriger Pokerchip. Sie befördert es mit einem Tupfer heraus. Nichts kann sie ekeln. Sie ist sanft und liebevoll. Er würgt ein weiteres «Wa-ah» heraus. Die Mundhöhle ist so gut wie sauber. Sie ist rot, grau und golden. Seine goldenen Backenzähne glänzen. Sie hat das Gefühl, etwas geschafft zu haben.

Sie befeuchtet einen Tupfer und schiebt ihn in seinen Mund. Seine Zähne schlagen aufeinander, und er saugt das Wasser heraus.

«Das ist ein Reflex», sagt die Krankenschwester.

Nach drei weiteren feuchten Tupfern marschiert Penny zum Schwesternzimmer.

«Ich nehme meinen Dad mit nach Hause», sagt sie zu der wieder mal anderen Ärztin, die am Schreibtisch sitzt und Papierkram erledigt. «Es ist mir völlig egal, ob das gegen Ihren ärztlichen Rat passiert.»

«Es ist normal, dass Patienten sagen, sie wollten nach Hause», sagt sie. «Es ist eine universelle Metapher dafür, dass man seinen Frieden in der Liebe Gottes findet.»

«Glauben Sie überhaupt an Gott? Sie reden wie das Hospiz-Handbuch.»

«Ich glaube an eine höhere Macht.»

Eine Zimmertür geht auf, und ein sehr alter Mann in einem Krankenhauskittel aus Papier mit dicken, kräftigen Gliedmaßen stolpert auf den Gang. Er keilt mit den Ellbogen gegen die Schwester aus, die ihm nacheilt. Penny folgt ihnen bis zur Doppeltür aus Glas, die in den Garten führt. Der alte Mann steht neben der Vogeltränke und sucht den Parkplatz nach seinem Wagen ab, während die Schwester ihm Vorhaltungen macht. Er hat keinen Schlüssel und keine Kleidung. Es ist kühl draußen. Ein Wachmann bringt einen Rollstuhl, und drei Mitarbeiter begleiten ihn zurück in sein Zimmer.

Penny geht wieder zum Schwesternzimmer und sagt zu der Ärztin: «Wenn es eine höhere Macht gibt, warum lässt sie zu, dass Menschen so schwach wie mein Dad werden und trotzdem noch Schmerzen spüren können?»

«Wenn er Schmerzen hätte, wüssten wir das.»

«Das stimmt nicht», sagt Penny. «Er ist ein Stoiker.»

«Wir wissen nicht, was er empfindet», sagt die Ärztin. «Wenn Menschen sehr krank sind, verändert sich ihre Wahrnehmung. Wir beschleunigen das Ende des Lebens nicht. Jedes menschliche Wesen hat das Recht auf Selbsterfahrung, besonders zum Ende hin, wenn wir unseren Frieden mit Gott machen. Vielleicht möchten Sie mit unserem Kaplan sprechen.»

Geschlagen wendet Penny sich ab.

Sie geht durch die Eingangstür hinaus und den Betongehweg entlang, vorbei an den Behindertenparkplätzen, bis sie nicht mehr auf dem Hospizgelände ist. Am Straßenrand raucht sie eine Zigarette. Der Rinnstein liegt voller Kippen. Ein Wagen bremst ab, der Fahrer wirft ihr einen fragenden Blick zu. Sie dreht sich um und starrt das Hospiz an.

Penny ist zutiefst aufgewühlt und verzweifelt.

Norm hat die Welt erschaffen, in der sie einst gelebt hat, hat Wort für Wort ihr Wesen definiert. Aber sein Wort, das einst Gesetz war, muss sich nun einem höheren Gesetz beugen. Er ist so schwach, dass schon eine Fliege, die sich auf seiner Nase niederließe, Ausdruck eines höheren Gesetzes wäre. Er könnte sie nicht totschlagen. Er und Penny sind Teil einer Welt, die nicht die ihre ist.

Wenn seine Augen ihre suchen, glänzend vom Todeswunsch und voller Hoffnung, dass sie ihm beim Sterben helfen wird, empfindet sie eine Liebe, die ihr wie mit einem Sägemesser das Herz herausschneidet und es ihrem Vater überreicht.

Vier Tage später kommt Amalia zu Besuch und bringt Norm seine Hauskatze in einem Reisekorb mit.

Die Katze, ein kastrierter Kater namens Schubert, ist klein und schwarz und sehr hübsch, mit orangefarbenen Augen. Sie drückt sich an die Rückseite des Reisekorbs. «Schau mal, wen ich mitgebracht habe!», sagt Amalia und stellt den Korb schwungvoll auf das Bett, wo er gegen Norms Hüfte schlägt. «Er schläft», flüstert sie Penny zu.

«Er könnte auch wach sein. Seine Augen sind verklebt.»

Amalia beugt sich vor und sieht, dass Norms Augenlider mit getrocknetem Schleim verkrustet sind. «O Gottogott! Ich hätte früher kommen sollen. Ich hatte einfach so viel zu tun.» Sie stellt den Korb zu ihren Füßen auf den Boden und fragt: «Hast du mit Patrick gesprochen?»

«Nein. Hätte ich das tun sollen?»

«Er sagt, er hat dich angerufen. Er schafft es nicht, aber er weiß, dass Norm das verstehen wird. Er hängt gerade eine wichtige Fotoausstellung in Jakarta.»

Norm sagt: «Wa-ah.»

Amalia ergreift seine Hände. «Ich bin da, Schatz», sagt sie. «Schlaf weiter. Ich liebe dich!»

Norm rollt die rechte Hand von einer Seite zur anderen.

«Seit Wochen habe ich ihn die Hände nicht bewegen sehen», ruft Penny aus.

«Und dein Kätzchen vermisst dich auch», sagt Amalia zu ihm. Sie holt Schubert aus dem Korb und setzt ihn auf die Bettdecke, Norm gegenüber. Sie presst die Vorderbeine gegen seinen Brustkorb und und hält ihn so, dass Norm ihn streicheln kann.

Ganz langsam hebt Norm die Hände und legt sie um den

Hals der Katze, als wollte er sie würgen. Die Daumen drücken kräftig auf Schuberts Kehle.

Die Katze faucht und schlägt die Krallen tief in seinen rechten Unterarm.

«Verdammt», sagt Penny, ergriffen von der Kraftanstrengung und dem Willen ihres Vaters.

«O Gott», sagt Amalia, ergriffen von dem Blut, das aus dem aufgerissenen Fleisch quillt. Norm zuckt nicht zusammen und gibt auch keinen Laut von sich. Seine Hände fallen auf die Decke. Der rechte Unterarm klafft wie ein geteilter Granatapfel, und er scheint einzuschlafen. Schubert flieht und versteckt sich unter dem Bett.

Penny ist sich sicher – hundertprozentig sicher –, dass dies ein Versuch war, Amalia zu vermitteln, sie solle ihn ersticken. Dass er ihr, Penny, nicht zutraut, ihm einen solchen Wunsch zu erfüllen, ihrer Mutter aber sehr wohl.

«Komm schon, miez miez», sagt Amalia auf den Knien. «Ich hätte den armen kleinen Kater nicht mit ins Auto nehmen dürfen. Jetzt glaubt er, er wäre beim Tierarzt.»

Am nächsten Morgen ist Norms Wunde stark entzündet. Der Strang der Blutvergiftung reicht bis zur Schulter. Unter der dicken Wattebandage blutet der Arm weiter.

«Jetzt wird er an Blutvergiftung sterben», sagt ein Pfleger zu Penny. «Dieser Mann hat kein Immunsystem mehr.» Er streicht ein frisches Laken glatt, während zwei Schwestern den auf die Seite gerollten Norm stützen. Seine Haut, weich wie Seide und bar jeglicher Muskeln und Fett, liegt wie ein Schleier über dem Skelett.

Kurz darauf überrascht die zweite stellvertretende

Hospizleiterin Penny mit der Einladung, sich mit ihr ins Foyer zwischen Stutzflügel und flackernden Gaskamin zu setzen. «Ich habe mit Ihrer Mutter gesprochen», sagt sie, «wir werden ihn heute Nachmittag in die häusliche Pflege überführen. Es gab keine Vorkommnisse, die unser Eingreifen erfordert hätten. Seine Vitalparameter sind gut.»

«Sie wollen mich wohl verarschen», sagt Penny.

«Ich gebe zu, wir haben erwartet, dass er ausblutet. Er hat nur minimal Thrombozyten, aber es gab einfach keine hinreichende Verletzung. Er hat weder gegessen, noch ist er aufgestanden. In diesem Stadium erwarten wir, dass der Tod durch Nierenversagen eintritt, vorausgesetzt, er fängt nicht wieder an zu trinken. Ich würde dringend von Intubation oder intravenösen Flüssigkeitsgaben abraten.»

«Genau, genau», sagt Penny. «Keine Schmerzmittel, weil sie den Tod beschleunigen, und keine Flüssigkeiten, weil sie das Leben verlängern.»

Die zweite stellvertretende Hospizleiterin legt Penny die Hand auf die Schulter. «Das alles muss sehr schwer für Sie sein.»

«Für ihn ist es schwerer.»

«Es wird leichter werden. Mit diesem Arm wird er ziemlich schnell an einer systemischen Blutvergiftung sterben.»

Norms Patientenverfügung – ein Endspiel, das *Final Jeopardy* viel zu sehr gleicht, um Mut zu machen – untersagt den Einsatz von Antibiotika.

Penny beißt sich auf die Lippen und schweigt.

Sie sitzt mit einer Mitarbeiterin des Kliniksozialdienstes in einem beengten Büro hinter dem Empfangstresen und bespricht Ausstattung und Hilfe, die sie in Morristown brauchen werden.

Sie werden ein verstellbares Bett geliefert bekommen, wie das im Hospiz. Zweimal am Tag wird eine Schwester ihr helfen, Norms Windel zu wechseln. Sie wird sich mit der Bedienung des Notfallpacks in entsprechenden Situationen vertraut machen.

Penny sagt zu allem Ja und Amen, und die Mitarbeiterin greift zum Telefon. Sie fragt Penny, ob jetzt jemand zu Hause ist, weil das Bett schon im Lieferwagen steht.

Penny holt ihre Tasche und den Laptop aus Norms Zimmer – er schläft tief und fest – und fährt nach Morristown, um auf das Bett zu warten.

Sie schafft Platz in seiner Bibliothek, dem einzigen teppichlosen Raum im Erdgeschoss. Die Beistelltische sind klein, es ist nicht schwer, sie in ein anderes Zimmer zu bringen. Sie betrachtet die Bücher, die ihn während seiner letzten Tage umgeben werden: Norman O. Brown, Georges Bataille, Jack London, Lévi-Strauss, Castañeda, Teilhard de Chardin, William James. Und seine eigenen Arbeiten: *Shamanism: Modern Social and Cognitive Aspects. The Cosmic Snake of Healing. Disengaging Death: From Cancer to Dancer.* Würde er sagen, dass ihm die Bücher wichtig sind, wenn er sich äußern könnte? Sie weiß es nicht.

Am Spätnachmittag kommt der Krankenwagen mit zwei stämmigen Rettungssanitätern. Norm reitet auf seinem schimmernden, rot-silbernen Katafalk in den Hausflur, und er keucht, hat aber nicht gestöhnt, als es die Eingangstreppe hinaufging. Die Männer heben Norm auf das niedrige, wuchtige Bett und decken den Körper mit einem übergroßen Laken zu. Schubert rollt sich auf Norms Bauch zusammen. Penny bereitet Eiswürfel und Tupfer vor für den Fall, dass er den Mund öffnet. Er scheint kraftlos zu sein. Ein Pfleger kommt, um sie einzuweisen. Er zeigt ihr, wie man mit Gummihandschuhen Salbe auf die wundgelegenen Stellen aufträgt und die Subkutannadel ansetzt.

An diesem Abend eilt Amalia nach der Arbeit zu ihm und kniet sich neben das Bett. «Liebling, Liebling», sagt sie und küsst ihn. «Ich bin so froh, dass du nach Hause gekommen bist.» An Penny gewandt, fügt sie hinzu: «Er antwortet nicht.»

«Er ist auf Morphin und Haloperidol.»

«Ich wünschte, wir könnten reden.»

«Nein, tust du nicht! Ich bin so dankbar, dass sie ihn endlich außer Gefecht gesetzt haben.»

«Hör auf damit. Er ist einfach müde. Er kann dich hören.»

Gegen vier Uhr morgens schreit Norm auf. Er schreit noch einmal. Lauthals brüllt er, dass er nach Hause will. Als Penny bei ihm ist, schläft er schon wieder und blutet leicht aus der Nase, während der linke Arm über dem Bettgitter hängt. Amalia bleibt bis um sieben Uhr bei ihm sitzen. Dann geht sie zur Arbeit.

Penny verbringt den größten Teil des Tages in der Küche, hat ein Auge auf die sozialen Medien, trinkt Kaffee mit Baileys und raucht Marlboros. Sie unterstützt die Hilfskraft bei Norms Hygienepflege und reibt seine Füße mit Ureasalbe ein.

Bald darauf – nur fünf Tage später – kommt Matt nach Morristown, um sich zu verabschieden.

Norm hat seit Tagen nichts anderes getan, als zu atmen. Dinge geschehen mit ihm, aber seine eigenen Aktivitäten beschränken sich auf zweierlei: schrill und schnaufend Luft zu holen und sie stotternd wieder auszustoßen. Es klingt schmerzhaft. Der Pfleger sagt, es tue nicht weh.

Matts Haar ist immer noch voll und schwarz, eher lang und wellig wie eine Art-Director-Mähne. Der gestutzte Bart ist kurz und grau meliert. Er wirkt sehr groß und kräftig, aber schmal, trägt einen schwarzen Merinopullover und eine dunkelgraue Anzughose.

Zunächst steht er am Fußende des Betts, die Hände unter der Gürtelschnalle verschränkt. Er setzt sich auf einen Stuhl am Kopfende und legt Norm eine Hand auf die Stirn.

Beim Anblick von Norms offenem Mund gefrieren ihm die Gesichtszüge. Der Mund ist ein rotes Loch mit einer gelben Zunge darin, die mit einem Giraffenhalsmuster von getrocknetem Schleim überzogen ist. «Himmel, Dad», sagte er. «Du siehst schrecklich aus.»

Norm atmet.

«Wir haben uns immer offen die Meinung gesagt, deshalb gibt es auch nichts mehr hinzuzufügen», sagt Matt. Er wartet. Er greift nach Norms linker Hand. «Mach's gut, Dad», sagt er. «Ich liebe dich.»

Er legt die Stirn auf das Bettgitter, bleibt so bewegungslos und mit trockenen Augen zwei Minuten lang sitzen. Er steht auf und geht, ohne ein Wort mit Amalia oder Penny zu wechseln.

Penny sitzt bis tief in die Nacht bei Norm.

Eine Woche später hört Norm ohne einen weiteren Klagelaut auf zu sterben.

Penny hält seine Hand. Es ist ganz leise. Gerade noch stirbt er geräuschvoll, mit schnellen, gepressten, scharfen Atemzügen, pfeifend durch winzige Löcher in dem Belag, der seinen Kehlkopf blockiert. Im nächsten Augenblick ist er still.

Sie wirft einen Blick auf das Fenster und sieht dankbar, dass es offen ist. Ihr wird klar, dass Menschen Seelen haben; schmächtige Vögel wie Schwalben, unsichtbar und aus feuchtem Odem gemacht. Wenn ein Mensch stirbt, drängt es diesen Vogel hinaus und hinauf in den Himmel.

Doch wenn Norm nicht so fürchterlich gestunken hätte, dann hätte sie das Fenster nicht öffnen und Sommer und Feuchtigkeit hereinlassen müssen, und seine Seele wäre für immer in der Bibliothek gefangen geblieben, ohne sich mit den anderen Seelen vereinigen zu können.

Sie glaubt überhaupt nicht an diese Seelengeschichte. Sie weiß das alles plötzlich einfach.

Sie legt seine linke Hand auf seinen Brustkorb. Eine Viertelstunde lang sitzt sie nur da und starrt auf den verrottenden Körper mit der undichten Windel. Sie geht aus dem Zimmer und schließt die Tür.

Auf einem Beistelltisch im Flur sieht sie ein Gesteck, dem sie ein paar Blumen entnimmt. Sie geht zurück in die Bibliothek und legt sie auf Norms Brust. Sie helfen, denkt sie. Blumen helfen wirklich. Mit Blumen sieht das Tote sehr viel besser aus.

Mit dem Kaffeeautomaten macht sie sich zwei schnelle Espressi und ruft dann Amalia im Büro an.

«Lass alles, wie es ist», sagt Amalia. «Ich bin sofort da.

Ruf diesen Pfleger an und sag ihm, er braucht nicht mehr zu kommen. Ruf das Hospiz an und sag ihnen, sie sollen dieses ekelhafte Bett abholen.»

Als Penny Lebensmittel einkaufen fährt, ist ihre Wahrnehmung verschoben. Sie überfährt ein Stoppschild und vergisst fast, an der richtigen Stelle abzubiegen. Im Laden kommen ihr noch die hässlichsten Weißen, deren rote Nasen und entzündete Pickel vor sauerstoffgesättigtem Hämoglobin glühen, wunderschön vor. In der Feinkostabteilung stellt sie sich für Pastrami an, muss aber nach ein paar Sekunden wieder gehen, weil die einbalsamierte Wurst und der mumifizierte Schinken sie nervös machen. Sie schiebt den Einkaufswagen zu den Cerealien und kauft eine Schachtel Post Raisin Bran.

Sie fährt zurück zum Haus ihrer Eltern. Sie geht mit der Schachtel zum Esszimmertisch und schaufelt sich hastig das Vollkorngetreide in den Mund, genießt die Mischung aus knusprigen pflanzlichen Stoffen und reinem weißem Rohrzucker. Ihren eigenen festen Gaumen und die glatten Zähne zu spüren bereitet ihr Freude.

Wegen der besonderen Umstände kommt Amalia früh von der Arbeit nach Hause, gegen fünf.

Die Schachtel Raisin Bran ist halb leer, da legt Penny den Löffel beiseite und sagt zu ihrer Mutter: «Sie hätten Dad das alles auch schlafend durchstehen lassen können. Jeder weiß doch, dass Menschen Tiere sind, nur klüger. Tiere zu quälen ist unrecht, sogar wenn es zu ihrem eigenen Besten ist. *Besonders* dann. Aber anstatt ihm richtige Medikamente zu geben, wollten sie, dass er wach blieb, um seinen Frieden mit Gott zu machen. Ich habe religiöse Menschen schon immer höchst nervig gefunden. Jetzt weiß ich, sie sind *böse.*» Sie schaufelt einen großen Löffel Getreide in sich hinein.

Unterschwellig – es ist ihr selbst nicht bewusst – vermutet sie, dass Norm bei Bewusstsein bleiben wollte, um seine Söhne noch einmal zu sehen. Und selbst unterbewusst schmerzt sie diese Vermutung, weil sie so absolut traurig ist. Ohne zu wissen warum, wischt sie sich die Augen aus.

«Ach, Penny», sagt Amalia und drückt sie an sich. «Du bist ihm so ähnlich. Ich bin dir so dankbar, dass du dich in deiner freien Zeit um ihn gekümmert hast. Das sagt viel über dich aus – viel Gutes, Positives. Du bist eine wirklich einfühlsame Heilerin, genau wie dein Vater.»

«Er hat überhaupt nichts geheilt», sagt Penny. «Er hat Menschen geholfen, die Zeit herumzubringen und zu vergessen. Das hat eher was mit *heilig* sein zu tun. Dad war ein verdammter *Heiliger.*»

Als sie am Abend einzuschlafen versucht, denkt sie über das Leiden ihres Vaters nach. Wenn sie ihn im Garten an einen Baum gebunden und dort allein gelassen hätte, wäre er dann durstiger gewesen, hätte er mehr Beschwerden gehabt als im Hospiz? Hätte er dann weniger geschlafen oder kürzer durchgehalten?

Ihr fällt wieder ein, was er über das Sterben in den Stiefeln gesagt hat. Wäre er wie Ambrose Bierce nach Mexiko gegangen, um für eine gute Sache zu kämpfen, von *narcotraficos* gefangen genommen und mit Klebeband in Plastikfolie gewickelt an den Füßen aufgehängt worden –

An diesem Punkt würgt sie den Gedanken ab.

Er kommt wieder, diesmal mit Kettensägen.

Sie fühlt sich in einem Abgrund menschlicher Verworfenheit gefangen, aus dem sie nur durch den Tod entkommen kann. Was allerdings ziemlich lächerlich klingt, wenn man dreiundzwanzig und bei bester Gesundheit ist, für nichts Verantwortung trägt, im Himmelbett des eigenen Zimmers in einer Villa liegt und, soweit man weiß, gerade einen Haufen Geld geerbt hat!

Sie denkt an die entspannte Haltung der anderen in Bezug auf Norms Tod – hundeelend, zweiundachtzig Jahre alt, keine große Sache –, an deren fast vollkommene Unfähigkeit, ihm beim Sterben zuzusehen. Sie vermutet, dass das eine mit dem anderen zu tun hat. Sie hat sich wie die einzige Aufrechte unter herzlosen Soziopathen gefühlt, aber vielleicht war sie nur allein unter normalen, empfindsamen Menschen. Als sie sich die mexikanischen Folterknechte vorstellt, fahren ihre Hände über Gesicht und Genitalien.

Gegen zwei Uhr steht sie auf und schleicht sich an Amalia vorbei ins Badezimmer.

Dort findet sie eine bernsteinfarbene Twist-Top-Tablettenflasche mit Valium, so gut wie voll, abgefüllt vor ihrer Geburt und so spröde, dass sie beim Öffnen zerbricht. Lange hält sie eine Tablette in der Hand. Sie stellt sich die Erleichterung vor, die sie Norm hätte bringen können, und weint. Sie nimmt sie mit ins Bett und drückt sie sich ans Herz wie ein heißgeliebtes Kuscheltier.

Norms Tod ist ein außer Kontrolle geratener Zug, in den sie aus freien Stücken eingestiegen ist. Sie wartet auf eine Kurve, eine Brücke, eine Panne, irgendetwas, das ihn stoppt.

Ein Fahrer kommt mit seinem Sohn, um das verstellbare Bett abzuholen, weil es dringend von anderen Sterbenden gebraucht wird. Penny führt ein mühsames Gespräch mit ihnen. Sie will sie nicht ins Haus lasen.

In der Bibliothek okkupiert Norm noch immer das Bett, das sie haben wollen, sein Körper nunmehr unbedeckt bis zur Hüfte; die Blumen liegen auf dem Boden. Der infizierte rechte Arm, der kurz vor dem Platzen zu sein scheint, ragt wie ein länglicher Luftballon auf, fünfzehn Grad über die Horizontale. Der andere Arm liegt bleiern. Amalia ist dabei, Abschied zu nehmen, und hält die tote weiße Hand. Pennys Streit mit den Lieferanten wird durch die Ankunft des Leichenwagens unterbrochen.

Penny ist überrascht von den Männern, die Norms Körper entsorgen sollen. Irgendwie hat sie einen Arzt erwartet, der ihn für tot erklärt. Aber das hier sind eindeutig Totengräber in langen Wollmänteln und schwarzen Hüten. «Was für Leute sind das?», fragt sie Amalia. «Amische? Oder Juden?»

«Norm wollte sie», sagt Amalia. «Es ist eine altmodische Beerdigung, innerhalb von vierundzwanzig Stunden. Er hat sich gewünscht, so schnell wie möglich wieder zur Erde zurückzukehren.»

«Klingt ganz nach Dad.»

«Sie werden ihn auf ihre Art beerdigen, und wir würdigen seine Seele auf unsere. Vergiss den Körper. Der ist tot. Dem brauchst du nicht nachzuweinen.»

Die teilnahmslosen Männer ziehen den Katheter heraus, ohne die Windel zu öffnen. Brauner Urin tröpfelt auf die Laken. Sie rollen den Körper, der mit Ausnahme des infizierten Armes wieder schlaff ist, zunächst in einen schwarzen

Sack mit Reißverschluss, dann auf eine klapprige Bahre mit rostigem Chrom und winzigen Rädern. Auf dem Weg durch den Flur bleibt sie hängen. Zu schwer. Die Räder kommen auf dem Läufer nicht ins Rollen, sondern versinken darin und schieben eine unüberwindliche, vierfache Bugwelle vor sich her. Amalia und Penny sichern den Teppich mit ihrem Gewicht, sodass die Männer zurücksetzen können. Sie steuern um ihn herum und klapper-klapper-klapper die Eingangsstufen hinunter. Amalia gibt ihnen Geld in einem Briefumschlag. Sie fahren in ihrem vierzig Jahre alten Leichenwagen davon.

Penny geht hinaus in den Garten hinten und setzt sich unter einen Baum.

Ihre Mutter entschuldigt sich für ihre Tochter mit einem saftigen Trinkgeld bei den Lieferanten, die immer noch darauf warten, das Bett abholen zu können. Sie laden es ein und fahren los. Amalia stopft den nierenfarbenen Urinbeutel in eine doppelte Plastiktüte und bringt ihn hinaus zu den Metallmülltonnen an der Straße. Sie putzt den Fußboden der Bibliothek und kippt das Wasser in eine Toilette im Souterrain, die nie benutzt wird.

Penny kommt wieder herein. Sie lüftet die Bibliothek, wischt Staub und trägt die Beistelltische zurück.

In der Abenddämmerung treffen sich die beiden Frauen am Küchentisch wieder und rauchen.

In den Kringeln von Ektoplasma, die Penny ausatmet, erkennt sie ihre Seele.

Sie wünscht sich ihren Körper ebenso ätherisch. Nicht teigig, nicht schwer, nicht tot, sondern erfüllt von knisterndem, funkensprühendem Leben, wie eine ausgetrocknete Marlboro, die man ansteckt.

Amalia schaltet das Licht aus und öffnet die Glastüren zum Garten. Sie wechseln kaum ein Wort – zwei kleine Frauen in einem riesigen Haus, zu Zwergen degradiert von seiner schieren Größe, der Vielzahl von Möbeln, den großen Bäumen, der chaotischen Megacity, dem größtenteils leeren Universum.

Am Sonntag fährt Amalia Penny zum Bahnhof nach Morristown, wo sie den New Jersey Transit Richtung Manhattan nimmt. Von der Penn Station aus fährt sie weiter mit der Subway zur Upper West Side.

Ihre Wohnung liegt im achten Stock eines modernen Gebäudes. Es steht inmitten vieler anderer hoher Gebäude, die meisten sind in den Neunzehnhundertfünfzigern erbaut worden. Die Straße draußen schlängelt sich zum schwarzen Fluss hinab. Im Park erkennt man blassgrüne Bäume. Das Mosaik in der langen, schmalen Lobby zeigt abstrakte, in blaue Wellen gebettete Fische und Muscheln.

Das Gebäude ist mietpreisgebunden, die Fluktuation der Mieter gering. Die Wohnung – Norms alte Junggesellenbude – war über viele Jahre ein Pied-à-terre der Familie. Sogar Amalia hat hier gewohnt, während sie aufs College ging.

Der Portier ist kein Ausländer, sondern ein Einheimischer, dessen Familie diesen Job schon in dritter Generation ausübt. Er trägt einen zu großen Anzug mit passender Mütze, wie ein Limo-Chauffeur. Penny begrüßt ihn und nimmt ihre Post mit. Seit Norms erstem Wochenende im Hospiz ist sie nicht mehr hier gewesen. Sie stopft das dicke Bündel aus Reklame und Rechnungen in ihre Umhängetasche und betritt den Fahrstuhl gemeinsam mit einer älteren Frau.

Als ihre Nachbarin im zweiten Stock aussteigt, erzählt Penny, dass ihr Vater gestorben ist.

«Ich kannte ihn nur flüchtig, aber mein Beileid», sagt die Frau. «Bestimmt war er eine Seele von Mensch.»

Penny lacht betreten und sagt: «Ja.»

«Und immer schön lächeln», rät ihr die Nachbarin. «Lachen ist die beste Medizin.»

Es ist eine kleine Zweizimmerwohnung mit einem Balkon vor der Küche, auf dem Penny ihr Fahrrad abgestellt hat. Die mahagonigebeizte Schlafzimmereinrichtung ist ein Überbleibsel aus Norms Studententagen an der Columbia: Kommode und Tisch niedrig, ein hoher Kleiderschrank und ein Doppelbett mit großem Kopfteil, das mit braunem Vinyl und Goldknöpfen bezogen ist. Der Küchentisch und die Stühle sind aus Chrom, Kunststoff und gelbem Resopal. An der Wand hängt eine gerahmte Promotionsurkunde im Fach Psychologie. Der Kühlschrank summt in seinem herbstlichen Gold. Die Wandschränke sind avocadofarben.

Sie setzt sich an den Tisch, um die Post zu sortieren. Ein Umschlag hat keine Briefmarke. Darin steckt ein Brief des Vermieters, der sie auffordert, die Wohnung zum Ende des kommenden Monats zu räumen, da der Mietvertrag von Mr. Norman Baker durch seinen Tod *am Vortag* erloschen sei.

Sie ruft Amalia an.

«Es ist unglaublich!», heult sie ins Telefon. «Woher um alles in der Welt wissen die das?»

«O Gott», sagt Amalia. «Ich habe es niemandem erzählt.

Ich war zu traurig. Aber vielleicht Facebook? Ich habe meinen Status auf Single gesetzt. Vielleicht bin ich mit jemandem in deinem Haus befreundet?»

Nach einem kurzen Schweigen sagt Penny: «Sie hätten es sowieso herausgefunden, ich habe es einer Nachbarin erzählt. Aber du bist kein Single. Du bist verwitwet! Man wird denken, dass du dich von ihm getrennt hast, weil er zu alt für dich war oder so. Du musst die Leute anrufen und ihnen sagen, dass er tot ist. Niemand nimmt so eine Ankündigung auf Facebook wahr. Die wird doch von den vielen anderen Sachen völlig verdrängt.»

«Er *war* zu alt für mich, *nena*. Er ist an Altersschwäche gestorben. Ich bin dreiundvierzig, vielleicht jünger. Er war so alt, dass er nicht mal bei Facebook war. Wie soll ich den Leuten sonst mitteilen, dass er gestorben ist? Ich muss sie zur Beerdigung einladen. Ich kann sie nicht alle anrufen. O Gott, das würde ewig dauern.»

Die beiden Frauen hören auf zu reden und tippen auf ihren Telefonen herum, bis Amalias Facebookseite auftaucht.

«Ach, so viele tröstende Worte», sagt Amalia. «Die Leute nehmen wirklich Anteil.»

«Ja, sie lieben dich», sagt Penny.

Einen Augenblick lang scrollen sie schweigend weiter.

Als sie die Beileidsbekundungen ihrer Kollegen sieht, sagt Amalia zu Penny, sie hoffe, jung in Pension zu gehen, damit sie nicht wie Norm ende. «Er hat gearbeitet, bis er tot umfiel. Ich will mit fünfzig, höchstens fünfundfünfzig aufhören. Vielleicht lebe ich gar nicht so lange. Ich habe noch nie richtig alte Kogi gesehen.»

«Wie soll das finanziell funktionieren?», fragt Penny. Die

Frage klingt herzlos, sogar in ihren eigenen Ohren, aber sie spürt keine Verbindung zwischen ihrem Mund und ihrem Herzen. «Hast du vor, das Haus zu verkaufen? Oder die Klinik?»

Die Klinik ist ein ausgedehnter Bungalowkomplex im internationalen Stil in einem exklusiven Wohnbezirk von Manaus mit dem (ihm von Matt und Patrick verpassten) Spitznamen «Die letzte Zuflucht». Norms todkranke Kunden konnten dort jeden Komfort genießen, Krankenhäuser und ein Flughafen waren nicht fern, und echte Schamanen aus dem Landesinneren behandelten sie mit traditionellen Ritualen und Kräutermischungen.

«Die Klinik hat Norm schon vor zehn Jahren verkauft. Wir zahlen Miete an den neuen Besitzer. Wir brauchten Geld für Steuerschulden. Jede Menge Zinsen und Strafgelder. Du kennst doch die Steuerbehörde. Du kannst weglaufen, aber irgendwann kriegen sie dich! Es sei denn, du bist ein Krimineller. Dann ist es einfach.»

Anstatt über den Witz zu lachen, sagt Penny: «Oh. Ich dachte, ich würde etwas erben.»

«Unser Geld ist festgelegt», sagt Amalia. «Aber du kannst alles von Norm haben, was du brauchen kannst.»

«Was soll das heißen? Seine Schuheinlagen? Sein Didgeridoo? Er hat nicht allzu viel, womit ich etwas anfangen kann.»

«Nein, nur Immobilien.»

«Was für Immobilien?»

«Ach, verschiedene Immobilien eben.»

Penny fällt das Sommerhaus in den Palisades ein, und sie hofft, dass es dafür keine Verkaufspläne gibt. Sie hofft, es wird für immer im Familienbesitz bleiben.

Sorgen ums Geld macht sie sich nicht. Sie braucht einfach einen Job und einen Ort zum Wohnen, damit sie sich nicht doch irgendwann Sorgen ums Geld machen muss.

Sie fühlt sich auch nicht schuldig, weil sie ans Geld denkt. Das ist einfach die Existenzgrundlage, zumindest so lange, bis die Revolution kommt und es davonfegt. Bis dahin muss jeder seinen Platz im Ökosystem des Geldes finden, seine Nische in der Verwertungskette. Du verstehst die moderne Welt nicht, wenn du dir nicht vorstellen kannst, das zu verkaufen, was dir am meisten am Herzen liegt. Du musst ja nicht mitmachen, aber verstehen musst du es. Das hat Norm ihr beigebracht. Deshalb hat sie BWL studiert.

Die Trauerfeier findet dreizehn Tage später an einem Samstag im Mai im Sommerhaus statt, Beginn 19 Uhr – eine Potluck & Drum-Zeremonie.

Matt bringt Patrick mit, der nach einem zweiundzwanzigstündigen Flug und einer in Manhattan durchzechten Nacht mit einer alten Freundin müde ist. Matt holt ihn an der Penn Station in Newark ab. Im Radio laufen Verkehrsnachrichten und der Wetterbericht, und Patrick döst ein.

Sie gehören zu den Ersten, die ankommen. Matt parkt oben auf den Palisades, in einem Feld auf der anderen Straßenseite, nahe dem Briefkasten. Sie laufen eine Viertelmeile durch die Haarnadelkurven hinunter zum Haus.

Die Schotterstraße ist schmal und nicht besonders gut in Schuss. Wenn andere Trauergäste an ihnen vorbeifahren, müssen Matt und Patrick stehen bleiben und pressen den Körper an den Basalt.

Oben auf dem Kamm geht eine Brise, aber unten im

Wald sirren Mücken durch die heiße Luft. Die Männer zucken immer wieder zusammen, schlagen sich beim Reden auf Arme, Beine und ins eigene Gesicht.

Patrick fragt Matt, wie Amalia sich hält.

«Wie zu erwarten», sagt er. «Ihr geht's gut.»

«Und Penny?»

«Das arme Mädchen ist völlig durcheinander. Sie hat sich einen ganzen Monat lang wie besessen um Dad gekümmert. Ich hätte das keine fünf Minuten ausgehalten. Er sah aus wie ein Zombie.»

«Na ja, er lag im Sterben.»

«Er wollte für sich sein. Wie eine Katze, die einfach irgendwo hinkriecht und allein stirbt. Es war richtig von dir, nicht zu kommen. Inzwischen tut es mir leid, dass ich ihn dabei gestört habe.»

Patrick fragt sich, ob Matt jetzt eine Umarmung erwartet. Es sieht nicht so aus. Er schlurft weiter neben seinem Bruder her, die Hände in den Taschen seiner Jeans.

Patrick ist etwas kleiner, geschmeidig und schmächtig, seine Bewegungen sind anmutiger, und alles in allem ist er in einer auf den ersten Blick schwer zu beschreibenden Weise sogar attraktiver; er wirkt freundlich. Seine Augen künden von Anteilnahme und Feinfühligkeit. Er kann jede Frau bekommen, die er will, was dazu führt, dass begehrenswerte Frauen ihm jeweils fünf oder zehn Jahre lang nachlaufen. Er ist professioneller Kunstfotograf, lebt auf einer tropischen Insel und hat mit seinen vierundvierzig Jahren erst mit neun Frauen geschlafen; er war nie allein. Auch hat er noch nie einen Karriereknick erlebt. Patrick ist ganz Freundlichkeit und Anstand. Aber nicht freundlich und anständig genug, um Matt zu umarmen.

«Ich vermisse Dad», sagt Matt. «Ich vermisse ihn wirklich.»

Patrick wendet sich ab und spitzt die Lippen, als hätte er in etwas Saures gebissen.

Norms Anhänger kommen von überall her – Medizinstudenten, Fans der ganzheitlichen Medizin, Mitpraktizierende, Patienten, deren Krankheiten verschwanden, angehende Schamanen, Veteranen und Förderer der «Letzten Zuflucht». Ihre Autos sind wild durcheinandergeparkt und versperren einander den Rückweg. Keiner wird aufbrechen, bevor es die anderen tun.

Die Frauen bringen große Töpfe und Schüsseln voller Essen mit, die Männer Kühlboxen und Trommeln: Congas, Bongos, Tablas, Djembés. Die Kleiderordnung verlangt gefärbte Erdtöne, verziertes Leder und Schmuck aus Feldstein. Eine Hauptgruppe der Besucher stellen dünnhäutige, dünnhaarige, physisch verletzlich wirkende Menschen: Norms frühere Kunden. Eine andere besteht aus Kollegen und Freunden, Old-School-Hippies – rauen, wilden, älteren Sensualisten, die mit Macht den Falstaff geben, während ihre Frauen Isabel Allende lesen. Eine dritte sind die Collegestudenten: selbsternannte Sixties-Jünger, die zur Begrüßung scheu und mit zusammengelegten Handflächen «Namaste» flüstern.

Unter den Hippies herrscht Einigkeit, dass Penny eine «alte Seele» ist. Viele kennen sie aus der Zeit, als sie ein Baby war und in der Klinik auf dem Boden spielte, damals, als Amalia aufs College ging und Norm das ganze Jahr über mit einem Babysitter in Manaus lebte. Dann kam sein finanzieller Durchbruch, die triumphale Rückkehr nach Amerika und zu seiner Frau, deren Karriere, das Haus in Morristown und die ausgezeichneten Schulen am Stadtrand, auf die ihre Tochter dann ging. Die völlige Entfremdung von seinen Söhnen – aber das kommt seinen Schülern, die ihre Geschichte kennen, nur natürlich vor. Sie sehen in Penny die Trägerin eines einmaligen Potenzials.

Allerdings, muss man fairerweise sagen, sehen sie das in vielen Menschen, inklusive fast all ihrer Freunde. Unter Norms Anhängern herrscht stillschweigendes Einvernehmen darüber, dass sie die Welt zu einem besseren Ort machen, indem sie in ihr leben. Sie verändern sie nicht. Sie erlösen sie durch ihr Leben als Suchende. Der Kult ist ein Hort von Wirklichkeitsästheten. Ein Kult der Persönlichkeit für diejenigen, die Persönlichkeit kultivieren. Die vom Leben nichts als Selbstverwirklichung erwarten, aber sich auch nicht mit weniger zufriedengeben. Sich für die Selbstverwirklichung anderer starkmachen, wenn ihre eigene ins Stocken gerät.

Ursprünglich waren sie Wirklichkeitsästheten, die es wegen ihrer hundsmiserablen Diagnosen eilig hatten. In letzter Zeit sind es Wirklichkeitsästheten mit Zeit, angezogen vom Glanz in den Augen der Überlebenden. Bezaubert von ihrer inneren Stärke, nachdem Norm (mit einer stillschweigenden Entschuldigung bei Epikur) sie davon überzeugt hatte, dass man den Tod ignorieren kann.

Die meisten sind in Manaus gewesen, um die kosmische Schlange kennenzulernen.

Penny trägt ein formloses weißes Baumwollhängerchen. Dazu eine kambodschanische Fußkette mit kleinen Glöckchen – eigentlich dazu gedacht, dass Eltern ihre Krabbelkinder wiederfinden, aber sie mag das. Ins Haar hat sie sich kleine weiße Süßwasserschneckenhäuser geknotet, die aneinanderklicken, wenn sie den Kopf bewegt. Als die Trommeln einsetzen, fängt sie sofort an zu tanzen. Sie ist, das sollte man erwähnen, von dem brasilianischen Cachaça beschwipst, der aus Norms Kellervorräten stammt und vordem dazu benutzt wurde, alkoholische Dämpfe zum Zweck schamanistischer Heilung zu produzieren. Ihre Halbbrüder halten sich abseits und reden. Etwa zwanzig Minuten lang tanzt sie ganz allein.

Norms Anhänger sehen ihr gern beim Tanzen zu, weil sie eine besondere Bedeutung für sie hat. Sie hoffen, sie wird eines Tages in seine Fußstapfen treten, wozu seine Söhne nicht die geringste Neigung zeigen. (Die Trauergäste hören weg, als die beiden über die Yankees diskutieren.) Sie finden Penny komplett Indio, als hätte der Schamane es geschafft, bei Amalias Befruchtung seine eigene ethnische Herkunft vollkommen zu unterdrücken – ein Kunststück, zu dem ein Schamane durchaus in der Lage sein sollte, so kommt es ihnen vor.

Die älteren Trommler spielen afrikanische Polyrhythmen. Als sie erschöpft sind, wird der Beat fetter und schwerer. Die Studenten gesellen sich zu Penny, einige skandieren Norms Namen. Im Zwielicht stoßen die Frauen der Hippies von den Rändern der Zeremonie dazu, in roten Hüten und mit großen weißen Trommeln. Der Beat wird bombastisch, jede Verspieltheit ist daraus verschwunden.

Während die Sonne untergeht, wechselt die Stimmung von Trance zu Raserei. Alle fallen in das Stampfen ein. Die westafrikanischen Trommeln sind wieder da. Der Sound wird fieberhaft. Die kräftige Stimme einer Frau erhebt sich zu einer pentatonischen Totenklage: «Norman, flieg los, flieg nach Hause.»

Gegen elf bekommt Penny Durst und sucht nach einem Weg aus der Menge der Tänzer. Eine Studentin greift nach ihrer Hand und zieht sie zur Seite. Alle Tänzer tasten nach Händen, und der Tanz, der sich bisher um sie als Mittelpunkt gedreht hat, wird zu einer Spirale, deren Tänzer sich im Uhrzeigersinn auf die Nabe zubewegen, unter einer Brücke durchgehen, gebildet von einem Mann und einer Frau, die Penny noch nie gesehen hat, und gegen den Uhrzeigersinn wieder an den Rand zurück: ein Volkstanz der Shaker.

Sobald dieser freie Wechsel von Positionen innerhalb des großen Kreises – die Demokratisierung der Trauerfeier – beginnt, ziehen sich ihre Brüder, die schon seit Stunden locker über nichts Besonderes geredet haben, vom Garten in Richtung Haus zurück.

Sie fehlen Penny gleich. Als sie am Außenrand des Kreises angekommen ist, lässt sie die Hände des Jungen und des Mädchens an ihrer Seite los und folgt ihnen. Sie findet sie in der Küche.

«Wer zum Teufel *sind* diese ganzen Leute?», sagt sie zum lockeren Gesprächseinstieg.

«Schau dir mal deinen Lidstrich an», sagt Matt. «Er ist völlig verschmiert und hinüber, und in deinen Haaren hängt irgendwelches Zeug.»

«Lass sie in Ruhe», sagt Patrick. «Komm her, Schwesterlein. Lass dich umarmen. Ich muss dir sagen, dass ich dich wirklich für das bewundere, was du für Dad getan hast, dass du bei ihm ausgehalten hast. Du bist ein echter *mensch*.»

«Danke», sagt Penny und denkt, dass die vielen Jahre auf

einer frankophonen Insel Patrick auf das jiddisch gefärbte Englisch seines Vaters zurückgeworfen haben.

«Es war hart für dich, habe ich gehört.»

«Allerdings. Ziemlich beschissen.»

In der Küche herrscht Schweigen, und draußen tobt der Sturm der Trommeln und menschlichen Stimmen, die «Norman! Flieg los!» skandieren.

«Was für ein Haufen blöder Suchtbolzen.» Die Bemerkung kommt von Matt. «Wahrscheinlich glauben sie, dass wir jeden Moment die Psychedelika auspacken, wie in der Finger-Kommune. Wir sollten ihnen erzählen, dass Acid im Tiramisu ist.» Er klopft an eine Auflaufform mit Tiramisu und einem Holzlöffel. «Ein Tropfen Acid, und wer am meisten Tiramisu isst, hat die größten Chancen, es zu erwischen.»

«Das Tiramisu ist *meins*», sagte Penny. «Sag ihnen, es ist in den Haferflocken oder was immer das für ein Zeug ist.» Sie nickt in Richtung einer großen, mit einem gräulichen Etwas gefüllten Glasschüssel.

Matt geht grinsend und mit gekreuzten Armen hinaus zum Kreis der Trommler. Die Musik verstummt. Junge Unbekannte kommen in die Küche und türmen scheu Berge kalter Buchweizengrütze auf ihre Teller.

Es dauert nicht lange, und die Unbekannten hängen im Garten und sogar im Haus herum, wo sie auf Flickenteppichen und Möbeln im Kolonialstil liegen und unverwandt und voller Hoffnung auf die Buchrücken starren. Penny setzt sich neben Patrick auf einen Knüpfteppich und isst ihr Tiramisu. «Sind sie nicht bekloppt?»

«Definitiv.»

Sie wiegt sich beim Essen zur Musik, schließt die Augen und sagt: «Ich liebe diesen Ort wirklich. Ich liebe den Fluss.»

«Ich weiß noch, dass Mom hier war. Ich meine unsere Mom, nicht deine.»

«Was für ein Mensch war sie?»

Er schüttelt den Kopf. «Ich kann wirklich nicht über sie reden. Das tut zu weh. Ich wollte nur sagen, dass ich mich an sie erinnere. Hier, genau auf diesem Teppich.» Er klopft darauf. «Da hat sie mit uns Karten gespielt. Vielleicht Uno.»

Sie stellt die leere Schale mit dem Löffel zur Seite und legt sich flach auf den Rücken. «Erzähl mir was von Dad. Etwas, das mit Kolumbien zu tun hat.»

«Du weißt doch, ich bin Fotograf. Ich erzähle keine Geschichten.»

«Na ja, es ist doch seine Trauerfeier, und keiner redet über ihn.»

«Pech gehabt. Er ist eben tot. Wir wissen nicht, was er jetzt macht.»

«Herumfliegen», sagt sie. «Ich habe es gesehen.»

«Du hast seine Seele gesehen?»

Sie nickt.

«Verdammt, Penny. Du bist schon ziemlich speziell.»

«Speziell. Toll.»

«Im Ernst. Du warst schon als Kind cool.»

Eine Wolke verdunkelt die Sonne in ihr. Schon als Kind cool? Als sie geboren wurde, war er zwanzig und lebte auf den Philippinen. Sie kennen sich praktisch gar nicht. Er kann nur seinen letzten Besuch meinen, vor elf Jahren, als sie sich hier in diesem Haus getroffen haben. Sie kann sich nicht erinnern, dass er sie je zuvor gesehen hat. «Reden wir nicht mehr davon», sagt sie. «Ich finde die Musik gut. Willst du was zu trinken?»

«Nein, danke.»

Penny bringt Schale und Löffel in die Küche und macht sich einen Hot Toddy (Cachaça, Zitrone, heißes Wasser). Sie begibt sich zurück zu Patrick auf den Teppich, und sie sitzen schweigend nebeneinander. Sie versucht nicht mehr, sich ihm nahe zu fühlen. Besucher, deren Blick sie streift, müssen annehmen, sie seien tief in intimer familiärer Gemeinsamkeit versunken.

Patrick holt sein Telefon heraus und zeigt ihr Bilder vom Strand vor seinem Haus, von den Nachbarskindern und ihrem Spielzeug.

Matt steht in der Tür von Amalias und Norms ehemaligem Schlafzimmer im ersten Stock und sagt: «Darf ich reinkommen?»

«Bitte», sagt Amalia. Sie sitzt aufrecht im Bett und trägt einen flauschigen Bademantel über einem hauchdünnen Nachthemd. Im Aschenbecher glimmt eine Marlboro. Sie drückt sie aus.

Er schließt die Tür und sagt: «Wir müssen reden.»

«Setz dich zu mir», sagt sie und klopft auf das Bett.

«Nein. Du bist eine wandelnde Feuergefahr.»

Sie lacht.

«Du wirst irgendwann noch dieses Haus niederbrennen. Darüber müssen wir reden. Über deine Vorstellungen von Pflege und Erhaltung.»

«Haha. Alle behaupten, dass ich für eine ältere Lady noch ganz prima aussehe.»

Er verdreht die Augen und sagt: «Mir ist aufgefallen, dass du das Haus verkommen lässt. Nicht nur dieses hier. Auch das in Morristown.»

«Wie bitte?»

«Es ist mein Fehler, dass ich keinen Gartenservice bestellt habe, als Dad krank wurde. Man kann das Gras nicht einfach sich selbst überlassen. Gras muss kurz sein. Diese großen Stängel werden wie Angelschnur aus Nylon. Dagegen kommt man mit einem normalen Rasenmäher nicht mehr an. Da bleibt alles drin hängen. Wenn du nur noch einen Tag länger wartest, brauchst du einen Mähdrescher, um diesen Rasen zu mähen.»

«Den Rasen?»

«Nicht nur den Rasen. Das ganze Ding müsste dringend mal gestrichen werden. Und die Garage. Wenn jemand die von der Straße aus sehen könnte, wäre das ein Verstoß gegen die Grundstücksordnung. Aber da du auch die Eiben nicht beschneiden lässt» – sein Sarkasmus ist beißend und erfüllt von einer ihrem Gegenstand unangemessenen Wut –, «bleibt das Ganze Gott sei Dank unser Geheimnis.»

«Wir haben ja nicht mehr so viele Geheimnisse», sagt Amalia wehmütig und im Bestreben, die Sache ins Scherzhafte zu ziehen.

«Ich wollte dir das nur sagen», schließt er.

«Darf ich dich was fragen?»

«Klar.»

«Bist du glücklich? Hast du eine Beziehung? Ich hab dich wirklich gern.»

«Kannst du nicht mal eine Minute beim Thema bleiben? Ja, zu deiner Information, ich komme schon klar. Vielleicht nicht auf dieser Party. Dad hätte sich auf die Behandlung von etwas spezialisieren sollen, das die Jungen und Schönen trifft – vielleicht Chlamydien. Etwas, das heilbar ist, so wie Schwangerschaft.»

«Du hast also keine Freundin.»

«Amalia. Ich habe den Eindruck, du steuerst auf einen Tränenausbruch zu, und bevor du damit loslegst – bevor du anfängst auszurasten –, gestatte mir, dir mitzuteilen, dass ich nicht einsam bin. Ich habe genug Geld, um mir diese Mädchen, mit denen ich ‹ausgehe›, zu kaufen und wieder abzustoßen, obwohl sie nie auch nur einen Cent haben wollen. Mach dir also um mich keine Sorgen. Eher um hungernde Kinder.»

«Du übertreibst.»

«Ich bin Geschäftsmann. Deshalb kann ich keinen Blick auf das Haus in Morristown werfen, ohne daran zu denken, welche Werte du an jedem Tag wegwirfst, an dem der Rasen nicht gemäht wird.»

«Und ich kann dich nicht ansehen, ohne an die Liebe zu denken, die du wegwirfst –»

«Gottverdammt! Halt den Mund! Es tut mir ja leid, dass dein Mann gestorben ist, aber lass mich da bitte aus dem Spiel!»

«Er war dein Vater.»

Er stockt. Er öffnet den Mund und schließt ihn wieder. Er dreht sich um, stapft aus dem Zimmer und schließt die Tür.

«Lass du mich auch aus dem Spiel», ruft sie ihm durch die geschlossene Tür hinterher.

Sie schnieft und lauscht den genagelten Absätzen seiner Stiefel, als er die Treppe hinunterstolpert.

Penny bleibt lange auf dem Teppich liegen – auch noch, als Patrick aufsteht und sich auf die Suche nach einem Bier macht. Als sie Matt kommen sieht, erhebt sie sich und geht zurück zum Kreis der Trommler. Er hat sich auf Norms engste ehemalige Mitarbeiter reduziert, den harten Kern. Die älteren Männer spielen sanft komplexe Rhythmen. Die älteren Frauen haben sich hingesetzt, wiegen sich, lächeln.

Am Himmel zeigt sich ein erster Lichtschimmer. Penny tanzt am Feuer, das nicht ganz im Zentrum des Kreises brennt. Ihr Körper rockt, die Füße sind fast bewegungslos, die Muscheln im Haar klappern bei den Schwüngen. Sie fühlt sich ganz mit Bedeutung aufgeladen, als könnte sie nur sie selbst und auch nirgendwo anders sein – als zählte hier nichts anderes, wie bei einem Pilger in Jerusalem. Singvögel schießen über die Lichtung, Asche und Funken hängen in der Luft, verfärben ihr Kleid, brennen Löcher hinein. Sie schaut auf ihre Füße. Im grauen, vom Tanzen aufgewühlten Erdreich, das ihr Gewicht trägt und sich mit verlöschender Glut mischt, erblickt sie Norms totes Gesicht.

Als die Sonne über den Horizont steigt, bricht sie zusammen, so wie sie sich das vorgestellt hat. Sie schreit wie geplant ihren Kummer heraus. Es ist Norms Sehnsuchtsschrei nach seinem Zuhause. Ein langgezogenes Brüllen. Aber es wirkt nicht kathartisch. Anstatt aus ihr herauszudringen, geht es nach innen – eine große Scherbe von etwas Zerbrochenem, direkt hinein in ihr gebrochenes Herz.

Sie hört auf zu tanzen. Sie geht nach oben, zieht sich aus und schläft in lauwarmem Badewasser ein. So findet Amalia sie und bringt sie ins Bett.

Am nächsten Abend, als alle Gäste fort sind, erläutert Amalia ihrem Kind und ihren Stiefsöhnen, wie sie die Lage sieht. «Den Gesetzen von New Jersey zufolge erbe ich die Immobilien eures Vaters. Ich glaube, das ist nur fair. Ihr seid jung und arbeitet hart. Ich bin eine alte Frau. Es wird Zeit, dass ich an die Zukunft denke.»

Matt und Patrick, die beide älter als Amalia sind, rutschen auf den harten Sitzbänken in der Küche hin und her. «Das stimmt so nicht ganz», sagt Matt. «Obwohl ich dich bestimmt nicht drängen würde, das Haus gleich zu verkaufen, wenn der Markt in Bewegung kommt. Dem Gesetz nach erhältst du fünfundzwanzig Prozent bis zweihunderttausend und danach fünfzig.»

«Ich missgönne euch keinen einzigen Cent», sagt Patrick. «Ihr seid all die Jahre für Dad da gewesen. Also bitte! Ich war in Neukaledonien! Ich bin immer noch dort. Mir geht's gut. Ich kann warten, bis es was zu erben gibt, *wann* auch immer.»

«Um mal mit diesem zauberhaften Ort hier anzufangen», sagt Amalia. «Er steht uns natürlich jederzeit allen zur Verfügung! Aber er sollte uns auch erhalten bleiben. Ich könnte niemals meine Zustimmung dazu geben, ihn aufzuteilen.»

«So viel könntest du mir gar nicht zahlen, dass ich einer Aufteilung oder einem Verkauf zustimme», sagt Patrick.

«Vielleicht könnte ich ja hier wohnen?», wagt Penny sich vor. «Ich habe keinen Job, und meine Wohnung ist gerade gekündigt worden.»

«Das Haus hat der Mutter der Jungs gehört», sagt Amalia. «Das kann ich dir nicht so einfach überlassen.»

«Ich will ja nicht damit durchbrennen», sagt Penny. «Nur hier schlafen.»

«Was hast du gegen Morristown?», fragt Amalia. «Du könnest mit helfen, das Haus dort in Schuss zu halten. Den Rasen mähen.»

«Ich bin mit dem Studium fertig. Ich will nicht wieder nach Hause ziehen. Hallo?»

«Was ist mit dem Haus in Jersey City?», sagt Matt.

Patrick und Amalia schauen ihn stirnrunzelnd an.

«Welches Haus?», fragt Penny.

«Das Haus von Oma und Opa, wo Dad aufgewachsen ist», sagt Matt. «Das wäre doch eine Lösung. Penny könnte dort eine Weile wohnen und die Stellung halten.»

«Davon habe ich noch nie gehört», sagt Penny.

«Das könnt ihr Penny nicht antun», sagt Patrick. «Das Haus ist nicht bewohnbar. Das Dach ist abgebrannt, und im Keller stand zwanzig Jahre lang Wasser. Das ganze Ding ist vergammelt. Wahrscheinlich abbruchreif oder längst abgerissen.»

«Das hat Norm nur so dahergequatscht», sagt Matt. «Ich bin letzte Woche zweimal dran vorbeigefahren. Da leben Menschen drin.»

«Das ist nur eine leere Hülle», sagt Patrick.

«Von welchem Haus reden die überhaupt?», fragt Penny Amalia.

«Ein Abbruchhaus in einem großen Slum», sagt sie. «Norms Eltern sind dort bei einem Brand gestorben, weil sein Vater im Bett geraucht hat.» Sie starrt gedankenverloren auf die Astlöcher der Kieferntäfelung an der gegenüberliegenden Wand.

«Sie sind im Feuer gestorben?»

«Im Rauch. Sie mussten nicht leiden. Sie waren schon sehr alt. Aber für Norm war das äußerst schmerzhaft. Er hat nie darüber gesprochen, all die Jahre nicht, und wollte auch nichts an dem Haus machen lassen. Als wäre das alles nie passiert.»

Penny denkt darüber nach. Einen Augenblick lang sieht sie ihre toten Großeltern noch in ihrem Bett liegen, wie Mumien in einem Museum, versteinert durch Norms Nichtwahrhabenwollen. Zu ihrer Erleichterung fällt ihr dann wieder ein, dass das Haus bewohnt ist, zumindest laut Matt. «Okay», sagt sie, «aber wie kann ich dort wohnen, wenn es schon andere Leute tun?»

«Die wohnen da illegal», sagt er. «Du musst sie loswerden.»

«Aha, jetzt ist sie also dein Gentrifizierungsstoßtrupp», sagt Patrick. «Das haut mich um.»

«Sie ist nur unsere Repräsentantin. Du kannst keine Zwangsräumung durchsetzen, ohne dass du ein paar Tatsachen schaffst.»

Patrick sieht unglücklich aus, Penny einfach nur verwirrt.

«Was auch immer, blablabla», sagt Amalia. «Das Haus ist heruntergekommen. Wahrscheinlich hast du am falschen Ort nachgeschaut.»

Matt sagt: «Hör zu, Amalia. Ich habe kein Problem damit, dir einen lebenslangen Nießbrauch für Morristown einzuräumen, und auch nicht, unser Wochenenddomizil hier mit euch dreien zu teilen. Aber Omas und Opas Haus ist für keinen von uns ‹Trautes Heim, Glück allein›. Es ist einfach ungebundenes Kapital. Und ich glaube, ein ideales Projekt für Penny, solange sie arbeitslos ist. Wir könnten ihr ohne weiteres einen Tagessatz zahlen, abzüglich anteiliger Miete, wenn wir es verkaufen.»

«Ich weiß nicht», sagt Penny zu Matt. «Wenn es so heruntergekommen ist, ist es dann auch sicher? Was, wenn es ein Crack-Haus ist?»

«Was haben sie dir auf dem College eigentlich beigebracht – aus deinem Hobby, Labradorwelpen aufzuziehen, einen Job zu machen? Was sagt man, wenn jemand versucht, einem Drogen zu verkaufen? ‹Nein danke, heute brauche ich gerade keine Drogen.› Und dann geht man los und holt professionelle Gentrifizierer in Kampfmontur.»

Amalia sagt: «Was meinst du, Penny?»

«Ich könnte es mir ja mal ansehen.» Penny greift nach ihrem Smartphone. «Wo soll das sein?»

«Sie wird das Haus niemals finden», sagt Patrick, «ich wette zehn zu eins, dass es verfallen ist.»

«Was weißt du schon von Immobilien?», sagt Matt. «Du lebst in einem Haus aus Palmwedeln.»

«Lage, Lage, Lage», erwidert Patrick.

Als die Feierlichkeiten vorbei sind, fährt Penny zurück in die Wohnung in Morningside Heights.

Sie liegt rücklings im alten Bett ihres Vaters und versucht zu schlafen. Es gibt so viel, über das sie nachdenken muss, aber sie kann nur an eins denken: an ihn.

Sie wälzt sich auf die Seite. Ihr Atem klingt in den Matratzenfedern nach und erinnert sie an den letzten Tag seines Lebens. An sein schwerfälliges Keuchen in den Wochen, als er nichts anderes mehr tun konnte. Jeder Atemzug anstrengender als der vorherige, während sie verzweifelt darauf wartete, dass sein Herz aussetzte.

Sie schaltet das Licht ein und setzt sich mit dem Rücken

an das Kopfteil seines Betts. Sie trinkt Wasser aus seinem Glas. Sie findet sich von seinen Möbeln umzingelt.

Sie raucht eine Zigarette. Legt sich wieder hin. Versucht, darüber nachzudenken, wie unfair es ist, vor die Tür gesetzt und gezwungen zu werden, für die Familie zu arbeiten, während sie doch nur ihr Leben leben will, aber stattdessen denkt sie geschlagene zwei Stunden über Norms Tod nach, bevor sie einschläft.

Penny geht zu Fuß von der Grove-Street-Haltestelle der PATH in Jersey City zu dem Haus, das ihr Großvater angezündet hat. Es ist Mitte Juni, ein sonniger Dienstagnachmittag und ein langer Weg – eher eine Busfahrt wert, aber das Wetter ist so schön, und sie hasst Busse. Die niedrigen Ligusterhecken entlang der Gehwege sind voller wilder Bienen. Sie hört einen Blauhäher kreischen.

Das Viertel wird schnell erschreckend hässlich. Schindelgedeckte Reihenhäuser sind mit verzogenen Aluminiumplatten in schimmeligen Pastelltönen verkleidet. Vortreppen aus Beton tragen an den Seiten orange gefärbte künstliche Ziegel. Wacklige Aluminiumzäune tun so, als wären sie aus Schmiedeeisen. Die Bebauung wechselt von Block zu Block, billige Nachkriegshäuser stehen neben Plattenbauten, die gestern hochgezogen worden sein könnten. Sie bahnt sich den Weg über das zerbrochene Glas eines Gewerbeparks, auf dem es von Lieferwagen mit platten Reifen wimmelt. Niedrige Flachdachgaragen drängen sich am Gehweg.

An einer Querstraße biegt sie ab – ein Block größerer Häuser. Sie haben überdachte Veranden mit gedrechselten, mit unzähligen Farbschichten bedeckten Holzgeländern. Die Gebäude sind hoch, aus Ziegeln gemauerte Stadthäuser, die die Leute Brownstones nennen, mit großen Fenstern zur Straße hin und schiefhängenden, gebrochenen Jalousien. Die Fenster sind schwarze Löcher, als wäre dahinter nichts mehr.

Im nächsten Block sieht es besser aus. Auf der einen Seite kleine Reihenhäuser, gut erhalten und sauber. Bei einem sind sogar bunte Windräder in die Blumenkästen vor den Fenstern gesteckt, wie Pflanzen. Auf der anderen Seite stehen Brownstones, die bewohnt zu sein scheinen.

Das vierstöckige, frei stehende Backsteinhaus an der nächsten Ecke erstreckt sich über drei Parzellen. Es ist wie ein seitenverkehrtes L gebaut, wobei der Eingang sich an der Längsseite befindet. Die Veranda läuft um die Hausecke herum, parallel zum Gehweg, von diesem durch einen drei Meter breiten Streifen Fingergras getrennt. Das Mansardendach wirkt nicht ganz vertrauenerweckend. Pennys Smartphone zufolge ist sie angekommen.

Sie geht die Eingangstreppe hinauf. Eine Wassermelonenkatze – so nannte Norm Tigerkatzen – schläft auf einem Haufen Pullovern, einem Parka und Werbewurfsendungen in einem Karton, auf dem Zu Verschenken steht. Anstelle einer Klingel ist eine komische Vorrichtung auf ein Brett geschraubt, dazu ein Zettel mit dem Hinweis: 1. Melodie durch Schalterdrehung wählen: Jazz. Tony. Anka. Rob. Sorry. 2. Hier drücken.

Auf die Mauer rechts von der Tür ist ein Symbol gesprayt: ein gut einen Meter durchmessender Kreis mit einem dreißig Zentimeter großen *N* darin, dessen erster Aufstrich nach unten zu in einem Pfeil endet. Ein anarchistischer Blitz. Internationales Symbol der Hausbesetzer. Nach rechts schließen sich an das *N* sieben, mit einem dicken Filzstift sauber gemalte Kleinbuchstaben an: *i c o t i n e.*

Penny setzt sich auf den Windsor-Stuhl neben dem ZU VERSCHENKEN -Karton und hält der Katze ihre Fingerkuppen hin. Die Katze schnurrt. Penny schaut die mittäglichen Straßen entlang; ausgestorben, als wären alle fort zur Arbeit, nur ein paar verstreute Autos stehen herum. Sie hört ein Scheppern.

Sie steht auf und geht die Veranda entlang.

Links um die Ecke, gleich hinter dem kurzen Teil des seitenverkehrten L, parkt auf einer vierten Parzelle, die zum Grundstück gehört, auf den beiden Betonstreifen der Zufahrt zu einer offen stehenden Garage ein ramponierter weißer Chrysler-Kleinbus. In der Garage steht im Schatten ein Mann und starrt auf einen Fahrradrahmen, der auf einen Montageständer geklemmt ist.

Der Mann sieht so gut aus, dass er allein aufgrund seiner äußeren Erscheinung problemlos durch die Highschool gesegelt sein muss – eine akademisch belanglose, aber harmlose (ungefährliche) Highschool im vorstädtischen Passaic County, wo sein Vater, ein einarmiger Schreiner, sich mittels Sozialhilfe in einem Wohntrailer im Wald über Wasser hält. Seine Mutter, Gabelstaplerfahrerin in einem trimodalen Logistikzentrum in Delaware, hat den Eindruck, dass ihm ein männliches Vorbild fehlt. Darum schickt sie ihn im Alter von dreizehn zu seinem Vater. Auch deshalb, weil ihr Mann glaubt, der Junge sei ein unverschämter Klugscheißer, und versucht, mit ihm zu rangeln, wann immer sie sich sehen, was aber nie passiert (zumindest in den vergangenen zehn Jahren nicht).

Penny ist ein bisschen wie vom Blitz getroffen. Sie schwankt, die Hände auf dem Geländer. Unentschlossen pendelt ihr Körper vor und zurück. Sie ruft: «Hallo?»

Der Mann unterbricht die Untersuchung eines Haarrisses in einer Schweißnaht und macht ein paar Schritte, bis er auf Höhe des Garagentors ist. Er mustert sie von oben bis unten. Er ist Ende zwanzig, glatt rasiert, groß, das blonde Haar zu einem Pferdeschwanz gebunden, hat blaue Augen, braune Augenbrauen, breite Schultern, schmale Hüften und nackte Füße. Er trägt ein vom Waschen fadenscheiniges T-Shirt und tiefhängende, abgewetzte Lees. Penny bemerkt, dass er schlank und muskulös ist und eine anmutige Art hat, sich zu bewegen, wobei er eine wissbegierige, aber selbstsichere Würde ausstrahlt. Und er *arbeitet*. Allein an einem Werktag in der Garage eines großen Hauses, sein eigener Chef, hält er ein von Menschenkraft angetriebenes Gefährt in Schuss. Die lebende Verkörperung männlicher Eigenverantwortung.

Sie denkt an eine Reihe von hastig hingetippten explodierenden Böllern und roten Herzen, schickt Freunden in Gedanken Textnachrichten von ihrer Entdeckung.

Er dreht den Kopf und spuckt Tabaksaft in einen Busch.

Redneck, denkt sie wieder, aber *SCHNUCKELIG!!!*

Er wendet sich ihr zu und sagt: «Hallo. Kann ich dir helfen?»

Sie sagt: «Ich heiße Penny. Lebst du hier?»

«Ja».

«Seit wann?»

«Von Anfang an», sagt er. «Ich habe das hier aufgetan. Willst du dich mal umsehen? Reinkommen, eine Führung, das ganze Programm?» Er gestikuliert in Richtung Haus.

Einen Augenblick fragt sie sich, warum er gleich anbietet, ihr alles zu zeigen. Kommen Touristen hierher? Nein, es gibt nur einen Grund, aus dem ein Fremder hier vor der Tür steht: Er braucht eine Unterkunft. Oder?

Penny ist sich nicht sicher, ob sie jetzt gleich eine Führung haben will. Sie hat sich für die Bahnfahrt und den Gang durch ein ärmliches Viertel angezogen. Jetzt hätte sie gern frisch gewaschene Haare, Ballerinas an den Füßen und etwas anderes am Hintern als eine Hose. Sie ist eine kleine, braune Frau in Sportsocken, die ihr Handtäschchen in einer Plastiktüte mit sich herumträgt. Für Rassisten ein höherer Primat. Für Linke eine Frau mit Migrationshintergrund. Für absolut niemanden die künftige Erbin der Immobilie und nur hier, um ihn hinauszuwerfen. Natürlich hat das Vorteile. Sie tut verlegen, um sich noch besser zu tarnen. Vielleicht erkennt er sie gar nicht mehr wieder, wenn sie in ihrem üblichen Aufzug zurückkommt?

Das Gefühl, eine Rolle zu spielen und sie schlecht zu spielen – er läge ja nicht daneben, wenn er sie für arm, bedauernswert und unaufrichtig hielte –, lässt sie noch mehr in sich zusammensinken, als sie seine Einladung annimmt. Nichts wäre für ihren dunklen Auftrag günstiger als eine Führung. Dann könnte sie Matt berichten, wie es im Innern des Hauses aussieht. Sie hasst sich zutiefst.

Sein Name, sagt der Mann, sei Rob. Er durchkreuzt ihre Erwartungen, indem er davon ausgeht, dass sie klug ist.

«Dieses Haus, das wir ‹Nicotine› nennen, gehört zu einer Reihe von Immobilien, die von der Community Housing Action verwaltet und als Unterkünfte für politische Aktivisten genutzt werden», sagt er. «Die CHA fungiert als Dachorganisation für Wohnraumkooperativen in ganz Nord-Jersey.

Die Voraussetzung, einen Platz zu bekommen, ist, dass du hauptsächlich Aktivist bist, aber das progressive Spektrum ist dabei ziemlich breit. Alle Häuser haben ein Motto. Manche haben eine ziemlich triviale Agenda – Fahrradaktivisten wie ich, Baumpfleger, solcher Kleinscheiß eben –, aber bei anderen geht es um große politische Themen wie Umweltprobleme, Abrüstung, verschiedene Gesundheitsfragen, Aids und TB oder was auch immer. Dieses Haus hat eine etwas andere Entstehungsgeschichte, weil bei uns nicht alle mit einem Thema –»

«Außer Nikotin, schätze ich. Ich habe dich Tabaksaft ausspucken sehen.»

«Und ich habe bemerkt, dass du das mit Fassung getragen hast.»

«Wenn du mitbekommen hättest, was ich in letzter Zeit erlebt habe. O Mann! Außerdem rauche ich selbst, auch wenn ich es mir nicht leisten kann.»

«Dann willkommen im Nicotine. Komm rein.»

Er öffnet die Haustür, die in einen Flur voller herumliegender Winterstiefel führt. Ein enges Treppenhaus ragt steil vor ihnen auf. Am Ende des Flurs lässt das vergitterte Oberlicht einer überwucherten und unzugänglichen Hintertür grünliches Licht durch die jungen Bäume, die sich von außen dagegendrücken. Zur Linken gibt es eine geschnitzte Doppeltür aus Holz, die wahrscheinlich in ein Wohn- und Esszimmer führt. Die Tür zur Rechten gibt den Blick frei auf eine große, luftige Küche mit Erkerfenstern in zwei Richtungen. Dort hinein deutet er.

Eine mollige Frau, älter und größer als Penny, steht in Basketballschuhen hinter dem Tresen und schält Karotten. Sie trägt einen Stufenrock aus orangem Leinen mit elastischem Bund, dazu ein verblichenes rosarotes T-Shirt mit dem aufgebügelten Bild eines Wolfes. Penny kommt dieses Outfit vollkommen albern vor. Die Ohren stechen durch ihr langes schwarzes Haar. Sie schaut Rob an, grinst und streicht sich die fettigen Strähnen zurück hinter die Ohren, ohne den Schäler aus der Hand zu legen.

«Hey, Sorry», sagt er. «Wir haben Besuch.»

«Ich heiße Penny», sagt Penny. «Ein schönes Haus habt ihr da!»

Rob greift nach einer knallroten Kaffeetasse mit Werbung für das cholesterinsenkende Medikament Lipitor und spuckt hinein. Sorry zuckt zusammen und schüttelt den Kopf. Sie legt Karotte und Schäler aus der Hand und fragt Penny, ob sie einen türkischen Kaffee möchte. Penny sagt «Ja, bitte», und Sorry fordert sie und Rob auf, im Esszimmer Platz zu nehmen, zurück durch den Flur und durch die Doppeltür.

«Dieses Zimmer sieht so aus, als würdet ihr es nie benutzen», sagt Penny. Sie setzen sich an einen langen Holztisch, an dem gut und gerne vierzehn Menschen Platz finden könnten. Das Furnier schlägt Blasen, als hätte man ihn draußen im Regen stehen lassen. Was einmal ein Leuchter aus Kristallglas war, hängt jetzt glaslos über ihren Köpfen; in den sechs Lampensockeln stecken drei verschiedene Sorten Glühbirnen. Die grünliche, silbern marmorierte Tapete korrespondiert mit dem schwarzen Marmor des dunkel getönten Spiegels neben dem leeren Kamin. Auf dem Sims stehen zwei Statuetten: eine Selige Jungfrau Maria aus Latex (ein Fundraising-Dildo für ein feministisches Kollektiv in Chicago, wie Rob ihr erklärt) und ein ebenso biegsames My Little Pony in Gelb mit schmutziger Mähne. An der Wand ein schwarzes Poster, das sich an den Rändern rollt: TEST DEPT. Hinter einem breiten Rundbogen, an dem der Raum um die Hausecke abknickt, wird er als Lager genutzt; dort stapeln sich Pappkartons, Plastikcontainer, Zeitungen, Zeitschriften und Fahrräder.

Auf dem Tisch liegt eine Packung American Spirit – eine Marke der Firma British-American Tobacco, die mit ihren naturreinen giftigen Alkaloiden prahlt – neben einem klassischen Tischfeuerzeug aus den Dreißigern und dazu passendem Aschenbecher.

Sorry trägt ein Hängetablett aus Messing im türkischen Stil herein. Sie nimmt eine Zigarette und klopft sie ein paarmal auf den Tisch. Sie beugt sich vor, um sie anzuzünden, und inhaliert tief. Die kiffermäßige Konzentration, mit der sie das tut, beeindruckt Penny sehr.

Wie ihr Mitbewohner scheint sie davon auszugehen, dass ihre Besucherin intelligent und neugierig ist. Beim Ausatmen sagt sie: «Weißt du, warum ich hier lebe? Gleich mein allererster Medikamententest ist schiefgelaufen. Es ging um die Wechselbeziehung von Antihistaminen und Serotonin-Wiederaufnahmehemmern, Phase eins; die Sache sollte einen Monat dauern und achttausend Dollar bringen. Aber nach *vier Tagen* mussten sie mich gehen lassen. Die achttausend habe ich zwar bekommen, aber ich war völlig verändert. Die Wechselwirkung der Medikamente war der Startschuss für die Manie, könnte man sagen.»

«Sie musste eingeliefert werden», sagt Rob. «Sie hat in diesem feministischen Haus gewohnt, im Stayfree, und um es mal so zu sagen, die haben es da nicht so mit Zucht und Ordnung und wussten deshalb nicht, wie sie damit umgehen sollten. Sie haben die Cops gerufen. Eine ziemlich kreative Art, sie wieder in die Hände der Ärzte zu bringen.»

«Der erste und letzte Test für mich», sagt Sorry. «Nie wieder.»

«Ich habe noch nie an einem Arzneimitteltest teilgenommen, aber davon gehört», sagt Penny. «Es soll leicht verdientes Geld sein.»

«Total leicht», sagt Sorry. «Ich bin aus der Notaufnahme abgehauen und auf so einem leeren Grundstück herumgeschlichen, als wäre ich bei den Partisanen im Widerstand. Morgens habe ich mein ganzes Geld abgehoben und wollte nach Afghanistan. Ich weiß auch noch genau, was ich mir dabei gedacht habe. Ich wollte die Revolution in Afghanistan anführen. Aber *Gott* sei Dank hatte ich kein Visum, also blieb ich schon am Flughafen hängen und landete wieder im Krankenhaus. Ich bin nur *ganz knapp* daran vorbeigeschrammt, nach Jordanien ausgeliefert zu werden.»

«Warum Jordanien?»

«Ich bin jordanische Staatsbürgerin. Aber egal, sie haben mich auf Lithium gesetzt. Und ich habe das Zeug auch genommen, zumindest eine Weile. Aber dann fand ich heraus, dass es eine andere, weniger giftige Substanz gibt, die mich runterbringt und mir hilft, mich zu konzentrieren.» Über ihre Zigarette hinweg wirft sie Rob einen Blick zu. «Obwohl ich *immer* noch nicht verstehe, wie man sich Tabakblätter in den *Mund* stecken und dann *ausspucken* kann. Als hätte man permanent Tabaksuppe im Mund.» Sie schüttelt den Kopf. «Aber Zigaretten, da atmest du tief ein, bekommst deinen Sauerstoff und alles, was du sonst noch brauchst, und wenn du ausatmest, sonderst du die schlimmen Sachen aus, als wär deine Lunge eine Niere oder Leber oder so was.» Sie führt es vor.

Rob nimmt eine Zigarette aus der Packung auf dem Tisch und fängt an, ihren Inhalt mit etwas Backnatron in einer Paroxetin-Tasse zu zerkrümeln.

«Vielleicht hast du dich nur daran gewöhnt?», schlägt Penny vor. «Kalten Rauch rieche ich nun wirklich nicht gern, aber zu sehen, wie er ausspuckt, macht mir nichts aus. Vielleicht liegt das daran, wie ich aufgewachsen bin.»

«Wie denn?», fragt Rob.

«Meine Familie ist ziemlich schräg.» Sie macht sich keine Gedanken um Diskretion – sie kann sich nicht vorstellen, dass das Gespräch eine Wendung nimmt, in deren Folge sie sagen muss, dass der Familie dieses Haus gehört –, aber sie ist entschlossen, so interessant und freundlich rüberzukommen wie möglich, und sagt: «Erstens ist meine Mutter eine Kogi. Diese Menschen aus Kolumbien.»

«Von denen hab ich gehört», sagt Rob. «Oben in den Bergen, die mit den Flaschenkürbissen. Sie halten das Universum am Laufen.»

«Inzwischen sind sie mehr mit Brandrodung und Viehzucht in Nationalparks beschäftigt.»

«Was ist mit ihnen los?», fragt Sorry.

«Sie waren mal der seltsamste Stamm aller Zeiten. Ihr Leben bestand daraus, Koka zu kauen. Mehr haben sie nicht gemacht. Ich meine, so wie Ziegen kauen, den ganzen Tag lang, Tag für Tag. Sind herumgezogen, haben Kokablätter mit Löschkalk gekaut, bis ihre Backenzähne abgeschliffen waren, und den Speichel auf die Kürbisse geschmiert. Aber natürlich nur die Männer. Die Frauen kochten und wuschen und wurden unter Clans mit gleichem Totem getauscht und so. Deshalb hat sich meine Mutter aus dem Staub gemacht.» Sorry lacht, und Penny fährt fort: «Aber für die Männer war das auch nicht so toll! Um Schamanen zu bekommen, zogen sie kleine Jungen in Höhlen auf, wie die irischen Barden. Meinem Großonkel ist das passiert. Mom sagte, als er da rauskam, war er unzurechnungsfähig.»

«Wie die irischen Barden», sagt Rob.

«Als sie meinen Dad kennengelernt hat, war der gerade dabei, seine Klinik für Therapien mit einheimischen Kräutern im brasilianischen Manaus aufzubauen, am Amazonas. Kann ich eine Zigarette schnorren?»

«Klar, bedien dich», sagt Sorry und hält ihr die Packung hin. «Und er hat die Leute irgendwie mit Koka geheilt?»

«Nein. Mit so einer Liane aus dem Urwald, die dich total auf Trip schickt. Die heilt absolut alles, weil du davon kotzen musst, als gäbe es kein Morgen. So wirkt die. Du fängst damit an und glaubst, du bist krank, aber wenn du erst auf Trip bist und jeden Tropfen Körperflüssigkeit verlierst, merkst du, dass du die Bedeutung dieses Wortes noch gar nicht kanntest. Dein Immunsystem legt aus reiner Selbstverteidigung einen Kaltstart hin. Ayahuasca heißt das Zeug.»

«Ich weiß nicht, ob du daran glaubst oder nicht», sagt Rob. «Aber die Methode klingt ziemlich ayurvedisch.»

«So geht die traditionelle Medizin immer vor», sagt Penny. «Sie reinigen dich, zapfen dir Blut ab, jagen deine Körpertemperatur auf vierzig Grad hoch oder was auch immer. Das funktioniert alles wie Chemo; sie bringen dich für einen Neustart runter auf null. Jedenfalls ist das der Grund, warum Tabaksaft mich nicht ekelt.»

«Also waren deine Eltern beide an traditioneller Medizin

interessiert», souffliert Sorry. «Oder hatte deine Mutter Krebs?»

«Nein, nein», sagt Penny. «Er hat sie in Cartagena kennengelernt. Sie hatte sich vom Siedlungsgebiet der Kogi zur Küste durchgeschlagen, und Dad fand sie als Schweinehirtin auf einer Müllhalde. Da hat sie diese riesigen Schweine gehütet, die ihr eine Scheißangst einjagten, und er hat ihr ein Angebot gemacht, das sie nicht ablehnen konnte.»

«Ist diese Müllhalde eine Touristenattraktion?»

Sie starrt zweifelnd ihre Hände an, während sie die Asche im Aschenbecher abstreift und sagt: «Weißt du, ich habe keine Ahnung, was er da wollte.»

«Mädchen aufreißen», schlägt Sorry vor.

«Sie war dreizehn! Ungefähr so alt wie mein Bruder Patrick. Er hat sie aufgenommen, weil sie auf der Straße lebte und hungerte. Dann hat sie sich in ihn verliebt, und er hat sie fünf Jahre warten lassen. Das fand sie richtig ätzend, hat sie immer erzählt. Sie dachte, wenn sie zu lange warten, wäre sie zu alt zum Heiraten.»

«Wie Soon-Yi Previn.»

«Vermutlich. Aber sie hat sich ziemlich schnell mit dem modernen Leben angefreundet. Zuerst hat sie in Nyack die Highschool besucht. Dann hat sie Dad geheiratet, in Brasilien mich bekommen und ist schließlich aus Barnard gegangen, und jetzt ist sie Personalleiterin in der City.»

«Sie muss klug sein.»

«Sie ist einfach lustig.» Penny zuckt die Achseln. «Sie spricht nicht genug, deshalb klingt sie immer noch wie eine Kolumbianerin. Du kannst praktisch hören, wie sie diese schrägen Kogi-Gedanken durch einen Filter aus Spanisch und Englisch quetscht. Meistens sagt sie nicht mehr als»

– sie senkt die Stimme, um Amalias rhythmisch-monotonen Tonfall zu imitieren – «‹Ogottogott›. Mein Dad kam für sie irgendwie von einem anderen *Planeten.*»

«Lebt er noch?», fragt Sorry.

«Er ist vor kurzem gestorben. Er war echt alt und echt krank.»

«Tut mir leid», sagt Sorry.

Penny fährt fort: «In ihrer Personalabteilung halten sie alle für eine große Feministin, aber das kommt daher, dass sie im Geheimen immer noch so traditionell ist; es befremdet sie total, dass Männer sich für Jobs bewerben. So in der Art, wieso müllen die uns hier die Arbeitsplätze voll? Müssen sie sich nicht um irgendwelche Kürbisse kümmern?»

Belustigt ziehen Penny und Sorry an ihren Zigaretten, und Rob schiebt sich sein Kauzeug in den Mund.

«Also, die Idee hinter diesem Haus», sagt Sorry. «Du weißt ja, in dieser Gesellschaft stehen wir Raucher noch eine Stufe tiefer als Meth-User. Sagen wir, du spritzt dir Heroin in einer Flugzeugtoilette. Was passiert?»

«Nichts?», spekuliert Penny.

«Und wenn du eine rauchst?»

«Luftsheriffs?»

«Standrechtliche Erschießung!», sagt Sorry. «Die Leute sind am Arsch von illegalen Rauschmitteln oder Drogen auf Rezept – was immer du willst –, und niemanden kümmert's. Aber rauch eine, und schon bist du bei allen auf der schwarzen Liste.»

«Aber hallo», sagt Rob.

«Du bist ein Babykiller», sagt Sorry. «Das Baby, das an einem Nippel voller Phthalate saugt, Antibiotika-Huhn isst, PCB einatmet, im Dreck voller Tetraethylblei buddelt und beim Skateboardfahren Wodka pur trinkt – wenn dieses Baby dann mit sechsundachtzig statt mit neunzig stirbt, dann nur, weil *du* dir in einem öffentlichen Park eine Zigarette angesteckt hast.»

«Trotzdem, ich glaube an die Sache mit dem Passivrauchen», sagt Rob. «Deshalb tunke ich ja. Da bekomme nur ich die schädlichen Wirkungen ab.»

«Du bist einfach ein Schisser», sagt Sorry. «Das Raucher-Äquivalent zu einer Klemmschwester.» Sie streift die Asche im Aschenbecher ab und drückt den schwarzen Knopf, der den Drehteller ins Rotieren bringt und die Asche in den darunterliegenden Behälter schleudert. «Ich werde nie aufhören. Entweder Nikotin oder Lithium. Jeder dritte Raucher stirbt an den Folgen des Rauchens, jeder zehnte an Lungenkrebs. Damit stehen meine Chancen viel besser, als wenn ich Revolutionsführerin in Afghanistan geworden wäre.»

Rob sagt: «Das Nicotine ist in der CHA ein Sonderfall, weil es eine Art Sammelplatz ist, ein Haus für Aktivisten von allen möglichen Fronten. Aber wir haben eben diese eine Sache gemeinsam, die dafür sorgt, dass wir bei allen Protestmärschen und Versammlungen verfemt sind, egal wo wir hinkommen. Das hat uns zusammengebracht.»

«Die haben mich nicht mal auf einem Marihuana-Smoke-In rauchen lassen», sagt Sorry. «Nikotin sei ein *Nervengift*, haben sie gesagt und dabei verdammtes *Bier* getrunken.»

«Schon im Aktivismus steckt das Gift», sagt Rob. «Die Polizei prügelt wie nichts Gutes auf die Leute ein, bricht ihnen Rippen und Hüftgelenke, wie es Jazz beim Parteitag der Republikaner passiert ist, und keiner sagt ein Wort, wenn sie mit einer verdammten *Krücke* mitmarschiert, aber mit einer Zigarette, das geht gar nicht. Und an diesem Punkt sage ich: Da ist bei jemandem im Oberstübchen was defekt.»

«Weil sie gute Linke sind», sagt Penny. «Die brauchen Täter, keine Opfer. Sie werden den Kampf gewinnen und in einem neuen Jerusalem leben, es sei denn, wir bringen sie mit unseren Krebsstäbchen um.»

Rob und Sorry wechseln einen anerkennenden Blick, als wäre Penny gerade durch einen Reifen gesprungen. Sie findet es aufregend, mit ihnen an ihrem großen Tisch zu sitzen und spontanen Beifall für spontane Äußerungen zu ernten. Sie glüht vor Freude. Rob ist so süß – und Sorry so gar keine Konkurrenz –; sie kann sich gut vorstellen, dass sie sich sehr schnell sehr nahe kommen werden.

«Ich kann dich gut leiden», sagt Sorry.

«Wenn dir die Frage nichts ausmacht: Wie bist du zu diesem Namen gekommen?»

«Kommt von Sarah», erklärt sie. «Kurz ‹Sari›. Aber die Menschen in diesem Land glauben, ich würde ‹Sorry› sagen. Ich bin in einer Siedlung in der West Bank aufgewachsen, deshalb hab ich mein halbes Leben lang ‹Sorry› gesagt. Das ist dort der einfachste Weg.»

«Habt ihr ein Bier?»

«Willst du unsere Bodega kennenlernen?», entgegnet Rob.

Er und Penny gehen los.

Als sie anmerkt, dass die leeren Brownstones Crack-Häuser sein könnten, erzählt er ihr, dass sie leer stünden, weil sie auf Schutt gebaut worden seien. Anstatt ein Rohr zu verlegen, in dem der Fluss, der unter ihnen hindurchlief, weiterfließen konnte, habe der Bauunternehmer vor

120 Jahren ihn einfach mit Erde und Müll aufgefüllt. «Die ganzen Rückfronten sind kaputt», erklärt er. «Sie rutschen jeden Tag ein bisschen tiefer ins Flussbett.»

«Trotzdem könnten es Crack-Häuser sein.»

«Ich weiß nicht. Das hier ist eher ein Heroin-Viertel.»

Sie biegen ab und gehen ein paar hundert Meter an einem hohen Maschendrahtzaun entlang, der einen riesigen Schulhof umschließt. Die Kinder sind schon nach Hause gegangen, und die metallenen Netze der Basketballkörbe rasseln im Wind. Der Nachmittag ist warm, aber der feuchte Dunst so undurchdringlich, dass die Sonne schon untergegangen scheint.

Rob hält Penny die Tür zur Bodega auf. Als sie sich schließt, ertönt ein Silberglöckchen. Sie stehen vor einem hohen Kühlschrank und studieren die Auswahl. Rob nimmt eine Flasche Doppelbock, und Penny kauft eine Dose Foster's und drei Packungen American Spirit (ein Spontankauf, sie hat eben beschlossen, die Marlboros aufzugeben), weil sie – jeweils! – fünf Dollar weniger kosten als über den Fluss in New York City.

Als sie wieder zu Hause sind, wird aus der Unterhaltung offenes Flirten. Sorry geht nach oben. Penny gibt Rob einen leicht angeheiterten Kuss auf die Wange. Er berührt mit einer gewissen Zärtlichkeit ihren Arm, küsst sie aber nicht zurück.

Sie machen Currysoße mit Kokosraspeln, weil das zu den Karotten passt. Als Sorry zum Essen nach unten kommt, bedienen die beiden sie im Esszimmer, als wären sie Gastgeber und Gastgeberin und Sorry der Gast. Sie sagen wenig, schauen sich aber häufig an. Sorry isst auf und entschuldigt sich.

Penny und Rob waschen ab und trocknen das Geschirr. Leicht betrunken ziehen sie sich Nikotin rein.

Gegen acht, vor dem letzten Bus, nimmt er ihre Hand und geht mit ihr zur Treppe. Er erwidert ihren Wangenkuss. Kurz wandern seine Hände über die Konturen ihres Körpers. Er umarmt sie wie einen lange verschollenen Freund. «Du siehst aus wie die Sad-eyed lady of the lowlands», sagt er.

«Ich bin nicht traurig.» Es ist ihre erste ehrliche Antwort.

Er tritt ein wenig zurück, um ihr in die Augen zu sehen. Dann küsst er sie zögernd und sorgfältig zielend auf den Mund. Seine Lippen verharren volle fünf Sekunden lang unbeweglich auf ihren. Er schließt die Augen und blinzelt ein bisschen, fast gedankenverloren. Dann löst er sich von ihr, als hätte er überlegt und noch mal überlegt und sich dann entschlossen, nichts zu überstürzen.

Penny beschließt, dass das sexy ist. Als fände er, sie richtig zu küssen sei ein Risiko, also lässt er sich Zeit, das Glatteis zu betreten, den Köder zu schlucken, in die Falle zu gehen. Sie spürt unwillkürliche Zuneigung, gemischt mit Vertrauen, als würde sie ihn schon ewig kennen. Sie bemerkt, dass seine Genitalien an ihre Taille gepresst sind (er ist ganze dreißig Zentimeter größer als sie), und sie reibt sich ein bisschen daran, erwartet eine Reaktion – eine Art Wölbung, vielleicht das Kringeln von etwas in zu enger Unterwäsche? –, ein unmissverständliches Zeichen, dass er sie mag?

Er umarmt sie liebevoll, während sein Schritt Gleichgültigkeit und Langeweile signalisiert.

Sie erwägt, ihn etwas zielführender zu küssen, vielleicht ihre Zunge einzusetzen. Dann fällt ihr der Tabak in seinem Mund ein.

Sie stellt sich auf die Zehenspitzen, küsst ihn auf den Hals und dankt ihm für den großartigen Nachmittag.

«Du solltest morgen wiederkommen, dann sind mehr Leute da», schlägt er vor.

Wieder in Manhattan, liegt sie rücklings im Bett und bemüht sich einzuschlafen. Sie versucht, über Rob nachzudenken, aber ihre Lage im Bett erinnert sie an Norm. Sie dreht sich auf die Seite, dann auf den Bauch.

Ihr Atem klingt in den Federn der Matratze nach; auch das erinnert sie an Norm. An die Woche, als er nichts anderes mehr tun konnte als atmen und jeder Atemzug mühsamer war als der vorherige. Während sie verzweifelt darauf wartete, dass sein Herz aussetzte, seine Nieren, seine Leber, irgendwas. Und das Notfallpack in Reserve hielt. Was für ein Fehler.

Sie erinnert sich an seinen Durst. Die Erinnerung kommt in Form einer unsichtbaren gezahnten Machete, die ihr von oben nach unten durch die Brust schneidet. Oder vielleicht doch nicht unsichtbar. Irgendwie schwarzweiß und solide.

Sie schaltet das Licht ein und setzt sich auf, lehnt den Rücken an Norms Kopfteil. Sie trinkt aus seinem Wasserglas. Sie findet sich von seinen Möbeln umzingelt. Sie zündet sich eine Zigarette an, dann eine zweite, als wollte sie die Geister ausräuchern.

Sie legt sich wieder hin und wird noch geschlagene drei Stunden lang von Norms letzten Tagen verfolgt, bevor sie einschläft.

Am nächsten Tag ist sie gegen Mittag im Nicotine. Außer Rob ist niemand da. Heute bekommt sie die volle Tour. Er ist sehr stolz auf sein Haus.

«Als ich es entdeckt habe, war es eine ausgebrannte Hülle», sagt er. «Klassische Branchenlösung, sogenannter heißer Rauswurf durch den Besitzer. Es muss aber außer Kontrolle geraten sein, denn ich kann mir nicht vorstellen, dass sie das Schieferdach abfackeln wollten. Aber die Substanz ist stabil. Es gab kaum Schäden, außer am Verputz oben. Und der Keller stand unter Wasser, deshalb waren natürlich der Heizkessel, die Elektrik und die Rohrleitungen im Eimer, aber ich habe alles ausgepumpt, mir einen Kredit von der CHA besorgt und ein Flachdach oben draufgesetzt, bevor der Regen dem Mauerwerk endgültig den Rest geben konnte.»

Er öffnet die Doppeltür im ersten Stock – jede Etage hat den gleichen Grundriss, hinter der Doppeltür ein großes Zimmer und gegenüber ein kleineres – und sagt: «Hier wohnt Sorry.» Das Zimmer hat große Fenster und ist hell und hübsch. Durch einen Torbogen wie unten zwischen Esszimmer und Lagerbereich setzt es sich um die Hausecke herum fort. Auf Betonschalsteinen steht ein improvisiertes Holzsofa, das mit hübschen Stoffen bedeckt ist. Die Wände sind gelb lackiert, mit einer roten Schablonenbordüre. Von Lampenschirmen hängen Seidenschals. Auf dem Boden liegt ein sehr großer, fahler, mottenzerfressener chinesischer Teppich.

«So groß und schön», sagt Penny.

«Das liegt daran, dass dieses Haus nie in kleinere Wohnungen unterteilt worden ist. Die Raumaufteilung ist noch die gleiche wie zur Entstehungszeit.»

Sie steigen die Treppe hinauf. Im zweiten Stock wohnen links Anka (Kürzel für Anne Catherine) und rechts Tony. Deren Türen öffnet er nicht. Er sagt nur, Anka sei eine begabte Malerin, die bei einer Aids-Zeitschrift arbeite, und Tony sei ihm ein Rätsel – ein älterer Typ um die vierzig, der so gesetzt und normal zu sein scheine, dass man sich nur wundern könne. «Was er hier macht?», fragt Rob rhetorisch. «Ehrlich gesagt, ich weiß es nicht.» Anka raucht nur selten, und Tony raucht den selbstangebauten Biotabak von Jazz, wenn er drankommt.

«Sie baut ihren eigenen Tabak an? Ist das erlaubt?»

«Wenn man nicht groß was damit anstellt, darf man ein paar Pflanzen züchten», sagt Rob. «Die Blätter hängt man einen Monat lang zum Trocknen auf. Dann schneidet und raucht oder tunkt man sie oder macht Zigarillos daraus wie Tony. Das ist schon alles. Verkaufen darf man ihn nicht.»

Der letzte Teil des Treppenhauses ist schmal und steil, als hätte er irgendwann eine Leiter ersetzt, und endet in einem hölzernen Dachaufbau. Oben angekommen, deutet Rob auf die Tabakbündel, die wie Getreidegarben von der Decke baumeln und sich in der stehenden, feuchten Hitze langsam kräuseln.

Vom Treppenabsatz des Dachgeschosses führen zwei einander gegenüberliegende, windschiefe Türen ab. Hinter einer wohnt Rob in einem umgebauten Dachboden mit einem kleinen Fenster und einem Oberlicht. Ein paar Ecken sind noch nicht fertig, Pressspanplatten unterschiedlicher Art sind an schwere Balken getackert, und durch die Ritzen quillt Glaswolldämmung. Penny erkennt einen Futon, Bücher, einen Ventilator, einen kleinen Heizofen und einen Sessel mit gerader Rückenlehne, auf dem sich Kleidungsstücke stapeln. Er sagt, dies sei die Hälfte des Hauses, die das Feuer verschont habe.

Gegenüber führt eine verbeulte Fliegentür aus Aluminium auf das Dach, das silbern gestrichen und auf der einen Seite von einer Mauer eingefasst ist, die die Mansardenattrappe zur Straße hin bildet. Zum Hinterhof hin fällt es leicht ab. Dies ist der Bereich von Jazz, ihren Pflanzen und dem Wintergarten-Schrägstrich-Penthouse, in dem sie lebt. Im Winter ist ihr Zimmer mit den gläsernen Wänden voller Setzlinge in Plastikbechern. Jetzt sind die Pflanzen entlang der Wände draußen aufgereiht, wo immer die Wurzeln etwas Schatten finden, und wachsen im Freien hervorragend – einen Meter hoch, mit trompetenförmigen Blüten. «Fass die Blätter nicht an, wenn du keinen Ausschlag bekommen willst», empfiehlt Rob ihr.

«Hübsch hier oben», sagt Penny. Das Raster der Dächer bis zum Horizont findet sein Gegenstück in den sich kreuzenden Kondensstreifen am Himmel. Zwischen den Dächern ragen unregelmäßig bauschige Baumkronen auf, Ebenbilder der echten Plusterwolken.

«Jazz ist als Erste hier eingezogen, als ich noch bei der Grundrenovierung war», sagt Rob. «Mit sechzehn. Für sie war das mit dem Nikotin eine Frage der Grundrechte. Ihre Eltern waren Bauern. Sie ist Amerikanerin kurdischer Herkunft. Du wirst sie mögen. Alle mögen sie. Sie kommt heute Abend aus Boston zurück.»

Penny schaut über den Rand in den Hinterhof – die Innenseite des L – und sieht einen Verhau aus Müllsäcken, Reifen, Glas- und Plastikflaschen und die zerschlissenen Reste eines Standswimmingpools aus Vinyl. «Ist das euer Hof?», fragt sie.

«Wir haben es noch nicht geschafft, uns mit dem Hof zu beschäftigen», sagt er. Auf dem Weg nach unten bleibt er vor der Tür gegenüber von Sorrys Zimmer stehen. «Das ist ein wirklich hübsches Zimmer, aber ich würde dir nicht raten, hineinsehen zu wollen. Blinder Eifer schadet nur.»

«Ist jemand da drin gestorben?»

«Das wäre vielleicht sogar besser.»

«Jetzt bin ich aber neugierig geworden.»

Er öffnet die Tür. Das Zimmer hat zwei hohe Fenster, deren Schieberahmen hochgeschoben und mit feinmaschiger Gaze bespannt sind. Ihre untere Hälfte wird von einer Mauer aus Gummieimern verdeckt, wie sie Steinmetze für Salzsäure benutzen, allerdings ohne Griffe; sie sind in Reih und Glied auf glattgehobelten Birkendielen übereinandergestapelt. «Vier Reihen à dreizehn Eimer», sagt Rob. «Für jede Woche des Jahres einer.»

«Ich will gar nicht wissen, was da drin ist», sagt Penny.

«Ganz bestimmt nicht», versichert er ihr.

«Woher kommen die?»

«Hier hat eine Zeitlang ein Hardcore-Anarchist gewohnt. So ein Rechte-für-Gefangene-Typ vom Anarchist Black Cross, die gegen Isohaft und Dieseltherapie und so weiter sind. Er hatte eine harte Zeit im Knast und war nicht besonders – ähm – pingelig. Als dann Gerüchte aufkamen, dass die Polizei uns räumen wollte, fing er an, Munition zu horten. Die Polizei tauchte nie auf, und nach anderthalb Jahren oder so geriet er irgendwie in Schwierigkeiten, also kommt er eines Tages nach Hause, rafft seine Sachen zusammen und verschwindet. Weg war er. Und wir konnten *nichts* daran ändern. Einmal haben Jazz und ich es versucht. Wir haben einen Eimer keinen halben Zentimeter bewegt, und es war ein Gefühl, als würde die ganze Mauer über uns zusammenbrechen. Da haben wir uns gesagt, verdammt, vergessen wir's einfach, wen juckt das schon? Es stinkt nicht. Es ist ein perfekt ausbalanciertes Kunstwerk, und jeder dieser Eimer ist irgendwie abgedichtet. Er muss so was wie Toilettenwachssiegel verwendet haben. Also hab ich mir gedacht, okay, versucht's doch ruhig. Schmeißt uns hier raus. Jeder, der sich in diesem Haus breitmacht, nachdem wir weg sind, wird eine *sehr* unangenehme Überraschung erleben.»

«Wenn ich die Eimer entsorge, kann ich dann das Zimmer haben?», fragt Penny.

Rob mustert sie. *«Niemand»*, sagt er langsam, «kann diese Eimer entsorgen. Ich weiß nicht, was man dazu brauchen würde. Wahrscheinlich eine direkte Intervention von Gott.»

«Ich bin klug, und ich bin stark», sagt Penny. «Und mir hat noch keine Körperflüssigkeit je Angst eingejagt.»

Sie berührt einen Eimer sanft mit drei Fingern, und er vibriert. Das Brett, das ihn bedeckt, fängt an, vor und zurück zu schwanken. Das Brett, auf dem er steht, schwankt hin und her. Das ganze Gebilde fängt an, von rechts nach links und von oben nach unten zu tanzen. Sie greift nach einem Brett, um das Flattern abzustellen, und die Konstruktion reagiert grundfalsch. Sie bockt vor lauter Interferenzen, so als hätte sie ein Bewusstsein. Sie saugt sogar noch kinetische Energie aus der leichten Berührung, mit der sie loslässt.

Sie stürzt zur Tür und kreischt: «Heilige Scheiße!» Dann dreht sie sich um, um das Phänomen weiter zu beobachten.

«Ich hab's dir doch gesagt», sagt Rob feierlich. «Diese Eimer sind für die Ewigkeit.»

Er hält sie in den Armen, und sie sehen zu, wie die Wellen vor und zurück durch die lange Wand aus Eimern jagen. Ehrfurchtsvoll stehen sie da, wie die letzten Überlebenden in einem Katastrophenfilm, die letzten, die sterben werden, das auserwählte oder dazu verdammte Paar, den Tag der Abrechnung mit eigenen Augen zu bezeugen – den Asteroiden, den Tsunami, den Rückzug der Gletscher …

Als die Mauer aufhört zu vibrieren, verlassen sie das Zimmer und schließen die Tür.

Sie sitzt auf dem Sofa in der Küche und redet mit Rob, wirft ab und zu einen Blick nach oben und weiß, dass sie direkt über ihr ist.

Spät am Abend kommt Jazz zurück, zu Fuß von der Bushaltestelle. Das Haus scheint sich zu recken und zu strecken, um sie willkommen zu heißen. Sorry kommt mit weit geöffneten Armen die Treppe hinunter, um sie zu umarmen.

Jazz (kurz für Jasmine) ist ein schlanker junger Mensch, der niemals gerade steht. Ihr Kopf sitzt senkrecht auf den Schultern, aber ihr Rückgrat biegt sich mit jeder Bewegung wie das eines Otters. Sie humpelt von den Prügeln im Polizeigewahrsam, aber das ist kaum wahrnehmbar. Ihre Bewegungen folgen keinem normalen Muster. Sie gestikuliert mit unvorhersehbarer Anmut. Sie dreht Zigaretten mit der linken Hand und benutzt die rechte nur, um jedes der langen, schmalen Ovale zu glätten, während sie es ansteckt. Ihre Nase ist krumm, wie bei einem Kampf oder einem Unfall gebrochen, und die Handgelenke zeigen alte, tiefe Narben von Schnitten, die sie sich selbst zugefügt hat. Ihre Kleidung kommt Penny großartiger vor als alles, was sie je an Kleidung gesehen hat – eine rot-weiße Tunika mit unzähligen subtilen Details, eine Hose aus alter gekämmter Baumwolle, zugleich leger und figurbetont, die Haute Couture einer Bäuerin. Ihre Augen sind groß. Sie schaut mit einem unwiderstehlichen Lächeln in die Runde.

Penny verspürt den brennenden Wunsch, ihr zu gefallen. Sie erzählt ihr davon, wie sie dem Monster entgegengetreten sind. Jazz lacht so heftig, dass sie sich mit beiden Händen auf die Knie schlägt und Zigarettenasche auf den Boden fallen lässt. Sie wendet den Kopf Sorry zu und zeigt Penny so ihr anmutiges Profil.

Sie erzählt ihnen ein paar Dinge, die sie auf ihrer Reise nach Boston in Erfahrung gebracht hat – sie hat ein Kollektiv besucht, das Gedichtbände von Frauen herausbringt –, und sagt dann, sie gehe jetzt ein Bad nehmen. Und das, lässt Rob Penny wissen, dauere ein paar Stunden, in einer alten verzinkten Badewanne auf dem Dach unter den Sternen, in Regenwasser, dem aus einem elektrischen Teekessel heißes beigemischt wird.

«Wie sind denn deine Gedichte?», fragt Penny, bevor Jazz verschwinden kann.

Sie dreht sich um und pflanzt die Hände auf den Tisch. Schaut Penny in die Augen und sagt: «Nimm meinen Arm, Schwester. Folge mir dorthin, wo die Sterne stillstehen. Ich sah sie fallen, sagte er, in Kaskaden aus lebendigem Feuer. Dort im Dorf am Hang lagen sie, wo sie fielen. Die Toten von Pompeji, in blaues Eis gemeißelt. Ich drückte ein blaues Eisbaby an mich, und seine kalte Haut schmerzte. Und dann öffnete sich der Himmel, und durch den Riss fielen noch mehr Missgeburten. Föten alter Frauen, junger Männer, alter Männer und junger Frauen. Verschmelzend bildeten sie ein einziges Meer ohne jede Persönlichkeit. Wir rannten hinauf auf die Wälle der Stadt. Hör auf, befahlen wir dem Himmel. Verschone, die noch nicht gelebt haben! Nimm uns, die Freien! Aber das ist Freiheit, sagte der Himmel – zu fallen.» Sie hält inne.

«Huch», sagt Penny. «Wow.»

«Das ist aus meiner kurdischen Gothic-Phase. Inzwischen schreibe ich fast ausschließlich erotische Gedichte.»

«Und treibt ihre Lover damit auf die Palme», sagt Rob. «Ich glaube, das Zeug ist zu eindeutig. Es schreckt die Leute ab.»

«Ja», gibt Jazz zu, «bei meinen Exen kommt es nicht immer gut an.»

Penny verbringt die Nacht bei Rob. Sie küssen sich keusch, sie liebkosen sich, sie schlafen ein. Im Schlaf drängen sie sich enger aneinander als im Wachen. Um vier Uhr morgens wacht sie auf und muss pinkeln. Sie ignoriert den Nachttopf, eine Saftflasche in seinem Zimmer, und geht drei knarrende Treppen hinunter zur Toilette, die samt der Dusche von der Küche durch einen Plastikvorhang abgeteilt ist. Sie denkt an das Monster und schaut zur Decke. Draußen fangen die ersten Vögel an zu singen.

Sie geht zurück ins Bett und liegt neben Rob. Wieder fallen ihr Norms Vivisektion, sein stummes Leiden, sein Mut am falschen Platz ein. Sie vergräbt ihr nasses Gesicht in Robs Brust, und er zieht sie fest an sich. Er sagt kein Wort, und sie auch nicht. Sie vertraut sich ihm an. Sie schläft nicht wieder ein. Trotzdem fühlt sie sich besser. Es ist, wie bedingungslos geliebt zu werden.

Sie verbringt den Tag mit Rob. Er bastelt in der Garage am gebrochenen Rahmen eines Mountainbikes herum. «Das ist nicht zu retten», sagt er. «Ich wollte es als Teil eines Hängers weiterverwenden, aber ich glaube, das ist sowieso schon Kunst.»

«Kunst wie in Kann das weg?»

Er löst den Rahmen aus den Halterungen des Montageständers und geht damit zum Spalt zwischen Garage und Haus, durch den man zum Hinterhof kommt. Ein wachsender Haufen Metallschrott ist schon halb von Unkraut überwuchert. «Kunst wie in Kunst», sagt er und wirft den Rahmen auf den Haufen.

«Was machst du mit diesen Rädern?»

«Sie reparieren.» Er inspiziert die Garage und das Drumherum und spuckt aus. «Aber gerade sind mir die Rahmen ausgegangen. Kommst du mit auf eine Spritztour?» Er holt ein Brecheisen und eine Bügelsäge aus der Garage. Er bedeutet Penny, sich zu ihm in den Kleinbus zu setzen.

Sie fahren tiefer nach Jersey City hinein in Richtung Hackensack River. «Laternenpfähle an der Straße», sagt er. «Da geht gern mal eine Felge drauf, wenn beim Parken ein Auto darüberfährt, und dann lassen die Leute das Rad einfach stehen, und es gehört *mir*.»

Penny sucht die Kantsteine ab, kann aber keine Räder entdecken.

Er stoppt vor der Brücke über einen kleinen Zufluss, steigt aus und schaut hinab über die Futtermauer. «Rad», sagt er und deutet darauf. Er öffnet die Hecktür des Kleinbusses und holt ein sorgfältig zusammengerolltes Abschleppseil heraus. Er gibt Penny das eine Ende, damit sie ihn sichern kann – mit Hilfe eines Laternenpfahls als Umlenkrolle –, und kriecht das rutschige, überwachsene Flussufer hinab zu dem Rad. Er schlingt das Seil herum, und zusammen ziehen sie es die Böschung herauf.

Die Speichen sind voller Gras, der Lenker ist verrostet, aber der Chrom-Molybdän-Rahmen und die Zahnkränze aus rostfreiem Stahl sehen noch gut aus. «Kein Traum-Rad», sagt er. «Ein Traum ist es, wenn du ein richtig gutes Rad siehst, bei dem das Gel schon aus dem Sattel quillt, und kapierst, dass irgendein Trottel beide Schlüssel für das Bügelschloss verloren hat und diesen Blödsinn glaubt, dass er es nie wieder aufbekommt. Die Teile kann man mit einem Vorschlaghammer knacken.»

An diesem Abend stellt Penny sich darauf ein, eine weitere Nacht mit Rob zu verbringen, indem sie ihm hilft, zwei Flaschen Starkbier zu leeren. Sie rauchen sieben Zigaretten zusammen. Sobald sie im Bett sind, küsst er sie auf die Wange. Sie schmiegen sich eng aneinander. Er liegt auf dem Rücken und zieht sie auf sich, wobei er freudig aufseufzt. «Ich mag es, dein Gewicht zu spüren», sagt er.

Sie ist glücklich und ziemlich geil. Sie ist entschlossen, den Sprung zu wagen und sich zu verlieben. Durch zielstrebiges Zappeln stellt sie ein weiteres Mal fest, dass er überhaupt nicht erregt ist. Seine Genitalien scheinen flüssig zu sein, wie ein rohes Ei, das in einer Schüssel schwappt.

Sie sagt: «Mal ehrlich. Bist du schwul?»

«Was meinst du?»

«Ich spüre, dass wir definitiv ein Junge-Mädchen-Ding am Laufen habe, aber ich habe überhaupt keine Ahnung, was du empfindest.»

«Ich hätte es dir sagen sollen. Ich bin asexuell. Auf diese Weise fühle ich mich nicht zu Leuten hingezogen.»

«*Asexuell*? Du fährst *so was* von auf mich ab!»

«Aber nicht so, wie du glaubst. Ich mag dich. Du ziehst mich an. Du bist ein guter Mensch.»

Das mit dem «guten Menschen» empfindet Penny nicht als Kompliment. Ihr halbes Leben lang ist sie «Koala» gerufen worden, deshalb weiß sie, dass sie eine *cara de buena persona* hat. Sie weiß auch, dass ihr Körper zum Reinbeißen ist, und Rob hat sie schon stundenlang im Arm gehalten. Sie glaubt, dass er nur Scheiße labert. «Du fühlst dich also nicht von mir angezogen», fasst sie zusammen.

«Falsch. Du faszinierst mich, und ich glaube, dass wir wirklich gute Freunde werden.»

«Du hast Potenzprobleme», sagt sie. «Das kommt vom Nikotin und vom Alkohol. Im Ernst. Du musst das einschränken.»

«Hör mal. Ich reagiere einfach nicht so auf Menschen. Vielleicht hast du noch nie was von Asexualität gehört?»

«Na klar», sagt sie. «Wie einfach. Und weil ich aus dem Bibelgürtel komme, kapiere ich nicht, dass du gender-queer bist.»

«Hey. Ich merke, dass es dir gerade ziemlich schlecht geht, und habe das Gefühl, ich gebe dir genau die Unterstützung, die du jetzt brauchst. Ich glaube, daraus wird was richtig Gutes werden. Warum belastest du das mit sexuellen Erwartungen?»

«Weil ich –» Sie zögert und atmet einmal tief durch. «Okay, vielleicht sind es Erwartungen. Ich gehe einfach mit bestimmten Dingen auf eine bestimmte Weise um. Vielleicht aus Gewohnheit. Aber so was ist mir noch nicht untergekommen. Denn wenn ich normalerweise den Schwanz eines Typen anfasse, der mit mir im Bett ist, dann bleibt der nicht so, na ja, *formlos*.»

«Danke vielmals!»

«Einen Augenblick. Ich muss das erst mal begreifen.» Sie denkt fünf Sekunden über das Problem nach und sagt: «Ich glaube dir nicht. Ich glaube, du bist impotent, und das ist ein medizinisches Problem. Erektile Dysfunktion oder was auch immer.»

«Bevor du mir zwischen die Beine gegriffen hast, war es kein Problem.»

«Ich kann sofort damit aufhören», sagt Penny.

«Das wäre nett.»

Sie rutscht aus dem Bett und bückt sich nach ihren Kleidern. «Ich bin so was von im Arsch», sagt sie. Und es ist auch ihre Schuld. Sie hat ihn benutzen wollen, um dem Leben etwas mehr Leichtigkeit zu geben. Die Gedanken an den Toten haben sie in Abgründe heruntergezogen, und sie wollte zurück nach oben. Zurück zur Oberflächlichkeit von Haut an Haut. In all den Stunden, die sie geredet haben, was hat sie Rob da über ihren Vater erzählt: *nada*. Der Mann, über den sie viel zu wenig weiß, weiß gar nichts über sie. Aber sie hätte ihn trotzdem gevögelt, denn sie gehört genau zu dieser Sorte leichter Mädchen, der es nichts ausmacht, dabei erwischt zu werden, dass sie zu dieser Sorte gehört. Der gerade klargeworden ist, dass sie von einem Neutrum, dem sie leidtut, Umarmungen erbettelt hat. Puh! Aber größer als ihre Verlegenheit ist ihr Ärger. Sie ist (stillschweigend) so wütend, dass sie ihn so lange anschreien könnte, bis er nie wieder ein Wort mit ihr redet. Eine Situation, wie geschaffen dazu, ihr eine Lehre zu sein.

«Komm wieder her», bittet er. «Du wirst mir fehlen.»

«Ich dachte, du wärst normal. Ich geh nach Hause.»

«Bitte bleib hier», sagt er und klopft auf den Futon. «Wir müssen nicht miteinander schlafen, um zusammen zu schlafen.»

Bevor sie auch nur daran denken kann, Leck mich zu sagen, klopft es an der Tür.

Sie öffnet, und da steht Jazz mit einer Zigarette und einem Glas Rotwein.

«Ich gehe gerade», sagt Penny. «Entschuldige, dass ich so laut geworden bin.»

«Ich habe euer Gespräch mitgekommen und wollte dir sagen, dass du nicht so streng mit dir sein sollst.»

«Verarsch mich nicht.»

Jazz wackelt beschwipst mit dem Kopf und zieht aus dem Mundwinkel Rauch ein. Sie sagt: «Du solltest nicht gehen. Du solltest überhaupt nie gehen. Du solltest hier bei diesem Freak bleiben und *lernen*. Du bist schwer in den Robster verknallt und glaubst, du willst seinen Schwanz, aber das willst du gar nicht. Du willst seinen *Kopf*. Geh wieder rein und zoll dem Jungen Respekt, und du wirst merken –»

«Hältst du es nicht für verdammt sexistisch, mir zu sagen, ich soll ihn den Ton angeben lassen?»

Jazz hebt Zigarette und Weinglas auf Augenhöhe. Sie macht einen Schritt zur Seite, um die Tür zu blockieren. «Schau mich an», sagt sie durch den Rauch. «Hab ich einen Schwanz?»

«Im Ernst? Ich habe *keine Ahnung*.»

Jazz schlägt ihren wattierten Bademantel zurück und enthüllt ein deltaförmiges, schmetterlingsähnliches Etwas aus Wedgwood-blauer Seide und elfenbeinfarbener Spitze.

Es sieht teuer aus. «Schau nach», sagt sie und legt Penny die linke Hand auf die Schulter, während sie die Zigarette und das Weinglas in der rechten schaukelt. «Kein Schwanz. Aber ich will dich trotzdem, weil ich ein sexueller Mensch bin. Nicht asexuell wie ein gewisser Mösenfopper, der Frauen etwas vormacht, weil er auf ihre Aufmerksamkeit steht.»

Es fängt an, unübersichtlich zu werden. Penny mag einen gewissen Die-Hölle-selbst-kann-nicht-wüten-wie-eine-verschmähte-Frau-Aspekt nicht ausschließen, aber Jazz wirkt nicht so, als wäre sie auf Mitgefühl aus.

«Du bist geil», fährt Jazz fort. «Wie ein läufiges Biest aus den Wäldern, das gefickt werden will, und so weich und braun, dass kein normaler Mensch es aushält, und diesem sexlosen Bastard da ist es egal, weil er dein Freund sein will. Aber mir nicht. Ich will ganz tief in dich rein und dich zum Kommen bringen, bis du mit den Zähnen klapperst. Also los. Fass mich an.»

Weibliche Schönheit ist nichts, was Penny von nahem kennt. Besonders keine Schönheit, die so ermutigend obszön ist. Sie hat sich wie ein Matrose auf einem Rettungsfloß gefühlt, auf den es herunterhagelt, und jetzt ist Jazz eine der Meerjungfrauen, die vom Leben in den unterseeischen Höhlen singen. Das Obszöne ist der Neonschriftzug, der über der Märchenhöhle flackert und ihr signalisiert, dass sie hier genau richtig ist.

Das Patt dauert nicht lange. Der Stolz – als neugieriger, nicht gänzlich konservativer Mensch – gebietet ihr, die Hand auszustrecken und die Unterwäsche anzutippen. Die leichte Berührung lässt die Seide in ein dunkleres Blau wechseln. Jazz ist sehr feucht. Als Pennys Finger sie streift, schnappt sie nach Luft.

«Siehst du?», sagt sie. «Wir werden niemals Freunde werden.»

Penny berührt erneut die Unterwäsche, diesmal etwas fester, rein im Interesse der Wissenschaftlichkeit. Sie legt die Hand auf Jazz' vogelleichte Hüfte und schaut ihr in die Augen. Im Großen und Ganzen fühlt sie sich so, als hätte sich eine Falltür unter ihr geöffnet und sie in die Matrix stürzen lassen. Sie wirft einen Seitenblick auf Rob. Er hat eine alte Ausgabe von *Popular Mechanics* vom Boden genommen und scheint zu lesen.

Später geht er in Jazz' Zimmer, um das Licht zu löschen (der Intimsphäre halber, denn ihr Gewächshaus auf dem Dach hat keine Vorhänge). Er setzt sich in ihren Sessel und sieht den beiden Frauen im auf einen stimmungsvollen Dunst geworfenen rosafarbenen Quecksilberdampflicht der Straßenbeleuchtung zu. Er fasst sich kurz zwischen die Beine und schaut finster drein.

Am nächsten Mittag lädt Sorry bei trockenem Toast und Tee Penny ein, zum Freitags-Potluck im Stayfree mitzukommen.

Penny sagt: «Was, wird hier etwa rumerzählt, ich wäre lesbisch oder so?»

«Die ganze Nachbarschaft hat gehört, dass du lesbisch bist.»

Sie malt sich aus, laute Geräusche gemacht zu haben; ganz ausschließen kann sie es nicht. «Ich war so verdammt besoffen», sagt sie entschuldigend.

«Ich verarsch dich nur. Kein Mensch hat was gehört. Als Rob heute Morgen herunterkam, sagte er bloß, du seist bei

Jazz, und dann habe ich zwei und zwei zusammengezählt. Besonders begeistert sah er nicht aus.»

Penny zieht einen Flunsch. «Na ja, er wollte nun nicht gerade –»

«Was? Liebe, Romantik? Das alles will er schon. Er ist nur nicht bereit, den Preis zu bezahlen.»

«Na ja, wenn er keinen Sex will, will er keinen Sex. Es wäre doch ziemlich beschissen, ihn, na ja, zu vergewaltigen und sich an seinem Bein einen abzurubbeln. Und ich war wirklich ziemlich betrunken. Und Jazz war so voll drauf.»

Bei der Erinnerung legt sie die Stirn in Falten. Die Symmetrien des Sex mit Jazz sind noch höchst lebendig. Brüste, die die Sanftheit anderer Brüste spüren. Ihre Klitoris, die sich mit unbeholfener Hingabe an der von Jazz reibt und sich daran freut, dass diese gleichermaßen unverwüstlich ist. Die Sanftheit ihrer Gesichter. Ihre süßen kleinen Zähne.

Eine erhebliche emotionale Asymmetrie hatte allerdings ihr immer heftigeres Verlangen ins Spiel gebracht, Rob mit einzubeziehen, der weiterhin in seinem Sessel saß. Sie entsinnt sich, dass er mindestens eine Stunde dort gesessen und sich manchmal zwischen die Beine gefasst hat (er hatte es nur ein Mal getan, aber die Bewegung war ihr nicht entgangen, und natürlich nimmt sie an, dass es mehrfach passiert ist), und als ihre Augen sich schließlich trafen, ist er aufgestanden und gegangen. Daran erinnert sie sich am liebsten. Nicht an die sexuellen Ekstasen davor und danach. Einfach daran, dass Rob aufstand und ging – dass er vielleicht, möglicherweise, ein bisschen eifersüchtig war?

«Ich nehme an, du bist nicht verliebt», sagt Sorry.

«Jedenfalls nicht in Jazz.»

Sorry nickt und zündet sich eine Zigarette an. «Also kommst du jetzt mit ins Stayfree?»

«Um Lesben kennenzulernen? Ich weiß nicht.»

«So was wie feministische Lesben gibt es nicht. Jedenfalls nicht mehr. Im Stayfree sind feministische Männer und Frauen wie du und ich.»

«Ich weiß nicht, ob ich so viel Hunger habe. Aber ein paar Leute kennenzulernen könnte mir schon gefallen. Es ist ja nicht so, dass ich hier in der Gegend irgendjemand kennen würde.» Zaghaft greift sie nach der Packung Zigaretten. Dann schüttelt sie den Kopf.

«Geh nach oben», schlägt Sorry vor. «Du kannst dich in meinem Zimmer hinlegen. Ich weck dich, wenn es Zeit ist aufzustehen.»

Penny nimmt das Angebot an. Während sie die Treppe hinaufsteigt und sich entspannt, fängt ihr der Schädel an zu brummen.

Sie legt sich nicht aufs Bett, sondern auf den Teppich ins Sonnenlicht. Den Kopf auf einem rosa-goldfarbenen Meditationskissen, rollt sie sich zusammen. Durchs offene Fenster hört sie das Geklapper von Robs Garagenbastelei. Als der Motor des Kleinbusses aufjault und der Wagen sich entfernt, schläft sie ein.

Gegen fünf klingelt ihr Telefon, der versprochene Weckruf. Sie geht zurück in die Küche und hilft Sorry bei der Zubereitung des Gerichts, das sie zum Potluck mitnehmen – einen Linsensalat, für den sie jede einzelne Walnuss aus einem großen Beutel knackt, volle zwei Kilo.

«Woher hast du so viele Walnüsse?», fragt Penny und

legt den Nussknacker beiseite, um ihre schmerzende Hand zu schütteln.

«Die habe ich in der Vorratskammer gefunden. Vielleicht aus dem Müll der Coop. Ein Wunder, dass sie nicht verdorben sind. Sonst wär's auch traurig und eine Verschwendung. Es gibt eine Untersuchung, die besagt, wenn du eine Handvoll Nüsse am Tag isst, dann ist das genauso gesund wie Jogging. Du kannst das Laufen vergessen und einfach Nüsse essen.»

«Sollten wir sie uns dann nicht lieber einteilen, damit wir jeden Tag eine Handvoll essen können?»

«Sehe ich so aus, als würde ich solchen Untersuchungen glauben?» Sie streicht Asche auf einer Untertasse neben der Spüle ab und widmet sich wieder ihrer Aufgabe, Karotten in eine Schüssel zu raspeln. «Nüsse sind reine Fettbomben. Ich will, dass die hier schleunigst aus dem Haus kommen.»

Ein unfreiwilliges Gelächter durchzuckt Penny. Danach arbeitet sie in gequältem Schweigen weiter. Der Appetit auf auch nur eine der Nüsse ist ihr vergangen.

Als Rob von seiner Tour zurück ist, kommt er in die Küche.

«Hallo, Leute», sagt er und gibt Penny einen Klaps auf die Schulter. Sie richtet sich ein bisschen auf, um den Kontakt mit seiner Hand zu verlängern, und er beugt sich vor und drückt ihr einen Kuss in den Nacken. Er zeigt ihnen eine Kreissäge, die er auf einem Gehweg in Hoboken gefunden hat. Es fehlt nur das Stromkabel.

«Tolle Säge», sagt Penny.

«Vielleicht baue ich einen kleinen Pavillon hinten im Hof», sagt er.

Sie lassen ihn den Salat kosten. Der würde großartig schmecken, meint er, wenn die Nüsse nicht ranzig wären.

«Vielleicht hätten wir sie doch probieren sollen», sagt Penny. «Aber es gibt da sicher auch noch was anderes zu essen. Kommst du mit?»

«Eher nicht. Die Leute im Stayfree stehen nicht so auf mich. Die halten mich für einen Macho.»

«Das habe ich ja auch erst getan. Aber kennen die dich nicht schon länger?»

«Sie haben mich noch nie mit einem Kerl schmusen sehen. Ich glaube, da liegt das Problem.»

«Sie sehen dich auch nie mit einer Frau schmusen, die nicht auf konventionelle Weise attraktiv ist», sagt Sorry. «Ich jedenfalls habe dich noch nie mit einer Frau schmusen sehen, die größer ist als du. Oder älter oder dick oder kurzhaarig.»

Rob legt den Arm um sie und sagt: «Ich bin eben ein tragischer Sklave meiner genetischen Programmierung. Ich habe keine andere Wahl, als ihr zu folgen. Das ist, wie als Transmann auf die Welt zu kommen. Ich bin einfach mit einer stinknormalen Vorliebe für Arsch und Titten geboren.»

«Was heißt hier stinknormal?», protestiert Penny.

«Du solltest dich eher darüber aufregen, dass er von Arsch und Titten spricht», betont Sorry.

«Ich sehe dich nicht gerade mit einer Melone auf dem Kopf Lamas hüten», sagt Rob. «Du hast BWL studiert und kommst aus Morristown.»

«Ich bin in Brasilien bei animistischen Drogenfreaks aufgewachsen!»

Sorry sagt: «Lass ihn. Er ist bloß eifersüchtig. Glaubst du, dass sie ständig so mit ihm Bäumchen-wechsel-dich spielt? Keine Chance.»

«Danke, Mom», sagt Rob.

«Du solltest das nicht persönlich nehmen. Er hat noch nie in seinem Leben gevögelt.»

«Hey», sagt Rob. «Jetzt ist aber Schluss.»

«Na, hast du denn?»

«Hab ich was?»

«Gevögelt.»

«Na klar. Aber es ist purer Stress. Wenn du sagst, du willst nicht, nehmen sie das gleich als Herausforderung. Sie sagen: ‹Natürlich willst du meine Freundin nicht, denn die ist eine Schlampe!› Dann fallen sie selbst über mich her. Ich umarme ein Mädchen, und schon – *bamm* – geht sie vor mir in die Knie. Sie glauben, dass es ganz einfach ist, so als wollten sie ein Kind missbrauchen.»

Penny schweigt bestürzt, und Sorry sagt: «Du bist aber nun mal kein Kind, Rob. Vielleicht solltest du an deiner Kommunikationsfähigkeit arbeiten – zum Beispiel lernen, nein zu sagen –, wenn all diese Frauen es zu weit treiben?»

«Jetzt ist es also *mein* Fehler», sagt er.

«Bist du als Kind missbraucht worden?», fragt Penny leise.

«Ich wollte einfach sagen, es ist so krank, dass sie glauben, sie könnten über meinen Körper verfügen. Ich meine, es ist *eine* Sache, einen fünfjährigen –»

«Schon verstanden», sagt Penny.

«Du magst es einfach nicht, wenn Frauen die Initiative ergreifen», sagt Sorry, «du bist ein Cis-Hetero-Macho, der für bessere Konditionen streikt.»

«Die Initiative ergreifen, das muss doch kein Blowjob sein. Ich will einfach mit Frauen befreundet sein.»

«Währenddessen betet er Frauen an, die auf große Schwänze und Promis stehen», sagt Sorry. Sie wendet sich

Penny zu und fährt fort: «Er ist stellvertretend verknallt in Jazz. Er will sie mehr als alles auf der Welt. Bloß nicht für sich selbst.»

«Himmel», sagt Rob und dreht sich um.

«Bist du ein Voyeur?», sagt Penny zu ihm. «Geht dir einer ab, wenn du in ihrer Nähe bist?»

«Mir geht keiner ab!»

«Vielleicht sind die Frauen ja auf deinen Schwanz scharf, weil du den Mund voller Tabak hast?»

«Frag ihn mal, wo Jazz schläft, wenn es in ihrem Glashaus zu heiß, zu kalt oder zu laut ist», sagt Sorry.

Rob verlässt die Küche und stapft nach oben.

«Jetzt haben wir ihn bis aufs Blut genervt, aber keine sachdienlichen Erkenntnisse gewonnen», sagt Penny.

«Du willst es nur einfach nicht wahrhaben», sagt Sorry.

Sie borgen sich den Kleinbus, um zum Stayfree zu fahren, denn es regnet. Das Haus gehört zu einem ominösen Block mit diversen verlassenen Häusern auf der Straßenseite, an der es liegt. Das morastige unbebaute Grundstück gegenüber ist mit hohen Gräsern zugewuchert. Die Fassade ist schwarz und trägt den hier violetten Blitz der Hausbesetzer.

Penny folgt Sorry hinein. Das dunkle Wohnzimmer ist voller Bücher und Poster. Die einzigen weißen Objekte sind ein Smartphone und zylindrische Lautsprecher auf dem Kaminsims, aus denen Popsongs kommen. Kräftige Männer stehen um die Sofas herum und essen. Schrille Frauen ereifern sich über das Arrangement der Lebensmittel auf dem Buffet. Sorry knallt die Schüssel auf den Tisch. «Ist das gut so?» Keine Reaktion. Sie geht in die Küche, um einen

Vorlegelöffel aus einer Schublade zu holen, und kehrt via Buffettisch zurück zu Penny, die auf der Veranda steht und auf die Straße schaut.

«Wir sind die einzigen Mädchen hier», flüstert Penny. «Ich meine, wie – was sage ich da? Bin ich gerade transenfeindlich?»

«Hey, mir fehlen die Feministinnen auch. Aber ich habe nicht vor, zurück nach Jordanien zu gehen, um sie wiederzusehen.»

Penny lehnt sich zurück, die Ellbogen auf das Geländer gestützt, um durch das vordere Fenster ins Haus zu sehen. «Ich kapier deine Jordanien-Geschichte nicht. Sag. Wie kommt's, dass du Jordanierin bist?»

«Die meisten Menschen in der West Bank haben jordanische Pässe», sagt Sorry. «Etwa fünfundsechzig Prozent. Erst vor ein paar Jahren haben sie angefangen, deren Bürgerrechte zu widerrufen, und sie zu Staatenlosen erklärt. Der König versucht, den Druck auf Netanjahu zu erhöhen.»

«Aber du bist doch Jüdin und total amerikanisiert.»

«Meine Mutter kommt aus einer wirklich abgelegenen Gegend im Transjordan. Sie ist konvertiert, um einen aus Brooklyn zugezogenen Siedler zu heiraten. Sie glaubte, Maale Nakam sei das Paris des Nahen Ostens. Jetzt darf sie nicht mehr raus.»

«Autsch», sagt Penny. «Aber warum bist du keine Amerikanerin, wo doch dein Vater einer ist?»

«Er gab mit der Emigration seine Staatsangehörigkeit auf, weil er glaubte, dadurch auch seine Kreditkartenschulden los zu sein. Was soll ich sagen? Zumindest bin ich nicht staatenlos. Aber ich musste da raus. Meine ganze Familie glaubt, ich wäre eine radikalfeministische Spinnerin. Aber nicht, weil ich mit Trans-Anarchos herumhänge. Sondern weil ich der Meinung bin, dass Frauen das Wahlrecht haben sollten.»

«Ich wünschte, ich käme aus einer dieser Kulturen. Verstehst du? Wo du schon eine krasse Feministin bist, wenn du nur Fahrrad fährst oder Fußball spielst oder so. Ich wäre gern so ein sudanesisches Mädchen mit Stollenschuhen und Pferdeschwanz; dann würde ich vor der UNO sprechen, und die Leute wären total begeistert und würden finden, meine NGO müsse ganz viel Geld bekommen. Ich hätte gern eine NGO, die Mädchen beibringt, Jungs beim Reden ins Wort zu fallen.»

«Globaler Feminismus», sagt Sorry. «Oder auch: Alles zurück auf Anfang.» Sie beugt sich vor und sagt mit gedämpfter Stimme: «Nimm hier bloß das Wort Sport nicht in den Mund. Das ist ein größeres Tabu als Diät halten. Lass einen Transsexuellen nie glauben, du hättest ein negatives Körpergefühl.»

Penny lacht.

«Akzeptier dich so, wie du bist», sagt Sorry. «Finde deinen Stamm und lass alles andere hinter dir.» Sie zieht eine American Spirit aus der Brusttasche ihres T-Shirts und zündet sie an.

Penny sagt: «Warte mal. Wenn das hier so total nicht deine Truppe ist – warum sind wir dann hergekommen?»

«Ich habe hier mal gewohnt. Ich liebe dieses Haus!» Ihre Hand liegt lässig auf dem Geländer, sodass die Asche auf eine Azalee fällt. «Alle meine Freunde sind etwa gleichzeitig mit mir ausgezogen, aber das Haus lebt weiter. Und ich liebe es. Und jetzt bleibe ich hier stehen und feiere, bis die Schüssel leer ist und wir damit nach Hause fahren können.»

«Wohin sind sie gezogen?»

«In ganz verschiedene Häuser mit Projekten, die nicht unmittelbar feministisch sind. Wir haben beschlossen, den Kampf dahin zu tragen, wo wir uns nicht ständig mit Frauen streiten mussten.»

«Ist eine von ihnen hier?»

«Ja. Eine. Sie ist ein Mann. Wir streiten uns nicht, weil wir aufgehört haben, miteinander zu reden.»

«Gibt es auch ein Haus für Asexuelle?»

«Nein. Warum sollten die sich zusammentun? Die wollen doch einfach nur allein vor der Glotze sitzen und Benedict Cumberbatch anschmachten.»

Penny nickt. «Ich bekomme Hunger. Ich besorg mir mal was Fades zum Essen und stopf mich damit voll.» Sie stellt ihre Tasche zu Sorrys Füßen ab und geht zurück ins Haus.

Sie schlendert am Buffet entlang, betrachtet das Essen und mustert verstohlen die anderen. Zwischen Bartflaum und Push-up-BHs fühlt sie sich wie in der Mittelstufe. Alle wirken unsicher und sind ein bisschen zu begeistert von ihren neuen, unvertrauten Körpern. Sie hört, wie mit emphatischem Mutterinstinkt über Katzen im Internet gesprochen wird. Ein anderes Gespräch in tieferer Tonlage dreht sich um Stipendien für angehende Filmemacher. Alles scheint doch sehr geschlechtsspezifisch zu sein.

Nach ihrem weiblichen Lieblingsgeschlecht (Tomboy) sucht sie vergeblich.

Ihre eigene Rolle ist eher die des Babe, wenn sie sie mal überzeugend hinkriegt. Aber im Stayfree führen ihre Babe-Klamotten (lange Haare, weites Hemd, Leggings, Ballerinas) dazu, dass sie sich wie ein Eindringling vorkommt – wie eine ungehobelte, als Frau geborene Frau, die entschlossen ist, alles Feminine zu boykottieren, weil es für sie selbstverständlich ist. Die anwesenden Girlies haben keine Mühen gescheut und sich aufgebrezelt wie Ritter in Rüstung, die Bodys gepierct, frisiert, tätowiert, in enge Kleider und Schuhe gezwängt. Die Macho-Männer sind barsch und ernsthaft in Wort und Tat. Sie ist das einzige Babe weit und breit. Sie hat kein Publikum. Nicht ihr Geschlecht ist unterrepräsentiert, sondern ihre Spezies. Wie ein Hund auf einer Party von Vögeln oder ein Hip-Hopper auf einer Party für bisexuelle Neuheiden.

Sie denkt zu viel. Die musik- und dialoggeschwängerte Luft fängt an zu vibrieren.

Sie nimmt ein veganes Brownie und setzt sich in einen Sessel, schlägt die Beine unter, ohne die Schuhe auszuziehen. Ihre Nerven sind aufdringlich genug, um den Lärm zu übertönen, und sie denkt heftig nach: über Sorrys Mutter, die den Schleier gegen eine Perücke getauscht hat, um einem Amerikaner den Haushalt zu führen. Über ihre eigene Mutter, die sich ihren Unterhalt seit dem Tag ihrer Geburt selbst verdient hat. Über Norms Feminismus – seinen Widerwillen dagegen, dass sie ein Girlie wurde –, der wunderbar zu Amalias überlieferter Kultur passte, wo die Frauen Tag und Nacht arbeiteten. Über das Workaholic-Disney-Prinzessin-Modell von Weiblichkeit, das alle Tomboys mit Sherlock zu Hause bleiben lässt. Ist es so ganz etwas anderes, zerkaute Kokablätter auf einen Kürbis zu schmieren, als aufstrebender Filmemacher zu sein? Sie isst den Brownie auf. Er schmeckt. Die Technologie veganer Brownies, denkt sie, hat Fortschritte gemacht.

Noch immer hat sie mit niemandem außer Sorry geredet. Ihr Salat kommt gut an – schon die Hälfte ist weg. Vielleicht essen die Leute um die Walnüsse herum. Sie füllt zwei Teller mit Pasta und Pesto und geht damit hinaus auf die Veranda.

Sie fangen ein Gespräch von Frau zu Frau an. Sie amüsiert Sorry eine halbe Stunde lang mit diversen pummeligen schrägen Typen aus der Gegend, die sie einen nach dem anderen mit einer GPS-basierten Dating-App auf ihr Handy holt.

Es ist Samstag. Penny sitzt am Küchentisch ihrer Mutter in Morristown. Sie hat einen Plan.

«Ich möchte dir danken, dass du dich um das Haus gekümmert hast», sagt Amalia. «Ich habe mir wirklich viel Mühe gegeben, das Ganze zu vergessen. Ich wollte nicht über die viele Arbeit nachdenken, die man reinstecken muss, um es dann für kein Geld zu verkaufen. Wie schlimm sieht es aus? Ist der Wasserschaden schwer?»

«Ich habe keine Ahnung, wie ihr alle darauf kommt, das Dach wäre verschwunden. Das Haus ist in einem großartigen Zustand.»

«Du meinst bewohnbar?»

«Mit ein paar Einschränkungen. Die Sanitäranlagen sind ein Problem, und ich glaube, auch die Heizung.»

«Hast du ein Gutachten eingeholt?»

«Wir wären verrückt, wenn wir es jetzt auf den Markt werfen würden. Jersey City verändert sich rapide. Es werden Blocks mit vielen Eigentumswohnungen gebaut und Kunstzentren und so. Wer weiß, wie die Preise sich in fünf Jahren entwickelt haben? Deshalb wollte ich dich auch um etwas bitten. Weißt du noch, wie Matt vorgeschlagen hat, ich könnte dort einziehen und es reparieren? Es neu streichen und in Schuss halten, bis die Zeit reif ist, es zu verkaufen? Das Grundstück in Ordnung halten?»

«Du weißt, dass ich das Erbe lieber regeln will.»

«Aber, Mom, es ist auch eine Frage der Fairness. Es ist *dein* Fehler, dass der Mietvertrag von Dads Wohnung gekündigt worden ist und ich jetzt keine Unterkunft mehr habe. Du willst mich nicht im Sommerhaus wohnen lassen, und du selbst hast ein großes, leeres Haus geerbt. Wäre das also nicht sinnvoll?»

«Du könntest dir einen Job suchen und dir eine nette Wohnung mieten.»

«Das versuche ich ja! Aber es ist nicht einfach auf dem Arbeitsmarkt. Und ich will nicht noch ein Praktikum machen.»

Amalia seufzt.

«Das aktuelle Problem ist, dass ich zum Ende des nächsten Monats eine Bleibe brauche.»

«Ich bin nicht diejenige, die dir das Sommerhaus überlassen kann. Ich habe dir doch gesagt, das könnten nur Matt und Patrick. Es hat ihrer Mutter gehört.»

«Wer will denn überhaupt da draußen wohnen, wenn ich in Jersey City so nah an den PATH-Zügen sein kann? Bei kaltem Wetter sind die Palisades ätzend. Zwei Schneeflocken, und ich sitze in der Falle. Ich käme weder zur Arbeit noch sonst wohin.»

«Äh», sagt Amalia. «Vielleicht hast du recht. Aber wenn du in Norms Elternhaus ziehst, bekomme ich dich da nie wieder raus. Da wirst du nur sentimental.»

«Ich könnte bei allem sentimental werden, was ein Dach hat, und dieses Haus hat definitiv eins. Ich bin einfach nur pragmatisch. Eine pragmatische Übergangslösung, damit ich nicht *obdachlos* werde.»

«O Gott, erspar deiner alten, von Schuldgefühlen geplagten Mutter solche Worte», sagt Amalia.

«Du bist nicht alt. Dad war alt.»

«Ich könnte dir einen Job bei der Bank besorgen. Da gibt es eine Abteilung Einkauf. Das würde dir einen ordentlichen Lebensstil ermöglichen. Zieh nicht in dieses heruntergekommene alte Haus.»

«Oh, Mom, bitte nicht. Das wäre zu viel. Ich will nicht in allem von dir abhängig sein. Ich will auf eigenen Füßen stehen. Ich brauche nur einen Ort, wo ich das kann. Alle würden doch wissen, dass das Vetternwirtschaft ist. Es würde sich herumsprechen, selbst wenn wir nicht wie Schwestern aussähen. Aber das tun wir.»

Amalia legt die Fingerspitzen auf ihre Wangenknochen und zieht die Haut zu den Ohren. «Vielleicht sollte ich mich liften lassen», sagt sie. «*Dann* sähen wir uns ähnlich.»

«Du hast noch nicht ein einziges graues Haar», sagt Penny. «Keine Ahnung, was dein Problem ist.»

Pennys Plan stößt auf Schwierigkeiten: Alle Schlafzimmer im Nicotine sind belegt. Und im Stayfree gibt es eine lange Warteliste.

Sorry lädt ihre Mitbewohner und Penny an einem Sonntagabend zum Lasagneessen ein, um über eine Lösung nachzudenken.

Am Sonntagnachmittag hilft Penny ihr, die Lasagne zuzubereiten. Sie kann ihre Überraschung darüber nicht verhehlen, dass sie Schichten von Béchamelsoße statt Ricotta verwendet. Sorry erklärt, dass ihr Dad Italoamerikaner war, bevor er zum Judentum konvertierte. «Er kann nichts dafür», sagt sie. «Diese Chassidim haben ihn an Chanukka auf der Fifth Avenue angebaggert. Sie glaubten, er wäre ein vom Glauben Abgefallener. Er war in Geldnöten und wollte wieder auf die Füße kommen. Bevor er sich's versah, lebte er in einer jüdischen Siedlung. Jedenfalls sagt er, Ricotta in einer Lasagne ist ein Gräuel.»

«Also bist du gar keine richtige Jüdin.»

«Jude sein ist eine Lebensweise. Eine Haltung. Das, was man früher mal Religion genannt hat. Jeder kann Jude werden.»

Penny lacht, denn natürlich hat Sorry recht.

Zum Essen bringt Rob ein Sixpack mit und Jazz eine Flasche Chianti. Und endlich lernt Penny auch Anka und Tony kennen. Beide hat sie vorher noch nicht getroffen. Anka arbeitet Vollzeit und hat Freunde in einem anderen Haus, und Tony verschwindet manchmal tagelang. Seine Mitbewohner glauben, das habe etwas mit Frauen zu tun.

Sorry stellt sie vor, indem sie nacheinander auf sie zeigt. «Anka», sagt sie. «Tony. Das ist Penny. Sie sucht nach einer Unterkunft.»

Anka sagt: «Hi! Schön, dich kennenzulernen!», und winkt.

Sie ist Mitte zwanzig, Kind einer Forschungsbiologin und eines höheren Angestellten beim amerikanischen Roten Kreuz, hat Quäkerschulen und die University of Pennsylvania besucht. Sie ist eine versierte Malerin, die Porträts ihrer Bekannten anfertigt und die Bilder dann verschenkt. Für Kunst hält sie ihre Bilder jedoch nicht, denn sie hat ihren Abschluss in Gesundheitswesen gemacht. Sie ist auf ziemlich konventionelle Weise hübsch – groß und blond –, aber so oft von Gedanken über ihre Arbeit mit Aids-Kranken geplagt, dass sie auf Menschen, die sie nicht kennen, abweisend wirkt. Folglich fährt sie über nationale Feiertage nach Hause und trifft sich mit ihrem Freund aus Highschooltagen. Dann vögeln sie wild und leidenschaftlich hinter dem Rücken seiner Frau. Sie kennen sich und die Situation so gut, dass sie es schon im Kinderzimmer getrieben haben, während seine Frau kochte. Aber Anka ist nicht einfach, und sie sieht auch nicht danach aus. Kein Single aus New York und Umland hat es auf mehr als fünf Verabredungen mit ihr gebracht.

Tony schüttelt Penny die Hand und sagt, er habe schon viel von ihr gehört. Er bezeichnet sich selbst als «Malocher», gerade arbeitslos und offen für alle möglichen Jobs; er legt Wert darauf, unterm Radar zu leben. Warum, erklärt er nicht. Vielleicht (so erzählt Rob Penny später) liegt das Problem einfach in Lohnpfändungen für ausstehende Unterhaltszahlungen. Er könnte ein entsprungener Sträfling sein oder auch nur gegen seine Bewährungsauflagen verstoßen. Ein nichtregistrierter Immigrant mit ungewöhnlicher Sprachbegabung? Niemand weiß es. Und keinen stört es, weil er entspannt, unterhaltsam, sauber und gut organisiert ist. Tony ist alt, rundlich und neigt zur Glatze, jedenfalls nach anarchistischen Standards, die aber nicht die der Großraummetropole New York sind.

Wie geplant dreht sich das Gespräch am Esstisch um Penny und ihre Wohnmöglichkeiten. Rob schlägt das DJD und das Tranquility vor, zwei CHA-Häuser, die sich zum einen alternativen Energiequellen, zum anderen den Rechten von Naturvölkern widmen. Jedes der beiden ist nur eine halbe Meile vom Nicotine entfernt, zwar mit öffentlichen

Verkehrsmitteln schwer zu erreichen, aber problemlos mit dem Rad und nicht voll ausgebucht, weil es zu wenig geeignete Aktivisten gibt.

«Das Tranquility ist vegan», erklärt Sorry.

«Damit komme ich klar, außer manchmal beim Nachtisch», sagt Penny. «Was bedeutet DJD?»

«Donald Judd Daybed», sagt Rob. «Eines Tages ist da dieser Typ ins Haus gezogen, das damals Pangäa hieß, und mit ihm sein großes Sofa namens ‹Donald-Judd-Liege›, das so ähnlich aussah wie ein Holzverschlag aus Teak für die Verschiffung von Autos oder so. Schwerer als ein Wasserbett. Wie ein Haus im Haus. Als er es dann im zweiten Stock aufgebaut hatte, krängte das ganze Gebäude. Man konnte keine Tür mehr schließen. Das DJD ist kein Ziegelbau wie das Nicotine, sondern ein Holzrahmenbau. Also haben sie die Liege wieder hinuntergebracht ins Erdgeschoss, und als sie mal einen Kratzer abbekam, stellte sich heraus, dass sie ungefähr *hunderttausend* Dollar wert war.»

«In Wahrheit ist sie ziemlich gemütlich», sagt Tony.

«Die Hälfte der Hausbewohner wollte sie zu Feuerholz verarbeiten», fährt Rob fort. «Das Thema des Hauses ist alternative Energien, sie haben Pelletöfen und eine Wärmepumpe und rasteten ständig wegen der Holzpreise aus, und alle dachten nur: ‹Geschenktes Holz!›»

«Kleinbürgerliche Weltflüchtlinge», sagt Jazz.

«Am Ende mussten sie sich Mediatoren vom Movement for a New Society holen», erzählt er nickend weiter, «und sie einigten sich darauf, dass es ‹supergemütlich› sei. Sozusagen über Nacht verlagerte sich der Fokus des Hauses von Dämmung und Sonnenkollektoren und alldem darauf, sich mit einem Haufen Decken auf der DJD einzumummeln. Sie haben das Passiv-Soundso genannt – passive wärmemäßige Soundso-Rekombination –»

«Und dann wurde Trine schwanger», bringt Sorry die Geschichte auf den Punkt. Das ganze Zimmer (außer Penny) bricht in Gelächter aus. Sorry, Jazz, Anka, Tony und Rob lachen sich das Herz aus dem Leibe. Schließlich verebbt das Gelächter zu anhaltendem Kichern.

«Das war vielleicht ein hinterhältiges Miststück», fährt Tony fort und pafft ein paarmal schnell an seinem selbstgerollten Zigarillo. Sie lachen erneut los.

«Trine war diese Frau, die niemand leiden konnte», erklärt Sorry. «Ich meine, niemand, aber wirklich *niemand* vögelte mit ihr. Aber irgendwer hat sie angebumst. Aus Zufall. Wie Leah in der Bibel. Vermutlich waren sie alle ein bisschen desorientiert.»

«Tut mir leid, Tony, Mann, *so* dunkel wird es in der Stadt doch *nie*», sagt Rob. Wieder lachen alle.

«Was ich nicht verstehe», sagt Penny, «ist, warum sie die Liege nicht verkaufen und mit dem Geld was anfangen. Ich meine, wenn sie wirklich hunderttausend Dollar wert ist.»

«So spricht eine Frau, die noch nie in einem besetzten Haus gewohnt hat», erwidert Sorry. «Okay, sie verscherbeln sie. Wer bekommt einen Anteil – der Typ, der sie angeschleppt hat? Der Typ, dem er sie geklaut hat? Alle, die damals dort zusammengewohnt haben? Die Leute, die jetzt dort wohnen? Die CHA? Das ist genauso, wie wenn Hausbesetzer die Chance auf einen Grundbucheintrag bekommen. Die zweite oder dritte Generation stimmt dann immer ein» – sie verfällt in einen melodischen Jammerton – «‹*Besetzt muss bleiben!*› an, weil die auch rechnen können und herausfinden, dass es sich lohnt, keine Miete zu zahlen. Wenn ein

Zimmer fünfhundert kostet, dann sparst du sechstausend im Jahr. Bleib zwanzig Jahre in dem Haus, dann sind das hundertzwanzigtausend – weit mehr als dein Anteil, wenn du es verkaufen würdest. Und vergiss nicht die zwischenzeitliche Inflation und die Leute, die ausziehen. Je länger du wartest, desto wahrscheinlicher ist es, dass du am Ende eine Million gemacht hast. Genau das läuft im DJD. Die Leute warten einfach ab.»

«Dir würde die DJD bestimmt gefallen», sagt Jazz. «Ich seh dich schon darauf liegen, zusammengerollt wie ein Kätzchen. Sie ist so Penny-mäßig. Du würdest nie wieder aufstehen.»

«Und dazu jeden vögeln, der zufällig vorbeikommt.»

«Das ist die sexuelle Magie der DJD. Sie hat die Reinheit des Minimalismus, aber letztlich ist sie ein Sofa – das bourgeoiseste Möbelstück, das die Menschheit kennt – und deshalb so was wie ein biodynamischer Kerker oder ein radioaktives Einhorn. Aber hör zu. Dieses Haus kommt mit einem heftigen Umweltproblem. Die stehen da nämlich total aufs Wassersparen. Will sagen: darauf, es nicht ins Meer fließen zu lassen. Und das nicht nur in Wüstenregionen.» Sie bemerkt Pennys verständnislose Miene. «Kennst du Belo Monte? Ein Typ aus dem DJD hat mir erzählt, der Belo-Monte-Damm sei das kleinere Übel, wenn man auf nachhaltiges Wachstum bei null Emissionen setzt.»

«O Gott», sagt Penny, als hätte sie gerade gehört, dass bei Trichinose der Kannibalismus, der sie verursacht hat, das kleinere Übel ist. «Und was ist mit dem anderen Haus?»

«Das Tranquility», sagt Jazz. «Aber ich kann mir gar nicht vorstellen, dass du dich für die Rechte der Naturvölker einsetzt.»

«Was willst du damit sagen?», protestiert Rob. «Schau dir doch ihre Kogi-Amulette an!»

«Penny ist deren schlimmster Albtraum. Eine moderne Frau. Die große Gleichmacherin. Fleischgewordene Entropie.»

«Meine Mom war diejenige, die vor der Indigenität geflohen ist», sagt Penny. «Oder vor der Armut oder was auch immer. Ich würde im Handumdrehen zurückgehen, Koka anbauen und Mittagsschlaf halten! Ich liebe Meerschweinchenfrikassee! Natürlich wäre ich eine Kogi der herrschenden Klasse. Keine Sklavin.»

«Du kannst sie die alten Gebräuche lehren», schlägt Tony vor. «Und sie dann in die Freiheit führen.»

«Ich glaube, du solltest dich einfach im Tranquility vorstellen und es hinter dich bringen», sagt Anka und wirft Tony und Jazz dabei missmutige Blicke zu. «Es ist das nettere Haus. Das freie Zimmer hat zwei Schränke, Parkettboden und hübsche Lampen. Am oberen Badezimmer im DJD renovieren sie schon geschlagene zwei Jahre lang herum.»

«Gekauft», sagt Penny.

Am folgenden Freitagabend sitzt Penny auf einer Sofaecke im Gemeinschaftsraum des Tranquility. Die anderen Bewohner mustern sie interessiert. Mit ihr auf dem Sofa sitzen Rufus, ein Afroamerikaner mittleren Alters, und ein Mann in den Dreißigern namens Barry, der wie ein Südasiate aussieht und ein langes philippinisches Hemd mit Lochstickereien und aufgenähten Taschen trägt. Zwei weiße Collegestudenten, Jacob und Maureen, sitzen in Sesseln, während eine Afroamerikanerin namens Stevie sich auf den Teppich niedergelassen hat.

«Du bist also eine Kogi aus Kolumbien», sagt Maureen. Auf ihrem rechten Arm prangt ein frisches, sauberes, tiefschwarzes Tattoo, ein Kwakiutl-Orca-Totem. «Das ist ja echt faszinierend.»

«Eher Halb-Kogi», sagt Penny. «Und woher kommt ihr?»

«Louisville», sagt Barry. «Meine Vorfahren sind in den Siebzigern nach Maryland ausgewandert.»

Maureen sagt: «Wilkes-Barre, Pennsylvania.»

«Ich komme hier aus der Gegend», sagt Jacob.

Rufus nickt zustimmend und signalisiert, dass auch er ein Einheimischer ist.

Stevie sagt nichts.

«Na ja, im Grunde komme ich via Morristown von der Upper West Side», sagt Penny. «Und aus Morgantown. Ich bin auf die West Virginia University gegangen. Meine Mom ist Kogi. Sie ist von zu Hause abgehauen und hat letztendlich meinen Dad getroffen, der aus New York war.»

«Wie bei mir!», sagt Stevie. Sie hat magentarotes Lockenhaar und trägt einen pflaumenfarbenen Baumwollbadeanzug im Stil der vierziger Jahre zu Netzstrümpfen und Chuck Taylors. Sie sieht ewig jung aus und ist vielleicht Mitte dreißig. «Meine Eltern wollten, dass ich die Highschool abschließe, und ich dann so: Ihr könnt mich mal. Reine Indoktrination. Also bin ich abgehauen. Nicht zuletzt deshalb setze ich mich für das Selbstbestimmungsrecht von Naturvölkern ein. Niemandem sollte irgendein Lebensstil aufgezwungen werden.»

«Ich bin mit siebzehn zur Navy gegangen», sagt Rufus.

«Da habe ich angefangen mitzubekommen, was es mit Unterdrückung auf sich hat.»

«Cool», sagt Penny anerkennend. «Du weißt bestimmt mehr darüber als ich. Ich musste eigentlich nie irgendwelche Anordnungen befolgen, außer wahrscheinlich am College und bei der Arbeit. Also, meine Eltern waren nicht streng.»

«Es ist stressig», sagt Rufus. «Die Navy ist sehr traditionsbewusst. Alles wird so gemacht, wie es schon immer gemacht worden ist. Ich musste einfach abhauen.»

«Was, du bist fahnenflüchtig? Ist hier viel Militärpolizei?» Als sie Rufus' entsetzte Miene sieht, fügt sie hinzu: «War nur ein Scherz.»

«Gibt es noch viele Kogi?», fragt Barry.

«Keine Ahnung», sagt Penny. «Jedenfalls war mein Vater Jude.»

«Jammerschade.»

«Hm?»

«Ich meine, deine Mom hätte doch einen Kogi heiraten können.»

«Was willst du damit sagen? Das ist doch keine gefährdete Art! Glaubst du, mein Dad hätte ein jüdisches Mädchen heiraten sollen?»

«Dieses Vorstellungsgespräch nimmt einen merkwürdigen Verlauf», bemerkt Rufus.

«Hier geht's aber nicht um einen Job», wendet Penny sich ihm zu. «Ich muss hier doch nicht so tun, als wäre ich jemand anders. Ich habe es langsam satt zu hören, dass indigene Menschen ihre Traditionen pflegen sollten. Die Weißen haben diese Verpflichtung doch nicht, oder? Sie können sich erneuern, soviel sie wollen, denn ihre Tradition ist die Moderne, und ich soll die Berggipfel meiner Vorfahren zurückerobern? Na, vielen Dank!»

Penny weiß, dass sie zu viel redet, aber in Gegenwart von fünf Fremden kann sie einfach nicht an sich halten; sie fühlt sich sicher, wenn sie auf ein vertrautes Thema – sich selbst – zurückgreift, ein bisschen so wie in einer Kneipe, wenn Menschen ein Gespräch schlicht aus dem Grund dominieren, weil sie niemand anderen hören können.

«Aber das ist Völkermord», sagt Barry. «Sobald Naturvölker sich assimiliert haben, existieren sie nicht mehr.»

«Wenn ich also zum Islam konvertiere, damit Boko Haram mich nicht umbringt, begehe ich Völkermord?»

«So habe ich das nicht gemeint.»

«Menschen in Gruppen zu sortieren braucht nun wirklich niemand. Kein Naturvolk und auch sonst niemand.»

Barry sagt: «Dass man Völkermord nicht verurteilen kann, ohne dabei die rassischen Kategorien der Täter zu verwenden, ist eine unausweichliche Ironie. Trotzdem rechtfertigt das nicht, Menschen wegen ihrer ethnischen Herkunft zu töten.»

«Ich habe nicht gesagt, ich wäre mit Völkermord einverstanden! Ich meine bloß, die nennen das ein Verbrechen gegen die Menschlichkeit, weil es unmenschlich ist, und ich sage einfach: Scheiß drauf. Wenn einer mich umbringt, will ich nicht, dass es unter seiner Würde ist, dann will ich, dass es Mord ist.»

Maureen sagt: «Ich verstehe zwar nicht, was du meinst, aber ich glaube, du wärst eine echt interessante Bereicherung für dieses Haus. Ich mag solche Diskussionen.»

Als Letzter macht Jacob den Mund auf. «Setzt du dich eigentlich beim Pinkeln hin?», fragt er. «Das ist nämlich mein Hauptproblem mit neuen Indigenen in diesem Haus. Erinnert ihr euch noch an diesen Hindu, der sich auf den Toilettensitz hockte, ohne die Schuhe auszuziehen? Und dieses Mädchen, dass nur in Beutel schiss?»

«Aber die war eine Ausreißerin und verrückt», sagt Rufus. Er dreht sich zu Penny um und erklärt. «Es war traurig. Sie warf diese Tüten raus auf den Hof, und da machten sich dann die Katzen darüber her. Wenn so ein kleines Kätzchen richtig hungrig ist, frisst es auch menschliche Fäkalien. Aber das will ich gar nicht *wissen*. Kommt mir nicht mit dem Thema. Ich will nicht den Hof aufräumen und zu den ganzen Katzen rausgehen müssen, die die Beutel aufgerissen haben und denen unsere Scheiße im Gesicht klebt!»

«O Gott», sagt Penny sichtlich betroffen. «Wie lange hat sie hier gewohnt?»

«Monate», sagt er. «Sie war eine Streunerin und hatte kein Zuhause. Wir konnten sie nicht rauswerfen, bevor wir nicht ein Ersatzhaus für sie gefunden hatten.»

«Aber sie hatte ziemlich viele Freunde», sagt Jacob.

«Sie hatte ihren Stamm», sagt Stevie. «Den Stamm der minderjährigen Prostituierten aus Garden City.»

«Also seid ihr im Grunde nur Angsthasen », sagt Penny. «Viel zu nett.»

Allgemeines Achselzucken. «Wir geben uns Mühe, freundlich zu sein», sagt Rufus.

«Hättet ihr was dagegen, wenn ich euch eine Frage zu eurer Solidaritätsarbeit als Hausgemeinschaft stelle?» Keiner hat was dagegen. Sie sehen geschmeichelt und erwartungsvoll aus. «Unterstützt ihr irgendeine Gruppe beim bewaffneten Kampf?»

«Ob wir *was* machen?», fragt Barry.

«Du willst wissen, ob wir *Bomben* bauen?»

«Ich meine Leute wie die Karen in Burma oder wen auch immer. Mit eurer Spendensammelei. Ich bin nämlich grundsätzlich gegen Gewalt. Eine Art Pazifistin. Alles ist besser, als Menschen weh zu tun.»

«Wir sind gar nicht in der Lage, Geld zu beschaffen», sagt Maureen. Ihre Mitbewohner nicken. «Ich meine, ich tue, was ich kann, um meine Lieblingsanliegen in den sozialen Medien zu unterstützen. Es gibt so viele Initiativen, da hab ich schon kaum noch den Überblick. Ich mag Amnesty International, aber am liebsten hab ich wohl UNICEF. Da gibt es ein großartiges Programm, das dafür sorgt, dass indigene Mädchen zu essen bekommen.»

«Ich stehe auch auf UNICEF», sagt Penny. «Ich habe sogar schon mal für sie gesammelt.» (Sie redet vom Süßes-oder-Saures in Morristown.)

«Vielleicht kannst du uns ja beibringen, wie man Geld sammelt», stimmt Stevie ein. «Ich arbeite in einem Kollektiv, das Puppen für Straßentheater baut, und das verschlingt eine Menge Geld. Schon die Lagerung der Puppen zwischen den Treffen kostet.»

«Die Puppen sind großartig», sagt Jacob. «Dadurch bin ich überhaupt erst zum Aktivisten geworden. Ich habe sie auf YouTube gesehen.»

«Mit Puppen kann man mehr Unterstützung bekommen als mit irgendwas anderem», sagt Stevie. «Die Leute gehen zu einer Demo oder schauen sich ein Video davon an, und dann sehen sie die Polizei auf der einen und uns auf der anderen Seite und bekommen mit, wer mehr Spaß hat. Das bringt sie dazu, sich der Revolution anzuschließen.»

«Die Puppen sind phantastisch», stimmt Barry zu. Alle nicken.

Maureen sagt: «Eine Menge indigene Kulturen machen Straßentheater mit Puppen. Die Dogon. Die Hopi.» Wieder nicken alle.

«Das klingt toll», sagt Penny. «Ich liebe Puppen.»

Sie fühlt sich, als hätte sie gerade eine Schwäche für Babyhasen oder Schokostreusel eingestanden – kein großartiges Geständnis und schon gar nichts Verpflichtendes –, aber die Gesichter um sie herum signalisieren so viel Einverständnis, dass ihr Kopf nur zu gern nachgibt. Warum soll die Begeisterung für Puppen in einer Welt, in der so viele sich für den Drohnenkrieg begeistern, kein revolutionärer Akt sein? Häschen und Schokostreusel taugen nicht fürs Straßentheater – viel zu klein –, während Werte wie Frieden, Liebe und Verständnis bekanntermaßen nicht mit Händen zu greifen sind. Puppen, das ist es! Große! Warum nicht. Es gibt geistlosere Dinge, die man lieben kann.

Während sie diese Gedanken Revue passieren lässt, tritt ein Mona-Lisa-gleiches Lächeln auf ihr Gesicht. Sie hat das Gefühl, dass im Tranquility nur unglückselige Spinner wohnen, aber da sie sowieso den größten Teil ihrer Zeit im Nicotine verbringen wird, ist das auch egal.

Die anderen bitten sie, kurz aus dem Zimmer zu gehen. Schnell sind sie sich einig, sie aufzunehmen. Sie haben das Gefühl, noch nie jemand derart Indigenen kennengelernt zu haben. In ihrer Vorstellung pflegen die Kulturen der Kogi und der Juden jene Art von Patriarchat, das so starke Frauen hervorbringt, dass es eigentlich ein Matriarchat ist, wenn man sich mal die Zeit nimmt, an der Oberfläche zu kratzen.

Ihr Zimmer im Tranquility liegt im zweiten Stock und hat schräge Wände und Giebelfenster. Das Eichenparkett ziert ein reizvolles Herringbone-Muster, und sie hat ganze zwanzig Quadratmeter davon.

Die Bewohner zahlen nicht wirklich Miete; sie zahlen eine gemeinschaftliche Gebühr, die die Kosten für Lebensmittel, Strom, Gas und Wasser deckt. Da ein Großteil der Lebensmittel aus Müllcontainern kommt und die Heizung im Sommer abgestellt wird, ist die Gebühr zurzeit sehr niedrig – fünfundachtzig Dollar und achtzig Cent im Monat.

Bevor sie auch nur daran denken kann, auf Kosten ihrer Mutter ein Umzugsunternehmen anzuheuern, bietet Rob an, ihre Sachen mit dem Kleinbus zu transportieren. Sie kann das nicht ablehnen, denn im Tranquility mit einem Umzugsunternehmen aufzutauchen würde ihre Tarnung sofort auffliegen lassen.

Am ersten Samstag im Juli fährt Rob in die Stadt. Anka und Tony kommen mit, um zu helfen. Mit Pennys Ersatzschlüssel öffnen sie das Tor zu den Garagen im Keller des Gebäudes, und Rob findet den Ladebereich beim Frachtaufzug; er parkt seinen Wagen zwischen zwei Pfeilern. Dann fahren die drei nach oben, um Penny in Norms alter Wohnung zu treffen.

Tony zeigt sich erleichtert, dass es so wenig Möbel sind. Nachdem er versucht hat, sie zu bewegen, ist er nicht mehr so begeistert. «Diesen großen Kleiderschrank könnten wir doch hierlassen», bemerkt er. «Nirgendwo steht geschrieben, dass wir alles mitnehmen müssen, was nicht festgenagelt ist.»

«Was willst du damit sagen?», fragt Penny.

«Bist du hier nicht Untermieterin? Das können doch nicht *deine* Möbel sein.»

«Die haben gesagt, ich kann alles mitnehmen, was ich haben will», sagt Penny mehr oder weniger wahrheitsgemäß.

Rob bewundert ihr Rad – ein leichtes, schnelles Zehngangteil mit kurzem Achsstand – und verkündet, dass es als Letztes eingeladen wird, da es empfindlich ist. Seine Bewunderung für das Fahrrad macht Penny stolz. Zugleich ist sie enttäuscht über sein Unbehagen angesichts der Exklusivität des Gebäudes. Allein dessen Größe und Gediegenheit scheinen ihm Angst zu machen. Sie ist froh, dass er die Lobby und den Portier nicht gesehen hat.

Zuerst verschwinden Norms wuchtige Kommode und der Schreibtisch, Letzterer auf die Seite gekippt, im Kleinbus. Das Bett auseinanderzubauen braucht Zeit, aber Kopfteil und Matratze sind bald verstaut, Küchentisch und Stühle mit abgeschraubten Beinen werden darübergestapelt. Die Lücken füllt Rob mit Kleinteilen – Säcken mit Kleidung und den Bücherkisten, die Penny so gepackt hat, dass sie sie selbst tragen kann. Obendrauf kommt das Rad mit abmontierten Pedalen und gelockertem und quergestelltem Lenker, als würde es in einem Flugzeug verschickt.

Anka und Tony stehen die meiste Zeit einfach herum, und Penny merkt, dass sie ein Haus ohne Aufzug erwartet haben. Eigentlich gibt es nicht allzu viel zu tun: den Fahrstuhl im achten Stock be- und im Keller wieder entladen.

Sie reden schon über eine zweite Fuhre, da misst Rob Norms Kleiderschrank aus und erklärt, dass er größer als sein Laderaum ist. «Dafür müsstest du einen Lastwagen mieten», lässt er Penny wissen.

Sie geht zum Portier und fragt, ob es die Möglichkeit gibt, Möbel zwischenzulagern. Er hat Norm in liebevoller Erinnerung. Er schließt ihr den Heizungskeller auf. Die neue Heizanlage ist viel kleiner als die alte, wodurch eine Menge Platz frei geworden ist.

Für Holzmöbel ist das Raumklima nicht gerade optimal – feucht und warm. Penny redet sich und dem Portier ein, die Lagerung erfolge nur für begrenzte Zeit. Aber sie weiß es besser. Sie weiß, dass sie niemals einen Lastwagen mieten und in die Stadt fahren wird, um einen riesigen Kleiderschrank zu holen, den sie nicht braucht. In ihrem Zimmer im Tranquility gibt es eine große Abstellkammer, nicht gerade begehbar, aber mit einem Schuhregal und geräumig genug, dass man sich darin umdrehen kann. Bis sie das nächste Mal umzieht, wird sich das Holz des Kleiderschranks verzogen haben. Trotzdem bringen sie ihn nach unten – ein massives Echtholz-Möbel – und verstauen ihn im Heizungskeller.

Der Gedanke, ihn zu verlieren, plagt sie, aber sie sieht keine Alternative. Sie verbannt ihn aus ihren Gedanken.

Anka, Rob und Tony laden die Sachen aus dem Kleinbus und stellen sie auf den Gehweg. Sie bedankt sich bei ihnen und lädt sie ein, noch auf ein paar Sandwiches zu bleiben. Sie sagen, sie wollten lieber nach Hause, aber Rob nimmt die fünf Dollar, die sie ihm für Benzin und Betriebskosten anbietet.

Die Bewohner des Tranquility helfen ihr, alles nach oben zu tragen, was nicht allzu lange dauert. Sie macht ihnen Brote mit Bio-Pastrami und Sauerkraut; beides hat sie im Lebensmittelladen der Sieben-Tage-Adventisten am Bryant Park gekauft. Sie essen auf der Veranda, während es Nacht wird, und fahren mit den Fingerspitzen von vorn und hinten über die Brotscheiben, um sicherzugehen, dass die Kümmelsamen kein Ungeziefer sind.

Oben in ihrem Zimmer schaltet sie das helle Deckenlicht ein und setzt sich auf den Teppich, um ihr neues Domizil in Augenschein zu nehmen.

Trotz des anstrengenden Tages sprüht sie nur so vor nervöser Energie. Ein Zimmer für sie ganz allein, ein Haus voller Fremder, im Herzen der CHA-Gemeinschaft – wo jene Menschen wohnen, die sie am meisten auf der Welt interessieren, Rob und Jazz –, und dazu diese Möbel, die sie so sehr an ihren Vater erinnern. Einfach nur hier zu sitzen und das alles anzusehen könnte sie zum Platzen bringen.

Ihr Telefon surrt. Ein Text von Matt, im Stil einer NYU-Studentin, die er ab und zu «trifft»: Wo bist du, Schwester? War beim JC-Haus. Sieht gut aus, aber du nicht da. Was geht ab? Zahlen sie dir Miete???

Sie antwortet nicht. Ein paar Minuten später klingelt das Telefon. Es ist Amalia.

«Ich bin sauer», fängt sie an. «Matt erzählt mir, dass du das Haus an *ocupas* vermietest! Warum hast du mich angelogen?»

«Hier vermietet niemand irgendwas», sagt Penny. «Das Haus ist besetzt, weil es, wie du schon sagtest, ein Trümmerhaufen war. Du und Dad, ihr habt nach dem Brand keinen verdammten Handschlag getan. Sie haben es gerettet, und jetzt leben sie darin. Sie sind toll. Ich finde sie großartig.»

«Toll», wiederholt Amalia.

«Es sind Aktivisten. Wunderbare Menschen. Ich wette,

du könntest das Ganze bei der Steuer als Spende für wohltätige Zwecke absetzen.»

«Matt meinte, dort wohnt ein sehr attraktiver Mann. Hast du mir da was zu sagen?»

«Worüber denn?»

«Bist du mal wieder verliebt?» Einen Moment lang fühlt Penny sich in die Enge getrieben und zögert. Ihre Mutter spürt das und fällt postwendend über sie her. «O Gott», sagt sie. «Du hältst dir also einen Liebhaber, wie nennt man das? Einen *Gigolo*, wie eine Mätresse, und das in meinem Haus.»

«Das ist so was von verkehrt!»

«Du solltest das Haus in meinem Auftrag so weit herrichten, dass man es verkaufen kann, und jetzt stellst du dich schützend vor einen Liebhaber, der keine Miete zahlt. Kaufst dir einen Lustknaben. Wie viel verliere ich durch deine Wohltätigkeit? Dreitausend Dollar im Monat?»

«Sei nicht so geschmacklos.»

«O Gott, wie redest du mit deiner Mutter? Ich werde zusehen, dass dein Bruder sich um dieses Problem kümmert. Geh ja nicht wieder in mein Haus. Halte dich bloß fern davon.»

«Wieso dein Haus? Es ist Dads Haus. Es ist Teil des Nachlasses. Du hast ihn nur geheiratet, und ich bin seine Tochter. Sein eigen Fleisch und Blut. Das Haus gehört viel eher mir als dir.»

«Du bist so was von hirnlos», sagt Amalia.

Penny drückt auf den roten Punkt, um das Gespräch zu beenden. Sie hyperventiliert.

Sie ruft beim Nicotine auf der Festnetznummer an – ein Telefon mit Wählscheibe an der Küchenwand –, und Anka nimmt ab.

«Ich muss euch was erzählen», sagt Penny. «Ich habe

ganz üble Gerüchte gehört. Ich habe mit jemandem geredet, der bei einer Bank arbeitet, und ihm von dem Haus erzählt, und er sagte, der Eigentümer sei vor einem Monat gestorben, und die Erben wollen es verkaufen. Wegen dem Sanierungsprogramm oder so.»

Anka sagt: «Du klingst ja völlig aufgeregt und panisch, aber wo ist das Problem? Ich dachte, Rob hätte dir unsere Leiche im Keller gezeigt.»

«Du meinst das Eimermonster?»

«Dieses Haus wird nie verkauft werden. Das möchte ich erst mal sehen. Wir sollten uns einen Makler besorgen und am Sonntag einen Tag der offenen Tür veranstalten.» Sie erhebt die Stimme. «Da ist was im Busch in Sachen Grundstück, aber wir wissen hier doch, wie das läuft, oder?»

«Ad nauseam!», erklingt Tonys Stimme von irgendwoher aus der Küche des Nicotine.

«Ständig versucht irgendjemand, bei CHA-Häusern Miete einzutreiben. Aber das ist sprichwörtlich vergebene Liebesmüh, weißt du?»

«Aber was, wenn sie es einfach räumen und verkaufen wollen?»

«Zwei Worte: das Eimermonster.»

Penny entspannt sich. Sie klemmt sich das Telefon unters Kinn und plaudert mit Anka darüber, wie der Tag war, während sie ihre Kleidung in Norms alte Kommode räumt und Büromaterial in die Schubladen des Schreibtischs sortiert. Plötzlich sagt sie: «Jetzt hätte ich so gern eine Zigarette. Wie sind im Tranquility noch mal die Vorschriften, was das Rauchen betrifft? Wahrscheinlich muss ich bis über die Grenze nach Pennsylvania, um meine Sachen zu lüften, bevor ich zurückkomme.»

«Du hast das Haarewaschen vergessen. Komm zu uns! Du kannst uns bei dem Bier helfen, das Tony gebraut hat.»

Als Penny dort ankommt, sitzt Matt am Küchentisch. Der Teebeutel hängt noch in der dampfenden Tasse, als wäre er eben erst angekommen. «Wie ich sehe, habt ihr tollen Anarchos meine kleine Schwester kennengelernt», sagt er liebenswürdig.

Aller Augen wenden sich Penny zu.

«Halbschwester», sagt sie.

«Meine mit einem soliden Vermögen ausgestattete kleine Schwester», spottet Matt. «Die so wohlhabend ist, dass sie niemals in Versuchung kommen würde, ein solches Rattenloch wieder herzurichten und auf den Markt zu bringen, nur um das Vermächtnis ihres Vaters zu ehren.»

«Verdreh hier nicht die Tatsachen», sagt Penny. «Als ich zugesagt habe, dieses Haus zu renovieren, wusste ich nicht, dass es bewohnt ist. Ich habe meine Meinung in der Sekunde geändert, als ich euch kennenlernte.»

«Irgendwie haben die anderen Erben davon aber nichts erfahren», sagt Matt. «Vor ein paar Minuten hat mich deine Mutter angerufen; sie schien unzufrieden zu sein, und ich gestehe, dass auch ich eine gewisse Unzufriedenheit verspürt habe, als ich hörte, dass du deine komplette Zeit hier damit verbringst, uns ganz gepflegt zu verarschen.»

Penny fällt nichts zu sagen ein. Sie schaut Anka an, Adressatin ihrer jüngsten Lüge, und rechnet mit offener Verachtung.

Anka lächelt und sagt: «Wir könnten ihm unser Monster vorstellen.»

«So viele Parasiten an einem Tag, das reicht», sagt Matt.

«Bitte um Entschuldigung, Klugscheißer, aber ich habe jede Menge Schweißkapital in diesen Bau gesteckt», sagt Rob.

«Meine ewige Dankbarkeit ist dir gewiss. Aber jetzt müsst ihr euch alle ein neues liebevolles Zuhause suchen.»

«Warum kümmert dich das überhaupt?», bekniet Penny ihn. «Du brauchst das Geld doch gar nicht!»

«Stimmt. Ich bin nicht arm und nicht mal pleite. Ich *brauche* meinen Anteil an diesem Haus nicht. Ich *will* ihn. Ich *verlange* ihn.» Da er damit ihre Stummtaste gefunden zu haben glaubt, fährt er fort: «Du scheinst ja deinerseits vorzuhaben, es für eigene Zwecke zu nutzen, wie mir jedenfalls deine Mutter berichtet. Sieht so aus, als hätte Koala-Gesicht ein paar Liebesbande geknüpft. Willst du mir nicht davon erzählen?»

Penny schaut die Bewohner des Nicotine an und erwartet, einen Groll zu spüren, der ihrer Scham entspricht. Stattdessen blicken sie erwartungsvoll von ihr zu Matt. Sie scheinen fasziniert zu sein.

Rob nickt aufmunternd, während sie sagt: «Könnte jemand vielleicht das Geld auftreiben, um ihm seinen Anteil auszuzahlen? Vielleicht die CHA –»

«Das wird nicht nötig sein», sagt Jazz und starrt Penny finster an. Sie nimmt eine Zigarette aus der Packung auf dem Tisch. Sie zündet sie an, fixiert Matt durch die Rauchwolke und erklärt: «Er hat doch gerade gesagt, dass Geld ihn nicht interessiert.»

Er wedelt mit der Hand und hustet. «Nikotin-Haus», sagt er sarkastisch und mit tiefer, schleppender Stimme, wobei er den Strohbass eines langjährigen Rauchers imitiert. Er dreht sich auf seinem Stuhl um, fixiert Jazz und sagt: «Erklär mir doch bitte mal, wie du hierherkommst. Du wirkst hier irgendwie überqualifiziert.»

«Das sind meine Freunde», erwidert Jazz.

«Du bist ein Rasseweib. Super Body.»

«Interessante Wortwahl. Dabei siehst du gar nicht wie fünfundsechzig aus.»

«Berichtigung. Du bist ungewöhnlich attraktiv.»

Jazz lacht ihn aus.

Tony unterbricht und fragt Matt, ob ihm die Rechtslage im Fall einer Ersitzung geläufig ist.

«Klär mich auf», sagt Matt.

«Sie besagt, wenn du jemandes Eigentum ohne dessen Einwilligung nimmst und er das weiß und du weißt, dass er es weiß, dann geht es nach einer Reihe von Jahren in den Besitz des Finders über. Also jedes Mal, wenn du sagst, du wüsstest, dass Besetzer hier sind, und nichts dagegen unternimmst, schenkst du uns dieses Haus.»

«Theoretisch gesehen wäre das wirklich eine sehr interessante Theorie», sagt Matt.

«Würde es dir sehr viel ausmachen, wenn wir ihn bitten zu gehen?», fragt Sorry Penny. «Ich kann ihn nicht ausstehen.»

Matt betrachtet Sorry abschätzig. Sie trägt ein zu enges Tanktop, auf dessen Brustseite in Glitzerbuchstaben PONY SLAYSTATION steht, dazu zerknitterte Shorts und hat die Haare zu Zöpfen geflochten. Sie ist die personifizierte militante Modeverweigerung.

Plötzlich fühlt Penny sich stärker. Sie hat keine Ahnung, ob sie im Recht ist, aber sie weiß, dass es richtig ist, Menschen, die nicht wissen, wie man sich anzieht, zu verteidigen.

«Ich bin hier, weil ich mit meinen Freunden noch was vorhabe», sagt sie mit Nachdruck zu Matt. «Tut mir leid, aber du solltest jetzt gehen, wir reden später. Ruf mich morgen an.»

«Sie bittet dich zu gehen», sagt Rob. «Und ich auch.»

Anka, Jazz, Sorry und Tony nicken beifällig.

«Ich untergrabe deinen gesellschaftlichen Status bei diesen Losern nur ungern», sagt Matt zu Penny und steht auf. Er hat seinen Tee nicht angerührt. «Denk an das, was ich gesagt habe», fährt er an Jazz gewandt fort.

«Niemand sagt mir, was ich denken soll», erwidert sie.

Nachdem Matt fort ist, fangen sie an, das selbstgebraute Bier auszuschenken. Es haut ziemlich rein. Etwa fünfzehn Prozent, schätzt Tony. «Er ist nicht mein Bruder, das schwöre ich euch», insistiert Penny. «Maximal Halbbruder.»

«Das sehen wir», sagt Jazz. «Du bist ein asiatisches Sexhäschen, und er ist ein alternder griechischer Gott.»

«Argh!», jault Penny. «Du weißt nicht, was du da sagst!»

«Dieser Mann hat eine knallharte satanische Ausstrahlung», meint Sorry. «Als hätte er beim Kadaver einer Ziege geschworen, Soziopath zu werden.»

«Ich glaube, er wollte Jazz umbringen und ihre Leiche schänden», sagt Rob.

«Das würde ich gern mal inszenieren», sagt Jazz. «Ich fand ihn ziemlich geil.»

«Nein, nein, nein, nein!», sagt Penny und wedelt protestierend mit den Händen. «Was für ein Quatsch. Habt ihr nicht gehört, dass er euch Parasiten genannt hat?»

«Dieses Arschloch interessiert doch keinen», sagt Rob, der sein erstes Bier schon geleert hat.

«Eigentlich hat er gesagt, dass *du* ein Parasit bist», sagt Anka zu Penny. «Würde es dir was ausmachen, mir das ein bisschen zu erklären?»

Rob wendet sich Penny zu und sagt: «Da hat sie recht. Er ist ein Niemand und wird auch immer einer bleiben. Aber du, meine Freundin! Du hättest uns gegenüber ruhig ein bisschen offener sein können.»

«Ich hätte nie gedacht, dass irgendwer aus meiner Familie hier einfach so auftaucht.»

«Und was ist mit der Offenheit uns gegenüber, damit wir wissen, woran wir sind?»

«Das musst gerade du zu ihr sagen», meint Jazz.

Anka sagt zu Jazz: «Sexualität ist Privatsache. Aber bei Dingen, die das Haus betreffen, brauchen wir Offenheit.»

«Jetzt verbündet euch nicht gegen sie», sagt Jazz. «Schaut sie doch an! Sie hat genauso viel Angst vor ihm wie ihr. Keine Sorge, Penny. Wir geben dir keine Schuld. Er ist alt genug, um dein Vater zu sein.»

«Er ist drei Jahre älter als meine Mom.»

Jazz fragt Penny, wie alt ihr Vater bei seinem Tod war, und sie sagt: «Ungefähr tausend Jahre, aber er kam klar.»

«Höchst interessante Familie!», merkt Tony an.

«Stimmt», sagt Penny. «Ich habe noch nie von einer Familie gehört, die interessanter ist als meine.»

«Oho, jetzt wirft sie uns aber den Fehdehandschuh hin», sagt Sorry. «Hab ich dir jemals vom Cousin meiner Mutter aus Jaffa erzählt, der in die SS eingetreten war und desertieren musste, nachdem so ein Nazi beschlossen hatte, dass er Jude war? Und als er nach dem Krieg aus Taschkent zurückkam, haben meine Großonkel sich zusammengetan und ihn umgebracht?»

«Interessante Familien aus dem Nahen Osten zählen nicht», sagt Jazz, «und eine interessante palästinensische Familie wäre eine, zu der kein Doppelagent gehört.»

«Meine Familie ist während des Krieges aus Long Island weggezogen, um für Hughes Aircraft zu arbeiten, und hat dabei genug Geld verdient, um sich einen Trailer in Santa Monica zu kaufen», wirft Tony ein.

«Typischer Abklatsch der altbekannten Ausreißergeschichte von der Teenie-Schweinehirtin», sagt Jazz. «Ist doch klar, dass sie sich in dem Trailer nur einnisten konnten, weil die japanischen Besitzer interniert waren.»

«Ich stamme eben von einer langen Reihe von Parasiten ab», sagt Tony.

Rob sagt: «Ich kann nicht mehr hören, dass wir Parasiten sein sollen. Die Kapitalisten sind die Parasiten. Wenn du ein reiches Arschloch auf deiner eigenen Insel bist, interessiert das niemanden, doch Gott bewahre, wenn du arm bist, aber ein respektables Haus hast. Es sei denn, du hast es geerbt. Dann gehört es dir von Gottes Gnaden.»

«Wir sind nicht arm», protestiert Tony. «Wir sind im Streik! In dieser Ökonomie gibt es nur eine Möglichkeit, Geld zu verdienen, und das ist als Streikbrecher. Ist nicht bös gemeint», fährt er an Anka gewandt fort, der Einzigen am Tisch mit einem festen Job. Während alle lachen, stellt er neun Bierflaschen nebeneinander auf den Tisch und sagt, das seien Streikposten.

Anka bietet an – apropos Arbeitsplatz –, eine Geschichte über ihren ersten Arbeitstag als eine von drei Redaktionsassistentinnen bei der *HIV Action News* zum Besten zu geben. Sie rafft ihr Haar zusammen, bindet es auf dem Hinterkopf zu einem Knoten, damit die anderen ihr Gesicht erkennen und sie hören und sehen können, und fängt an: «Also, es ist mein erster Arbeitstag, zehn Uhr morgens.»

«Zehn Uhr morgens am ersten Tag ist keine Arbeitsplatzgeschichte», sagt Tony. «Versuch's mal mit nach drei Monaten.»

«Nein, warte», sagt Anka. «Hier geht's sofort voll los. Sie kamen gleich auf mich zu: ‹Anka, Anka, hallo, komm rein, wir sind so froh, dass du hier bist, wir brauchen dringend Ton für diese Diashow, du hast so eine klare Aussprache. Geh bitte runter in den Keller, da ist es ruhig, und sprich den Text da laut auf diesen MP3-Player.› Und sie drücken mir so einen zwei Seiten langen Ausdruck und das Aufnahmegerät in die Hand. Es geht um kleine Mädchen in Äthiopien. Ihre Eltern sind an Aids gestorben, und die Schwester der Mutter lässt sie in einer Hütte schlafen. Sie gibt ihnen Nahrung und Wasser, aber sie hat Angst, sie zu berühren, denn die Ältere hat solche entzündeten Stellen. Also muss die Vierjährige das Baby füttern und wickeln, das schon ungefähr zwei ist, aber noch nicht laufen kann. Und jetzt der Hammer. Bereit? Jede Nacht passiert das Gleiche. Die Vierjährige muss wach bleiben, um die Katzen zu verscheuchen, die in die Hütte kommen und ihnen den Schorf von den Wunden fressen.»

«Nicht möglich!», sagt Sorry.

«Doch. Jede Nacht kamen diese wilden Katzen und bissen ihnen den Schorf weg, also heilten die Wunden nie, denn natürlich hatte sie Kaposi und das Baby am ganzen Körper Herpes, und wenn sie schließlich vor Erschöpfung einschliefen, kamen die Katzen und leckten ihr Blut auf. Das war deren wichtigste Nahrungsquelle.»

«Herr Jesus», sagt Rob.

«Und das konnte ich beim besten Willen nicht laut lesen, ohne zu *heulen*. Ich habe es zehnmal versucht! Dann bin ich nach oben gegangen und habe gesagt: ‹Tut mir leid, das kann ich nicht.› Und mein Boss hat eine farbige Broschüre herausgeholt, um mich aufzumuntern, und darin gab's ein Foto von den beiden Mädchen, die jetzt etwa zehn und zwölf sind und eine Schuluniform tragen und kostenlos Medikamente von dieser Organisation bekommen, für die wir Werbung machen, und sie sehen rundherum glücklich aus. Und wer ist noch mit auf dem Foto? Die Tante, die jetzt hundert Dollar im Monat dafür bekommt, dass sie sie großzieht!»

Alle lachen.

«Ja, eben. Das war meine Feuertaufe. Ich bin also wieder runtergegangen und habe es in einem Rutsch eingelesen, in diesem ruhigen, perfekten Ton, weil ich anstelle von Mitleid eine unbeschreibliche, stahlharte Wut empfand. Diese wirklich verrückte Wut, wenn du kapierst, dass keine Kompromisse einzugehen bedeutet, mit allen und jedem zu arbeiten, der vielleicht helfen kann, ohne dass du jemals ein Urteil über ihn fällst. Das war der Augenblick, in dem ich wirklich zur Aktivistin geworden bin.»

«Wow», sagt Penny.

«Ich glaube nicht, dass Katzen so was tun würden», sagt Sorry. «Vielleicht war es ein Übermittlungsfehler und sollte *Ratten* heißen?»

«In dieser Stadt gab es keine Ratten», sagt Anka. «Wegen der Katzen.»

«Oder Fledermäuse?»

«Vampirfledermäuse gibt es nur in Südamerika.»

«Katzen waren schon lange vor Fledermäusen mit dem Teufel im Bund», versichert Penny Sorry. «Ich weiß das.»

Amalia geht vom Esstisch zur Kücheninsel des Hauses in Morristown. Langsam senkt sie ein Saftglas in die Spüle, lässt Wasser hineinlaufen und stellt es ab, ohne es zu waschen. Sie steht einfach mit der Hand in der Spüle da und schaut auf ihr Spiegelbild im Küchenfenster. Schwerfällig hebt sie die Linke und wischt sich über die Augen. Sie schnieft.

Sie trocknet sich die Hände an einem Geschirrhandtuch ab und zieht ein Papiertaschentuch aus einer Box. Noch während sie sich die Nase putzt, tippt sie auf das Foto von Matt auf dem Display ihres Telefons. Sie wartet, bis die Mailbox anspringt, und unterbricht die Verbindung, ohne eine Nachricht zu hinterlassen oder ihm danach noch zu texten. Sie setzt sich auf einen der zwei Barhocker und starrt beinahe eine Minute lang ihr Spiegelbild an.

Sie geht zum Sofa im Wohnzimmer, setzt sich neben Schubert, die Katze, und fängt an, sich durch mehrere Video-on-Demand-Kanäle zu klicken. Sie schaltet aus, ohne sich für einen Film entschieden zu haben.

Sie nimmt ihr Telefon und schreibt Matt: Ich muss dich treffen. ILD so sehr, dass es weh tut.

Sekunden später klingelt das Telefon. Matt sitzt am Steuer seines Audi A5 und steht an einer verkehrsreichen Kreuzung in der Tonnelle Avenue. Die Limousine ist von großen Lastwagen eingekeilt, deren Motoren im Leerlauf vor sich hin rasseln, als wären sie voller Kiesel. Wegen des Lärms draußen muss er schreien. Er brüllt auf die Handyhalterung ein, die vor ihm an der Sonnenblende hängt. «Du bist krank! Lass dir helfen.»

«Ich bin aber wegen *dir* deprimiert», sagt sie.

«Zwischen uns. Ist. Nie. Etwas. Gewesen.»

«Norm hat es gesehen.»

«Du bist eine durchgeknallte, melodramatische Zicke», sagt Matt.

In Morristown steht Amalia vom Sofa auf und geht zum Kühlschrank.

In Jersey City springt die Ampel um, und Matt fährt auf die Kreuzung, links neben ihm ein doppelachsiger Sattelschlepper mit einer nicht abgedeckten Ladung Altmetall. Der Lastwagen setzt den Blinker nach rechts, und Matt merkt, dass ein großes Stück Stahlblech aus der Stanze über das hintere Ende der Ladefläche hinausragt und beinahe seine Motorhaube zerschrammt. Er tippt zweimal auf die Bremse und hört hinter sich Reifen quietschen.

Am Telefon passiert nichts, aber keiner der beiden legt auf.

Schließlich nimmt Amalia einen Becher Eis aus dem Gefrierfach und sagt: «Bevor er starb, hat Norm mich gebeten, auf dich aufzupassen. Ich glaube, wir beide wissen, was er damit gemeint hat. Du bist allein. Du hast niemanden. Du tust nichts anderes, als zu arbeiten. Ich bin immer noch jung.» Sie kramt auf der Suche nach einem bestimmten Teelöffel, den sie besonders mag, in einer Schublade herum.

«Jedes Jahr, das ein Mann älter wird, entspricht bei Frauen sieben», schreit Matt. «Das ist wie bei Hunden.» Die Ampel springt auf Gelb, und er steht immer noch mitten auf der Kreuzung. Jetzt kann er nicht anders, als links abzubiegen, in die für ihn falsche Richtung. «Jedenfalls muss ich mir das nicht anhören», sagt er. «*Mom*. Bis bald. Ich liebe dich, *Mom*.» Er überholt einen Winnebago rechts und kann nur knapp verhindern, gegen eine Betonabsperrung gequetscht zu werden.

Amalia isst ihren Becher Eis und sieht sich zwei Folgen von *Nurse Jackie* an.

Penny liegt rücklings im Bett und versucht zu schlafen. Ihre Haltung erinnert sie an ihren Vater. Sie dreht sich auf die Seite und erinnert sich an seinen Wunsch, seine Lebensgeschichte zu diktieren. An seine Wut, als ihm die Sprache versagte, seine Panik – und daran, wie dumm, wie idiotisch, ja geradezu wie der letzte Volltrottel sie sich angestellt hat, weil sie nicht darauf kam, das Alphabet einfach auf eine Pappe zu schreiben und ihn die Worte durch Draufzeigen buchstabieren zu lassen.

Die Gedanken sind wie kleine Messer mit Wellenschliff, die von der Kraft, die das Universum antreibt, in ihrem Herzen hin- und hergedreht werden: Liebe. Derselben Kraft, die sie nunmehr veranlasst, sich auf den Bauch zu drehen und mit dem Gesicht nach unten zu liegen, ängstlich und bewegungslos, vom Kummer gelähmt. «Ich liebe dich», spricht sie es laut aus. Ihr Atem klingt in den Matratzenfedern nach und erinnert sie an Norms letzte Tage. An sein schwerfälliges Keuchen in der Phase, als er nichts anderes mehr tun konnte. Atmen und sonst nichts, im verzweifelten Warten darauf, dass sein Herz aussetzte.

Sie schaltet das Licht ein und lehnt sich mit dem Rücken ans Kopfteil. Sie trinkt aus seinem Wasserglas. Sieht sich von seinen Möbeln umringt. Steht auf, zieht sich an und geht für eine Zigarette hinaus auf den Gehweg.

Eine halbe Stunde später legt sie sich wieder ins Bett. Sie denkt weitere anderthalb Stunden über seinen Tod nach, bevor sie einschläft.

Anka kniet im Nicotine auf dem Fußboden, umgeben von großen Wassergläsern mit wasserlöslichen Temperafarben. Sie streckt den tropfenden Pinsel aus und malt die Buchstaben *TTIP* auf einen hellblauen Posterkarton. Danach hält sie inne.

«Tee-Tip, und was dann?», fragt sie Tony.

«Kappt Arbeiterrechte. Schwächt Umweltschutz.»

Anka sagt, sie brauche etwas Kürzeres, und er schlägt «TTIP ÄTZT» vor.

«Präsens ist ein taktischer Fehler», sagt sie. «Das klingt so, als hätten wir schon verloren.»

«Was ist mit ‹TTIP kann gestoppt werden›?», fragt Penny. «Gibt das mehr Power?»

«TTIP wird scheitern?», schlägt Anka vor.

«TTIP wird China ermutigen, in billige amerikanische Arbeit zu investieren», sagt Rob und schält sorgfältig das Papier von einer American Spirit.

«Das stimmt», sagt Anka. «Aber ich glaube, hierauf lieber nicht.» Eine Haarlocke fällt ihr übers Gesicht und streift fast das noch feuchte *P* von *TTIP*, aber sie bekommt sie im letzten Moment zu fassen. Sie richtet sich auf und bindet ihr Haar zu einem Knoten.

«TTIP – Horrortrip», schlägt Penny vor.

«Das gefällt mir!», sagt Anka. «Ein Trip ist etwas, das man freiwillig unternimmt. Niemand zwingt einen dazu. Und er kann *so was* von schiefgehen.»

«Das ist gut», sagt Tony.

Anka spült den Pinsel in einem der Wassergläser aus, bis das Rot so gut wie weg ist. Dann taucht sie ihn in das Glas mit gelber Tempera und schreibt HORRORTRIP auf das Plakat.

Als die zwölf Plakatschilder fertig sind, nagelt Rob sie mit Teppichstiften auf Latten. Er stimmt mit Tony, Anka und Penny darin überein, dass sie gut aussehen.

«Kommen Sorry und Jazz auch mit?», fragt Penny.

«Ich weiß nicht, was mit Jazz ist, aber Sorry ist schon dort», sagt Rob. «Jemand muss uns doch für den Blauen Block anmelden.»

«Blauer Block?», fragt Penny. «Wie in ‹Blaue Staaten›?»

«Wie in Rauch», sagt Rob. «Deshalb dürfen wir nicht mit den anderen mitmarschieren. Wir könnten ihnen das Leben verkürzen.»

«Reichen zwölf Schilder?»

«Zwölf sind mehr als genug», sagt er.

Sie frühstücken – Pfannkuchen mit aufgetauten Erdbeeren, die sie aus der Mülltonne hinter einer Bar gerettet haben – und steigen in Robs Kleinbus. Überladen schleicht er von Stoppschild zu Stoppschild und kommt bei jedem Schlagloch ins Schlingern. Rob dreht das Radio lauter, weil gerade Peter Gabriels Song «In Your Eyes» läuft. Er singt mit.

«Dieser Song ist sein Pop-Star-Horoskop», sagt Anka zu Penny. «Er lief, als er auf die Welt kam.» Sie fahren in den Lincoln-Tunnel, und Rob kurbelt sein Fenster herunter. «Verdammt! Lass das! Himmel, Rob!»

«Dieseldunst und Reifenstaub», sagt er. «Das atmen die Nichtraucher ein, während sie uns zum Sündenbock machen.»

«Schließ das Fenster!», verlangt Anka.

Er kurbelt es wieder hoch. Der Verkehr im Tunnel kommt fast zum Erliegen. Er kramt eine Tasse und ein Päckchen Zigaretten aus einem Korb unter dem Sitz hervor und klemmt sich die Tasse zwischen die Knie. Er zieht eine Zigarette aus der Packung, schält und zerkrümelt sie, hebt gelegentlich den Blick und singt immer weiter mit. «Thousand churches», intoniert er. «Resolution.»

«Kann ich eine davon haben?», fragt Penny. Anka nimmt die Packung und reicht Penny eine nach hinten. Sorry borgt ihr ein Feuerzeug. «Sharing Economy», ergänzt Penny. Sie zieht schnell noch einmal und gibt die Zigarette dann an Tony weiter. Der raucht und gibt sie Anka. Die streift die Asche in den Aschenbecher. Nimmt einen Zug und gibt sie Penny zurück.

«Ich fühle mich ausgegrenzt», sagt Rob.

«Dann mach es wie wir, du Rind!», sagt Anka. «Hör auf, die ganze Zeit so zu tun, als wärst du was Besonderes!»

«Kippen essen ist einfach total eklig», sagt Penny.

Rob fährt fort, seine Kaumasse zuzubereiten, während er den Wagen mit dem Knie steuert. Der Tunnel ist dunkel, und durch die verschmierten Scheiben des Kleinbusses erscheint alles wie das impressionistische Bild einer Regennacht. Anka hält ihm die Zigarette an die Lippen. Er inhaliert und sagt: «Holla.»

«Was meinst du mit ‹holla›?»

«Freebasing. Zu pur.»

Penny beugt sich von der rechten Seite der Rückbank zwischen die beiden Vordersitze. Sie nimmt Anka die Zigarette weg und inhaliert tief. Rob dreht sich zu ihr um.

«Wo ist Ihr Sicherheitsgurt, junge Frau?»

Sie atmet aus. «Ich wollte dir gerade einen Zug in den Mund blasen, aber dann fiel mir wieder ein, dass wir unter dem Hudson im Stau stecken.»

«Jetzt jemandem hintendrauf zu fahren wäre echt ätzend», stimmt er ihr zu.

Tony schlägt vor, sie solle ihn und nicht Rob küssen. Sie schüttelt stirnrunzelnd den Kopf. Ihr Entschluss, die Gründe für Robs Asexualität anzuzweifeln, ändert nichts an ihrer Verknalltheit. Außerdem findet sie Tony alt und unappetitlich.

«Du willst eigentlich gar keine richtige Nähe», sagt Tony. «Rob ist eine sichere Romanze. Wie Safer Sex ohne Sex.»

«Du bist nicht mein Typ», sagt Penny. «Zu fleißig und zu ehrgeizig. Du erinnerst mich an die Informatik-und-Medizin-Doppelstudenten von meinem College.»

«Gib's zu! Du bist einfach asexuell!»

«Rob ist wenigstens eine Herausforderung», sagt Penny. «Dich anzubaggern macht keinen Spaß. Du bist doch leicht zu kriegen. Auf der Demo könnte ich einer Hure fünf Dollar geben, damit sie dich anmacht, und du hättest mich sofort vergessen.»

«Penny, Penny», sagt Tony kopfschüttelnd. «Du hast ein niedriges Selbstwertgefühl, wenn du glaubst, eine Fünf-Dollar-Nutte könnte dich vergessen machen.»

«Du missverstehst mich ziemlich gründlich», sagt Penny. «Ein niedriges Selbstwertgefühl hätte ich, wenn ich mich in dich verknallen würde, nur weil du mich begehrst.»

«Ich liebe es, wenn Frauen um mich kämpfen», sagt Rob und steckt sich die Kaumasse in den Mund.

«Wenn Frauen diesen Bastard für sein Nichtstun nicht auch noch verwöhnen würden», sagt Tony, «gäbe er ihnen vielleicht, was sie wollen.»

«Das Ganze ist ein Markt», sagt Anka. «Eine heterosexuelle Ökonomie, die Rob beherrscht, weil er sich rarmacht. Du kannst eine Menge von ihm lernen, Tony.» Und fährt zu

Penny gewandt fort: «Hast du mal *The Gender of the Gift* von Marilyn Strathern gelesen?»

«Nein.»

«Ich kann mich nicht mehr richtig daran erinnern, was drinsteht, aber du solltest es unbedingt lesen.»

«Aber ich kann mich erinnern», sagt Rob. «Du hast mir davon erzählt, gleich nachdem du es zu Ende gelesen hattest. Es geht darum, dass Kapitalismus und Kommunismus beide in der Arbeit einen Wert sehen und dass diese Arbeit entfremdet werden kann, weil du damit ein Produkt herstellst, das an Menschen verkauft wird, die du nie kennengelernt hast. Allerdings ist das Problem, dass Frauen ständig Arbeit leisten, die überhaupt nicht von ihnen zu trennen ist. Zum Beispiel Geburtstagskuchen backen, Socken stricken und ungefähr neuntausend Windeln wechseln. All diese Arbeiten verrichten sie umsonst, weil man sie nicht verkaufen kann. Man kann nur *sie selbst* verkaufen. Die Frauen.»

«Na, ob das so stimmt», sagt Anka.

«Natürlich haben wir keine Sklaverei, aber eine gute Hausfrau schafft Werte und wird dafür nicht bezahlt, also wo ist der Unterschied? Sie ist wie ein Rohstoff, der ausgebeutet wird. Frauen sind wie die Natur.»

«Bei dir klingt das wie ein Haufen sexistische Scheiße», sagt Anka und schüttelt den Kopf.

«Überhaupt nicht», sagt Rob. «Sie wollte damit ausdrücken, dass der Marxismus in keiner Hinsicht besser als der Kapitalismus ist, weil beide auf einer Welt ohne Freundschaft und Liebe beruhen, in der alles nur Ware ist! Einer im Kern männlichen Welt. Geld anstelle von Natur. Willkommen in New York.» Der Kleinbus taucht ins graue Licht der West Side. «Wohin wollen wir?»

«Bowery», sagt Tony. «Da können wir parken und dann zum Union Square laufen.»

«Und nichts ist auf dieser Welt umsonst», fährt Rob fort. «Stellt euch vor, Mütter würden anfangen, ihren Kindern das Essen zu verkaufen. Wir wären alle völlig aufgeschmissen. Frauen müssen Essen verschenken, oder die Gesellschaft bricht zusammen.»

«Warum sollte es in einem feministischen Buch um so was gehen?», protestiert Anka.

«Warum nicht?», sagt Rob. «Sieht die Welt für dich etwa so aus, als hätte sie die Revolution schon hinter sich? Ich habe gelesen, dass es gerade eine neue Pew-Umfrage gab, derzufolge siebenundneunzig Prozent aller Menschen heterosexuell sind.»

«Ich wette, das sind alles selbsterklärte, bekennende Heteros.»

«Na klar», sagt Rob und gibt Gas, um noch bei Gelb über eine Ampel zu kommen. «Und die anderen, die noch nicht wissen, wohin sie gehören, haben sie weggelassen.» Er schaltet in den Vierten und reitet auf der grünen Welle. Der Kleinbus schwankt, und Penny rutscht wieder auf die Rückbank, um sich anzuschnallen. «Im Bibel-Camp gibt's jede Menge von denen.»

«Witzbold», sagt Anka.

«Wenn es in den ganzen Vereinigten Staaten auch nur einen einzigen Menschen mit abweichendem Sexualverhalten gäbe, wüsste man es», sagt Rob. «Weil es nämlich ein Clickbait ist. Und egal, zu welcher Fraktion er gehört, die Leute würden sagen, das ist nur die Spitze des Eisbergs. Aber niemand, den ich je kennengelernt habe, war die Spitze irgendeines Eisbergs. Ihr seid alle völlig meschugge. Wobei ich wirklich hoffe, dass es nur eine Jazz gibt.» Er zieht rüber auf die Bus- und Taxispur, um einen Abschleppwagen rechts zu überholen. «Stellt euch mal zwei von ihrer Sorte vor», sagt er. «Aber sie hat den Markt fest im Griff.»

Jazz sitzt in ihrem Penthouse und trinkt Mate, als sie die Klingel «In Your Eyes» von Peter Gabriel spielen hört. Sie zieht den Morgenmantel fest um sich und drückt das Zigarillo aus. Die Melodie stoppt kurz und setzt dann wieder ein. Sie schlüpft mit nackten Füßen in ihre kirgisischen Wollstiefel und geht die drei Etagen zur Haustür hinunter. Sie öffnet, und davor steht Matt – ein bemerkenswert gutaussehender Mann, gekleidet in einen perfekten dunklen Anzug aus himmlisch weicher Wolle, mit praktisch unsichtbaren Nähten, und ein Hemd aus so feinem Tuch, dass es schimmert. Er hält eine Flasche Martell-Champagner in den Händen, die vom Eiswasser eines Kühlers im Kofferraum noch tropft, und eine in Wachspapier eingeschlagene Dreißig-mal-dreißig-Zentimeter-Platte Focaccia mit Rosmarin und karamellisierten Trauben. «Darf ich reinkommen?»

«Darfst du», sagt Jazz. «Ist das Frühstück?»

«Möchtest du lieber Kaffee?», fragt er. «Wir können auch irgendwo hingehen.» (Ein Vorschlag für den Fall, dass sie Gesellschaft hat.)

«Nein. Ich bin schon seit Stunden wach.»

Das «ich» sagt ihm, dass sie allein ist. Mit klackenden Lederstiefeln folgt er ihr durch den Flur und die Treppe hinauf. Das rote Steppfutter ihres Morgenmantels schwingt hin und her, als sie durch das Haus huscht, wobei ihr Körper sich schlängelt wie der eines Wiesels. Auf dem Treppenabsatz zum zweiten Stock dreht sie sich um und sagt: «Niemand da. Alle sind auf der Demo gegen TTIP.»

«Und du?»

«Ich war nicht in Stimmung.» Sie geht weiter nach oben.

In ihrem Zimmer stellt er seine Mitbringsel ab und sagt: «Darf ich dir mit deinen Stiefeln helfen?»

Sie setzt sich ans Fußende ihres Betts und hebt ein Bein.

Er zieht den Stiefel ab, und sie hebt das andere. Er zieht auch den Stiefel ab, schnallt seinen Gürtel auf, öffnet den Reißverschluss und fällt in eine Art Liegestütz, indem er sich auf Händen und Füßen auf das Bett und über sie schiebt. Ihre Beine sind gespreizt, und sie lächelt. Er steht kurz auf, um ein Kondom aus der Hosentasche zu fischen und es auf seinen Schwanz zu rollen. Er lässt Hose und Unterwäsche fallen, ohne sie wegzuschleudern (er trägt ja immer noch Stiefel), und schlägt vor, sie solle die Vorhänge schließen.

«Gibt's hier nicht», sagt sie.

Er schaut hinaus und erspäht fünf Dächer entfernt eine Frau, die Topfpflanzen aus einer grünen Gießkanne wässert.

Er sieht eine hochgelegene Einöde, eine Landschaft aus Schwarz und Silber, gesprenkelt vom Rot rostiger Fernsehantennen und vom Weiß der Satellitenschüsseln. Lagerschuppen ragen über die Dächer wie die ausgehöhlten Hügel Kappadokiens. Er schaut auf Jazz' Gesicht hinunter und nähert seinen jetzt vom Gummi erblindeten Schwanz ihrer Scheide. Sie ist pitschnass. «O Gott», sagt er und gleitet tief hinein in den heißen, nassen Ort.

Jazz drängt sich ihm entgegen und setzt zu einem Schrei an. Er schaut auf und sieht die Frau mit der Gießkanne. Sie starrt herüber. Er legt Jazz die Hand über Mund und Nase und stößt heftig zu. Sie quiekt – ein dumpfes, hilfloses Luftschnappen mit aufgerissenen Augen –, und die Frau mit der Gießkanne wendet sich ab. Er grabscht zwei Handvoll von Jazz' Haaren und drückt ihren Kopf in die Matratze. Er fickt sie siebzehn Minuten lang, fühlt sich so hart und schwer wie ein Stein. Dann fällt er auf sie, erstickt sie unter seiner Brust und umschlingt ihre Hüften fest mit den Armen, als er kommt.

Ein oder zwei Minuten lang liegen sie reglos da. «Gib mir einen Kuss», sagt er.

«Warum?», sagt Jazz. Sie schiebt sich die Haare aus dem Gesicht.

Er lacht und fragt, ob sie Durst hat. Sie nickt, und er greift nach der Champagnerflasche auf dem Nachttisch. Er hält sie neben ihr Ohr und stützt sich auf die Ellbogen, um sie zu öffnen. Der Korken fliegt mit einem Plopp nach oben.

Er trinkt nur ein paar kleine Schlucke, ehe er verkündet, er müsse jetzt wieder zur Arbeit. Da er keinen Abfallkorb sieht, lässt er das Kondom auf die Verpackung der Focaccia fallen und zieht sich die Hose hoch.

Jazz folgt ihm bis zum ersten Stock. Sie ruft ihm ihre lange E-Mail-Adresse hinterher – eine anonyme Zahlenfolge mit anarchistischer Domain. Ihre Überzeugung, dass er sich daran erinnern wird, ist ein Kompliment für beide.

Rob parkt den Kleinbus in der Bowery, und alle steigen aus. Sie gehen uptown und halten die Plakate gesenkt, sodass man die Schrift nicht sehen kann. Sie bewegen sich voran wie abgestumpfte Insider, deren Auftrag es nicht ist, Herz und Hirn zu verändern, sondern die kleine Kohorte jener Aktivistengruppen zu verstärken, die entschiedenen Wert darauf legen, von der Öffentlichkeit mit der Opposition gegen geheime Handelsabkommen gleichgesetzt zu werden. Die Organisatoren erwarten bestenfalls achthundert Demonstranten. Davon werden etwa dreißig V-Leute sein, die unter dem Schutz der Polizei stehen, und weitere zwanzig werden in der ausgewiesenen Raucherzone herumlungern, in der Sorry jetzt steht und ihre Zigarette zu Ende raucht.

Sie lehnt an einem Laternenpfahl, zu ihren Füßen ein kleiner tragbarer Feuerlöscher. Die Raucherzone ist durch ein unregelmäßiges Rechteck aus gelbem Klebeband auf dem Gehweg gekennzeichnet. Sie liegt so weit von der Bühne weg, dass die kleine Schar der Versammelten nicht im Entferntesten in ihre Nähe kommt. Den Kleinbus-Passagieren vom «Blauen Block» fällt es deshalb leicht, Sorry zu erkennen, als sie den Broadway hinaufgehen. Sorry winkt.

Rob winkt zurück. Sie überqueren die 14th Street – schauen dabei nach recht und links, sehen aber keinen Verkehr, sondern berittene Polizisten, die ihnen unbewegt gegenüberstehen, als schliefen ihre Tiere – und heben langsam die Plakate, während sie auf Sorry zugehen. Sie lacht beifällig, als sie TTIP / HORRORTRIP liest.

«Bescheuert, dass wir so weit weg sind», sagt Penny.

«Ja, wir sind ziemlich weit hinten», sagt Sorry. «Wenn du was hören willst, kannst du ja nach vorn gehen. Du musst nicht bei uns bleiben.»

«Nein, ich meine, es ist doch bizarr.» Penny schaut nach Osten, wo die Demonstranten sich mit großen schwarzen, roten und grünen Fahnen versammeln. «Es sieht fast so aus, als wären die alle hier, um gegen TTIP zu demonstrieren, und wir für die Rechte der Raucher.»

«So funktioniert das mit der Diskriminierung», sagt Rob.

«Man grenzt Menschen aus, weil sie etwas Bedeutungsloses gemeinsam haben, und schon bald sind sie eine große Familie.»

«Aber ich dachte, das sollte ein Demonstrationsmarsch sein.»

«Der kommt später», sagt Rob. «Für Leute, die sich verhaften lassen wollen.» Er wendet sich ab und spuckt in einen Busch. «Ist nicht mein Ding.»

«Ich war noch *nie* scharf darauf, mich verhaften zu lassen», sagt Sorry und drückt ihre Zigarette am Laternenpfahl aus. «Gegen so was bin ich allergisch. Gegen alles, wo man eingesperrt wird.» Sie drückt den teerbefleckten Zigarettenfilter in einen tragbaren Aschenbecher mit Springdeckel, den sie aus der Tasche gezogen hat. Sie nimmt eines der Plakate und hält es hoch.

Die Sonne bricht durch die Wolken und lässt die Banner und Baumwipfel aufleuchten. Die Wochenendluft fühlt sich frisch an. Die Stimme eines der Organisatoren dröhnt, aber zu weit weg, als dass man sie verstehen könnte. «Ich gehe nach vorn», sagt Penny. Sie hält ihr Plakat hoch und läuft mit Anka in Richtung der entfernten Lautsprecher.

Nachdem sie fort sind, kommen mehrere andere Raucher zum Laternenpfahl, um zu plaudern. Es dauert nicht lange, bis auch sie sich Plakate nehmen und zur Bühne gehen, und mit ihnen Sorry. Rob und Tony bleiben zurück.

«Sie fährt wirklich auf dich ab», sagt Tony. «Ich bin so verflucht eifersüchtig, vielleicht ziehe ich aus.»

«Das würde sie auch nicht aufhalten», sagt Rob. «Und ich habe keine Ahnung, welche Laus dir über die Leber gelaufen ist.»

«Sie ist anders.»

«Stimmt.» Rob spuckt in einen Busch. «Warum reden wir nicht mal über TTIP? Wie ätzend das ist und überhaupt?»

«Wen interessiert schon TTIP?», sagt Tony. «Alle wissen, dass das nicht in Ordnung ist. Es ist bloß eine Geschichte in der Zeitung. Ein weiteres böses Vorzeichen am Himmel.»

Rob antwortet nicht.

«Weißt du überhaupt, was TTIP heißt?»

«Transatlantic, Trade, International, Partnership?», rät Rob.

«Nee», sagt Tony. «Ich weiß es auch nicht, aber das heißt es nicht. Egal, mich interessiert sowieso mehr, ob du Penny bald mal den Laufpass geben willst. Vielleicht bekommt sie dann ja mit, dass es mich auch noch gibt.»

«Keine Chance», sagt Rob.

«Du bist ein Fass ohne Boden, was Frauen betrifft», sagt Tony. «Du machst ihnen was vor. Das ist ziemlich beschissen, besonders für Männer, die in deinem Gravitationsfeld leben.»

«Was meinst du?», sagt Rob. «Wäre es besser, wenn ich sie alle vögeln würde?» Er spuckt den Tabakpfropf auf den Asphalt und fährt, ohne Tony anzuschauen, fort: «Meine politischen Aktivitäten sind ziemlich festgelegt. In meinem Privatleben stelle ich mir das anders vor.»

«Du hast es viel zu leicht», sagt Tony. «Wenn du das Ganze ein bisschen interessanter machen willst, nimm zehn Kilo zu und schneid dir eine Glatze. Das wird wieder Spannung in dein Leben bringen. Vielleicht lernst du dann sogar ein paar Frauen kennen, die nicht darum betteln, dir nachlaufen zu dürfen.»

Tony versucht, sein Zigarillo mit einem Streichholz aus einem alten gelben Zündholzheftchen wieder anzuzünden, das aber offenbar feucht ist. Keines der Streichhölzer will brennen. «Ich schließ mich den anderen an», sagt er, wirft das Zündholzheft in die Büsche und steckt sich das Zigarillo hinters Ohr.

«Ich komme mit», sagt Rob. «Ich muss mich ja schließlich nicht in der Raucherzone aufhalten.» Er hebt den kleinen Feuerlöscher hoch und umfasst ihn mit einer Hand, wie ein Schulbuch.

Auf dem Weg nach vorn kommen ihnen Anka und Sorry schon wieder entgegen. Tony geht mit ihnen zurück zum Blauen Block, während Rob sich auf der Suche nach Penny weiter durch die Massen schiebt.

Er findet sie nahe der Bühne. Er setzt den Feuerlöscher ab, stellt sich hinter sie und legt die Hände auf ihre Schultern. Er neigt den Kopf und legt seine Wange an ihr Ohr. Sie zittert vor Erregung. Ein großer Zivilcop in Button-down-Hemd und Mets-Kappe tippt ihm auf den Arm und sagt: «Keine Waffen erlaubt.» Dabei schaut er auf den Feuerlöscher. Rob stellt Augenkontakt zu Penny her, und zusammen gehen sie zurück zur Raucherzone.

«Wie kommt's, dass es nicht so was wie NORT gibt?», sagt Sorry, als sie ankommen. «Eine Nationale Organisation für die Reform der Tabakgesetze.»

«Weil die überflüssig ist», sagt Tony. «Eine riesige Industrie sorgt dafür, dass es einfach ist, Tabak zu kaufen.»

«Für dreizehn Dollar das Päckchen?», sagt Sorry. «Wenn die dafür sorgen sollen, dass es einfach ist, dann haben sie's wirklich vergeigt. Ich brauche das als Medikament, um meine Manie unter Kontrolle zu halten.»

«Indem du sie jedes Mal, wenn du dreizehn Dollar ausgibst, in eine Depression umwandelst», entgegnet Tony.

Sorry stimmt ins allgemeine Gelächter ein. «Ich weiß. Finanziell gesehen ist Rauchen Selbstmord. Aber in jeder anderen Hinsicht ist es das, was mich am Leben erhält. Im Ernst.»

«Warum kaufst du dir nicht Nikotinpflaster oder -kaugummi?», fragt Penny. «Würde dafür nicht Medicaid bezahlen?»

«Weil die nicht für manisch-depressive Erkrankungen zugelassen sind. Das ist für Leute, die aufhören wollen zu rauchen.»

«Nicht für Leute, die glauben, dass sie sterben, wenn sie aufhören zu rauchen», sagt Rob.

«Das klingt irgendwie paradox», sagt Penny.

Die Demonstration löst sich auf. Sie diskutieren, ob Rob allein losgehen und den Kleinbus holen soll, um sie einzusammeln, aber dann beschließen sie doch, zusammen zurück in die Bowery zu laufen, weil es so ein schöner Tag ist.

«Gut zu wissen, dass TTIP tot und begraben ist», sagt Tony.

«Habt ihr Leute aus anderen CHA-Häusern gesehen?», fragt Penny.

«Es gibt kein Anti-WTO-Haus», sagt Tony.

«Es gibt überhaupt keine Anti-Häuser», sagt Rob. «Die Häuser sind alle *für* etwas. Ich meine, man kann gegen Armut sein, aber man würde doch nicht herumlaufen und sagen, man sollte die Armut verbieten. Das wäre ja wie bei Trumps Wahlkampf. Bei der Linken versucht man lieber, die Regierung für sein Thema zu interessieren. Nachhaltiges Wachstum durch eine fairere Verteilung von Steuergeldern zu fördern.»

«Wenn die Zigaretten nicht wären, würdet ihr überhaupt keine Steuern zahlen», sagt Penny. «Ihr seid doch alle pseudoselbständig, oder? Und Hausbesetzer, auch wenn ihr einen Renovierungskredit der CHA abbezahlt.»

«Wahrscheinlich wird die CHA von den Koch-Brüdern finanziert», sagt Rob. «Willst du die Linke kontrollieren, biete ihr günstige Mieten. Wir wohnen umsonst, und was bekommen die? Wir beschränken uns auf bestimmte Themen und arbeiten potenziell effektiv. Das heißt, wir sind Teil der Dienstleistungswirtschaft, und die Dienstleistung, die wir erbringen, besteht darin, die Beruhigungspille für das Gewissen der Leute zu sein. Sie im Glauben zu wiegen, es gäbe da jemanden, der gegen TTIP kämpft.»

Penny wirft einen Blick auf ihr Plakat. Sie sagt: «Ob CHA-Häuser jemals verwanzt werden?»

«Warum?», sagt Rob. «Spitzel sind billiger. Solche wie du. Schau dich doch an. Kommst hier angeflattert, ziehst ins Tranquility, und die Leute dort finden auch noch, du müsstest keine Miete zahlen. Die Feds brauchen dich nicht mal zu entlohnen. Du bist dankbar für ein Dach über dem Kopf. Vielleicht haben sie dir ja gesagt, dass ein paar tausend Dollar für dich drin sind, wenn du was Interessantes zutage förderst.»

«Wie diese schmutzige Plutoniumbombe, die du in der Garage baust», sagt Tony. «Die Bombe taugt doch nichts. Ich weiß nicht, warum du immer noch daran bastelst.»

«Inkompetent zu sein gibt mir mehr Flexibilität», sagt Rob.

«Ihr seid eben zwei typische weiße Männer», sagt Penny. «Ihr könnt immer wieder Mist bauen und kommt trotzdem damit durch. Ihr könnt hundertmal nacheinander

Mist bauen, es ein einziges Mal hinbekommen und dann von einer Lernkurve reden. Ich *kenne* euch Typen, Mann. Ich habe BWL studiert.»

«Anarchismus ist die Wirtschaftshochschule des armen Mannes», sagt Tony.

«Im Ernst! Die CHA ist so was wie der Dot-Com-Boom. Den hatte ich mal als Fallstudie. Die sind wie ein überkapitalisiertes Start-up, das seine Ziele ständig nach oben korrigieren muss, um die Erwartungen der Investoren zu erfüllen. Kennt ihr den Spruch: ‹Global denken, lokal handeln›? Genau das machen Start-ups. Du musst den Risikokapitalgebern erzählen, du wirst die Welt verändern, auch wenn es nur um eine App geht, die dir sagt, wann du dem Hund wieder was zu fressen geben sollst. Um Startkapital von Liberalen für Leute wie Stevie und Jacob zu bekommen, musst du ihnen erzählen, du könntest viel mehr erreichen als nur günstige Mieten.»

(Sie kann diese Kritik aus dem Ärmel schütteln, weil ihr Ähnliches schon durch den Kopf geht, seit ihr aufgefallen ist, wie viel sie in Rob investiert. Sie kommt nicht von dem Gedanken los, dass er sowohl großes Potenzial hat als auch ein Lügner ist. Unterbewertete Unternehmen sind auf ihre Weise auch verlogen, oder? Wenn Rob nicht herumlaufen und erzählen würde, dass er asexuell ist, stünde sie dann nicht nur als eine von vielen konkurrierenden emotionalen Risikokapitalgeberinnen bei ihm Schlange? Doch wie es aussieht, ist sie die Einzige, die da Aktien drin hat. Sie könnte den großen Reibach machen. So ungefähr denkt sie.)

«Ich weiß, was du meinst», sagt Rob. «Das ist wie bei diesen Mediatoren, die dir ständig erzählen, ihre gewaltlosen

Konfliktlösungsmethoden würden auch in Syrien funktionieren, nur weil sie es in ihrem Gemeinschaftsgarten tun.»

«Aber unsere Ambitionen sind doch trivial bis zum Abwinken», sagt Sorry. «Von Tag zu Tag leben und schauen, dass auch noch ein paar Zigaretten dabei herausspringen, indem wir in New Jersey wohnen.»

«Und die WTO erledigen und die Globalisierung beenden», sagt Penny und schwenkt ihr Plakat. Ein Auto hupt wohlwollend.

Die anderen bleiben ebenfalls stehen und schwenken ihre Plakate, und eine ganze Reihe von Autos hupen.

Am nächsten Tag, Montag: Der Kastenwagen eines Schlüsseldienstes hält vor dem Nicotine. Es ist fünf nach neun Uhr morgens, und das Leerlaufgeräusch weckt Sorry und Jazz.

Sorry schaut aus dem Fenster und schreit: «Tony! To-nyyyy! Rob!»

Tony ist nicht zu Hause – er macht einen Spaziergang und hat vor, nach seiner Rückkehr allen mitzuteilen, dass er zum Gewerkschaftshaus gelaufen ist und sich um einen Job als Schweißer bemüht hat –, aber Rob ist in der Küche und macht Moussaka mit welkem Brokkoli, fragwürdiger Mascarpone und abgepacktem Fertigblätterteig, den er aus einem Müllcontainer gefischt hat. Er öffnet die Haustür.

«Ist das hier das leerstehende Haus», fragt der Schlosser, «wo ich die Schlösser austauschen soll? Das wird aber so nichts werden.» Der Schlosser ist Mitte dreißig, trägt Ehering und einen Kurzhaarschnitt zum blauen Overall, auf dem sein Name steht: Gene. Er sieht unglücklich aus.

«Da liegt offenbar eine Verwechslung vor», sagt Rob. «Vielleicht die falsche Anschrift.»

«Mag schon sein. Weil mir auch niemand gesagt hat, dass ich es mit *Hausbesetzern* zu tun bekomme.»

«Die gar nicht wollen, dass die Schlösser ausgetauscht werden.»

«Das war mir nicht klar.» Gene trägt seinen schweren Werkzeugkasten zurück zum Kastenwagen und kommt wieder auf die Veranda. «Seit wann seid ihr denn schon hier? Das sieht mir aber nicht neu aus.» Er zeigt auf den abblätternden Blitz des Hausbesetzersymbols und das individuell gestaltete, mit Spinnweben überzogene Klingelbrett.

«Vielleicht sieben oder acht Jahre?»

«Ich bin ja nicht verrückt nach Hausbesetzern, aber was ich gar nicht ausstehen kann, sind Slumlords, die glauben, meine Zeit verschwenden zu können», sagt Gene.

«Meinen Sie so einen bärtigen Typen in einem Audi A5? Etwa Mitte vierzig?»

«Ich hab den nicht zu Gesicht bekommen. Einen Audi fährt er?»

Rob nickt.

«Manche Leute haben einfach zu viel Geld», sagt Gene.

«Wie wär's mit Mittagessen? Gegen elf bin ich fertig. Moussaka, wenn Sie noch in der Gegend sind.»

«Oh, das klingt prima. Aber ich muss rüber nach Kearny.» Sie geben sich die Hand.

Jazz schläft weiter, bis Rob sie zum Lunch nach unten ruft. Nach dem Essen macht sie eine E-Mail von Matt auf.

Im Bemühen, so charmant wie nur möglich zu sein,

scheint er auf jedes rhetorische Stilmittel zurückzugreifen, das ihm je beigebracht worden ist.

> Prinzessin! Hoffe, die Adresse stimmt. Du spukst mir so im Kopf rum, will ganz schnell vorbeikommen, um dich zu sehen. Wäre aber keine Überraschung mehr, weil mein Versuch mit dem eigenen Schlüssel nicht funktioniert hat. Geht ihr Leutchen denn *nie* arbeiten? Am Montagmorgen volles Haus! Vive l'anarchie oder so. Deinen Job möchte ich haben. Weißt du überhaupt, was ich mache? Ich designe unauffällige Hydraulik-Müllpressen. Saubere Arbeit. Kriegst du in JC (mangels Glam) nicht zu sehen. Aber wenn du die Tage mal nach Saddle River oder Princeton kommst, kannst du sie bewundern. Abfall verschwindet wie nie da gewesen. In diesem Sinne verbleibe ich hochachtungsvoll der Deine, MB

Jazz löscht die Mail, aber nur kurz. Dann verschiebt sie sie wieder in den Posteingang.

Rob textet Penny: Moussaka übrig.

Gegen vier Uhr nachmittags kommt sie zum Haus. Sie bringt einen Salat aus pochiertem grünem Spargel, Schalotten, Zitrone und blanchierten Mandeln mit. Jazz schließt die Schüssel in die Arme. «Wie ich diesen Salat liebe. Am liebsten würde ich ihn knutschen», sagt sie. Sie zieht die Frischhaltefolie fest und schiebt ihn neben Robs Moussaka in den Kühlschrank. Die Moussaka, sagt sie, erinnere sie an den Kartoffelbrei-Hack-Auflauf aus der Schulcafeteria, nur dass sie modrig schmecke.

«Ist Rob oben?»

«Draußen in der Garage. Aber können wir kurz reden?»

«Klar», sagt Penny.

Jazz macht sich daran, Kaffee aufzusetzen. «Dein luziferischer Halbbruder hat heute Morgen jemanden geschickt, um die Schlösser auszuwechseln.»

«Typisch Matt.»

«Inzwischen bin ich echt irritiert. Ist das nun sein Haus oder deins oder was?»

Penny schüttelt den Kopf und beißt sich auf die Unterlippe. «Wenn ich das nur wüsste! Wirklich. Das ist eine komplizierte Patchworkfamiliensache.»

«Aha. Kompliziert also, weil ein Mann zwei Frauen hatte, und das nicht mal gleichzeitig, und dazu drei Kinder. Baby, du musst mal deinen Ethnozentrismus ablegen, wenn du weiter im Tranquility wohnen willst.»

«Na gut! So superkompliziert ist es nun auch wieder nicht. Also, Matts Mutter – na ja, auch Patricks Mutter; ich habe zwei Halbbrüder, und beide sind ziemlich viel älter –, ich habe keine Ahnung, wer sie war. Ich weiß nicht einmal, wie sie heißt.»

«Das ist tatsächlich ziemlich merkwürdig.»

«Ich habe sie jedenfalls nie kennengelernt oder auch nur irgendwas über sie erfahren. Ich *glaube*, sie ist tot, weil wir auch noch dieses Sommerhaus haben, das aus ihrem Zweig der Familie zu kommen scheint. Und jetzt hat Mom es geerbt, wie alles andere auch. Dad war ungefähr vierzig Jahre älter als Mom und hatte zwei Söhne, die auch älter sind als sie. Matts und Patricks Mutter müsste also, wenn sie nicht tot ist, in den Siebzigern sein. Ich glaube, es ist im Grunde so, dass Matt Mom bekniet, ihm einen Teil seines Erbes auszubezahlen. Das vielleicht auch mein Erbe ist? Aber irgendwie scheine ich ziemlich wenig Einfluss darauf zu haben, was damit passiert.»

«Hat dein Vater denn kein Testament gemacht?»

«Wenn ja, habe ich es nie zu sehen bekommen.»

«Ich glaube, Matt hat seine eigene Mutter umgebracht, indem er dieses Haus angesteckt hat; deshalb wird sein Schwanz auch hart wie Granit, sobald er in die Nähe des Dachbodens kommt, wo sie gestorben ist.»

«Was?»

«Ich denke nur laut.»

«Du hast mit Matt *gevögelt*?»

Jazz zieht die Schultern hoch und wendet den Kopf ab, umschließt die Kaffeetasse mit beiden Händen wie ein kleines Mädchen. Sie trinkt einen Schluck. «Er ist faszinierend. Eine unschuldige Sexbestie. Dein Bruder will es so sehr wie nur ein Kerl, der es sonst nie kriegt. *Richtig heftig*. So ein Verlangen macht mich scharf.»

«Matt ist nicht mein Bruder, und sich vorzustellen, dass er in deinem Zimmer seine Mutter umgebracht haben soll, ist wirklich pervers.»

Jazz greift nach den Zigaretten und entblößt dabei ihr vernarbtes Handgelenk. «Mich erregt das. Ich versuche zuerst herauszufinden, was mich anmacht, und frage mich dann später, warum.»

«Blödsinn», sagt Penny. «Das ist operante Konditionierung. Du hast mit ihm geschlafen, und wenn er übers Golfspielen geredet hätte, würdest du jetzt sagen, dass Golf dich scharfmacht. Aber wie ich ihn kenne, hat er wohl über gar nichts geredet. Er hat einfach die Hände um deinen Hals gelegt.»

Penny sieht zu Boden, um zu verbergen, dass sie gerade von einer lebhaften Erinnerung an die letzte Auseinandersetzung ihres Vaters mit seiner Katze übermannt wird. Sie spürt die Sägemesser in ihrem Herzen, die da nicht hingehören. Das hat nichts mit dem aktuellen Gespräch zu tun – da ist sie sich ziemlich sicher –, nur mit der Vorstellung von Händen an einem Hals, die sie ja selbst aufgebracht hat, also hat es vielleicht doch was mit dem Gespräch zu tun.

«Er begehrt mich», sagt Jazz.

«Hat er deshalb jemanden geschickt, um die Schlösser auszuwechseln?»

«Vielleicht wollte er mir ja einen Zweitschlüssel geben.»

«Das ist nun wirklich *zu* romantisch. Das macht mich jetzt echt an.»

«Du missverstehst mich», protestiert Jazz. «Gut, ich habe seine heiße, einsame Begierde ausgenutzt, um mich von ihm vögeln zu lassen. Armer Matt. Er hat mir einen Liebesbrief geschickt. Und jetzt brauche ich nichts anderes zu machen, als ihm zu sagen, dass ich weiter hier mit meinen Freunden wohnen will, dann wird er schon einen Weg finden.»

«Um was zu tun? Die anderen Erben auszuzahlen, damit du hierbleiben kannst? Das ist nicht sein Haus! Vielleicht setzt Mom ihn ja unter Druck, weil dieses Haus der einfachste Weg ist, an Bargeld zu kommen. Sie hat mir schon vorgeworfen, ich würde genau das machen, was du jetzt von Matt willst – das Nicotine besetzt lassen, weil ich hier eine Affäre hätte.»

«Vielleicht wäre sie bei einem Mann nachsichtiger?»

«Wenn sie von dir und Matt wüsste, würde sie wahrscheinlich mit einem Kanister Benzin rüberkommen und dir höchstpersönlich Feuer unterm Arsch machen.»

Jazz schweigt. «Vielleicht sollte ich nicht immer Verschwörungen anzetteln», sagt sie schließlich. «Ich glaube, da wäre ich bei einer so komplizierten Familie wie deiner ziemlich bald überfordert.»

«Ich bin's ganz bestimmt», sagt Penny. «Das alles deprimiert mich so, dass ich nicht mal mehr auf Jobsuche gehe. Und ich kann dir auch sagen, warum das so ist. Meine ganze Familie taugt nämlich nichts, und jeden Abend, wenn ich ins Bett gehe, liege ich erst mal da und atme. Okay, das ist normal, aber wenn ich das tue – atmen –, fällt mir Dad ein. Denn als er starb, war das alles, was er noch konnte. Atmen. *Wochen*lang. Es war so bescheuert von mir, dass ich nicht einfach abgehauen bin. Niemand konnte ihm helfen, und jetzt habe ich eine posttraumatische Belastungsstörung mit Flashbacks. Wie soll ich denn schlafen können, wenn ich nicht atme?»

«Vielleicht könnte Musik das ja ausblenden. Oder du masturbierst einfach.»

«Das habe ich alles schon ausprobiert. Die Erinnerungen an Dad kommen trotzdem. Nein, danke. Was ich brauche, ist, nicht *allein* ins Bett zu gehen. Einen echten Menschen zu spüren –»

«Geh zurück zu Rob», sagt Jazz mit Überzeugung. «Er *begehrt* dich zwar nicht, aber das heißt ja nicht, dass er dich nicht mag. Du weist ihn ab, weil er dich nicht begehrt, aber du weißt doch, was Begierde wert ist. Ich meine, schau dir doch mich und den Fürsten der Finsternis an!»

«Vergiss, was ich gesagt habe.»

«Rob ist anders. Mit jedem anderen Typen müsstest du

vögeln, um ihm so nahezukommen. Eine solche Barriere gibt es bei ihm nicht. Da ist einfach diese Nähe. Dagegen wird er sich nicht wehren, wenn du dich nicht wehrst. Glaub mir, es gibt Schlimmeres als einen Typen, der einfach nur dein Freund ist.»

«Vergiss es einfach.»

«Dann mach doch, was jeder macht, der es einfach nicht aushält, allein zu schlafen – übernachte auf der DJD.»

Penny probiert es aus. Gesättigt mit Moussaka und müde vom Denken und Reden, kreuzt sie nach dem Abendessen im DJD auf. Ohne jemanden um Erlaubnis zu fragen, kuschelt sie sich auf dem Sofa ein. Sie liest in einer alten gebundenen Ausgabe von *Der Meister und Margarita*, die sie mit Honig festgeklebt auf einem Beistelltisch gefunden hat. (Ihre These: Ein früherer Gast hat so versucht, eine Kleckerei zu vertuschen.) Um sie herum gehen die Bewohner ihren Beschäftigungen nach – reden, kochen Tee, hören irgendwo in einem der oberen Stockwerke Musik. Penny ist unsichtbar. Jeder einzelne Bewohner ignoriert sie, als wäre sie ein Couchsurfer, den anzukündigen ein anderer Mitbewohner vergessen hat.

Sie schläft über dem Buch ein. Eben hat sie noch gelesen, und im nächsten Moment wacht sie am späten Abend auf und fragt sich, wo sie ist. Aus der Küche scheint rötliches Licht, und sie hört Stimmen – ein undeutliches, leises Reden, das zu Gelächter wird und wieder zu Reden. Sie liegt unter einem ausgebreiteten Schlafsack, hat keine Ahnung, wem der gehört. Sie streckt die Arme aus und ertastet rundherum die beruhigende Gediegenheit der DJD. Eine Katze löst sich aus ihren Haaren. Sie begreift, dass sie ihr als warme Mütze gedient hat. «Miau», sagt sie zur Begrüßung.

Sie zieht sich die Katze auf die Brust und drückt sie ans Herz. Nicht betrübt, sondern zum Vergnügen. Zum ersten Mal seit Norms Tod bringt ihr die Nacht nicht Kummer und Schrecken.

Der Grund liegt auf der Hand. Hier kommt sie sich nicht dämlich vor, weil sie das vorher hat missen müssen, sondern eher wie die aus dem Garten Eden vertriebene Eva. Natürlich fühlt sie sich gut. Es ist wie damals, als sie klein war. Sie ist wieder in Manaus, die Babysitterin hat sie in ihrem Kinderbett mit dem Moskitonetz eingekuschelt, redet mit Freunden beim Mokka auf Portugiesisch, und sie hält ihre kleine Katze Boni im Arm.

Das mag sie. Es funktioniert. Keine Spannungen. Keine Liebe. Sie schmiegt sich in die Matratze und lässt alles auf sich wirken: den weichen Untergrund, das stetige Stimmengemurmel, das Schnurren des Tieres.

Sie möchte eine Zigarette, aber sie möchte dafür nicht auf den Gehweg hinaus. Sie umarmt die Katze und schläft ein.

Um sechs Uhr früh schreibt Jazz an Matt:

> Na so ein Zufall, denn auch ich arbeite hart daran, Abfall spurlos verschwinden zu lassen! Meines Wissens zeige ich zurzeit keine Arbeiten in Saddle River oder Princeton. Willst du irgendwo ungestört ficken? Ich hab da ein paar Ideen.

Zehn Minuten später antwortet er mit einer Zimmernummer im Obergeschoss eines Luxushotels an der Wasserfront von Paulus Hook, wo sie ihn um fünf Uhr nachmittags treffen soll.

Morgens um acht wacht Penny, die Katze quer über dem Kopf, aus Träumen vom Fliegen auf der DJD auf.

Sich an einem fremden Ort so zu Hause zu fühlen versetzt sie in einen ungewohnten Übermut. Sie schreibt auf ihrem Handy Patrick eine kurze E-Mail und fragt ihn nach seiner Mutter, Norms Frau vor Amalia.

Eine Stunde später hat sie die Antwort. Sie liest den ersten Absatz, steht auf, wickelt sich in den Schlafsack und setzt sich auf die Veranda, um den Rest zu lesen.

Sie kennt Patricks normalen Schreibstil – knapp und kontrolliert; er ist ein Meister darin, wichtige Lebensereignisse in Häppchengröße zu servieren, wie zum Beispiel seine Reaktion auf Norms Tod («Requiescat»). Diese Mail hingegen wirkt geradezu atemlos, als hätte er Dinge lange zurückgehalten, die er jetzt nur so lässig und beiläufig äußern kann, weil das der einzige Tonfall ist, den er anzuschlagen vermag, ohne dass sein Drang, die Kontrolle zu behalten, die Oberhand gewinnt.

Hey P., ich bin auf Mindanao. Tolles Wetter, wünschte, du wärst hier. Ist schon verrückt, dass du das fragst oder auch nur, dass du so lange dafür gebraucht hast und erst jetzt fragst, wo Norm tot ist. Aber wahrscheinlich hat er nie darüber gesprochen, warum solltest du also neugierig sein.

Du kennst die Geschichte, wie deine Mutter auftauchte, das wilde Straßenkind, so alt wie ich, Matt war älter (16). Mom war klasse mit ihr.
Wie soll ich Mom beschreiben? Richtig hübsch und süß. Mädchenname Katie Donaldson, aus Murray Hill, ihre Familie hatte dort ein kleines Immob.-Imperium (2 Gbde.), sie war Reisekauffrau, und dadurch hat Dad sie kennengelernt. (Such mal in seinen Sachen nach hübschen Pix.)
Um es kurz zu machen, deine Mutter war sexuell ein leichtes Opfer. Du brauchtest nur zu sagen: «Steck das (was auch immer es war) in dich rein, und ich geb dir ein M&M.»

Hier zweifelt Penny kurz an Patricks Ehrlichkeit, aber nur, weil sie zunächst bloß an ihren Vater denkt. Doch sobald sie versucht, sich Norm dabei vorzustellen, wie er ein Kind mit M&Ms zum Sex überredet, weiß sie, was kommen wird.

Heute ist sie clever, aber 1985 war sie anders, und ein gewisser Sechzehnjähriger fand das ziemlich schnell raus. Ich war nicht so drauf und Dad AUF GAR KEINEN FALL. Schließlich hat er danach alles getan, um ihr den Arsch zu retten.

Alles? Was genau war nötig, um Amalia davon abzuhalten, sich Matt für ein paar Süßigkeiten hinzugeben? Liebesschwüre? Sie hat nach der ersten Frau ihres Vaters gefragt, und jetzt bekommt sie die Urszene präsentiert.

Es war ein riesiger Aufwand und Konflikt. Meine Mom war völlig gestresst und meinte, sie wolle zu diesem Fischerdorf (von Cartagena aus, Dad arbeitete dort als Freiwilliger bei so einer Art Ärzte ohne Grenzen), um sich auf einem Hausboot zu erholen. Und das WAR'S dann. Sie stieg in ein Taxi, und das WAR'S. GAME OVER. NIE wieder eine Spur von ihr. Keine Nachricht, keine Zeugen, kein anderes Leben für Mom!!! Als hätte sie sich in Luft verwandelt und wäre davongeflogen.
Bloß wissen wir beide, dass Menschen nicht einfach so verschwinden, und deshalb war es auch die HÖLLE. Einfach darüber nachzudenken war schon die HÖLLE.

Der Teil über die Zählebigkeit von Körpern kommt ihr instinktiv wahr vor. Die HÖLLE versucht sie sich vorzustellen, kann es aber nicht.

Sie kann sich auch nicht in Patricks Lage versetzen oder in die irgendeines anderen in dieser Geschichte. Patrick und Matt, deren Mutter verschwindet. Norm, der nach einem Entführungsopfer sucht, für das es keine Lösegeldforderung gibt. Die hungernde Schweinehirtin, die zur Zuckernutte wird. Keine Chance, die Gefühle auch nur eines Einzigen von ihnen nachzuvollziehen.

Geschichten ihrer Mutter mit Andeutungen über Katies Ende fallen ihr wieder ein. Mit etwas Glück von den Paramilitärs vergewaltigt, für die sie Gemüse anbaute und kochte; mit weniger Glück tot. Für sie waren das nie Geschichten aus dem Leben ihrer Mutter gewesen; sie hatte stets angenommen, Amalia wäre zu jung, um von eigenen Erfahrungen zu reden. Jetzt weiß sie immer noch nicht, ob die Geschichten irgendeine Bedeutung haben, und wenn ja, in

Bezug worauf. Sie ist nur dankbar, dass alle anderen außer Haus sind, um zu arbeiten, und sie Patricks Brief weiterlesen kann.

Dad behielt A. bei sich und schickte sie zur Schule. Ich glaube, er hat sie in Kolumbien adoptiert, aber in den USA trat sie unter anderem Namen auf (falsche Papiere), damit er sie heiraten konnte (von der Heirat habe ich übrigens erst hinterher erfahren).

Diese Zeile macht sie ein bisschen benommen.

Ich weiß nicht, und wie du dir vielleicht vorstellen kannst, fällt es mir schwer, darüber nachzudenken, weil es indirekt mit A. zu tun hatte, dass Mom tot ist.
Jetzt verstehst du vielleicht auch, warum ich so weit weg lebe!
Ich mag dich ziemlich, ja ich liebe dich sogar, und ich liebe auch Matt, aber Mom liebe ich noch mehr, und es war hart für mich, sie auf diese Weise zu verlieren.
Nach dreißig Jahren ist sie wohl definitiv tot, und zur Testamentseröffnung, sagte A., will sie das wohl auch offiziell machen. Ich habe da so eine Phantasie, dass A. die gebührende Sorgfalt walten lässt und sie sofort findet, aber das ist jämmerlich, denn Dad hat ja schon alles versucht! Er hat es wirklich versucht. Das wird also nicht passieren.
Immerhin sind sie jetzt wieder zusammen.
Pass auf dich auf, kleine Schwester. Dein dich liebender Bruder
Patrick

Patrick wartet also auf Neuigkeiten, was Norms Tod betrifft, um eine geflohene Katie aus dem Dunkel zu locken. Eine verrückte Phantasievorstellung, bei der er da, ohne sich zu schämen, Zuflucht sucht, obwohl er weiß, dass das nie geschehen kann. Ihr Name wird makellos bleiben und nicht das Stigma einer Mutter tragen, die ihre Familie verlassen hat (unvorstellbar, oder doch nicht?), und er wird ihr Eigentum erben, weil Norm nun auch tot ist – Norm, der seine Kinder verraten hat, indem er den Eindringling heiratete, der Katies Tod auf dem Gewissen hat. Oder nicht heiratete? Sie liest den Absatz noch einmal. Sie kann es nicht sagen. Es ist verwirrend.

> PS: Ich habe jede Menge Geld, und meine Freundin / Verlobte ist steinreich (Thai / Franz.), wir werden wahrscheinlich heiraten, also kein Stress mit den Finanzen. Nimm, was immer du brauchst (falls A. dich lässt!).

Penny liest die Mail wieder und wieder.

Sie schiebt sie mit dem Zeigefinger hoch und runter, liest jedes Wort mehrfach – besonders «falsche Papiere» und «adoptiert».

Ihre Wut und Verbitterung entzünden sich am Postskript. Es zieht streuende Gefühlsmetastasen an, die seit dem Tod ihres Vaters durch ihren Körper wandern. Warum stellt Patrick ihr Geld in Aussicht und attackiert zugleich ihre Mutter? Glaubt er, sie hätte Norm wegen seines *Geldes* geliebt?

Sie spürt, dass für Patrick Amalia nicht zur Familie gehört, weil sie seine Gene nicht teilt.

Ihr fällt wieder ein, was Norm über ihre Eierstöcke sagte, als er im Sterben lag –, dass er seine Enkel durch ihre Bauchdecke hindurch sehen könne, was heißt, dass ihm etwas *im Innern ihres Körpers* gehört – und in einem stressinduzierten Geistesblitz sieht sie – wie einen dieser galaktischen Sternenhaufen – die zig Spermien aufleuchten, die er im Lauf seiner Jugend täglich hervorgebracht, ausgestoßen und vergossen hat.

Urplötzlich ist sie überzeugt davon, dass Männer nicht zur Familie gehören. Sie sind Maisrispen, deren Pollen vom Wind davongetragen werden. Sie wollen, dass ihre Söhne Maisrispen werden. Ihre Töchter sind Erde.

Patricks Brief beweist: Alle in der Familie haben vor Matt gekuscht. Sogar Norm. Sogar Katie! Denn wenn dein Sohn eine unterernährte Straßenhure vögelt, dann baust du nicht Stress ab, indem du ein Hausboot mietest!

Der Brief zeigt, dass sie weder ihre Brüder noch ihren Vater oder ihre Mutter jemals wirklich gekannt hat. Ihre Familie ist eine einzige Katastrophe. Der führerlose Zug von Zuneigung und Hingabe: jetzt nur noch ein Haufen Schrott. Keine Opfer, da keine Passagiere. Sie haben diesen Zug schon vor langer Zeit verlassen.

Sie verspürt einen dumpfen Willen zu retten, was zu retten ist – ein bisschen Geld vielleicht?

Fast eine Stunde später schreibt sie zurück: Hatte Katie Familie? Patrick antwortet: Nicht mehr. Eltern und ältere Schwester ohne Kinder. Penny: Also habt ihr beide die Mietshäuser in Murray Hill geerbt oder was? Patrick: Schon 2007. Gerade noch rechtzeitig verkauft. Penny: Und das Sommerhaus? Patrick: Kannst du jederzeit benutzen. Gute Nacht.

Ein Exzentriker, der im DJD wohnt – ein Anhänger von Energieeffizienz und Solarzellen sowie Crack der Rudermannschaft von Dartmouth, den alle nur Sunshine nennen und der in eine Art Ganzkörper-Kapuzenschlafanzug gekleidet ist –, öffnet schließlich die Fliegengittertür und fragt, ob sie einen Kakao zum Frühstück möchte. Sie schaut ihn schweigend mit roten, trockenen Augen an. Er legt ihr die behandschuhte rechte Hand auf die Schulter.

«Ich habe alles falsch gemacht», sagt sie. «Jemand Nettes hat mir eine vertrauliche, persönliche Mail geschickt, und ich habe zurückgeschrieben und ihn um Geld gebeten.»

Er sagt: «Das ist Kobern.»

«Ich meine nicht jemanden, mit dem ich zusammen bin. Ich meine ein Familienmitglied.»

«Egal. Wann immer Geld ins Spiel kommt, ist es unmöglich, seine Würde zu bewahren.» Er schlägt die Kapuze zurück, vielleicht um sie besser zu verstehen, vielleicht um sein attraktives Gesicht und Haar zu zeigen.

«Das stimmt nicht», sagt sie. «Geld mit Würde zu verbinden ist kinderleicht, wenn es viel Geld ist und dir gehört.»

«Geld gehört niemandem. Es ist ein Tauschmittel, dem ein korruptes System einen Wert verliehen hat. Man muss es ablehnen.»

Sie beschließt, nicht zu fragen, ob es dann möglich ist, Mietshäuser oder ein Sommerhaus am Hudson zu besitzen. Angesichts der zentralen Bedeutung, die Immobilien für die Hausbesetzergemeinschaft haben, könnte sie damit einen Nerv treffen. Stattdessen akzeptiert sie einen Kakao. Eine Zeitlang sitzen sie wortkarg nebeneinander auf der Veranda.

Sie geht zu Fuß zurück zum Tranquility. Langsam, bedächtig, die Hände hinter dem Rücken verschränkt, darin Schuhe und Socken. Ihre Leggings sind bis zu den Knien hochgekrempelt. Es ist ein warmer Tag.

Die Art und Weise, wie sie sich voranbewegt, kommt ihr neu vor. Ist sie schon jemals so gegangen? Sie kann sich nicht erinnern. Der nackte Beton unter ihren Füßen fühlt sich rau an. Beim Gehen schießen ihr Nadelstiche bis in die Schienbeine. Sie mag das, barfuß in der Stadt, trotz des Schmutzes, und sie mag es, dass ihre Hände sich dort berühren, wo sie nicht in der Lage ist, sie zu sehen. Das alles gibt ihr ein Gefühl der Autarkie. Sie ist zwar allein, aber nicht unglücklich. Eine Waise, aber nicht in Gefahr. Allein mit ihren Sinnen. Sie fühlt sich gut.

Sie fragt sich, ob nicht Teile ihrer jüngsten Leiden strategischer Natur waren – kalkuliert, um Robs Mitgefühl zu bekommen. Oder hat sie einfach nach einem Grund gesucht, ihn zu lieben, der weniger oberflächlich ist als Liebe auf den ersten Blick?

Sie schüttelt ratlos den Kopf. Der sitzt zwar noch zwischen ihren Schultern, wo er immer schon war, aber sie weiß zu wenig über ihn. Im Moment, hat sie den Eindruck, führt er nichts Gutes im Schilde.

Sie steigt zur Eingangsveranda hoch, vorbei an den rankenden Bohnen und Tomaten in Eimern und den Kräutertöpfen, und begrüßt Rufus und Stevie. Sie läuft nach oben in ihr Zimmer, zieht sich aus und geht nackt zur Dusche einen Stock tiefer, mit nichts anderem bekleidet als dem dünnen Lederband um ihren rechten Oberarm und den zwei Riemchen mit Knochenamuletten um den Hals.

Die Kacheln der Dusche haben eine durchscheinende,

dunkelgrüne Glasur. Der Boden ist glänzend weiß gestrichen und die Badematte eine Antiquität – fusselfreie, langstapelige Baumwolle mit reichlich gekräuselten Schlaufen. Nach dem Duschen steht sie darauf und trocknet sich mit einem kratzigen Handtuch ab. Sie rubbelt ihren Körper so lange, bis er rosafarben glüht. Zurück in ihrem Zimmer, reibt sie sich die Glieder mit Sandelholz-Massageöl ein und wischt sich die Finger an den Haarspitzen sauber. Sie zieht ein gesmoktes Top, selbst zurechtgeschnittene Hot Pants und Flipflops an und macht sich auf den Weg zum Nicotine.

Als sie ankommt, ist es vier Uhr, und Jazz sitzt mit Rob in der Küche und raucht ein selbstgedrehtes Zigarillo. Sie trägt ein metallic blaues Minikleid über einem fußlosen schwarzen Spitzen-Catsuit.

«Toll siehst du aus!», sagt Rob zu Penny. «Ich mag deine Beine.»

«Und du siehst aus, als hättest du ein Date», sagt Penny. «Jazz, ich muss dir was sagen. *Tu das nicht*. Ich weiß von Patrick, dass er ein Kinderschänder ist. Er hat angefangen, mit meiner Mom zu vögeln, als sie *dreizehn* war. Wenn sie denn dreizehn war. Vielleicht war sie erst elf.»

«Vielleicht ist er dein biologischer Vater», sagt Jazz.

«Oh! Oh!», schreit Penny auf, bedeckt die Augen mit den Händen und windet sich. «Sei doch nicht so *widerlich*!»

«Was? Hast *du* etwa mit ihm gevögelt? Es heißt ja, Inzest sei der beste –»

«Nimm sie nicht ernst», sagt Rob. «Sie schaltet nur gerade in den Femme-fatale-Modus. Ist bloß gespielt. Sie macht es rattenscharf, aber für uns ist es einfach nur igiiitt.»

«Kommt er hierher?»

«Nein», sagt Jazz. «Irgendein Hotel.»

«Warum steht dann kein ‹Zu verkaufen›-Schild vor dem Haus?»

«Vielleicht kriegt er im Hotel keinen hoch, dann sind wir morgen wieder hier.»

Penny setzt sich. «Du bist erstaunlich. Ich bewundere dich. Ich habe Respekt davor, wie konsequent du deine Sexualität auslebst. Wirklich. Aber.»

«Aber was?», fragt Jazz.

«Aber *Matt*!»

«Was geht dich das schon an?»

«Er ist mein Bruder!»

«Vergiss mal diese Clan-Märchen», sagt sie. «Erzähl mir lieber, wie viel Zeit in deinem Leben du mit diesem Mann verbracht hast, und hast du ihn jemals gemocht?»

«Er war immer da.»

«Ich meine, von Angesicht zu Angesicht.»

«Meistens Weihnachten, dazu ein paar Besuche im Sommer, und als Dad starb, war er auch da.»

«Das ist kein Bruder. Das ist ein Fremder.»

«Und ich habe in meinem ganzen Leben nie jemanden weniger gemocht als ihn.»

«Quod erat demonstrandum. Da ist Rob viel eher dein Bruder.»

«Dann hast du aber keine Ahnung von Brüdern. Wir können uns unsere Verwandtschaft nicht so aussuchen wie die Rainbow Family.»

«Du magst doch deinen anderen Bruder!»

«Den kenne ich fast ebenso wenig, aber ich weiß zumindest, dass er kein *Schwein* ist.»

Jazz lacht. «Schwein», sagt sie. «Genau das ist es. Die Moral eines Razorbacks im Körper eines armenischen Königs. Er macht mich völlig verrückt. Und» – sie beugt sich vor und berührt Pennys nacktes Knie – «das ist nichts, worüber du dir Sorgen machen müsstest. Es findet außerhalb von Raum und Zeit statt.»

«Wow», sagt Penny. «Das ist *so was* von abartig.»

«Wenn ich dich nicht kennen würde, würde ich sagen, du bist asexuell», bemerkt Rob.

«Ein sexuelles Ethos zu haben macht mich nicht *frigide*», zischt Penny.

«Für mich ist Erotik etwas Transzendentes», sagt Jazz. «Sie hat ihren eigenen Willen. Sie ist kein Sport mit Regeln und Schiedsrichtern.»

«Dass es Regeln gibt, macht noch lange kein Spiel daraus.»

In die brütende Stille der Küche hinein platzt Anka. Sie wirft eine Müslischale aus Plastik und einen Löffel in die Spüle. «Hey, Penny», sagt sie in das Geklapper hinein. «Gut siehst du aus! Hast du eine neue Frisur?»

Penny schüttelt den Kopf, und Rob sagt: «Sie hat einen Adrenalinrausch.»

«Steht dir», sagt Anka. «Sonst machst du immer den Eindruck, du wärst irgendwie mürrisch und mäkelig, aber heute siehst du total munter aus.»

Penny stöhnt. Sie öffnet den Mund, um Anka die Sache mit Jazz und Matt und vielleicht sogar Rob zu erklären, schließt ihn aber wieder.

«Du weißt doch, dass ich ab und zu male», fährt Anka fort. «Vielleicht sollte ich diesen Moment festhalten. Jetzt muss ich erst mal Jazz die Augen schminken, aber komm doch hoch, wenn wir fertig sind, dann zeichne ich dich.»

Nachdem Jazz – die Augen von einem nach oben gezogenen knalligen Blau eingerahmt – das Haus verlassen hat, geht Penny hinauf, wo Anka ihr Porträts von Menschen zeigt, die sie kennt: Tony. Rob. Jazz.

Tony hat ein einfältiges, grobes Gesicht wie auf einem Rembrandtporträt: knubbelige Nase, verschwommener Hintergrund. Rob steht in der Sonne, das Haar fast weiß, rotes Karohemd, die Hände in den Taschen. Jazz schaut zu der Malerin auf wie eine Vierjährige, ganz Unschuld und Wimpern. Penny muss laut lachen.

«Ich weiß», sagt Anka.

Jäh fasst Penny ein großes Vertrauen zu Anka. Nicht, dass sie sie so furchtbar interessant fände, aber in diesem Augenblick kommt ihr ihre eigene, bittere Mixtur von Liebe, Wut, Wissen und Skepsis in Bezug auf Rob und Jazz – vor allem Jazz – wie ein Zeichen von Intelligenz und Feingefühl vor, und Anka scheint das ähnlich zu sehen.

«Erzähl mir von dir», sagt Anka. «Setz dich einfach dort auf den Sessel, schau aus dem Fenster und erzähl mir eine Geschichte.»

Penny nimmt auf dem ramponierten Sessel Platz und sagt: «Eine Geschichte? Geschichten kann ich erzählen.»

«Welche denn?»

Sie verlagert das Gewicht. «Welche auch immer du willst. Es gibt nichts Besseres, um Menschen zu manipulieren. So wie meine Eltern mich mit allerlei Geschichten über die finanzielle und intellektuelle Unabhängigkeit, die ich dann hätte, dazu gebracht haben, BWL zu studieren. Aber gelernt habe ich dabei nur eines: wie man sich Sachen aus den Fingern saugt. Jede Zahl erzählt eine Geschichte. Vielleicht erzählt nichts eine Geschichte besser als Zahlen. Pack noch ein paar Statistiken dazu, und die Leute glauben alles.»

«Dreh dich noch mal ein bisschen nach rechts.»

«Warum hat Jazz auf dem Bild keine gebrochene Nase?»

«Das ist erst vorletztes Jahr passiert. Sie ist betrunken die Treppe runtergefallen und an die Wand geknallt. Sie sei über die Cognacflasche gestolpert, hat sie gesagt.»

Penny gibt sich Mühe, sich ein Lächeln zu verkneifen, denn es ist nicht lustig, wenn Menschen sich weh tun.

«Nicht lächeln», ermahnt Anka sie. «Konzentrier dich auf irgendwas. Atme aus dem Zwerchfell heraus. Dann bekommt dein Gesicht einen hübschen Ausdruck – wenn du vergisst, dass du überhaupt eins hast.»

Jazz stöckelt in ihrem raffinierten Outfit auf dem windigen Hotelbalkon herum, schaut über einen alten Kai auf den Hudson hinaus und raucht. Sie hört, wie die Türklinke sich bewegt, und dreht sich nach Matt um, der wie erstarrt vor dem Doppelbett steht und auf einen metallenen Gegenstand starrt, der sich ins Federbett schmiegt: eine halbautomatische Pistole.

«Wozu soll die denn gut sein?», sagt er.

«Wozu du willst.»

Er greift nach der Waffe und ist plötzlich steif. Er hat ein Gefühl, als säße sein Schwanz im Zentrum eines Areals von Erregung und Hitze, das sein ganzes Becken durchzieht. Als sein Zeigefinger den Abzug berührt, dehnt es sich noch weiter aus bis zum Nabel und zu den Knien. Mit einem Schlag weiß er, wozu sie gut sein soll. «Komm und hol sie dir», schlägt er vor.

Jazz lässt die Zigarette fallen und kehrt zurück ins Zimmer. Ihre Fetisch-Heels, die jede andere ins Straucheln bringen würden, lassen ihre schwankenden Schritte schwerelos erscheinen. Sie flattert wie ein Schmetterling. Der Eindruck von Leichtigkeit und Hitze steigt ihm zu Kopf, verleiht seiner Stimme etwas Schwächliches, Tölpelhaftes. Die Pistole legt er nicht aus der Hand. «Zieh das aus», flüstert er.

«Nicht bevor du mir die Pistole gibst.»

Er bewegt sich auf sie zu, und sie greift mit beiden Händen nach seiner Gürtelschnalle. Die Pistole hält er außerhalb ihrer Reichweite über den Kopf. Sie öffnet seine Hose und fällt auf die Knie. Als sie seinen Schwanz berührt, zuckt er zusammen und schreit hilflos auf – so hart ist er –, gehemmt wie nie zuvor von seiner Furcht, die Pistole so weit zu senken, dass sie danach greifen könnte. Stöhnend lässt er zu, dass sie ihm Schuhe, Socken und die Hose auszieht. Aber selbst als er unbeholfen an den beiden Satinschleifen herumfingert, die die zwei Hälften des Catsuits zusammenhalten, selbst als er sie auf dem hohen Bett in der Missionarsstellung fickt und den Eindruck hat, seine Eier und sein Schwanz seien aus einem Guss und glitten zusammen in sie hinein – die Pistole lässt er nicht los.

Als er kommt, greift sie danach. Er fällt vornüber, um sie aus ihrer Reichweite zu befördern, lässt sein Gesicht schwer gegen ihres drücken und seine Zunge ihren Mund bis tief in den Rachen füllen, während er Gott weiß was denkt. Dass sie irgendeine geheime Machtquelle entsichert hat. Dass er sich einer Armee anschließen und Menschen erschießen sollte, weil das vielleicht der ultimative Höhepunkt ist.

«Ist das Ding geladen?», fragt er und rollt sich auf den Rücken, wobei er die Pistole von einer Hand in die andere und zurück gleiten lässt, während seine Erektion in sich zusammensackt.

«Ja», sagt Jazz. Sie setzt sich auf, zwei schwarze Spitzenhälften mit einem tropfenden Schlitz dazwischen, und sagt: «Gib sie mir!» Er gehorcht. Ohne sich umzudrehen, feuert sie einen Schuss über den Fluss ab.

Im Zusammenzucken sieht er einen kurzen Blitz, riecht Pulverdampf, sieht die Vorhänge zwischen den offenen Schiebeglastüren flattern, hört die Türen klappern. «Hast du das bei den Peschmerga geübt?», fragt er.

«Kurz.»

«Warum hast du aufgehört?»

«Das Essen.»

«Ich dachte, die Kurden hätten wunderbares Essen.»

«Weil die Frauen es täglich zwölf Stunden lang zubereiten.»

Er überdenkt ihre Antwort und fragt: «Woher hast du dann diese Pistole?»

«Waffengeschäft.»

«Warum hast du sie gekauft?»

«Weil mir der Rückstoß der Schrotflinte das Schlüsselbein geprellt hat.»

«Das ist auch eine Antwort.»

«Weil sie so eine praktische Größe hat.»

«Noch so eine Antwort.»

«Weil ich häufig allein in Nachtschichten in einem 24-Stunden-Laden Repros gemacht habe. Man kann dabei jede Menge Flyer drucken, aber es ist ziemlich einsam.»

«Also, das bricht mir das Herz», sagt Matt. «Wenn ich gewusst hätte, dass du allein und einsam in einem rund um die Uhr geöffneten Copyshop bist, hätte ich dich die *Ency-*

clopaedia Britannica kopieren lassen und dich dabei bis in alle Ewigkeit in den Arsch gefickt.»

«Zu spät», sagt sie und richtet die Pistole auf ihn. Er lacht, und sie lässt sie sinken. «Jedenfalls war es die PKK, und wegen meines Hinkens haben sie mich in die Kantine abkommandiert. Nicht mal die PKK will eine Kindersoldatin mit 45 Kilo, die hinkt.»

«Sie hätten dich als Selbstmordattentäterin ausbilden können.»

«Das ist eine Taktik für Faschisten. Es gibt zu wenig Linke, um auch nur einen unter den Bus zu schubsen.»

«Aber genau das ist doch der Grund für Terrortaktiken – die anderen sind immer in der Überzahl. Der Sozialismus hat eben keinen Massenappeal. Es ist tausendmal einfacher, die Leute für ein System zu begeistern, das auf Egoismus basiert.»

«Und einfacher, sie davon zu überzeugen, dass man besser zu seinem eigenen Nutzen stirbt als zu dem anderer. Vermutlich hast du also recht. Wir können nicht gewinnen.» Sie hält sich die Pistole an den Kopf.

«Hey, hey», sagt Matt. «Bist du verrückt?» Er greift nach der Waffe.

Sie wirft sie auf den Teppich – eine schnelle Bewegung, der er im Umdrehen hinterherstarrt – und verkündet mit weit geöffneten Armen: «Mein Finger ist am Abzug, und er hat Angst um *mich*! Noch nie im Leben habe ich mich so geliebt gefühlt!»

Matt lacht. Er wendet sich wieder ihr zu, drückt sie aufs Bett, hält sie mit dem rechten Bein nieder und schiebt eine Hand nach unten, um ihr zwei Finger in den Hintern zu stecken. «Ich bin gleich wieder hart», sagt er. «Du gibst mir das Gefühl, noch mal sechzehn zu sein.» Seine Linke spielt mit ihrem Haar und streichelt ihre Stirn. Er küsst sie. Sie schnappt nach Luft und stöhnt.

Nach dem Abendessen putzt Penny sich die Zähne und steigt die Treppen zu Robs Zimmer hinauf. Sie sieht, dass Jazz noch nicht zu Hause ist. Sie klopft an Robs Tür. Er sagt: «Ja?»

Sie steht im Türrahmen und sagt: «Mir egal, ob du asexuell bist. Darf ich trotzdem bei dir schlafen?»

«Das wäre schön», erwidert er.

«Muss ich meine Sachen anbehalten?»

Er schüttelt den Kopf, und sie zieht sich bis auf die Unterwäsche aus und kriecht ins Bett.

Ihr Verlangen ist da – sie wird es einfach nicht los –, aber nach der Nacht auf der DJD sehnt sie sich mehr nach Geborgenheit als nach irgendetwas sonst. Rob atmet sanft wie ein Kind und riecht nach Maschinenöl und Borax-Handseife, außer den Haaren (natürliches Papayaaroma). Er liest den Umweltschützer Barry Commoner, und als sie sich an ihn kuschelt, legt er ihr die Hand auf den Kopf. Er beendet das Kapitel und bläst die Kerze aus. Sie fühlt sich sehr geborgen. Zu geil, um richtig fest zu schlafen, aber die Stunden vergehen rasch. Das Kreischen der Blauhäher weckt sie aus ihrem morgendlichen Schlummer. Rob ist schon aufgestanden und bereitet seine erste Nikotindröhnung des Tages zu.

Durch das Oberlicht scheint eine Welt herein, die lebendig wirkt. Heller. Ehrlicher. Keine Lügen mehr, die ihre Erkenntnisse trüben. Rob ist nur er selbst, nichts anderes. Ihn zu begehren gibt ihr Energie. Vielleicht ist er genau dazu da. Das ist keine oberflächliche Schwärmerei. Es ist existenziell. Sie braucht einen Job, um zu überleben, und einen Mann, damit es nach ihr weitergeht. Welcher Mann könnte wohl loyaler und treuer sein?

Nach dem Frühstück, am späten Vormittag, sitzt sie wieder für Anka, damit die am Entwurf für ihr Porträt weiterarbeiten kann. (Sie arbeitet häufig von zu Hause aus, denn ihr Arbeitgeber kann sich mehr Praktikanten als Büroraum leisten.) «Du siehst heute schon wieder supermunter aus», bemerkt Anka.

Penny lehnt sich mit halbgeschlossenen Augen zurück und sagt: «Ja, ich bin glücklich.»

Mehr oder weniger zur gleichen Zeit textet Matt Jazz aus seinem Büro in Bayonne. Er schlägt vor, sie solle ihn in der kommenden Nacht um halb zwei ins Haus lassen, wenn er von einem späten Arbeitsessen kommt.

Jazz läuft in Bademantel und Hausschuhen hinunter und öffnet die schwere Haustür einen Spalt weit. Matt dreht sich um und verriegelt per Fernbedienung den Wagen. Der Wagen blinkt und piept, und Matt tritt ein. Er umarmt sie und küsst sie sanft auf den Mund. «Mjam», sagt sie. Während sie nach oben gehen, ist er hinter ihr und hat fast die ganze Zeit seine Hand auf ihrem Hintern. In ihrem Penthouse wartet er darauf, dass sie den Bademantel fallen lässt. Als er sieht, dass sie nicht mehr als eine Halskette aus ungeschliffenen Opalen und einen goldenen Thong trägt, der ihr leicht ins Fleisch schneidet, küsst er sie wieder. Die Kerzen werfen ein warmes Licht und lebendige Schatten auf die zahlreichen Glasscheiben des zugigen Raumes, in denen sich ihre Körper vielfach spiegeln.

Die Zärtlichkeiten dauern gute fünf Minuten. Dann fällt Matts Blick auf die etwa einen Meter achtzig hohe Kleiderkommode, deren Randleiste seinen Händen genug Fläche bietet, dass er sie als weiteren Hebel benutzen kann, während er sie dagegendrückt und rhythmisch am Thong zieht. Die Schubladengriffe bohren sich ihr zwischen die Rippen.

Penny wacht von regelmäßigem Gepolter und Gejaule und einem so lauten schweinischen Grunzen auf, dass sie zunächst meint, es käme von Rob.

«O nein!», sagt sie und stößt ihn mit dem Ellbogen an. Sie steckt sich die Finger in die Ohren, dreht sie hin und her, steht auf und sucht nach ihren Sachen. Das Gejaule setzt sich, untermalt von Gepolter und Grunzen, fort.

Rob zupft sie am Ärmel und zieht sie zurück auf den Futon. «Geh nicht raus», sagt er. «Er könnte dich sehen. Das willst du doch jetzt wirklich nicht.»

«Ich schwör dir, das macht sie *absichtlich*, um mich in den Wahnsinn zu treiben.»

«Vielleicht aber auch einfach, um dich zu irritieren. Wir wissen doch beide, dass du nicht kurz vor dem Wahnsinn stehst. So, als wollte sie sich mit dir anlegen, dich aber nicht um den Verstand bringen.»

«Wenn es irgendein anderer Typ wäre», sagt sie und setzt sich wieder. «Aber *Scheiße*.»

«Nimm ein Paar meiner Ohrstöpsel», sagt er. «Ohne Ohrstöpsel könnte ich neben Jazz gar nicht wohnen.»

Zwei Tage später gegen sechs Uhr abends legt Penny Robs Unterwäsche auf einem Tisch im Waschsalon zusammen, als sie aufschaut und Anka sieht.

Es ist ihr peinlich, auf frischer Tat ertappt zu werden, und schnell legt sie ihre Sachen über die von Rob. Er hat so wenig Schmutzwäsche im Sommer – nur dünne T-Shirts und Boxershorts, mal abgesehen von den besonderen Anlässen, zu denen er seine Jeans wäscht –, dass sie beschlossen hat, sie bei ihren Sachen mitzuwaschen. Das Eingeständnis ihrer Liebe zu Rob stimuliert ihre Häuslichkeitshormone, und das hier ist weniger taktlos, als ihm anzubieten, sein Zimmer zu putzen.

Die Küche zu putzen ist ihr noch nie in den Sinn gekommen. Der Spalt zwischen Küchentresen und Wand – gibt es da überhaupt Dichtungskitt, oder ist das alles gepresstes organisches Material? Welche Farbe hat der Boden in der physischen Realität? Was ist überhaupt Realität? Sie will es gar nicht wissen. Das Spülbecken ist jedenfalls makellos sauber, wie auch die Teller und das Besteck, und das muss einfach reichen. Genauso wie ein sauberer Körper und saubere Unterwäsche reichen müssen. Das Leben im Nicotine erinnert sie an Camping.

«Machst du Robs Wäsche?», fragt Anka.

«Nur die Kleinteile», sagt Penny.

«Ich habe ihn hier noch nie gesehen, aber kaum dass er eine Frau kennenlernt, steht sie hier. So sind seine Sachen immer genau so sauber, wie sie sein sollten.» Sie füttert einen Toplader mit Vierteldollarmünzen und sieht zu, wie er sich mit Wasser füllt, bevor sie ihre wöchentliche Ladung Wäsche und Kleidung in die Maschine stopft.

«Wäscht er seine Sachen denn gar nicht?»

«Er wässert sie in einem Eimer und gießt mit dem Wasser die Pflanzen. Das ist ökologischer, und Jazz meint, es sei enorm nahrhaft für sie.»

«Vielleicht sollte ich mir mal seine Handtücher und die Bettwäsche vornehmen.»

«Nur zu. Das wäre auch mein Tipp.»

«Hatte er viele Freundinnen, seit du ihn kennst?»

«Eine Menge One-Night-Stands, die glaubten, sie wären seine Freundin.»

Penny empfindet das als schmeichelhaft für sich und lächelt.

Sie stehen zusammen an der Pinnwand und kommentieren die Angebote. Rottweiler-Welpen, hundert Dollar das Stück. Eine Profi-Nähmaschine. Handschriftliche Wohnungsgesuche von Kind gebliebenen Erwachsenen (der Anzahl der nonverbalen Anhaltspunkte nach – Sternchen, Herzchen und Smileys), die finanziell chronisch in der Luft hängen, weil sie zu wenig Geld haben, um sich eine eigene Bleibe leisten zu können, und zu viel, um klar zu erkennen, dass sie in eine andere Stadt ziehen sollten. In dieser Stadt gefangen durch Jobs, die es ihnen nicht erlauben – jedenfalls in ihren eigenen Augen –, erwachsen zu werden.

Ein netter, freundlicher Mensch (liebt Haustiere, Kinder und alles andere) sucht ein Schlafzimmer mit Küchen- und Badbenutzung in der Nähe der PATH-Haltestelle für unter zweitausend Dollar im Monat. Anka reißt den Handzettel ab und wirft ihn in den Müll. «Stell dir vor, irgendein Vermieter aus der Umgebung sieht das», erklärt sie.

«Aber das Internet», sagt Penny. «Die sehen doch sowieso alles.»

«Ich weiß, es ist sinnlos», sagt Anka. «Aber ich tue, was

ich kann, damit Jersey City nicht zu einer Stadt der Einzimmerwohnungen wird wie ganz New York.»

Bevor Penny den Waschsalon verlässt, erzählt Anka ihr noch, dass es an diesem Abend – einem Freitag – im Zuge einer öffentlichen Aids-Konferenz an der New School eine höchst interessante Veranstaltung gibt, und sie soll doch kommen. Eine berühmte Trägerin des Alternativen Nobelpreises aus Zentralafrika wird erst eine Rede halten und dann mit amerikanischen Aktivisten diskutieren. Penny kann sich vor Ort dafür registrieren lassen, denn die meisten Besucher werden erst für Samstag erwartet.

«Mach das», sagt Rob, als sie ihm die Wäsche bringt. «Dann schwimmst du mal gegen den Strom der Pendler.»

Penny trödelt und kommt mit Verspätung zur Konferenz. Der Uhr auf ihrem Handy zufolge hat der Vortrag schon angefangen. Sie trottet die flachen Stufen zum Eingang hinauf. Sie sieht ein Schild mit einem Pfeil und etwas über HIV vor Tischen, die so aussehen, als könnte man sich dort anmelden. «Penny!», ruft Anka lauthals. Sie dreht sich um.

Anka steht neben einem Aschenbecher aus Gussbeton, wie sie in den Siebzigern im Freien aufgestellt wurden – in Sanduhrform, oben offen und mit einem engmaschigen Drahtnetz über der Sandfüllung. Sie winkt und ruft noch einmal: «Penny!»

«Was ist mit dem Vortrag? Läuft der nicht schon?»

Anka gestikuliert mit der Zigarette. «Sie wird noch eine Weile reden.»

Sie stellt Penny einigen anderen Rauchern vor, die an der Konferenz teilnehmen. Keiner von ihnen will die öffentliche Diskussion verpassen, deshalb lassen sie die Rede sausen. Sie sagen, sie hätten die Ideen der Afrikanerin schon viele Male gehört. Sie kritisieren sie mit Argumenten, die Penny sehr plausibel vorkommen. Sie akzeptiert eine Marlboro und denkt, dass Raucher möglicherweise klüger als andere Menschen sind, einfach weil sie sich Zeit nehmen nachzudenken.

Als sie sich für die Konferenz angemeldet hat, ist auch der Vortrag vorüber. Aktivisten aus aller Welt strömen in die Lobby und auf den Gehweg, ein paar von ihnen in der Kleidung ihrer Länder. Allein deren Anblick führt dazu, dass Penny sich wichtig und engagiert vorkommt. Sie spürt, wie ihre Bereitschaft, sich für die Aids-Hilfe zu engagieren, wächst.

Aber die Podiumsdiskussion verwirrt sie zunehmend. Irgendwie dreht sich alles darum, Aids-Medikamente über einen neuen Internationalen Fonds zu finanzieren. Sie fragt sich immer wieder, warum Aids-Medikamente überhaupt finanziert werden müssen. Welcher Widerling will Geld für Aids-Medikamente? Hat das organisierte Verbrechen seine Hände im Spiel – all diese illegalen Generika – oder die Chinesen oder was?

Als ein Podiumsteilnehmer sagt: «Es gibt keine finanzierbare Heilung», verspürt sie eine spontane Abneigung gegen ihn, so als hätte er ihnen die Stimmung verhagelt, indem er eine schlichte Tatsache aussprach. Als andere «Chancen» ins Spiel bringen, grollt sie ihnen, weil sie nach positiven Gesichtspunkten suchen.

Am Ende hat Aids sie ziemlich durcheinandergebracht, dabei schien es doch eine so eindeutige Sache zu sein. Sie stellt fest, dass sie immer noch keine Vorstellung davon hat, was die afrikanische Preisträgerin denkt. Sie schwört sich, dass sie das online nachsehen wird, sobald sie zu Hause ist. Sie hofft, so die Diskussion vielleicht im Nachhinein zu verstehen. Sie hat ihre Zweifel.

Als das Forum sich auflöst, lädt Anka sie ein, in Manhattan zu bleiben und sich bei ein paar Bier über Gentherapie zu informieren, aber sie will zurück ins Nicotine und mit Rob schlafen – schlafen wie in «Schlaf», und das schlecht, denn seine Gegenwart ist wie ein Wecker, der nie aufhört zu klingeln.

Am nächsten Tag, einem Samstag, besucht Penny Amalia in Morristown. Es ist eine umständliche Reise mit Bussen und langen Fußwegen, über zwei verschiedene Bahnhöfe in Newark. Als sie ankommt, ist sie hungrig. Sie reden über Belangloses, während Penny Tomaten in papierdünne Scheiben schneidet, so wie sie beide es mögen. Sie essen Schinkensandwiches mit Tomate.

Penny weiß nicht, ob sie sich lieber streiten oder beichten möchte. Sie schafft es weder in die eine noch in die andere Stimmung zu kommen. Sie ist zu müde.

Schließlich sagt sie mit matter Stimme: «Du solltest dich mit dem Verkauf des Hauses gedulden. Sie mögen Hausbesetzer sein, aber sie reparieren ständig etwas. Sie erhalten das Haus. Steigern den Wert, während der Markt anzieht. Du müsstest ihnen einen Bonus zahlen.»

«Nein. Peñana, deine Freunde müssen *sofort* verschwinden. Wenn du *ocupas* auf deinem Grund und Boden findest, dann ist der richtige Zeitpunkt, sie rauszuschmeißen, jetzt sofort. Sie bringen nämlich diese ganzen Symbole und

Transparente nur aus einem Grund an: damit die Uhr läuft. Das ist alles eine große Show für die Gerichte. Und der Richter wird dein Eigentum Dieben überlassen und dir was von Gesetzen, Slumlords und dem Verfall der Innenstädte erzählen.»

«Aber die Steuern sind voll bezahlt, oder? Es ist doch Norms Haus, oder?»

«Wenn wir die Hausbesetzer nicht rauswerfen, vielleicht nicht mehr.»

«In der Schule haben wir kaum über Besetzungen geredet, außer vielleicht im Zusammenhang mit Ausschlämmung und Fracking. Bekanntlich ist das ohne den Mineralienreichtum ja kein attraktives Businessmodell für Investoren. Zu arbeitsintensiv. Aber versprich mir ein paar Mineralien, dann würde ich sogar Anspruch auf den verdammten *Mond* erheben. Ich würde meine Arbeitskräfte gewaltsam auf den Mond umsiedeln, so wie es die Kanadier mit den Inuit gemacht haben.»

«Glaubst du etwa, keiner hätte das Kapital, um Hausbesetzer *anzuheuern*?» Einen Moment lang bewundert Penny sie wegen ihres verächtlichen Tons. Amalia setzt die Verkündung hart erkämpfter südamerikanischer Wahrheiten fort: «Was glaubst du, was eine Armee macht, wenn sie irgendwo einmarschiert und Land besetzt? Wie nennt man das, wenn eine Fabrik oder Farm oder sonst was dort gebaut wird, wo bislang Wildnis war? Das ist *Diebstahl*! Eigentum ist *Diebstahl*!»

«Eben wolltest du noch ganz Jersey City gentrifizieren, und jetzt bist du Che Guevara. Das ging fix.»

«Ich versuche dir zu erklären, dass diese Leute dich bestehlen. Du lässt dich von diesem Mann begrapschen, und er behält unseren Familienbesitz. O Gott, was bist du benebelt. Er macht mit dir, was er will, und dafür bekommt er ein großes Haus. Du willst nicht arbeiten – sag mir nicht, dass du auf Arbeitssuche bist, das glaube ich dir nicht! –, und wenn ich dir eine Chance gebe, es mit ein bisschen Kapitalismus zu versuchen, was machst du? Du verschenkst den ganzen Laden!»

«Willst du die Wahrheit wissen?», kontert Penny. Sie führt sich diese Wahrheit kurz vor Augen: Kummer, Asexualität, Matt mit Jazz, Matt mit der dreizehnjährigen Amalia, M&Ms. Dann verbannt sie sie mitsamt ihren rätselhaften Ungewissheiten aus ihrem Kopf und sagt: «Ist nicht wichtig. Was zählt, ist, dass alle eine Unterkunft haben. Ich bin in einem Haus namens Tranquility untergekommen, dort ist es sehr nett. Und du hast dieses Haus, das großartig ist, und wir alle haben das Sommerhaus. Es gibt also keinen Grund, irgendjemandem aus irgendeinem Grund sein Heim wegzunehmen. Nicht einmal Hausbesetzern. Du warst doch selbst mal obdachlos, und mir wurde gerade gekündigt. Das ist nicht witzig.»

«Niemand ist jemals ‹obdachlos›. Auf dieser Erde ist für alle Platz.»

«Und ich treibe es auch nicht mit diesem Typen. Wirklich nicht. So einer ist das nicht. Er ist nicht unbedingt schwul, aber so einer ist das nicht.»

«Du meinst, eher wie Patrick, nicht wie Matt.»

Penny verspürt eine vage Unzufriedenheit. Etwas sagt ihr, dass die Erde keine Eigentümergemeinschaft ist – dass es tatsächlich Obdachlose gibt – und dass der Geschlechtstrieb nicht zwangsläufig aus jedem Mann so einen wie Matt macht. «Wusstest du, dass Patrick eine Freundin hat?», fragt sie. «Ich glaube, sie wollen heiraten. Er hat sie in einer E-Mail erwähnt und gesagt, sie sei seine Verlobte.»

«Hat er? Das ist wunderbar.»

«Sie ist Französin und Thai. Ich glaube, sie kommt von den Philippinen. Sie ist reich.»

Amalia strahlt. «Ist sie Jüdin?»

«Ich würde eher auf Muslima, Buddhistin oder Hugenottin tippen – aber woher plötzlich dein Interesse an Religion? Bist du krank?»

«Nein, nein. Ich habe nur an die Hochzeitszeremonie gedacht. Ich glaube, die Zeremonie macht viel aus.»

Penny zögert und fragt dann: «Wie war denn deine Hochzeit?»

«Eine Hippiehochzeit! Wir haben uns mit all unseren Freunden im Sommerhaus getroffen. Ich trug ein weißes Kleid, so wie ein Kogi-Kleid, und wir sind im Angesicht Gottes und der Gemeinschaft den Bund fürs Leben eingegangen.»

«Mit einem Rabbi?»

«Norm wollte keinen Amtsträger. Er hat gern ursprüngliche Bräuche befolgt. Es gab niemanden auf der Welt, der uns hätte trauen können. Nur Gott.»

«Also war es so eine Art Alternativhochzeit ohne Papiere.»

«Es gab keine Papiere. Er hatte mich als Kind in Kolumbien adoptiert. Wie hätten wir da Papiere bekommen können?»

Kurz darauf geht Penny. Ein Gefühl extremer Seltsamkeit droht sie zu überwältigen. Sie will unbedingt mit jemandem sprechen, der extreme Seltsamkeit problemlos verkraften kann: Jazz.

Sie beeilt sich, mit der Geschichte zurück ins Nicotine zu kommen – trabt zum Bahnhof, zappelt im Zug herum, hält es im Bus kaum aus, rennt zum Haus, rennt die Treppen hinauf, wirft sich durch die Tür und aufs Bett, um atemlos zu verkünden: «Meine Eltern haben nie geheiratet. Juristisch gesehen ist meine Mutter Norms *Tochter*. Sein Kind, genauso wie ich und Matt und Patrick! Wenn es ums Erbe geht, müssten wir alles gleich aufteilen.»

Jazz setzt sich auf, um das Zigarillo auszudrücken. «Penjuschka. Denk mal kurz nach. Was heißt denn ‹juristisch› eigentlich? Doch nichts anderes als ‹vom Staat sanktioniert›. Napoleonisch.»

«Wie bitte?»

«Das ist staatlicher Absolutismus. Dem bürgerlichen Gesetzbuch nach ist der Fall klar. Sie war seine *Frau*. Du weißt das. Sie weiß das. Aber wenn du dir natürlich vom Staat sagen lassen willst, die Leute seien etwas, was sie nicht sind, dann nur zu. Wenn du der Regierung ontologische Superkräfte einräumen willst.»

Penny schweigt und starrt auf ihre Hände.

«Beim BWL-Studium lernt man, Verträge zu lesen und Haare zu spalten», fährt Jazz fort. «Das ist da noch schlimmer als bei den Juristen. Es macht dich zum Spielball einander widersprechender Interpretationen. Die Realität ist klarer. Deshalb lebe ich in der Realität. Die ändert sich ständig. Wie Schatten auf Rauch. Aber zumindest gibt es nur eine einzige.»

«Es ist schon merkwürdig», sagt Penny. «Du treibst mich zum Wahnsinn, aber ich rede so gern mit dir.» Sie lässt sich auf die Seite fallen und legt den Kopf auf die aufgestützte Hand, schaut Jazz aus dreißig Zentimetern Entfernung in die kinetischen Augen. «Du durchschaust den Mist, den ich verzapfe, und das hasse ich, aber es ist großartig.»

Jazz hebt eines der vernarbten Handgelenke und sagt: «Überschätz mich nicht.»

Penny streckt die Hand aus und fährt mit dem Finger über die Narbe. Es scheint ein fremder Körper zu sein, der niemandem gehört. Sie sagt: «Ich überschätze dich nicht. Aber du bist so klar.»

«Ich versuche das Leben so zu sehen, wie es ist. Ich verstehe es auch nicht besser als alle anderen.»

«Nein. Du kommst immer gleich zum Kern der Sache.»

«Wenn man zum Kern der Sache vordringt, ist alles einfach!» Sie rollt sich auf den Rücken. «Ich habe mir so häufig weh getan, dass ich kein Außen und kein Innen mehr kenne. Ich bin einfach wie ein Klumpen Lehm. Aber das Leben ist nicht so. Ich wünschte, wünschte, wünschte, es wäre so.»

Penny berührt noch einmal die Narbe.

«Ich könnte auch dir sofort weh tun», fährt Jazz fort. «Ich könnte sagen: ‹Tusse, hör auf, so zu tun, als würdest du mich mögen. Du redest doch nur mit mir, weil ich mit Rob befreundet bin.›»

«Das würde weh tun!»

«Genau das meine ich. Ich weiß, dass zu viele Dinge einfach wahr sind, weil ich sie dazu gemacht habe.»

Penny umarmt sie. Sie liegen so da, bis klar wird, dass sie sich jetzt küssen könnten. Da steht Jazz auf und bietet ihrem Gast eine Tasse Darjeeling an, und sie reden über Kurdistan.

Später am Abend liegt Penny rücklings neben Rob im Bett und kann nicht einschlafen. Ihre Stellung lässt sie daran denken, wie Sex mit Rob sich anfühlen würde, falls das überhaupt vorstellbar wäre.

Sie wendet sich ihm zu. Ihr Atem geht schneller, und auch das erinnert sie an Sex. Der schwere Atem von vögelnden Liebhabern. Atem und sonst nichts, jeder Atemzug schwerer als der zuvor. Bis die Welle des Orgasmus über ihnen zusammenschlägt. Es durchzuckt sie. Sie überlegt zu masturbieren, aber Rob schläft so ruhig, dass sie nie genau weiß, ob er nicht doch wach ist. Sie öffnet die Augen. Trinkt einen Schluck aus seinem Wasserglas. Um sie herum seine Möbel. Sie legt sich wieder auf den Rücken und denkt geschlagene zwei Stunden lang ans Vögeln mit ihm, bevor sie einschläft.

Als sie gegen acht aufwacht, schüttelt sie ihn so lange, bis er guten Morgen sagt. Sie bekniet ihn, die Finger von Alkohol und Nikotin zu lassen.

Sie weiß nicht, warum er sich einst für diese Selbstmedikation entschieden hat, aber sie ist sich sicher, dass sie nicht mehr angebracht ist. Ebenso sicher ist sie sich dessen, dass er jeden Morgen wie ein neuer Mensch aufwachen würde, wenn die Kombination aus Blutalkoholkonzentration und Nikotinserum keine arterienverengende, venenerweiternde und schwellkörperlähmende Wirkung mehr hätte. Er würde der Asexualität abschwören und seine erotische Aufmerksamkeit jener exklusiven Designerdroge an seiner Seite zuwenden, die auch unter dem Namen Penny Baker bekannt ist.

«Vielleicht ein andermal, wenn ich ausgeschlafener bin», sagt er. Er steht auf und zerkrümelt eine Zigarette. Sie legt sich hin, um weiterzuschlafen.

Am Mittag geht sie los, um ihn in der Suppenküche zu besuchen, in der er an diesem Tag arbeitet. Sie bekommt und isst einen Teller überbackenen Blumenkohl, aber ihn sieht sie nirgends.

Das Gemeindehaus ist spießig. Alle Oberflächen sind weiß und mit künstlichen Flecken übersät. Das glänzende Linoleum ist weiß mit feinen braunen Streifen. Die Wände zieren raue Plastiktapeten mit einem schemenhaften Moirémuster. Die abgehängte Decke besteht aus Tausenden welliger weißer Plättchen, die mit einem unregelmäßigen Muster kleiner Löcher geschmückt sind. Die Klientel ist arm – schlecht gekleidet und schweigsam, nervös und laut, dick und dünn, aber jedenfalls besitzt sie keine Wertgegenstände. Die Handtaschen sind aus Plastik und platzen an den Säumen. Die Schuhe sind Clogs aus Pressschaumstoff, die Leggings ungleichmäßig gewirkt. Männer tragen unpassende T-Shirts und schweißgefleckte Hüte. Es gibt Missbildungen, die durch einfache Operationen zu beheben wären, und offene Wunden. Sie hält nach Rob Ausschau, sieht ihn aber nicht.

Sie bringt ihren Teller zu der Wanne für schmutziges Geschirr und fragt eine kurzhaarige Frau, die ein goldenes Kreuz an einer Kette über einem violetten Rollkragenpullover trägt, wo Rob sein könnte.

«Er duscht jemanden in der Turnhalle.»

Penny folgt ihren Gesten zu einer Tür; die führt in einen Flur, der zur angrenzenden katholischen Schule gehört. Sie öffnet die Doppeltür zu der kleinen Turnhalle voller Schaumstoffmatratzen und billiger, aufblasbarer Bälle, die mit Comicfiguren bedruckt sind. Links von ihr führt eine weitere Tür zum Umkleideraum für Jungen. Sie öffnet sie einen Spalt weit und ruft: «Rob?»

«Hau ab», sagt Rob.

Sie geht hinein und erwartet, mit irgendetwas Sexuellem konfrontiert zu werden, das ihren Seelenfrieden wiederherstellen könnte. Sie sieht ihn zu Füßen eines älteren Mannes hocken, dessen Zehennägel sie an Norms erinnern. Rob schneidet sie.

«Zisch ab», sagt er.

«Lass sie doch», sagt der Mann. «Sie kann mir die Vorhaut putzen.»

«Sie ist ein schlimmes Mädchen», sagt Rob, ohne aufzuschauen, «aber so schlimm nun auch wieder nicht.»

«Sie könnte mir das Haar kämmen», schlägt der Mann vor.

«Verzieh dich», sagt Rob.

Penny bleibt wie gelähmt stehen. Sie hat noch nie einen gesunden, beweglichen Menschen in einem derart lausigen Zustand gesehen – Beulen, Falten, Verfärbungen, Blutbläschen, rote Flecken, geschwollene Gelenke, wirre Haarmuster, lepröse Narben, Pilzflechten wie Seekarten von flachen Meeren. Sie dreht sich um und geht langsam hinaus.

Zurück in der Turnhalle, findet und öffnet sie die Tür zum Umkleideraum für Mädchen. In der Luft liegt ein schwerer Geruch nach Hefe und ungewaschener Weiblichkeit. Hinter einer Trennscheibe tröpfelt eine Dusche. Flip-Flops klatschen auf die Fliesen. «Maden in deinen Achselhöhlen», sagt eine Frau. Sie klingt forsch und unbeeindruckt, aber doch überrascht, so als hätte sie Maden eher anderswo erwartet.

«Du bist eine Heilige», erwidert eine schwache, greisenhafte Stimme.

Penny möchte weder gesehen noch gehört werden und tritt den Rückzug an. Sie schließt leise die Tür und verlässt die Halle durch den mit Panzerriegeln gesicherten Ausgang, ohne ins Gemeindehaus zurückzugehen.

Sie findet, dass Rob erstaunlich ist. Nicht einfach nur süß. Sondern wirklich ein großartiger Mensch. Zugleich denkt sie, dass diese Großartigkeit – diese Fähigkeit, sich um einen verdreckten Fremden zu kümmern – etwas ist, was sie nie bewusst von jemandem erwartet hat und hoffentlich auch nie brauchen wird.

Sie geht zu Fuß nach Hause.

Im Tranquility schaltet sie ihren Laptop ein und schreibt eine Mail an ihren früheren Vorgesetzten in der Abteilung Einkauf, wo sie – Höhepunkt eines neunmonatigen unbezahlten Praktikums – die Zulieferkette für ein Hautpflegemittel überwacht hat, das in Make-up-Entfernern und Rasiercremes verwendet wird.

Irgendein Job in Sicht?, fragt sie.

Wünschte, ich könnte dir helfen, schreibt er zurück. Wir sind am Ende – schrumpfen und lagern aus ☹ Viel Glück.

Sie geht auf eine Seite mit Jobangeboten und sieht, dass die Firma einen Einkaufsleiter mit regulatorischer Erfahrung für eine Festanstellung in Shenzhen sucht.

Sie geht auf ihre bevorzugte Dating-Seite und ändert ihr Profil; jetzt schließt sie Heirat nicht mehr aus.

Als sie nochmals in ihre E-Mails schaut, bevor sie den Rechner ausschaltet, ist der Posteingang voll. Einundzwanzig achtundvierzig Jahre alte Männer wollen sie kennenlernen.

Sie ist versucht, allen die gleiche Antwort zu schicken (dass eine Ersatzmutter und Kindermädchen billiger sind). Stattdessen schließt sie den Laptop und holt eine Packung Zigaretten und einen Knirps aus ihrer Tasche. Durch ein aufziehendes Gewitter geht sie rauchend um den Block.

Amalia sitzt auf einem Sessel im Elternschlafzimmer in Morristown und trinkt Kaffee. Sie greift nach ihrem schnurlosen Telefon und ruft Matt auf dem Handy an.

Er ist bei der Arbeit, bereitet ein Angebot für sechs Müllfahrzeuge mit Geruchsreduzierung vor, eine Ausschreibung von Millburn Township.

«Was willst *du* denn?», sagt er. «Mach schnell.»

«Hallo, Matt. Ich hab eine einfache Bitte. Könntest du es übernehmen, die Hausbesetzer aus Norms Haus zu vertreiben? Penny bekommt das nie hin.»

«Ich weiß gar nicht, warum du es so eilig hast», sagt Matt. «Diese Leute sind doch wie eine Schar Bettwanzen, die immerhin den Abwasch machen. Die schaden dem Haus nicht. Und das ganze Viertel steht vor einem Neuanfang. Diese Linken sichern es für die Demokratie. Willst du wirklich die Erste sein, die verkauft? Der Marktwert könnte sich in zwei Jahren verdoppeln.»

«Das sagt Penny auch.» Sie klingt skeptisch.

«Penny hat einen Sockenschuss, aber mit Geld kennt sie sich aus. Du hast sie nie ernst genommen. Du respektierst sie einfach nicht.»

«Und du redest wie ein Anarchist. Bist du jetzt etwa auch verliebt? Hast du auch jemanden aus dem Haus kennengelernt?»

«Warum bist du nur so verflucht eifersüchtig? Habe ich dir *jemals* einen Grund geliefert, mich zu mögen? Ich behandele dich doch wie den letzten Dreck, Amalia.» Er gibt eine Zahl in seine Tabellenkalkulation ein, und zwei Beträge erhöhen sich disproportional. Unwirsch klickt er auf ein Icon. «Ich habe zu tun. Ich ruf dich wieder an.»

Als Penny abends im Nicotine ankommt, findet in der Küche gerade ein improvisierter Krisengipfel statt. Tony will in einer Hälfte der Garage, in der Rob seine Fahrradwerkstatt hat, eine illegale Schweißerei einrichten, die Schwarzmarkt-Karosseriearbeiten für nichtversicherte Autobesitzer ausführt.

«Die werden uns mit Baseballschlägern auf die Pelle rücken», sagt Anka.

«Sie hat recht», sagt Rob. «Wir werden enden wie MOVE in Philly. Erst rücken uns die Nachbarn auf die Pelle, und dann zündet uns die Polizei das Dach über dem Kopf an.»

«Vielleicht ist genau das passiert, bevor wir eingezogen sind», sagt Jazz.

«Und ich weiß nicht mehr, wo ich meine Räder unterbringen soll.»

«Es wird laut und schmutzig», sagt Sorry. «Und es werden Leute kommen, die wir nicht wollen. Autofahrer. Seit wann machen wir uns für Autos stark?»

«Haltet ihr eine Hausversammlung ab?», fragt Penny.

«Eine ganz zwanglose», stellt Tony nachdrücklich fest.

Anka meint, die CHA werde ihn nicht weiter im Nicotine wohnen lassen, denn Schweißen sei nichts Aktivistisches. Tony sagt, selbst nichtgewerkschaftliche Arbeit sei aktivistisch, solange sie den Armen helfe. Anka besteht darauf, dass es die völlig falsche Art von Aktivismus sei, die Armen beim Fahren nicht verkehrssicherer Autos zu unterstützen. «Die Armen brauchen Menschen, die ihnen mit dieser ‹Erlösung durch Werke›-Nummer à la Papst Franziskus weiterhelfen, so wie Rob das macht. Sie sind hilflos! Setz sie nicht auch noch ans Steuer!»

«Wir sind beschlussfähig», sagt Rob. «Unsere Beschlüsse sind bindend. Hebt die Hand. Wer ist für Tonys Auspuff- und Karosserieladen? Niemand. Wer dagegen? Einstimmig. Tut mir leid, Tony.»

«Und warum keine Konsensentscheidung?», sagt Tony. «Ich muss Geld verdienen.»

«Hast du jemals daran gedacht, es online zu probieren?», fragt Sorry. «Du gehst auf eine Website wie Kickstarter oder Betterplace, und in null Komma nichts bist du Tony, der Spendensammler, der für eine medizinisch begründete Befreiung von der Tabaksteuer oder was auch immer trommelt. Du setzt dich für irgendetwas Progressives ein, und schon wirst du von völlig Fremden finanziert.»

«Tabak ist noch schlimmer als Autos», sagt Jazz.

Alle schauen sie an.

«Sich für Tabak starkzumachen ist das Gegenteil von sozialer Gerechtigkeit. Raucher sind arme, ungebildete

Menschen. Die ganze Werbung zielt auf sie, weil es Gift ist –»

«Das musst gerade du sagen», unterbricht Tony sie.

«Kommt schon, ihr kennt mich doch! Würde ich zögern, irgendwas zu machen, nur weil es giftig ist? Für mich ist Nikotin im Grunde eine Methode, mich umzubringen. Die langsamste, dekadenteste Methode, die ich kenne. Viel langsamer, als mir die Pulsadern aufzuschlitzen.»

«Das ist wirklich ver-dammt lang-sam», sagt Rob und dehnt die Silben auf maximale Länge.

«Das ist Weltrekord in Sarkasmus», bemerkt Tony.

«Rauchen ist wie nach Fukushima, weil man da ungestört ist», sagt Jazz. «Aber zumindest bekomme ich Lungenkrebs, der mich *schnell* wegzaubert, während du Tumore im ganzen *Gesicht* kriegst. Wie kann man Tabak bloß essen, das werde ich nie verstehen.»

«Das ist die falsche Runde für diese Diskussion.»

«Ja, ich bin auch ganz verwirrt», sagt Sorry. «Habt ihr vor aufzuhören? Ihr klingt fast, als wolltet ihr aufhören und ausziehen.»

Jazz spreizt die Hände auf dem Tisch und betrachtet ihre sorgfältig manikürten Finger. Die spitz zulaufenden Nägel sind dunkelrot. Die Finger der rechten Hand sind gelb. Sie fragt: «Gibt es ein Leben nach dem Nikotin? Das würde ich gern wissen. Ich rauche, seit ich zehn war.»

«Wenn du aufhörst, höre ich auch auf», sagt Rob.

«Die Wette gilt», sagt Tony. «Ihr hört sofort auf, und die diesjährige Tabakernte gehört *mir*.»

«Ich höre nicht auf», sagt Sorry. «Auch wenn ich jederzeit aufhören könnte, wenn ich wollte.» Alle lachen über diesen gutmütigen Scherz. «Aber wenn sie aufhören, wird es vielleicht schwierig für sie werden, weiter hier zu wohnen. Ich meine ja bloß. Aufhören ist nicht einfach. Das weiß ich ganz sicher.»

Anka sagt: «Ich könnte eine Zeitlang aufhören. Ich bin keine echte Raucherin. Mehr eine Art Gesellschaftsraucherin, etwa, wenn ich andere rauchen sehe.»

«Also entgiften wir woanders», sagt Jazz. «Na klar. Wir gehen ins DJD. Kalter Entzug auf der DJD. Zehn Tage, morgen geht's los.»

«Auf jeden Fall würde ich Geld sparen, wenn ich aufhöre», sagt Penny.

«Fünfzig Mäuse darauf, dass Rob es nicht schafft», sagt Tony.

Überraschende spätabendliche Hausversammlung im DJD. Die Bewohner billigen den überwachten Entzug einstimmig.

Am nächsten Abend bleiben einige von ihnen nach dem Abendessen im Wohnzimmer sitzen, um ihre Unterstützung zu signalisieren. Eine zauberhafte, sportliche junge Bewohnerin namens Kestrel packt die Gitarre aus und spielt ihr schmales Repertoire von Protestsongs. Ans Kopfteil der DJD gelehnt, trällern Rob und Jazz «Give Peace a Chance» mit. Auf Instagram werden diverse Fotos gepostet (hashtag: *#bed-in*).

Kurz darauf fleht Rob Sunshine an, mit dem Vortrag von John Lennons «Imagine» aufzuhören, und sagt, seine Stimme klinge nach brünstigem Elch. «Du nervst», fügt er unnötigerweise hinzu. Sunshine sagt, sein Gesang genüge vielleicht nicht Robs kommerziellen Konsumentenstandards, und Jazz meint, Rob sei vielleicht auch nicht ins DJD gekommen, um sich der populistischen Ästhetik einer mormonischen Gang of Four auszusetzen. Eine sanfte, wohlmeinende junge Frau namens Huma bestätigt, dass Sunshine nie vorhatte, damit aufzutreten. Die Mitbewohnerinnen Feather und Cassidy nicken zustimmend.

Penny beobachtet Sunshine und fühlt sich von seinem hübschen Gesicht angezogen, aber von seinem Schlafanzug mit den Füßlingen und von dem fürchterlichen Gesang abgestoßen. Jazz zieht sie auf die Liege und flüstert ihr zu, sie solle Rob den Rücken massieren. Sanft knetet sie ihm Hals und Schultern. Darauf beruhigt er sich ein wenig.

Sunshine sagt: «Ich habe ein Diplom in Shiatsu.»

Rob sagt: «Rühr mich bloß nicht an, sonst –»

Am nächsten Abend gegen neun liegt Rob zappelnd auf der DJD, während Penny neben ihm sitzt und ihm den Rücken streichelt. Jazz geht im Zimmer auf und ab und rezitiert aus einer geharnischten Kritik an Kohlekraftwerken von Naomi Klein. Penny beugt sich vor und küsst Rob aufs Ohr, und Rob stöhnt: «Hör bitte auf damit!»

«Womit?»

«Mit dem Vorlesen», sagt er. «Verdammt, kannst du nicht lesen, ohne die Lippen zu bewegen?» Er schnaubt und dreht sich um. «Gott, ich bin so was von *genervt*. Können wir das nicht zu Hause machen?»

Das hübscheste Mädchen im DJD – Ankas Freundin Susannah – kommt aus der Küche und bietet ihm Knoblauchtoast an.

«Ist da Butter drauf?», sagt er. «Das hat mir gerade noch

gefehlt. Dass ich fett werde und mein Essen einem *Kalb* stehle. Einem *K-A-L-B*.»

«Ein bisschen Butter ist schon drauf», gibt sie zu.

«Möchtest du?», fragt er Penny. «Penny isst so was. Die isst nämlich einfach alles.»

«Als wäre er sein eigener böser Zwilling», sagt Penny in den Raum hinein.

«Ich liebe Knoblauch», sagt Jazz und nimmt ein Stück Brot. «Danke.» Dann rezitiert sie weiter.

«Gibt es hier *irgendwo* einen funktionierenden Fernseher?», fragt Rob Susannah. «Wisst ihr, was jetzt echt eine Ablenkung wäre? Ein Spiel zu sehen. Laufen nicht schon die Playoffs?»

«Hier hat keiner einen Fernseher», sagt Susannah. «Manchmal schauen wir uns Serien übers Internet an, wie *Game of Thrones*.»

«Ich hätte im Moment gar nichts gegen ein bisschen Gewalt», sagt Rob. «Wäre ein gutes Gefühl zu sehen, wie jemandem der Schädel eingeschlagen wird.»

Am nächsten Nachmittag bekommt Jazz eine Textnachricht von Matt: Hotness, wo bist du?

Auf der DJD mit P und R, antwortet sie.

Ihre Antwort ist nicht nach Matts Geschmack. Er schert auf dem Pulaski Skyway aus, um einen anderen Audi zu überholen, und streift fast einen Pylon. Zu seinem Telefon sagt er: «Antwort. Und wo ist diese D Leertaste J Leertaste D, Fragezeichen?»

Im DJD. Bin nach Wette in einer Woche zurück. Geduld. J.

Er googelt DJD: Degenerative Jochbeindeformierung

und/oder *Discoveries in the Judean Desert*, die Oxforder Ausgabe der Qumran-Schriften. (Online, wo Fremde es sehen können, heißt das Haus weiterhin «Pangäa».) In seinem Rückspiegel blinken Scheinwerfer auf. Er schaltet zurück in den Fünften und stellt den Warnblinker an.

Zwei Nächte später um vier Uhr morgens.

Penny liegt hinter Rob, der hinter Jazz liegt, und alle schlafen auf der DJD. Im Haus ist es still. In der Nachbarschaft gibt es einen bellenden Hund, aber auf den achtet niemand. Er hat nie aufgehört zu bellen, seit er das Bellen gelernt hat.

Im Halbschlaf schmiegt Penny den Arm enger um Robs Hüfte, und etwas streift ihren Ärmel. Ihre Hand rutscht weiter nach unten.

Kein Zweifel. Etwas Ähnliches wie eine Erektion.

Sie ist so überrascht, dass ihr nichts anderes einfällt, als Jazz anzustupsen und zu fragen. «Jazz», flüstert sie. Jazz dreht sich um. Penny zeigt darauf.

Jazz streicht kurz über Robs Unterhose. Er gibt ein wohliges Grunzen von sich. Fast lautlos flüstert sie: «Was machen wir jetzt? Münze werfen?»

«Die gehört *mir*», zischt Penny zurück.

Aber sie liegt auf der falschen Seite. Um ihren zugegebenermaßen missbräuchlichen Plan umzusetzen, Sex mit ihm zu haben, während er schläft, muss sie irgendwie auf die andere Seite kommen, ohne ihn zu stören oder über der Decke zu landen. Als sie es versucht, wacht er auf.

«Hör auf zu strampeln», sagt er. «Wo bin ich? Jazz?»

Penny küsst ihn von hinten auf die Wange.

«Runter von mir», sagt er.

Er dreht sich um, rutscht an sie heran, bis sein nunmehr weniger auffälliger Steifer so eben ihr Hemd streift, und schläft wieder ein. Sie gibt ihren Plan auf.

Am Morgen kann er sich an nichts erinnern.

Pennys Phantasie steht in Flammen – eine pochende, schwärende Wunde, aus der sexuelles Gift eitert.

Jazz tigert derweil ums Haus und forscht nach irgendetwas, das ihre Neugier wecken könnte, wie ein Waschbär auf Futtersuche. Sie kaut Kümmelsamen und Pfefferminzblätter. Sie unterhält sich mit Kestrel und Huma über Sonnenenergie. Sie isst zum ersten Mal in ihrem Leben billige dänische Butterkekse mit Hagelzucker. Sie geht mit Feather und Susannah zur Coop und kauft ein Kilo Bio-Kumquats. Sie bietet Rob eine Kumquat an – aber nur einmal. Rob will keine Kumquats.

Er ist schrecklich gereizt. Er will zurück nach Hause und sagt, erzwungene Passivität und Langeweile seien bei Nikotinentzug die zwei denkbar absurdesten Hilfsmittel. Er findet einen Roman der *Master and Commander*-Reihe und liest ihn schweigend, während er alle anderen ignoriert. Als Penny ihn fragt, wie ihm das Buch gefalle, sagt er: «Mach nicht alles noch schlimmer, als es ohnehin schon ist.»

Da Rob so zickig ist, hat sie kein Problem damit, eine Auszeit zu nehmen und zurück ins Nicotine zu gehen.

Zusammen mit Anka verbannt sie jeden Tabakrest und jeden Aschenbecher aus dem Haus, außer den Sachen in Sorrys und Tonys Zimmern. Sie entsorgen Robs spezielle Tassen und sogar sein Backnatron. Sie durchsuchen die Garage nach versteckten Utensilien – alles, was einen Rückfall auslösen könnte.

Was Jazz' Pflanzen und die noch nicht getrocknete Ernte betrifft, sind sie ratlos.

Tony sagt, sie sollen die Finger davon lassen. Ohne Backnatron kann Rob nicht kauen, sagt er, und Jazz hat einen starken Willen.

Am Nachmittag schaut Matt auf einen Sprung im Nicotine vorbei. Er lässt Sorry wissen, dass er nur mal hallo sagen will. Anka und Tony sind nicht zu Hause, und Sorry weigert sich, ihm zu sagen, wo er Jazz, Penny oder Rob finden kann. Sie rät ihm, es doch nächsten Monat noch mal zu versuchen.

Matt kommt zu dem Schluss, dass DJD ein anderes Haus der Anarchisten sein könnte, das seinen Namen der Anschrift (Don Juan Drive) oder einer politischen Mission (Dicke Joints für Dummies) verdankt. Er fährt kreuz und quer durch die Nachbarschaft und sucht nach Fassaden mit dem Blitzsymbol der Hausbesetzer. Gegen drei Uhr fällt ihm ein, dass er bei der CHA anrufen und fragen könnte. Aber es ist Samstag. Er findet die Telefonnummer online, nur geht niemand dran.

Penny übernachtet noch immer mit den anderen auf der Liege, aber sie lechzt nach Luftveränderung und muss mal wieder richtig schlafen. Robs Unruhe und dass er immer alle Decken an sich rafft und sich wie ein Burrito darin einwickelt: unangenehm. Sie liegt wach und atmet flach, wobei ihr feindselige, lüsterne Gedanken durch den Kopf gehen.

Zumindest fühlt sie sich so, als würde sie nie schlafen, denn Jazz bleibt im DJD bei ihrem gewohnten Tagesablauf. Sie legt Platten auf und sitzt lesend in einem Sessel. Sie kritzelt poetische Manifeste in ihr ledergebundenes Notizbuch. Nur ihre Lichtquelle macht den Unterschied zwischen zwei Uhr nachts und zwei Uhr nachmittags aus. Zu anscheinend willkürlichen Tages- und Nachtzeiten schläft sie ein, auf dem Bauch und den Kopf in der Armbeuge vergraben – immer in der gleichen Position, als wäre ihre Nase vom Druck des Arms so krumm geworden.

Rob hat einen ähnlichen Tagesablauf, aber er nennt das einen «selbstverursachten Schlafmangel, der mich verdammt noch mal umbringen wird, indem er mein Immunsystem ruiniert und Sachen mit meinem Kopf anstellt, bis ich mir nicht mal mehr die verdammten Schuhe zubinden kann».

«Das ist doch gar nichts», sagt Jazz. «Denk mal an die Leute, die Babys haben. Die schlafen nie.»

«Und haben sämtlich einen an der Waffel. Leute, die so fertig sind, dass sie ihren Arsch nicht mehr von ihrem Ellbogen unterscheiden können, ziehen all die Kinder groß. Kein Wunder, dass sie die halbe Zeit damit verbringen, einander abzuknallen.»

Am Sonntagabend zieht Penny zurück ins Tranquility. Während sie sich noch zum Duschen aufraffen will, schläft sie mit dem Gesicht nach unten auf dem Bett ein. Sie bleibt die ganze Nacht reglos liegen, den Kopf in der Armbeuge vergraben.

Am nächsten Morgen gegen sieben fährt Jazz in voller Absicht mit der Hand über Robs Zwickel – lässt ihre Finger beiläufig über die Vorderseite seiner Boxershorts streichen.

«Pfoten weg», sagt er und schlägt ihren Arm zur Seite.

«Nein, lass mich sehen!» Sie setzt sich auf.

«Besorg mir eine Schachtel Zigaretten, und ich bin für immer dein Sexsklave.»

Sie deutet auf die nur ein paar Schritte entfernte Haustür und sagt: «Da draußen gibt's welche. Du brauchst nicht bei mir im Bett liegen zu bleiben. Nur zu.»

«Dieser verdammte Tony hat fünfzig Dollar darauf gewettet.»

«Mach schon. Sei kein Spielverderber.»

Rob dreht sich auf den Rücken und erlaubt so seinem Schwanz, aufrecht in der Unterhose zu stehen.

Es zeigt sich, dass seine Größe ungefähr der einer abgepackten Rolle Quarters entspricht, ähnlich wie die von Bill Clinton gemäß der Aussage von Paula Jones.

«Tja, nun», sagt Jazz. «Nicht meine Gewichtsklasse. Aber Penny ist ziemlich zierlich, und sie ist in dich verliebt.»

«Für fünfzig Dollar bekomme ich eine hübsche Flasche Bourbon», sagt Rob.

Bei der CHA geht niemand ans Telefon. Matt schreibt eine E-Mail.

Am Mittwoch hat er noch keine Antwort auf seine Mail, seine Anrufe erreichen nur eine volle Mailbox, und als er am frühen Abend zum CHA-Büro in der Nähe des Journal

Square fährt, stellt er fest, dass da nur ein Proberaum ist – verdreckt und leerstehend, aber gut schallisoliert –, untergebracht in einem früheren Gewerbebau mit Namen Wherehouse, der anfänglich eine Suppenküche und ein Lager für abgelaufene Lebensmittel war. Der Aktenschrank mit Schubladen, die mit Hypotheken und Mieten etikettiert sind, enthält eine mit Schimmel verkrustete Plastiktasse sowie ein paar Kosmetiktücher und tote Fliegen.

In seiner Fassungslosigkeit fragt er die junge Frau, die ihn herumführt, ironisch, wohin das Geld denn gehe, wenn CHA-Häuser ihre Schulden bei der CHA bezahlten.

«Darüber habe ich noch nie nachgedacht!», sagt sie strahlend. «Du könntest Island Girl fragen, den Typen, der die CHA gegründet hat.»

«Wo wohnt der denn? Hier?»

«Er wohnt im Detonator, aber vielleicht ist er auch in Portland.»

«Wohin überweist ihr denn eure Kreditzahlungen?»

«Haben wir so was? Ich dachte, wir bekommen Zuschüsse von der Stadt.»

Matt tritt den Rückzug an. Er fährt nicht erneut zum Nicotine. Er fährt nach Fort Lee in seine Dach-Maisonette und schreibt Jazz eine E-Mail.

Ich vermisse dich. Darf ich dich morgen um sieben abholen, und wir fahren in meine Wohnung? Ich will dich bei richtigem Wein, richtigem Essen, richtiger Musik und in einem richtigen Messingbett. Ankündigung: Außerdem habe ich eine Art Planschbecken mit vergoldeten Kacheln und Art-déco-Nymphen aus Marmor und Kunstharz, aber das habe ich nicht selbst einbauen lassen. Ich habe die

Wohnung billig von einem Fleischgroßhändler gekauft und es nicht übers Herz gebracht, die Nymphen herauszureißen. Bis heute nicht. Meine Nymphe. Bitte sag ja. Der Pool ist beheizt.

Jazz erwidert, sie wäre entzückt, Matts Wohnung kennenzulernen.

Ihre Begeisterung wird noch gesteigert durch die Unterhaltung, die den Reha-Patienten geboten wird. Sie sitzen schwitzend auf der DJD, während Kestrel, Huma und Cassidy die szenische Lesung eines gemeinsam verfassten apokalyptischen Science-Fiction-Stücks aufführen, das auf Anomalien im Lebenszyklus der siebzehnjährigen Singzikade basiert. Irgendwie drohen die Zikaden, auf die eine oder andere Weise die Weltwirtschaft zusammenbrechen zu lassen, aber darum geht es eigentlich gar nicht – die Weltwirtschaft ist sowieso nur ein Papiertiger. Jazz macht mit, indem sie Zikadengesang von sich gibt, wann immer Kestrel auf sie zeigt. Cassidy spielt Präsidentin Hillary Clinton.

Penny teilt sich das Zweiersofa mit Sunshine. Sie spürt, dass sie ihn noch nicht richtig kennt, aber dass sich hier etwas entwickeln könnte. Er sitzt in einem Schlafsack dicht neben ihr. Die in Frotté gepackten Schultern seines Ganzkörperschlafanzugs ragen oben heraus. Er hat die Kapuze zurückgeschlagen und sieht sehr adrett aus.

Immer wieder lässt sie den Blick zwischen ihm und Rob hin und her wandern. Im Vergleich zu Rob, der ostentativ ein Malbuch für Erwachsene mit einer einzigen Farbe ausmalt (Schwarz), scheint Sunshine ein ganz normaler, unkomplizierter Typ zu sein.

Am nächsten Abend im Nicotine klatscht Tony Rob einen Fünfzigdollarschein in die Hand. Rob wedelt damit herum und sagt: «Nächster Stopp Schnapsdiscounter!»

«Halt, nein!», sagt Penny.

«Lass ihn», sagt Jazz. «Er hat es sich verdient.»

«Es ist sein Geld», fügt Tony hinzu.

«Er wird die Flasche auf dem Weg nach Hause öffnen, und dann kann er sich nicht mehr beherrschen und kauft Tabak!»

«Da ist was dran», sagt Jazz. «Also geh mit.» Sie schiebt Penny die Verandatreppe hinunter, sieht Matts Wagen kommen und sagt zu Tony: «Ich habe eine Verabredung.» Sie rennt nach oben.

Als sie wieder herunterkommt, trägt sie einen maßgeschneiderten Frühjahrsmantel aus hellrosa-grauem Tweed über einem steifen gelben Pradakleid zu zweifarbigen, beige-weißen Spectator-Pumps. Das Haar ist zu einem Knoten geschlungen und ihr Lippenstift sehr rot. Sie springt in das wartende Auto, das langsam davonrollt.

«Komisch», sagt Tony und beugt sich hinab, um die Katze zu kraulen, die in dem Zu-Verschenken-Karton ihre Jungen großzieht.

Jazz ist fasziniert von Matts Hausmüllpresse.

«Ich weiß, was du denkst», sagt er. «Dass man mit diesem Monster alles und jeden beseitigen kann. Aber vergiss nicht, dass der menschliche Körper zu siebzig Prozent aus Wasser besteht. Müll besteht zu etwa achtundneunzig Prozent aus Luft. Eine Flüssigkeit kann man nicht komprimieren. Das ist überhaupt das Kompakteste auf der Welt. Füllt jeden Winkel.» Er legt den Arm um ihren Oberkörper und drückt sich von hinten an sie, während sie an den Bedienelementen der Presse herumspielt.

«Ich wette, du kannst die mit deinem Telefon steuern», sagt sie.

Da er ein Interesse an technischen Dingen zu spüren meint, führt er sie zur schwarzen Panorama-Sofalandschaft und reicht ihr den Kopfhörer für sein 3-D-Gaming-System. Er setzt sich ihr gegenüber und öffnet seinen papierdünnen Laptop auf dem Beistelltisch aus Achat.

Der Bildschirm leuchtet auf, und sie sieht ihn – aber nicht in seinem Wohnzimmer; er thront auf einem Floß in einer besonders romantischen Bucht in Vietnam.

«Wow», sagt sie.

«Auf dem Tisch ist ein Knopf», sagt er. «Mit dem kannst du navigieren.» Sie zoomt sein Gesicht heran, bis es unscharf wird.

«Das ist für Online-Sex, stimmt's?», fragt sie.

«Das war die Idee dahinter», sagt er. «Sagen wir, ich bin ein Mädchen zu Hause mit meinem Laptop. Das Programm erfasst meinen Umriss und baut dazu einen anderen Hintergrund auf. Das ist dieselbe Technologie, die sie benutzen, um Sportübertragungen mit Werbung zu unterlegen. Oder in diesem Film *Wag the Dog* beim virtuellen Balkankrieg. Ich sehe sie, aber sie sieht mich nicht.»

«Weil du mit dem Headset nicht wirklich gut aussiehst.»

«Sie bekommt fünfzig Cent, ihr ist das egal.»

«Und sie strippt für die Webcam.»

«Nein, für sich. Auf dem Bildschirm sieht sie sich selbst.»

Etwa zur gleichen Zeit sitzt Rob auf der obersten Stufe der Treppe zur Eingangsveranda, schaut auf die Straße und trinkt seinen vierten Bourbon aus. Er schiebt das Glas mit den noch immer kantigen Eiswürfeln – er trinkt ziemlich schnell – hinüber zu Penny. «Trink doch auch einen», sagt er.

«Ich will deinen guten Bourbon nicht vergeuden», sagt sie. «Du verdienst es zu feiern.»

«Ich sollte meine Mom anrufen», sagt er und steht auf. Er taumelt vorwärts und hat sich nach vier Schritten treppab so weit gefangen, dass er nicht bis zum Gehweg hinuntertorkelt. Er dreht sich um neunzig Grad und geht die Treppe seitwärts wieder hinauf. «Sie wird stolz auf mich sein. Sie hat immer gesagt, das sei eine schmutzige Angewohnheit.»

«Da hat sie nicht gelogen.»

Als er an Penny vorbeigeht, nimmt er Glas und Flasche mit.

«Lass mich über Nacht bleiben», sagt sie.

«Ich habe aufgehört. Ich brauche keine Aufpasserin.» Er geht. Dann fügt er in freundlicherem Ton hinzu: «Was ich meine, ist, ich bin immer noch mittendrin. Irgendeine Ablenkung, und ich höre vielleicht mit dem Aufhören auf.»

«Ich will dich nicht ablenken», sagt sie halbherzig.

«Ich werde noch monatelang aufhören», sagt er. «Wenn es wie beim Alkohol ist, werde ich vielleicht nie ganz aufhören können.» Er lässt sie allein auf der Veranda sitzen und geht mit dem Whiskey hinauf in sein Zimmer.

Da sitzt sie und fühlt sich schlecht. Nun hat er endlich eine Sexualität oder zumindest ein deutlich männliches Geschlecht, und jetzt sagen ihm beide, er solle das Flirten lassen, wenn er nichts von ihr wolle.

Am nächsten Abend geht Penny nach dem Essen hinüber ins DJD. Es ist wärmer geworden, und Sunshine hat seinen Ganzkörperschlafanzug gegen ein grünes T-Shirt und Bermudas eingetauscht. Auf dem T-Shirt steht in dunklerem Grün GRÜN. Was für ein Körper, denkt sie. Man sieht, dass er Ruderer war. Alle sind sich einig darüber, dass er ein gutaussehendes Kerlchen ist, und wenn er sich nicht so bescheuert anziehen würde, wäre er eine glatte Zehn. Und da ist er nun, ganz normal gekleidet.

Sie empfindet nichts für ihn (jedenfalls nichts Spezielles, wenn er in der Nähe ist), aber sie kennt den Unterschied zwischen oberflächlich und tief nicht mehr. Sind spontane Gefühle etwas Natürliches oder trivial? Sind Gefühle nicht wertvoller, wenn sie Zeit zum Wachsen brauchen?

Sie sitzen draußen auf den Stufen und trinken Leitungswasser.

«Ich bin immer noch fasziniert von dem, was du neulich über Würde gesagt hast», sagt sie.

«Ich habe gesagt, dass Geld Würde unmöglich macht oder so. Das war nicht ernst gemeint. Wenn ich einen Einteiler trage, denke ich viel zu viel über Würde nach.»

«Ich glaube, das ist würdevoll. Der Versuch, Energie zu sparen, hat etwas Würdevolles.»

«Es ist auch nicht besser als jede andere Form des Exhibitionismus. Ich will auf etwas aufmerksam machen, indem ich Stellung beziehe. Auffällig und anders sein. Letztlich führt es aber nur dazu, dass die Leute glauben, Energiesparen sei komisch. Ich springe von dieser sozialen Klippe und reiße die gute Sache mit in den Abgrund.»

«Einige von uns können eben nicht anders, als aufzufallen und sich zu unterscheiden.»

«Glaubst du, bei dir ist das auch so?» Er mustert Penny kurz und schaut dann wieder auf die Straße. «In einer besseren Gegend würdest du vielleicht auffallen. Aber hier bist du praktisch unsichtbar.»

«Moment. Soll das eine Beleidigung sein?»

«Nein. Also, sieh dir Rufus an. Im Einzugsgebiet der CHA ist er der weiße Wal. Wir sind stolz darauf, dass er im Tranquility lebt! Aber doch nicht, weil es in Jersey City grundsätzlich nicht so viele schwarze Männer mittleren Alters gäbe. Nur würden die meisten nicht in einem besetzten Anarcho-Haus mit einem Haufen weißer Kids zusammenleben wollen. Er ist also überall unsichtbar außer im Kontext der CHA. So was in der Art meine ich.»

«Aber hier gibt es nicht besonders viele Latinos. Leute wie mich sehe ich hier gar nicht.»

«Ich habe ja auch nicht behauptet, sie *wohnten* hier. Sie besetzen die Nachtschichten. Und genau so siehst du für mich aus – wie eine aus der Putzkolonne oder die Nachtwächterin im Motel. Wie eine, die Jersey City jeden Morgen um sieben verlässt und mit dem Bus nach Edison pendelt.»

«Das ist ja eine noch größere Beleidigung.»

«Das ist einfach kontextabhängig! So entsteht doch Identität. Sagen wir, du bist in meinem Bett, in dem normalerweise nur weiße Mädchen landen. Die Mädchen, die sich hier die Klinke in die Hand geben, sind wirklich hübsch, aber sie sind sich so ähnlich, dass ich ihre Namen vergesse. Sie schlafen mit mir, weil ich gut aussehe und am Dartmouth College studiert habe, aber hauptsächlich, weil ich hier wohne. Sie fallen erst ins Auge, wenn sie wieder auf die Straße hinausgehen. Aber in meinem Bett wärst *du* diejenige, die anders wäre und ins Auge fiele.»

«Weil du so ein gewaltiger rassistischer Sexist bist.» Penny steht auf. «Ich kann kaum glauben, dass ich hierhergekommen bin, um mit einem Typen im Häschenkostüm zu flirten, weil er irgendwas Beeindruckendes über Würde gesagt hat. Als wäre ich dabei, den Verstand zu verlieren.»

«Ich bin kein Rassist», sagt Sunshine. «Vielleicht, wenn ich dich anbaggern würde, weil du nicht weiß bist. *Das* wäre rassistisch.»

«Du willst nicht mal, dass ich dich mag», sagt Penny. «Ich glaube, du hoffst darauf, dass ich Jazz erzähle, du hättest genug von weißen Mädchen. Aber weißt du, was? Nicht mal *die* würde mit einem Typen ins Bett gehen, der einen Ganzkörperschlafanzug trägt.»

«Jazz würde ich selbst mit Handschuhen nicht anfassen», sagt Sunshine. «Sie hat viel zu viel Erfahrung. Ich stehe auf neunzehnjährige Collegegirls, die sich Sorgen darüber machen, ob ihre hüpfenden Titten auch den Ansprüchen genügen.»

«Ich gehe jetzt nach Hause.»

«Ja, geh nach Hause. Da gehörst du nämlich hin, ins Tranquility. Und komm zurück, wenn du erwachsen genug bist, um dich für Sachen zu interessieren, bei denen es um mehr als deine eigene Haut geht.»

Penny fühlt sich einsam, fehlbar, verdientermaßen angeklagt und gerechterweise beschuldigt – und das ausgerechnet von Sunshine. Sie ist richtig schlecht drauf. Sie nimmt sich in Augenschein und sieht eine oberflächliche Schlampe (ihr hartes Urteil ist nicht ganz fair), die ihre Paarungsoptionen abwägt wie eine Eugenikerin, statt sich zu verlieben (aber offenbar ist sie doch verliebt). Jene Art oberflächlicher Schlampe, die an der Liebe so wenig echtes Interesse hat, dass sie ihre Freundinnen vernachlässigt – seit wie vielen Monaten schon? Wann ist Norm krank geworden?

Ihr Kopf ist leer. Sie weiß nur noch, dass es draußen kalt war.

Sie schreibt zwei untypisch lange E-Mails. Die erste an ihre Zimmergenossin aus dem ersten Studienjahr, Lucinda, die jetzt in Abu Dhabi lebt.

Hey Loose,
tut mir leid, dass ich so lange nichts von mir habe hören lassen. So ist das, wenn man Sachen erlebt, mit denen man nicht klarkommt. Mein Vater ist gestorben, und vorher war er SO krank. Ich war dabei, als er gestorben ist (in der Pflege). Ich war SO traurig, ich habe eine PTBS bekommen und jede Nacht geheult. Mom nimmt es locker, ich versteh's nicht, aber sie ist ca. 35 Jahre jünger als er, und vielleicht standen sie sich doch nicht so nahe. Ich habe keine Ahnung, was sie als Nächstes anstellt, aber bestimmt ist es eine Tragikkomödie mit viel Ogottogott. Und vielleicht läuft da eine bizarre Familiensache oder auch nicht, aber so oder so will ich mich hier nicht damit befassen, denn ich hab eigentlich keine Ahnung davon. Wenn es interessant wird, sag ich dir Bescheid. Insgesamt gibt's nicht viel zu erzählen, außer dass DADS TOD TOTAL SCHLIMM WAR, also drück deinen Vater fest! Ich lebe gerade in einer WG (Grove St. / Journal Sq.) und bin auf Arbeitssuche. Bisher nichts Vielversprechendes.
Liebe Grüße an Abby!
Penny

Die zweite geht an ihre beste Freundin von der Morristown-Highschool, Fontaine:

> Hey Fon! Frag nicht – es ist alles so traurig. Dad ist tot, ich bin arbeitslos, wohne in einem besetzten Haus (!), Mom ist verrückt, Matt ein Arsch, Patrick hat den Schwanz eingezogen. Dank der guten Göttin Pachamama hat Dad mir die Ausbildung finanziert! Wenn ich jetzt Schulden abbezahlen müsste, könnte ich nur noch abtauchen.
> Und wie läuft's? Wie ist Terre Haute? Ich bin in JC und ECHT in diesen Typen verknallt, der in dem Haus wohnt, in dem mein Vater aufgewachsen ist, was gruselig ist, aber hör mal, wo sonst sollte ich Männer kennenlernen? Freu dich einfach mit mir, dass er kein Haus besetzt hat, das einem anderen gehört! Ich weiß auch nicht, warum er mir so perfekt vorkommt. Wir haben uns geküsst, aber noch nicht richtig rumgemacht. Ich rede hier von einem ERWACHSENEN MANN, der in einem anarchistischen Haus mit freier Liebe wohnt. Ich weiß, du würdest sagen, geh online und schau dich mal woanders um, und ich verspreche, dass ich genau das machen werde, sobald ich zu so einer durchschnittlichen Körpergröße / Figur und durchschnittlichen Haaren und Augen komme, dass irgendjemand wenigstens mein verdammtes Profil liest, bevor er mir gleich aufgrund der Fotos Kinder und das Dienstmädchenzimmer anbietet. Aber ich bin nicht verbittert. Jedenfalls lenkt mich diese Schwärmerei von der PTBS ab, die mit dem Tod zu tun hat, also stehe ich voll dazu. Sonst nichts Neues, lass mich wissen, wie das Leben in Indiana ist – Alles Liebe, p

Lucinda antwortet Penny aus einer technischen Hochschule, die rund um einen kleinen, künstlich angelegten See mit PVC-Grund in einer felsigen Gegend im Landesinneren der Vereinigten Arabischen Emirate entsteht.

Tut mir leid wegen deinem Dad, hoffe, es geht dir besser. Ich habe auch schlechte Neuigkeiten – mein Schwiegervater Hamad will nicht, dass ich Kontakt mit dir habe wegen deiner Verwandten im (ähem) zionistischen Gebilde. Ich weiß, es ist verrückt, aber er sagt, Abdullah könnte deshalb seinen Job verlieren, und für ihn ist es wirklich eine große Sache, einen neuen Fachbereich aus dem Nichts aufzubauen. In maximal fünf Jahren sind wir hier wieder weg. Abs sagt, seine Karriere hängt davon ab. Ich werd dir was erzählen (streng geheim): Es ist passiert. Ich hab's noch nicht mal Abs gesagt (zu früh), aber vielleicht ist das meine letzte Mail für einige Zeit, und wenn ich es dir nicht jetzt sage, wann dann. Ich werde es nicht nach dir benennen oder in diesem – hallo, werte Zensoren – aufziehen, die Beschreibung des Staubs spare ich mir. Unsere Bediensteten (ich bin ziemlich sicher, dass jemand sie bezahlt, und es sind auch nicht wirklich Sklaven) sind großartig, sie wischen den Staub jeden Morgen so schnell weg, dass du glaubst, es hätte ihn nie gegeben.
Auf bald. Schreib mir nichts, was sonst niemand wissen soll! Ich ruf dich an, wenn ich irgendwo in der Nähe von NYC bin.
Alles Liebe
Lucie

Fontaine antwortet aus Terre Haute.

Komm mich besuchen. Die Bar um die Ecke hat das beste Karaoke, all diese fetten Typen widmen ihren Frauen (die zu Hause auf die Kinder aufpassen, aber bei denen klingt es immer so, als wären sie bei der Truppe im Irak – ist vermutlich näher an der Wahrheit, als man sich wünschen würde) Metal-Balladen. Obwohl du hier vielleicht mehr Glück hättest mit deiner neuen durchschnittlichen Körpergröße / Figur und durchschnittlichen Haaren und Augen ... Vergiss, dass ich das gesagt habe ... Weißt du, mit diesem kitschigen, dämlichen angloamerikanischen Namen hast du aber auch ein ziemliches Päckchen zu tragen! Er klingt so richtig nach «adoptiert». Jetzt ist dein Vater tot (hat mich traurig gemacht, das zu erfahren, er war ein so inspirierender Mensch und hat vielen Leuten geholfen; ich wäre so stolz, wenn mein Vater ihm auch nur ein bisschen ähneln würde), und du könntest endlich mal einen Namen annehmen, der passt, etwa «Paloma Gellis». Ansonsten ist Terre Haute ziemlich mäh. Die Arbeit ist toll. Seriöse Kollegen, verantwortungsvoller Job, Haus, das ich vielleicht kaufe, das Übliche: Paradies auf Erden, wenn man seine Erinnerungen an NYC erst mal verdrängt hat. Ich arbeite dran.
Bleib so süß.
Fon

Penny geht hinunter in die Küche, um sich einen Tee mit frischem Ingwer zu machen. Ihr ist ein wenig schlecht. Sie beneidet Fon um ihren Job. Sie ist sich sicher: Wenn schon sie im Dachgeschoss ihrer Großeltern – bei nun wirklich ziemlich geringer Männerdichte – über Rob stolpern kann, findet Fon ihren perfekten Mann im trubeligen, kosmopolitischen Terre Haute erst recht.

In Sachen Sex stellt sie sich Fons perfekten Mann bedienungsfreundlicher vor als Rob. Sie stellt sich vor, dass er noch jung genug ist, um in Terre Haute schlank zu sein, aber die Highschool schon abgeschlossen hat. Sie denkt an Robs Körper. Sie nippt an dem würzigen Tee und erinnert sich an ihren Kuss. Daran, wie konzentriert er war, wie er auf ihrem Mund verweilte, und dann an sein Desinteresse beiden Zungen und ihrem ganzen Körper gegenüber. Ihr dämmert, dass er am Ende doch nicht der perfekte Mann ist. Sie säuselt Tranquilitys namenloser grauer Katze mit Baby-Talk-Stimme vor: «Der perfekte Mann für mich wäre nicht *asexuell*. Nein, das wäre er *nicht*!»

Die Katze liegt zusammengerollt auf dem Kissen eines Stuhls mit gerader Lehne und macht sich breit und flach, ohne ihre Haltung zu verändern, als hätte plötzlich die Schwerkraft zugenommen. Rufus kommt in die Küche. «Du scheinst diese Katze zu mögen», sagt er.

«Ich mag eine Menge Sachen.»

«Weißt du, von wem die Katze ist? Von dem Mädchen, das weggezogen ist. Sie ist einfach ausgezogen und hat ihre Katze hiergelassen.»

«Die sieht aber ganz zufrieden aus.»

«Jemand sollte sie adoptieren. Sie hat niemanden.»

«Das ist nicht wahr. Sie ist besser dran als wir alle. Die

Menschen kommen und gehen, aber die Katze darf bleiben. Niemand zwingt sie dazu, einen Job in Terre Haute anzunehmen.»

«Faules Anarchistenvieh», sagt Rufus und nimmt sich ein Bier aus dem Kühlschrank.

Während die Katze sich streckt, ballt sie eine Vorderpfote zur Faust. Sie dreht sich ein wenig um die Längsachse und hebt das Kinn. «Die Katze kann nichts dafür, dass ihr sie mit Baldrian füttert», sagt Penny und tätschelt ihr den Bauch.

Am Sonntagmorgen kniet Anka auf dem Küchenfußboden und malt das Hashtag *#climbit* auf zwanzig Bögen blauen Posterkartons.

«Ich versuche, das Hashtag zu finden, aber da ist nichts», bemerkt Penny und tippt mit den Daumen auf ihrem Telefon herum.

«Kommt noch», sagt Anka. «Kennst du diesen Deppen drüben im DJD, der sich Sunshine nennt?»

«Ja, den kenne ich.»

«Also, der hat Freunde bei Greenpeace. Ihr wisst ja, dass diese Greenpeace-Typen alle Supermacho-Bros sind und total auf Technik stehen. Die sind alle bei WhatsApp und Snapchat und diesen ganzen Sachen, die Cops wissen also, wo sie sich in jedem Augenblick ihres Lebens gerade aufhalten und wie ihre Freunde aussehen, bevor sie auch nur ihre Tracker eingeschaltet haben.»

«Immerhin tätowieren sie sich nicht die Gesichter», wirft Sorry von ihrem Platz am Tisch aus ein. «Das sind mir überhaupt die liebsten Revolutionäre. Die könnten auch gleich ein Nummernschild tragen.»

«Aber diese Typen sind schlimmer. Sie laufen mit Bluetooth-Headsets durch die Gegend, die Cops wissen also, wen sie getroffen haben und neben wem sie standen und auch ganz genau, wann und wo, denn ihre Telefone speichern das alles – jedenfalls kriegen sie keine Protestaktion mehr gestartet, weil die Cops alles über sie wissen. Und zu wem gehen sie jetzt? Zu Sunshine! Zu dem Menschen, der keinerlei elektronische Geräte hat, weil die ja Strom verbrauchen könnten! Er hat mir mal erzählt, dass er seine Semesterarbeiten am College nur bei Tageslicht mit einem Bleistift geschrieben hat. Hast du ihn mal im Winter gesehen?» Sie wendet sich Penny zu. «Vermutlich nicht. So lange bist du ja noch nicht hier.»

Penny sagt: «Ich habe ihn in diesem schrägen Häschenkostüm gesehen –»

«Das trägt er im Frühjahr und im Herbst. Wenn es draußen kalt ist, trägt er so ein sackähnliches Teil mit Spiegelfolie drin und diesen *Hut*. Aber *egal*, warum auch immer, Sunshine kennt jedenfalls so athletische Frauen, Snowboarderinnen und Bergsteigerinnen und so, also hat er im Alleingang eine Aktion für Greenpeace organisiert, und während Greenpeace zur Ablenkung uptown gegen den Klimawandel protestiert, werden diese Frauen mit Saugnäpfen den Sockel des One World Trade Center erklimmen. Darum das Hashtag. Niemand wird wissen, was es bedeutet, bis es tatsächlich passiert. Ihr seid doch keine Spitzel, oder?»

«Das werden wir erst wissen, wenn in zehn Minuten die Razzia im DJD anläuft», sagt Rob.

Penny legt ihr Telefon auf den Tisch. «Ich hatte die ganze Zeit eine Standleitung zum FBI, aber ich konnte mir überhaupt nicht vorstellen, dass einer von euch was Interessantes zu sagen haben würde.»

«Ist so ein Telefon nicht ein Spionagemikro, selbst wenn es ausgeschaltet ist?», sagt Sorry. «Das habe ich irgendwo bei Snowden gelesen. Man sollte sein Telefon in den Kühlschrank legen und die Batterie rausnehmen.»

«Sie klettern den Freedom Tower hoch», sagt Rob. «Da spielt es keine Rolle, ob jemand mithört. Die werden uns nicht schon deshalb verhaften, weil wir über einen friedlichen öffentlichen Protest reden. Die werden warten, bis der erste Saugnapf das Glas berührt. Das ist ein schwerwiegenderer Anklagepunkt. *Vielleicht* würden sie einschreiten, wenn sie uns daran hindern könnten, eine Bombe zu bauen.»

«Oder auch nicht», sagt Sorry. «Kommt drauf an, wen wir in die Luft jagen wollen.»

Anka beendet ihr letztes *#climbit*, und Rob holt das Hämmerchen von der Anrichte.

«Ist das nun eigentlich eine Blauer-Block-Demo?», fragt Penny. «Denn so richtig sind wir ja nicht mehr der blaue Block.»

«Ihr vielleicht nicht, aber ich schätze weiterhin meinen Paria-Status», sagt Sorry.

«Ich habe nur gefragt, weil es vielleicht lustiger wäre, downtown den Kletterern zuzusehen, als im Raucherbereich einer Klimademo herumzuhängen.»

«Das ist eine Idee», sagt Sorry. «Die Demo hält die Polizei von den Kletterern fern, und die Kletterer halten die Polizei von den Rauchern fern.»

«Wer hält die Polizei von den Leuten fern, die die Hinterlassenschaften ihrer Hunde nicht beseitigen?», sagt

Rob. «Diese Rolle im Universum haben die Raucher übernommen.»

«So weit unten in der Stadt führt niemand seinen Hund aus», sagt Anka. «Aber wer raucht heute schon noch?»

«Ich glaube, nur ich», sagt Sorry.

«Wo ist Jazz?»

«Sie ist wohl da, aber ich habe seit Tagen kein Wort mit ihr gewechselt.»

Eine halbe Stunde später brechen die Bewohner von Nicotine zur Demo auf. Rob schlägt vor, durch den Holland-Tunnel zu fahren, und Penny, Sorry und Anka sind einverstanden. Sie sind froh, dass sie ihre Pläne geändert haben: Anstatt am hinteren Ende eines Flashmobs am Columbus Circle Plakate zu schwenken – eine Kundgebung, die großzügig mit männlichen Freiwilligen in schwarzen Sturmhauben durchsetzt ist, um dem Ganzen einen Anstrich von Bedrohlichkeit zu verleihen –, werden sie sich nahe am Wasser herumtreiben und den Ausblick genießen. Vielleicht dann noch ein Bier am Ufer.

Rob stellt den Wagen an einem halblegalen Platz südlich der Canal Street ab, und sie gehen zu Fuß. Es ist ein herrlicher Tag mit weißen Wolken und einer warmen Brise. Der Turm stemmt sich gegen die vorbeiziehenden Wolken und verändert seine Form wie ein Trugbild. Sie laufen im Kreis und halten Ausschau nach Sunshine und seiner Truppe. Der Turm hat vier Seiten, und sie wissen nicht, wo die Aktion stattfinden soll.

Sie finden sie dort, wo der Tumult ist – besser gesagt, den einzigen Kletterer, der noch nicht das Weite gesucht hat. Eine junge Frau in grünem Polypropylen hängt an der Fassade zur West Street, der Kopf etwa fünf Meter über dem Gehweg. Wachmänner schauen einem Polizisten dabei zu, wie er mit seinem Schlagstock nach ihrem Knöchel stochert. Im Hochspringen schlägt er sie auf die Wade. Er zielt sorgfältig, um das wertvolle Importglas nicht zu beschädigen.

«Scheiße!», schreit sie auf. «Scheiße!» Sie dreht sich in Richtung der Nicotine-Bewohner. Sie kennen sie; es ist Susannah – Tochter eines Dichters und einer Essayistin aus Boulder, Colorado, Abschluss in Ökologie in Reed und jetzt seit einem halben Jahr an der Ostküste. «Hör auf, mir weh zu tun!», kreischt sie. Aber sie klettert nicht hinunter. Sie versucht, quer rüber auf das Vordach zu kommen, ein schwieriges Unterfangen. Der Polizist schlägt hart genug auf ihr Schienbein, dass ein Knacken das Geschrei übertönt. Sie klettert weiter nach oben und versucht instinktiv, ihre Hüften, den Torso und den Kopf vor den brachialen Schlägen zu schützen. Sie rutscht ab und fängt sich mit Hilfe der Saugnäpfe.

Anka schreit: «Hör auf! Hör auf! Susannah, komm da runter!»

Sorry sagt: «Sie wird abstürzen.»

Penny steht mit offenem Mund und auf die Wangen gelegten Händen da.

Sorry hebt ihr Telefon und fängt an zu filmen. Von hinten packt eine Polizistin ihre Hände und fesselt sie mit einem Kabelbinder. Aus der Balance gebracht, lässt sie sich mit ihrem ganzen Gewicht fallen und landet keuchend auf den Knien, während das Handy über den Gehweg schlittert. Penny hebt es auf.

«Geben Sie das her», sagt die Polizistin und zeigt auf Sorrys Telefon.

Penny dreht sich um und läuft los. Sie hört einen Schrei. Sie wirft einen Blick über die Schulter und sieht eine ganze Horde Polizisten. Auch Anka und Tony laufen in verschiedene Richtungen davon, hinter ihr her und nach links. Sie spurtet. Die Kuriertasche an dem langen Gurt schlägt ihr gegen die Hüfte. Sorrys Handy hat sie noch.

Sie jagt durch eine Reihe Büsche und durch den Verkehr, die Vesey Street hinab in einen Bagel-Laden. Schnell geht sie nach hinten durch. Die Toilette ist abgeschlossen, also quetscht sie sich in eine Abseite für das Putzzeug. Dann wird ein Sitz in einer der Nischen frei, und sie setzt sich. Sie schaut auf und sieht Tony. Er kommt näher, ohne sie anzuschauen. «Nimm es, nimm es, nimm es», flüstert sie hastig und legt das Telefon auf den Tisch. Er schiebt es in seine Gesäßtasche und verlässt den Laden.

Während er hinausgeht, kommen zwei Polizisten herein. Für sie hat er nichts mit dem Fall zu tun. Er ist älter und unscheinbar.

Penny könnte genauso gut ein Nummernschild tragen. Sie fordern sie auf mitzukommen.

Sie warten damit, ihr Kabelbinder anzulegen, bis kurz bevor sie sie in ihren großen, geräumigen Mannschaftswagen verfrachten. Dort trifft sie auf Sorry. «Alles gut», flüstert sie. «Ich meine, ich hab einen guten Platz für das Teil gefunden.»

«Cool», sagt Sorry.

«Wo ist Susannah?»

«Im Krankenhaus wahrscheinlich. Sie hatte wohl einen offenen Knöchelbruch, ist ohnmächtig geworden und hat sich den Kopf aufgeschlagen. Sie hat auch aus dem Mund geblutet.»

«Ach du Scheiße. Verdammt.»

«Nicht so schlimm. Sie wird den Rest ihres Lebens vor Wut kochen, und kein Normalbürger wird sie je wieder ernst nehmen, solange sie lebt. Aber sie kommt schon wieder auf die Beine, es sei denn, sie behält einen Sprachfehler oder ein Hinken zurück. Das wird ihrer Medienkarriere dann so richtig guttun.»

«Scheiße. Und wofür das alles? Das verdammte *Klima*?»

«Das ist die wichtigste Herausforderung, der sich die Menschheit heute gegenübersieht», sagt Sorry. «Aber sie war ein Fußsoldat, eine Mitläuferin. Sie *wusste*, dass sie sie reinreiten würden. Und genau das werde ich *nie* verstehen. College-Girl-Kanonenfutter. Man sollte meinen, dass sie diesen Mist den Provokateuren überlassen. Aber wenn du ihren Knöchel gesehen hast, weißt du, dass es verdammt ernst war. Sie hat bekommen, was sie wollte. Das macht mich so traurig.»

«Verdammt.» Penny denkt über den Knöchel nach, und ihr Gesicht verfärbt sich grünlich. Sie schweigen, während der Polizeiwagen auf abgenutzten Stoßdämpfern dahinschwankt. Er schaukelt hin und her wie eine Wiege. «Wohin fahren sie uns?», fragt sie Sorry.

«Wahrscheinlich zu den Tombs.»

«Ist das so was wie Rikers Island?»

«Es ist wie ein verlottertes besetztes Haus, nur ohne die Ratten. Aber du kommst aus den Slums von Brasilien. Dir wird das nichts ausmachen.»

«Unser Haus hatte eine Mauer und bewaffnete Posten.»

«Dann wirst du dich dort erst recht zu Hause fühlen.»

«Na prima. Wer das Weiße Haus mochte, wird die Tombs lieben!»

«Ich vergesse immer wieder, dass du eine höhere Tochter bist», sagt Sorry. «Du wirkst gar nicht so. Liegt es daran, dass du vorsichtig bist? Oder unsicher? Die anderen reichen Kids da draußen breiten ihre Privilegien auf dem Altar der Gerechtigkeit aus und opfern sie dort, während du einfach zusiehst, dass du dir den Rücken freihältst.»

«Das klingt nicht allzu gut.»

«Sie sind eben nicht privilegiert. Das hat Susannah gerade auf die harte Tour gelernt. Sie wird ziemlich angepisst sein, wenn sie aufwacht und feststellt, dass Mom und Dad sie angelogen haben. So in der Art: ‹Ich hab schließlich einen Anspruch darauf zu tun, was immer und wo immer ich will, und die Polizei soll mich bloß in Ruhe lassen!› Ich habe nicht das Gefühl, dass das dein Problem ist.»

«Ich habe allerdings andere Probleme», sagt Penny. «Zum Beispiel das Gefühl, dass ich meine Tage bekomme, und ich habe kein Ibuprofen dabei.»

«Eine Frau mit Krämpfen würden die nicht einbuchten», sagt Sorry. «Krämpfe tauchen in den Memos der CIA zum Thema Folter nicht auf. Krämpfe würden ihre Befugnisse weit überschreiten.»

«Foltern die auch Frauen?» Die Frage ist ernst gemeint. Penny kann sich nicht erinnern, jemals etwas über Foltervorwürfe gegen die CIA gelesen zu haben, bei denen es um weibliche Opfer ging. «Ich meine, wie in Guantánamo?» Sie fängt an zu grübeln. «Waren unter den Kämpfern auch – Moment, ist dieser Wagen verwanzt?»

«Ja, vielleicht solltest du das Thema Al Qaida lassen», sagt Sorry.

Amalia lenkt den weißen Ford Taurus langsam an den Straßenrand vor dem Nicotine und starrt vom Fahrersitz aus nach oben. Für sie ist dies das Haus ihrer Schwiegereltern, das Haus, in dem sie nie willkommen war. Ein Haus voller Asche und Wasser im Keller – nur recht und billig, wenn man bedenkt, wie dessen Bewohner sie behandelt haben.

Als sie anhält, rutscht ihr das Herz in die Hose. Aber nicht etwa, weil das Haus intakt aussieht. Der Anlass ist Matts Wagen. Vor der Garage, dort, wo normalerweise Robs Kleinbus steht, parkt der schwarze Audi.

Sie stellt den Taurus dahinter ab. Sie inspiziert das Nummernschild, um sicherzugehen. Sie schaltet die Zündung aus und bleibt schweigend sitzen. Sie zieht die Handbremse an, nimmt ihre weiße Handtasche und läuft zur Haustür. Sie trägt ein knielanges stahlblaues Kleid mit Zebra-Muster. Ihre Handtasche ist ein langes, schmales, längst aus der Mode gekommenes «Baguette».

Das Klingelschild bietet folgende Auswahl: Jazz, Tony, Anka, Rob, Sorry. Sie hämmert mit der Faust an die Tür. Nichts passiert. Sie stellt den Schalter auf Jazz, weil es der erste Name auf der Liste ist, und drückt den Knopf.

«All my instincts», singt Peter Gabriel. «The grand facade.» Sie hämmert an die Tür. Sie schreit.

Auf dem Dach löst Jazz sich von Matt und geht durch die Tür ihres Glashauses hinaus, um auf die Straße runterzuschauen. «Du bist zugeparkt», sagt sie. «Irgendein Typ hat seinen Wagen hinter deinen gestellt.» Sie kehrt zurück ins Bett.

Splitterfasernackt steht Matt auf und schaut nach unten. «Das ist das Auto meiner Stiefmutter.» Der Song wabert weiter durchs Treppenhaus. «O Gott.»

«Sie kommt nicht rein», sagt Jazz. «Leg dich wieder ins Bett.»

«Du kennst sie nicht», sagt Matt. «Sie ist ziemlich rabiat.»

«Penny hat mir ein bisschen was über sie erzählt. Etwa, dass sie jünger ist als du.»

«Sie ist unsterblich in mich verliebt.»

«Seit dem Tod deines Vaters?»

«Seit ich sechzehn war.»

Sie hören eine Scheibe zu Bruch gehen.

«Verdammt», sagt Matt.

«Ruf doch die Polizei.»

«Das Haus gehört ihr.»

Amalia mustert die Gitterstäbe vor dem Küchenfenster – billige Teleskopstangen, eher dazu geeignet, ein Kind davor zu bewahren, aus einem höher gelegenen Stockwerk zu fallen – und rüttelt daran wie ein Affe an seinem Käfig. Sie ist leicht und nicht kräftig. Die Stäbe geben nicht nach.

Vor allen Fenstern die gleichen Gitterstäbe. Noch mehr Scheiben einzuschlagen wird ihr also nicht weiterhelfen. Sie setzt sich neben den Zu-Verschenken-Karton voller Kätzchen und ruft Matt auf dem Handy an.

«Nimm ab», sagt Jazz.

«Kommt nicht in Frage!»

«Wenn sie nicht bald abhaut, wird das lästig. Wie unsterblich?»

Matt atmet aus und verdreht die Augen.

«Hast du sie gevögelt?»

«Schon seit einer *Ewigkeit* nicht mehr.»

Grinsend federt Jazz auf dem Bett hin und her. «Ich

wusste es, ich wusste es! Ich *wusste*, dass du Pennys Vater bist!»

«Ach, igitt.» Matt geht zurück zum Bett und schlägt ihr mit einem Dekokissen auf den Arm. «Hol mal deine Gedanken aus der *Gosse*!» Er schlägt erneut zu. Noch ein Schlag, und er ist so hart, dass er glatt Amalia vergisst. Die schreibt ihm gerade eine Nachricht auf die Rückseite einer längeren Best-Buy-Quittung, die sie mitsamt einem Stift in ihrer Handtasche gefunden hat:

> Lieber Matt, du brichst mir das Herz. Du liebst mich nicht, das ist mein Problem, aber du bist nicht ehrlich, und das ist dein Problem. Das ist der Ehre eines MANNES nicht würdig. Sag mir, was passiert ist. Mein ganzes Leben lang, dein ganzes Leben lang war ich mir sicher, dass du einsam bist. Aber vielleicht ist das Leben eines alleinstehenden Mannes in New York nicht so einsam. ~~Vielleicht bin ich die Dumme~~, vielleicht hat sich deine Liebe schon vor vielen Jahren in nichts aufgelöst. Aber zumindest habe ich dich nie belogen. Sei ehrlich zu mir, Matt.
>
> Ich liebe dich.

Sie steckt die Nachricht unter einen der Scheibenwischer des Audi und geht zur Bodega – die hat sie gegenüber der Schule entdeckt, als sie zum Haus fuhr –, um Bier zu kaufen. Sie hat vor, es auf der Veranda zu trinken und zu warten.

Rob parkt auf der Straße, weil zwei andere Wagen in seiner Zufahrt stehen. Anka bemerkt das zerbrochene Küchenfenster, und Tony liest die Nachricht an Matts Auto.

«Oje», sagt Tony. «Ihr werdet es nicht glauben. Das hier ist ein Liebesbrief von Pennys Mutter an ihren *Bruder*.» Er schaut sich um und fragt sich, wo Amalia wohl ist. «Könnte das vielleicht ihr Wagen sein?»

Er späht durchs Fahrerfenster des Taurus und sieht Knochenamulette an Lederschnüren vom Rückspiegel hängen.

Rob läuft durchs ganze Haus und sagt leise: «Amalia? Amalia?» Er öffnet Türen, sogar die zum Eimermonster. Aber sie ist nicht da. Als er sein Zimmer betritt, wird ihm klar, dass Matt und Jazz glauben, sie wären allein.

Mit einem Viererpack in einer Tüte, die sie an die Hüfte presst, kommt Amalia von der Bodega zurück und sieht, dass Tony ihre Nachricht an Matt in der Hand hält. Sofort ist sie außer sich vor Schmerz.

«Sie Mistkerl!», schreit sie. «Wie können Sie nur! Das ist ein persönlicher Brief! Mistkerl! Mistkerl!»

«Wir sind uns noch nie begegnet», sagt er. «Deshalb können Sie das so nicht sagen. Hier ist Ihre Nachricht. Ich habe sie nicht gelesen. Ich dachte, das könnte ein Strafzettel wegen Falschparkens sein. Sehen Sie nicht, dass Ihr Wagen teilweise auf dem Gehweg steht?»

Amalia stutzt, ist verunsichert, denn Tonys Behauptung ergibt keinen Sinn (der «Strafzettel» steckte an Matts Wagen). Aber sie schiebt den Beleg in die Handtasche und sagt: «Vielen Dank.»

«Sie erinnern mich an meine Freundin Penny», sagt Tony. «Sind Sie ihre Schwester?»

Sie senkt den Blick. «Mutter. Ich bin ihre Mutter. Aber ich bin nicht sehr viel älter.»

«Dann müssen Sie Amalia sein. Haben Sie ein Bier übrig? Ich hatte einen harten Tag.»

«Sie! Ha!»

«Doch, er war *wirklich* hart. Eine Demo ist aus dem Ruder gelaufen. Ein Mädchen aus dem DJD ist schwer verletzt worden, und Penny und Sorry wurden verhaftet.»

«Penny verhaftet? O Gottogott. Aber egal. Einen Job wird sie sowieso nie finden. Warum sie BWL studiert hat, ist mir ein Rätsel. Jetzt wird sie bei jeder Bewerbung durchfallen, wenn man ihr Vorstrafenregister prüft. Mein unvernünftiges Kind.» Sie wischt sich die Augen. Sie rafft das Kleid ladylike mit einer Hand, geht die Treppe hinauf, setzt sich auf die oberste Stufe, stellt die Handtasche ab und holt ein Bier aus der Papiertüte.

Tony lächelt und sagt: «Keine Panik. Bei der Hälfte aller Jobs da draußen *wollen* sie ein Vorstrafenregister, damit sie weniger als den Mindestlohn zahlen können. Grundrenovierung. Koch. Sozialarbeiter in der Resozialisierung. Hab ich alles schon gemacht.»

Sie stützt die Ellbogen auf die Knie, während sie ihr Bier öffnet und einen Schluck trinkt. Tony nimmt sich auch eines aus der Tüte. Er macht es auf und trinkt es mit einem Zug halb aus.

«Ich arbeite im Personalbereich», sagt sie. «Ich weiß, wovon ich rede. Ich weiß, dass Penny nie einen Job bekommen wird. Schauen Sie sie doch nur an, o Gott. Aber ich war ihr auch ein schlechtes Vorbild und habe immer über meinen Job gelästert. Jetzt will sie bis in alle Ewigkeit arbeitslos sein. Ich war eine schlechte Mutter.»

«‹Nie arbeiten› ist klassische Anarchistentradition. Das passt perfekt zu ihr. Wo ist das Problem?»

«Arbeit kann etwas sehr Wertvolles sein. Ihr Vater hatte eine sinnvolle Arbeit, er half den Kranken. Und ich habe die ganze Zeit Geld verdient, so viel ich konnte. Aber warum? Glück kann man mit Geld nicht kaufen!»

«Es ist ein Symbol. So wie ein hübsches Auto zu haben.» Er schaut missbilligend auf den Audi und hofft, so zu punkten.

«Was ich jetzt brauche, ist Dialektik. Um die falschen Vorstellungen zu überwinden und abzuschaffen.»

«Die Ideologien?», schlägt Tony vor.

«Fort mit den Ideologien. Es ist Zeit für eine Revolution.» Mit züchtig zusammengepressten Knien dreht sie sich zu Tony um und hebt ihr Bier. Er hebt seines, und sie stoßen auf die Revolution an.

«Aber das ist ein Entschluss, den jeder für sich selbst fassen muss», sagt Tony. «Da andere Leute reinzuziehen ist viel zu riskant.»

«Mehr als eine Revolution brauche ich gar nicht. Eine Revolution in *meinem* Leben. Die Rückkehr zu einer sinnvollen Arbeit, die glücklich macht. Haben Sie je von der ‹Arbeitswertlehre› gehört? Was ich wirklich will – kann ich Ihnen vertrauen?»

«Ich bin wirklich ein Mistkerl. Da hatten Sie schon ganz recht. Aber vertrauen können Sie mir.»

«Ich will in meinem Garten arbeiten.»

«Ich liebe Gartenarbeit», sagt Tony und trinkt sein erstes Bier aus.

Amalia und Tony reden weiter auf der Veranda, während Anka Sorrys Handyfilm mit Texten erläutert und auf

YouTube hochlädt. Sie schreibt, Sorry sei eine unabhängige «Beobachterin», und die anonyme Kletterin habe durch die Brutalität der Polizei bleibende Verletzungen davongetragen.

Amalia bleibt zum Abendessen. Matt bleibt oben.

Gegen elf fährt Amalia zurück nach Morristown. Alle möglichen interessanten Sachen, die sie längst vergessen geglaubt hat, stürmen während der Fahrt en masse auf sie ein wie ein Staubteufel mit Armen und Gesicht.

Zu Hause legt sie sich hellwach ins Bett. Sie denkt an Matt, und zu ihrer Erleichterung ist er ihr scheißegal. Sie fühlt sich entsexualisiert. Die ganze dumpfe Geilheit fließt aus ihrem Körper heraus, und die befreite Seele steigt voller Neugier empor, um den faszinierenden inneren Dämon des Verliebtseins auf sich wirken zu lassen.

Sie schläft ein, während der Dämon und ihre Seele, einander umkreisend, über ihr schweben.

Rob und Anka hänseln Tony.

Er verteidigt sich. «Sie leidet an unerwiderter Liebe. Sie ist so einsam, dass sie *gärtnern* will.»

«Ich dachte, du stehst auf Penny», sagt Anka.

«Sie ist die erwachsene, gereifte Version von Penny, sie hat eine Geschichte.»

«Und eine Villa in Morristown», sagt Rob. «Und vielleicht ein großes Haus in Jersey City. Irgendjemand muss diese gepeinigte Maid befreien! Und lieber du als ich.»

Jazz kommt herunter, um Essen und Wein für Matt zu holen. Er bleibt, von Amalia vergessen, über Nacht.

In den nächsten Stunden wird der *#climbit*-Film ein paarmal angeklickt und bekommt eine Reihe negativer Bewertungen. Sorrys wackelige Aufnahme ist nur sechs Sekunden lang. Ankas Texte beschreiben zwar ihr Entsetzen, als der Körper auf dem Beton aufschlägt, aber der Clip endet, bevor Susannah abstürzt.

Penny und Sorry teilen sich die kalte, ungemütliche Zelle in den Tombs mit zwei chinesischen Ladendiebinnen. Es gibt eine Toilette mit Toilettenpapier, ein Waschbecken ohne Seife, nichts zu essen (kein Appetit), keine Hygieneartikel, keine Medikamente und keine Möglichkeit zum Telefonieren, weil sie maximal vierundzwanzig Stunden in Haft bleiben werden. Die farbig verputzten Wände sind schmierig von Kondenswasser.

«Dieser Raum erinnert mich ans Nicotine bei meinem ersten Besuch», sagt Sorry. «So sah's in der Küche aus.»

Penny blutet, aber nicht schlimm. Sie steckt sich Toilettenpapier in die Unterhose und wechselt es etwa jede Stunde. Sie liegt mit dem Kopf auf Sorrys Schoß und konzentriert sich auf den Schmerz. Sie weiß, dass er zu einem Druckgefühl wird, das nicht halb so schlimm ist, wenn sie sich gedanklich darauf einlassen und ihn annehmen kann. Sie hat schon lange keine Menstruationskrämpfe mehr gehabt.

Sorry unterlässt es, ihr über den Kopf zu streicheln oder ihn zu tätscheln. Beide haben das Gefühl, es wäre besser, in den Tombs nichts anzufassen, schon gar nicht jemandes Augen oder Nase. Sie dient ausschließlich als Kissen.

Die Schmerzen erinnern Penny an Norms Tod. Aber

ihre Gedanken umschiffen die üblichen Abgründe. Ihre Umgebung führt sie zurück zu Problemen, die politischer Lösungen bedürfen: Frauen, die keinen Zugang zu Schmerzmitteln haben, Frauen in Ländern, wo man nicht einmal medizinischen Alkohol kaufen kann! Ihr sinnloses Leiden – besonders sinnlos, weil man es so leicht beenden könnte. Als hätten nicht enden wollende Schmerzen einen automatischen Sinn. Als hielten die Agonien eines Eingeweidebruchs, Krebses oder einer Blinddarmentzündung die Menschen davon ab, so etwas überhaupt zu bekommen. Wie nie zuvor erspürt sie die innere Logik von Hospizen. Wenn der Tod schon unausweichlich ist – sagt diese Logik –, muss er auch eine Bedeutung haben, so wie das, was Hiob geschah.

Bei ihren eigenen Schmerzen sucht sie nicht nach einem Sinn. Sie weiß, wenn sie sich darauf einlässt, werden sie irgendwann verschwinden. Und zehn oder elf Stunden später tun sie es wirklich. Sie verschwinden.

Ziemlich genau nach dreiundzwanzig Stunden werden Sorry und Penny entlassen.

Sie bekommen ihre Wertgegenstände zurück, inklusive Sorrys Zigaretten und Pennys Handy. «Ich bin verdammt glücklich, von dir zu hören», sagt Rob, als sie ihn anruft. «Du glaubst nicht, was hier inzwischen passiert ist. Wie geht's Sorry?»

«Frech. Ungebrochen.»

«Gut so. Ich erzähl dir alles später.»

Sorry ist so froh, dass sie von einem Bein aufs andere hüpft. «Ich bin echt verdammt erleichtert», sagt sie und zieht auf dem Gehweg vor dem Gefängnis tief an der ersten

Zigarette. «Die haben nicht mal meinen Führerschein überprüft!»

Auch Penny ist ziemlich erleichtert, aus den Tombs raus zu sein. Mit ihrem Handy ruft sie einen Uber-Wagen und merkt an, dass sie wahrscheinlich schon aufgrund ihres Standorts gleich Werbung bekommen wird, die sich an Kleinkriminelle wendet – und genau so ist es. Sofort erhält sie bei Google-Mail Anzeigen von Kautionsagenturen und Waffenhändlern, die ohne Zuverlässigkeitsprüfung liefern.

«Willst du wirklich bis ganz nach JC raus einen Wagen nehmen?», fragt Sorry. «Ich habe genug Bargeld für den Zug.»

Penny sagt, in Notfällen dürfe sie das Konto ihrer Mutter nutzen. Sie weist den Fahrer an, bei der nächsten Apotheke anzuhalten. Zurück im Wagen singt sie «Ibuprofen» zur Melodie von Händels «Halleluja». Und obwohl sie keine Schmerzen mehr hat, spült sie eine Tablette mit Cola runter. Sie bietet Sorry ein Desinfektionstuch an, und beide reinigen sich Hände, Wangen, Stirn, Nase, Hals und Ohren.

Der Fahrer steuert auf die Einfahrt zum Tunnel zu. Sie sucht nach *#climbit*. Sie sieht sich Sorrys Video an. Es überrascht sie, dass aus dem DJD kein Aufruf erfolgt ist, etwas zu unternehmen.

Sie ruft ihrerseits dort an und fragt, ob die Bewohner nicht auf die Ereignisse am Freedom Tower reagieren wollen. Sunshine antwortet, Susannahs Eltern seien mit der dringenden Bitte in ein Strategiemeeting geplatzt, nichts zu unternehmen, und die Bewohner hätten trotz ihrer Wut eingewilligt. Er sei auf Susannahs Eltern angewiesen – die in einem Hotel in Manhattan abgestiegen und nicht wild darauf seien, mit ihm zu reden –, um zu erfahren, wie es

Susannah gehe. Er wisse auch nicht mehr, als dass sie wieder bei Bewusstsein sei.

Als sie im Nicotine ankommen, ist Rob in der Küche und macht mit Dinkel-Spiralnudeln und Gruyère (eine Spende der Suppenküche, die niemand wollte) Käsemakkaroni. Sorry reklamiert die Dusche für sich, also berichtet er Penny von Amalias Besuch.

Er macht es kurz, nüchtern und sachlich: Amalia kam auf den Spuren von Matt zum Nicotine. Tony nahm sich ihrer an, beruhigte sie und kitzelte ein paar Wertvorstellungen aus ihr heraus, die besser zu einer maoistischen Guerilla als zur Personalleiterin einer Bank gepasst hätten ... «Deine Familie ist voller Überraschungen», schließt er.

Während er berichtet, windet Penny sich vor Verlegenheit und sagt immer wieder «o Gott». Sie schaut wiederholt auf ihr Handy, ruft jedoch ihre Mutter nicht an.

Mit dem Duschen wartet sie bis nach dem Essen, damit der Boiler sich nach Sorrys langem Waschfest wieder komplett aufheizen und auch sie extra lange duschen kann.

Sie schläft in Robs Bett ein. Ihr eigenes Leid ist vergessen, aber im Einnicken zuckt sie immer wieder unter Bildern von Susannahs Sturz zusammen.

Rob beobachtet sie und streicht ihr übers Haar. Als sie schläft, noch vor neun, greift er nach der Flasche mit dem Rest seines teuren Bourbons und geht nach unten, um mit Sorry zu plaudern.

Gegen halb zwölf, etwa vierundzwanzig Stunden, nachdem sie sich verabschiedet haben, schickt Amalia Tony eine SMS und lädt ihn ein, irgendwann mal nach Morristown zu kommen.

Bereits in Schlafkleidung (einem überlangem T-Shirt mit nichts drunter) und mit seinem Tablet im Bett bietet Tony an, schon am nächsten Tag vorbeizukommen. In Wikipedia sucht er nach «Kogi» und liest den Artikel. Er googelt Norm und findet ihn bei Amazon und Google Books. Er liest ein paar Auszüge und beschließt, dass Norm selbst lebend keine Konkurrenz für ihn wäre, denn er war ein enormer Langweiler und besessen von Krankheit und Entschlackung.

Lange nach Mitternacht sucht er auf der Umweltschützerpornoseite («Fuck for Forest»), die er abonniert hat, nach «Kogi». Filme mit diesem Stichwort werden nicht angeboten.

Auf YouPorn sieht er gebührenfrei einem italienischen Teenie beim Spiel mit einem Dildo zu.

Am nächsten Morgen backt Rob Boysenbeer-Pfannkuchen für Penny. Bei leichtem Regen verabschiedet er sie mit einem Schirm aus dem Zu-Verschenken-Karton in Richtung Tranquility. Er geht zurück nach oben und klopft an Jazz' Tür mit den vielen Sprossenfenstern. «Komm rein», sagt sie.

«Hi, Jazz. Wie geht's dem Klima?»

«Überragend.»

«Und der Hausherr?»

«Scharf. Ich lese gerade dieses tolle Buch, die Memoiren von Jean Cocteau.»

«Ich habe gehört, dass der gut war.»

«Er hatte diese fröhliche, lockere Perfektion, der ich immer nachjage, die ich aber nie erreiche. So wie wenn ich einen Müllwagendesigner vögele, der Audi fährt. Er ist nicht wirklich ein Hauptgewinn. Seine Kunstsammlung ist der letzte Schrei in Sachen Porn-Tech. Aber scharf ist er.»

Seufzend setzt Rob sich aufs Bett, damit Jazz seine Gedanken errät.

«Du bist viel zu misstrauisch», sagt sie plötzlich und beugt sich vor, um ihm die Hand auf den Unterarm zu legen. «Als hättest du alles über Sex nur in den Romanen von Houellebecq gelernt. Jetzt glaubst du, wir hätten eine heterosexuelle Marktwirtschaft und du wärst überschuldet – als würde jede Frau, die deinen Schwanz sieht, sofort loslaufen und einen Blog über des Kaisers neue Kleider schreiben. Aber weißt du, was? Wir haben keine heterosexuelle Marktwirtschaft. Mit der Heterosexualität ist es *aus und vorbei.* Wer will denn überhaupt noch Geschlechtsverkehr? Vielleicht ich und mein Hausherr. Jede zweite Frau, die ich kenne, will es mit dem Mund, von jedem zweiten Mann nicht zu reden.»

Er streckt den Arm aus, um eine einzelne Haarklammer sanft wieder an ihren Platz zu befördern, und sagt: «Dabei wollte ich immer ein Hengst mit schwerem Gemächt sein und die Frauen auf meinen Ständer spießen, bis sie nur noch hilfloses, bebendes Protoplasma sind.»

Sie verzieht das Gesicht.

«Ich meine, wenn ich eine Frau lecke, will ich sie irgendwann auch vögeln.»

«Geht mir auch so», sagt Jazz. «Das ist das hetero-normative Paradigma in Aktion. Aber» – sie hält ihre schlanke Faust hoch – «ich komme in die meisten Mädchen mit dem Arm rein.»

Rob schaut auf seine großen Hände hinunter und sagt: «Das wäre bei mir nicht so. Ich habe andere Möglichkeiten.»

«Dann gebrauch deinen Schwanz!»

«Jazz. Genau das sage ich doch. Keine will ihn. Das Vögeln findet im Kopf der Frau statt. Allein kann man nicht vögeln. Du weißt doch, was ich meine. Man macht genau das Gleiche, und je nachdem, ob es gegen ihren Willen oder mit ihrem Einverständnis passiert, ist es eine Vergewaltigung oder der tollste Tag in ihrem Leben. Mädchen werfen nur einen Blick auf meinen Schwanz und sagen: ‹Ooh, Baby, mach es mir doch lieber mit dem Mund.›»

Jazz lacht.

«Aber Gott bewahre, wenn ich eine auch nur darum bitte, mir einen runterzuholen. Selbst die Jungfrauen in der Highschool kamen mir da mit einem ‹Wie bitte? Das hatte ich aber nicht bestellt›. Und du weißt, dass Frauen Erfahrungen austauschen. Wenn ich mich nur einmal ausziehe, war's das. Meine Körperwahrnehmung ist im Eimer. Ich bin von Zurückweisungen so traumatisiert wie ein dickes Mädchen – wie ein *haariges*, dickes Mädchen mit Furunkeln am Hintern, die sie mit einer Drainage austrocknet. Ich kann mir wirklich nicht vorstellen, mich für eine Frau auszuziehen, die nicht in mich verliebt ist – aber weißt du, was? So jemand interessiert mich gar nicht – eine Frau, die mich unter allen Umständen liebt, so als wäre sie meine verdammte Mutter. Dann werde ich lieber zum Mönch. In meiner Familie gibt es seit Jahrhunderten Religiöse. Für mich passt das. Na ja. In gewisser Weise. Nicht wirklich. Ich habe schon Probleme. So richtig glücklich bin ich gerade nicht. Ich will besoffen sein und Tabak kauen, bis sich alles wieder normalisiert.»

Jazz lehnt sich zurück, um nachzudenken. «Hast du es mal mit Bondage versucht?»

«Nee.»

«Genau das brauchst du. Fessle jemanden, und alles relativiert sich. Schau sie einfach nur an. Nach einer Weile kommt sie, wenn du nur ihre *Brustwarze* berührst. Falls du wirklich auf Protoplasma aus bist.»

«Klingt nach Spaß – für sie.»

«Verbinde ihr die Augen, bevor du dir die Hose runterziehst, wenn du so besorgt um deine optische Erscheinung bist! Und lass ständig eine Hand auf ihrem Körper, um sie zu verwirren. Nimm keine Seile oder Gürtel. Nimm Tücher. Und sag nicht ‹aufspießen›. Das ist ekelhaft.»

Er greift zu der Muschelschnecke, die auf dem Bücherregal liegt. Er dreht sie nach rechts und links, hält sie sich ans Ohr, reckt die Arme und sagt: «Ich mag dich richtig gern, Jazz.»

«Ich dich auch, Robby.»

«Jedem anderen würde ich vielleicht leidtun, zumindest *eine Sekunde* lang. Aber von dir kommt immer so was wie ‹Versuch's doch mal mit meiner Lösung, du Jammerlappen›. Immer wenn ich mit dir rede, geht's mir besser. Dabei *wollte* ich gar nicht, dass es mir besser ging.»

«Hast du das Meer gehört?»

«Jup. Es ist noch genau da, wo du es hingepackt hast.» Er legt die Muschel zurück aufs Bücherregal.

Tony faltet sein Klapprad zusammen, um es mit in den Bus zu nehmen. Als Gastgeschenk packt er eine der Tabakpflanzen von Jazz in eine Mülltüte, die er mit einem grünen Band von Anka, das er mitgehen lässt, fest zubindet. (Das Band hat schon tagelang auf dem Küchenfußboden gelegen, also ist es jetzt Gemeingut, findet er.)

Mit Hilfe der Karten-App auf seinem Handy radelt er zu ihrem Haus in Morristown. Als er ankommt, sieht er, dass die schwarzen und braunroten Tupfen auf dem grünen Grund um das H herum große Hemlocktannen und Rotbuchen sind. Er betätigt den einzigen Klingelknopf, BAKER, auf einem schwarzen Paneel, auf dem noch Platz für mehr Knöpfe wäre, und Amalia drückt den Summer, um ihn einzulassen.

«So viel Platz und kein Garten», sagt er. «Mit so viel Land könntest du dir eine Herde Zwergschafe halten.» Er überreicht ihr die Tabakpflanze.

Sie stellt sie auf die gemauerte Veranda und lacht geschmeichelt. «Ja, ziemlich groß, oder? Norm hat clever investiert.»

«Tut mir leid wegen ihm», sagt Tony. «Ich meine, dass er gestorben ist. Wenn er noch am Leben wäre, würde ich wahrscheinlich nicht hier stehen –»

«Er war alt und krank. Ich war seine zweite Frau, verstehst du? Sehr viel jünger.» Sie lächelt. Sie trägt schwarze Leggings und ein weißes T-Shirt. Der Stil ist von Penny inspiriert, oder besser, sie hat ihn sich direkt von ihr geborgt, denn ein Teil von Pennys Sachen liegt noch immer oben in einer Schublade. «Kaffee?», fragt sie.

Als die Unterhaltung erlahmt, führt sie ihn auf dem Grundstück herum. Er pflanzt den Tabak in eine flache Kuhle, ohne Wasser und Dünger. Sie wärmt den Lunch auf. Sie essen, reden immer wieder mit langen Pausen.

Nach dem Lunch fährt Amalia mit Tony zum botanischen Garten und sagt, vielleicht werde sie das inspirieren.

Pflichtbewusst liest sie die Schilder an den Rosen und Kamelien. Sie steht verzaubert vor einer Topfpalme und merkt an: «Wie kann die nur im Winter überleben?» Sie berührt die Blätter, um zu sehen, ob sie aus Plastik sind. Im Kräutergarten zeigt sie entzückt auf den Oregano und sagt, den habe sie schon in Spaghettisoße gegessen.

«Du hast keinen blassen Schimmer von Gärten, oder?», fragt Tony weit hinten im Arboretum.

«Nein! Ich hab dir doch gesagt, dass ich als Personalleiterin arbeite.» Sie beginnt zu laufen, ergreift im Vorbeigehen mit einer Hand den Stamm einer Kiefer und schwingt sich darum herum wie ein Teenager. Ihr langes Haar wirbelt. Tony verspürt eine vage Erregung.

«Ich dachte, du stammst von einem Naturvolk in den Bergen ab. Subsistenzlandwirtschaft oder so.»

«Ich habe gelernt, in den Wäldern Essbares zu sammeln. So habe ich überlebt, als ich abgehauen bin.»

«Schon toll, dass du abgehauen bist und überlebt hast.»

«Ha. Für Mädchen ist es immer einfacher abzuhauen. Du musst nichts mehr teilen! Ha, das klingt übel. Aber es ist ein anderes Leben, wenn man nichts hat. Jetzt teile ich gern.»

Tony greift nach ihrer freien Hand. Sie bleibt stehen und schaut erwartungsvoll zu ihm auf, und er küsst sie.

Am Sonntag besucht Penny ihre Mutter.

«Du wirst es nicht glauben», sagt Amalia. «Aber ich habe einen Liebhaber.»

«O Gott, Mom! Hör auf!»

«Warum?»

«Ich weiß schon Bescheid. Ich kenne ihn. Tony.»

«Ich hätte nie gedacht, dass ich noch mal Leidenschaft erleben würde. Aber Leidenschaft ist ein Teil von mir. Sie war die ganze Zeit da, und jetzt kann ich sie ausleben. Ich freu mich so. Freu dich für mich mit.»

«Matt wird bestimmt erleichtert sein. Ich habe gehört, du hast Tony kennengelernt, weil du hinter *Matt* her warst. Dieses *Arschloch*! Mich behandelst du wie ein *Stiefkind*, und verknallt bist du in dieses *Arschloch*.» Penny wischt sich die Augen und schnäuzt sich in eine Serviette.

Schwerer Seufzer. Langes Schweigen. «Tony war in dich verliebt», sagt Amalia. «Das weißt du doch, oder? Aber jeder macht mal einen Fehler. Die Liebe sitzt tief in einem drin, und dann trifft man auf den falschen Menschen. Menschen fließen über vor Liebe. So war es auch bei mir. Ich habe mein Leben lang den falschen Mann geliebt –»

«Dad war der falsche Mann?»

«Nein, er hat mich gerettet.»

«Vor was? Matt? Patrick hat mir erzählt, dass Matt dich missbraucht hat. Weißt du noch, wie er versucht hat, mich zu vergewaltigen? Matt ist ein *Arschloch*.»

«Warum hörst du auf Patrick? Er hasst mich. Was glaubst du, warum er so weit entfernt lebt?»

Penny schweigt.

«Patrick war ein Kind. Er hat geglaubt, Liebe sei Händchenhalten.»

«Du warst genauso alt wie er!»

«Ich hatte keine Familie in Cartagena. Ich war ein großes Mädchen und ganz allein. Matt war ein Junge. Du behauptest, er hat mich missbraucht. Was, wenn es umgekehrt war? Wenn ich ihn missbraucht habe? Denk nach, meine Kleine.»

Penny denkt nach.

Sie denkt über Norms Bemühungen nach, Amalias unzureichende Erziehung nachzuholen. Katie und er gaben ihr reichlich zu essen, schöne Kleidung und einen sicheren Ort zum Schlafen, warteten, bis ihr klarwurde, dass Kinder einfach deshalb ein Anrecht auf kostenlose Nahrung, Obdach und Kleidung haben, weil sie Kinder sind. Inzwischen jedoch, zu Hause auf der Ranch ... Penny kennt Fotos vom jungen Matt. Ein gefühlvoller, attraktiver jugendlicher Herzensbrecher, Amalias erste unschuldige Schulmädchenschwärmerei. Das ideale Objekt – das perfekte Opfer – für ein Mädchen, das darum kämpft, die Manipulationen, denen es unterworfen gewesen ist, auszuagieren. Denn auch das ist Liebe. Vielleicht ist keine Liebe bedürftiger oder intensiver.

Eine Wirklichkeit, so wandelbar wie Schatten auf Rauch.

Sie versteht, dass Norm Amalias Avancen zurückgewiesen hat, weil er ein guter Mensch war, und dass Matt ihnen nachgegeben hat, weil er weder gut noch ein Mann war. Sie versteht das Paradoxon, dass sie Männer begehrt, die sie zurückweisen. Das ewige Rätsel der Partnersuche. Sie verbirgt das Gesicht in den Händen und sagt: «Nein. Ja.»

«Letztendlich habe ich Norm geheiratet, weil er mich geliebt hat. Du weißt doch, wie er mich geliebt hat.»

«Das stimmt», sagt Penny. «Er hat dich geliebt.»

«Ich habe ihm vertraut. Er hat mir ein gutes Leben ermöglicht und eine so wunderbare Tochter geschenkt. Und er war derjenige, der mich gerettet hat. Ich werde niemals preisgeben, wovor er mich gerettet hat.»

Penny lehnt sich zurück und schüttelt den Kopf, als fielen dadurch die ganzen Flausen heraus. «Komm schon, Mom», sagt sie. «Erzähl mir was, das ich noch nicht weiß. Ich lasse mir gern berichten, wie es wirklich war.»

«Die Vergangenheit ist vorbei», sagt Amalia. «Norm hat mir beigebracht, dass alles eins ist.»

«Die Tatsachen sind nicht alle eins!»

«Doch. Sogar die Tatsachen sind miteinander verknüpft. Es gibt so etwas wie Energieerhaltung. Wenn sie dich schlagen und vergewaltigen, werden sie schlecht, und du wirst gut. Solange es Leben gibt, wird sich diese Balance nicht ändern.»

Penny kann Amalia nicht recht folgen. Sie will, dass ihre Worte Sinn ergeben. Aber sie klingen ihr sehr nach im Gewand des Mystizismus daherkommenden Ausflüchten, so als redete Amalia um etwas Großes, Unverrückbares herum. Sie vermutet, Norm und Jazz haben ähnliche Ausflüchte als Vernunft verkauft, aber zumindest – glaubt sie –, *zumindest ergaben die Sinn*. Sie möchte ähnlich Überzeugendes von ihrer Mutter hören. Den Eindruck einer Erkenntnis, den sie eben hatte, als Amalia auf die sexuelle Unerfahrenheit des jungen Matt hinwies, will sie zurückhaben.

«Das Leben ist wie Wasser», erklärt ihr die Mutter jetzt sanft, «das in den Ozean fließt und hoch zu den Wolken aufsteigt, um dann auf die Hügel zu regnen. Es kann sich nur selbst verzehren. Ein Fluss isst Wasser. Wenn er genug Wasser bekommt, ist der Fluss ein richtiger Fluss. Dann kann er mühelos viele große, schwere Dinge tragen.»

Auf der Suche nach Fakten, an die sie sich klammern kann, blitzt plötzlich ein Bild von Norms Körper in Pennys Kopf auf. Aufgedunsen und vollgesogen mit Wasser, den violetten Arm hochgereckt, schaukelt er in den seichten Pfützen eines Trockenflusses im westlichen Peru. So ein Bild will sie wirklich nicht. Es ist, unter anderem, extrem kontrafaktisch.

Amalia sieht ihre unglückliche Miene und fügt hinzu: «Verstehst du jetzt? Der Fluss ist das Leben. Das ist die Bedeutung der kosmischen Schlange.»

«Was? Der Fluss ist eine Schlange?»

Amalia nickt, und Penny schüttelt den Kopf. Sie atmet tief ein und sagt: «Patrick hat mir von Katie erzählt.»

Amalias diffuse Feierlichkeit weicht unverhohlenem Verdruss. «Nicht dieses Thema», sagt sie. «Katie war meine wahre Mutter. Fang nicht von ihr an.» Sie steht auf und holt ein Papiertaschentuch aus dem Spender, um sich die Nase zu putzen.

«War es so, wie Patrick gesagt hat? Ist sie einfach verschwunden?»

«Was hat er dir erzählt?»

«Ich will erst deine Version hören.»

«Sie ist in ein Taxi gestiegen. Zum Abschied hat sie gewinkt. Das ist alles.»

«Das ist alles?»

«Wir hatten uns gestritten. Norm meinte, sie brauche Frieden und Ruhe. O Gott, er hat überall nach ihr gesucht. Und wir wussten von Anfang an, dass sie gekidnappt oder tot sein musste, denn sie hat uns so geliebt. Die Polizei hat uns überhaupt nicht geholfen. Damals war es ziemlich übel in Kolumbien.»

Amalias Augen sind jetzt nass, und Penny sagt: «Tut mir leid.»

«Die Jungs und ich haben das Land sofort verlassen.»

Penny atmet noch einmal tief durch und wirft die Angel nach einer weiteren möglichen Wahrheit aus. «Ein paar Leute meinen, Matt wäre mein Vater.»

«Haha», sagt Amalia mit demonstrativem Sarkasmus. «Nachdem ich Norm geheiratet hatte, haben wir uns nie wieder angerührt. Ich war eine gute Ehefrau. Ich habe Matt wie eine Mutter geliebt, bis Norm starb. Ich habe ihn dreißig Jahre nicht mehr angerührt. Aber wen interessiert schon dieser Müllmann? Hier, ich zeig dir was.»

Sie kramt in ihrer Handtasche herum und sucht nach der Nachricht, die sie Matt auf die Rückseite der Best-Buy-Quittung geschrieben hat.

«Hier, lies das. Der erste Liebesbrief meines Lebens an Matt, mit nur einem Thema – wie sehr ich ihn hasse. Und weißt du, warum ich ihn hasse? Weil ich ihn liebe, aber es ist eben unmöglich, ein Arschloch zu lieben. Ein Arschloch wie Matt kann man nur hassen, es sei denn, man ist ein Wurm.»

Penny liest die Nachricht. «Ja, du hasst ihn ziemlich!»

«Im Vergleich mit Norm ist er ein Wurm.»

«Er ist ein Wurm im Vergleich mit den meisten Würmern», sagt Penny und gibt ihr den Zettel zurück. «Als du schlagen und vergewaltigen gesagt hast –»

«Hör auf! Er war mein Liebhaber, kein *para*! Glaubst du, er ist ein schlechter Mensch, nur weil er dumme Schlampen aus dem Internet vögelt? Das ärgert mich auch. Aber deshalb ist er nicht schlecht. Kidnappt und foltert er sie? Bringt er ihre Familien um? Nein. Er ist kein schlechter Mensch. Er ist *normal*. Er kann einfach nicht lieben, und das ist normal. Norm war ein besonderer Mensch.»

Penny gibt sich große Mühe nachzudenken. Die Worte

ihrer Mutter legen die Messlatte ein ganzes Stück tiefer, indem sie Matt normal nennt, denn schlecht sind Kriegsverbrecher. Sie fragt sich, ob das Einblick in mehr als ihren, Pennys, Kopf gewährt. «Aber als du jung warst, hast du Matt doch geliebt», beharrt sie.

«Ich war geil wie ein Wurm!»

In den Worten schwingt ein Echo von pauschaler Verurteilung der Sexualität mit – obwohl auch dieser Nachklang vielleicht nicht durch die Worte, sondern nur durch ihren Kopf hallt –, und sie geht in die Defensive: «Was ist daran so schlimm?»

«Möchtest du mit einem Wurm schlafen? Einem sich windenden Wurm? Oder mit einem Mann, der dich liebt?»

Penny legt die Stirn in Falten. Sie schüttelt den Kopf. Sie öffnet den Kühlschrank und wechselt zum Thema der sofortigen, erstrebenswerten Verfügbarkeit von Schinken-Tomaten-Sandwiches.

Sie schneidet ein paar Tomaten auf, sehr dünn.

Am frühen Abend steht Jazz auf der Terrasse von Matts Wohnung; sie trägt ihre Fetisch-Heels und einen Strumpfgürtel. Eine Brise vom Hudson her lässt ihre Haare flattern, weht sie in Augen und Mund (die Wohnung liegt im achtzehnten Stock, und der Wind bildet manchmal ums Haus herum Wirbel aus), während sie raucht. «Hey, Jazz, ich will was ausprobieren», sagt Matt.

Sie schaut nach drinnen. Er liegt rücklings auf dem Sofa und trägt seinen blauen Morphsuit, das 3-D-Headset und ein blaues Kondom. Der aufgeklappte Laptop auf dem Beistelltisch ist auf seinen Schritt gerichtet.

«Du siehst ultrapervers aus», sagt Jazz.

«Ich habe eine Viagra genommen, passend zum Outfit. Setz dich auf meinen Schwanz.»

«Und was siehst du dann?»

«Dich auf meinem Schwanz.»

«Vor welchem Hintergrund?»

«Geheim.»

Sie lässt sich auf seinem Schwanz nieder, zieht Matt – ohne zu zögern und ohne dass er sich wehrt – das Headset vom Kopf und setzt es sich auf. Sie sieht sich rittlings auf einem schwarzen, schuppigen Monster sitzen. Die seltsame Perspektive bringt sie aus der Balance. Sie steigt kurz ab und legt so die mit grausamen Widerhaken versehene Spitze seines riesigen Penis bloß. «Was *bist* du?», fragt sie. «Priapus das Schuppentier?»

«Magst du keine Schuppen?» Er setzt sich auf, dreht den Laptop so, dass sie den Kopf des Monsters sieht – ungefähr wie der eines Vielfraßes –, während er ein paar Einstellungen ändert. Die Schuppen verschwinden.

«Gib dir ein gutes Fell», schlägt sie vor. «Glänzend, wie ein Nerz.»

«Warum nicht», sagt er. «Ich mag dich mit dieser Maske.»

«Hat das Headset eine Kamera?»

«Dieses Modell nicht. Soll ich eins mit Kamera besorgen?»

«Ich weiß nicht», sagt sie, während sie ihn fickt. «Kommt mir ziemlich neu vor – oah.» Der Arm des gigantischen Wiesels taucht im Bild auf. Matt justiert etwas, und schon ist das schwarze Schuppenmonster wieder da. Es presst seine Hände auf ihre Ohren. Sie sieht, wie sein gezackter Penis ihre Haut zerfetzt, und seine Hüften sind mit ihrem Blut getränkt. Sie schließt die Augen, und Matt schaltet den Ton an – durchdringende Schreie. Sie drängt seine Unterarme hoch. Zerrt an den Fingern. Sie bekommt die Kopfhörer nicht ab. Sie öffnet die Augen, versucht, das Monster ins Gesicht zu schlagen, und haut, vom Headset geblendet und völlig aus dem Gleichgewicht, daneben.

Mit einer Hand tastet sie über den Beistelltisch und schlägt den Laptop zu.

Matt streift ihr das Headset ab und lässt es auf den Teppich fallen. Sie schüttelt die Haare und schaut nach unten. Obwohl er durch den komplett blauen Morphsuit kaum zu erkennen ist, wirkt er entspannt. Amüsiert.

Der Kopf signalisiert ihr absolute Selbstbeherrschung. Der Körper versucht auszuatmen und kann es nicht. Die Lungen beben, als bräuchten sie einen Defibrillator. Sie fühlt sich wie gelähmt.

In seinen Augen sieht sie gequält aus. Gut, denkt er. Steht ihr. Sieht aus wie aufgespießtes Protoplasma, dabei ist er noch lange nicht fertig. «Kleine Pause?», fragt er.

Er hindert sie nicht daran, aufzustehen und auf den Balkon zu gehen. Ihre Augen sind weit aufgerissen. Sie ergreift mit beiden Händen das Geländer und setzt einen Fuß auf einen Pflanzkübel.

Er erkennt, was sie vorhat, und mit einer blitzartigen Dreipunktlandung ist er bei ihr. Bevor sie springen kann, steckt er schon wieder in ihr, sein Schwanz treibt sie in seine Arme. Sie wehrt sich und versucht freizukommen, über das Geländer, aber er lässt sie nicht los.

Will sie lieber sterben? Na gut, dann soll sie es versuchen. Er weiß, dass dies die falsche Entscheidung wäre, und er wird sie nicht ihr überlassen. Sein Körper und Gewissen sind eins. Diese Art von Sex kannte er bisher nicht. Sex als lebensspendender Akt – die höhere, spirituelle Art von Sex, von der Priester und Rabbis immer reden. Von der er bisher glaubte, sie existiere nicht. Er denkt zurück an die Szene mit der Pistole, als er noch dachte, es gäbe vielleicht nichts Geileres als zu töten, und er fühlt sich wie Saulus auf der Straße nach Damaskus. Er hat sich so getäuscht. Das Leben ist geil. Nicht der Tod. Er rettet ihr das Leben, weil er sie lebend braucht, damit er ihr erneut das Leben retten kann. Diese Rettungsaktion ist genauso zirkulär wie atmen, damit man mehr atmen kann. Reines, selbstmotiviertes sittliches Handeln. Der kategorische Imperativ. Tugend, die sich selbst ihr Preis ist. Liebe, die Leben spendet, das Liebe spendet. Die kosmische Schlange, die sich in den eigenen Schwanz beißt.

Inzwischen sind zwei Minuten vergangen, und er kann sich ein Leben ohne Liebe nicht mehr vorstellen. Er zieht sie zurück in die Wohnung, wo sie sicher ist.

Beim Überqueren der Türschwelle entspannt sie sich plötzlich, fällt mit einem hohen Jammerton gegen ihn, und Ton und Bewegung zusammen sind zu viel für ihn. Er kommt so heftig, dass es im Kondom schäumt. Es liebkost ihn wie sanfte Lippen, während er tief in ihrem Körper steckt.

Er stellt sich vor, wie es sich anfühlen könnte, sie zu schwängern. Die Macht dazu hätte er. Er könnte ihr ein Leben schenken, das ihres überdauert. Oder sogar mehrere. Er könnte ihr Nachkommen schenken wie Sand am Meer.

«Es ist aus mit uns», sagt sie nach dem Duschen.

«Nein, ist es nicht!», sagt er. «Bist du verrückt?»

Matt setzt Jazz vor dem Nicotine ab. Sie rennt die Treppe hinauf, wirft sich bäuchlings aufs Bett und schluchzt los. Es ist zehn Uhr abends.

Rob hört sie weinen. Er legt den Jean Cocteau aus der Hand und wirft einen kurzen Blick durch die Fliegentür. Er zieht seinen gestreiften Sommerbademantel an und geht hinüber in ihr Zimmer. «Jazz», sagt er.

«Ich bin so eine Idiotin. Warum bin ich nur so eine Idiotin?»

«Du musst mir schon eine Frage mit Inhalt stellen.»

«Warum habe ich nur Matt gevögelt?»

«Höre ich da etwa eine Vergangenheitsform?» Er setzt sich und legt ihr die Hand auf den Rücken. «Ist was passiert?»

Sie dreht sich um und sagt: «Bitte bleib ein bisschen hier. Leg dich neben mich, so wie auf der DJD. Bleib bei mir.» Er legt sich hin, und sie starrt ihm in die Augen. «Rob», sagt sie und hält seinen Kopf zwischen ihren Händen. Dann lässt sie die Hände sinken, drückt das Gesicht ins Kissen und weint.

«Was zum Henker ist denn passiert?»

«Das ist schwer zu erklären. Aber es war *verkehrt*. Es war einfach *verkehrt*. So was in der Art, dass du weißt, wenn er das macht, tickt er nicht ganz richtig.»

Rob legt den Arm um sie und zieht sie an sich. «Schon in Ordnung. Es ist vorbei, und du wirst es schnell vergessen.»

«Ich dachte, ich wäre so knallhart.»

«Ach was! Du doch nicht. Du bist das süßeste Mädchen, das ich kenne.»

«Und ich mache dich an.»

«Ja», sagt er und rückt ein Stück von ihr ab.

«Geh nicht weg. Bleib. Mach Liebe mit mir, Robby.»

Er rückt noch weiter von ihr ab und setzt sich auf. «Das ist jetzt nicht besonders nett! Meiner ist zu klein, um dich zu ‹ficken› wie all die anderen, aber ‹Liebe machen› darf ich mit dir? Soll ich dir vorher die Augen verbinden?»

Jazz verbirgt ihr Gesicht und fängt wieder an zu weinen.

«Weine nicht!»

«Dann tu mir nicht so weh», sagt sie. «Mach nicht so ein finsteres Wesen aus mir, das nichts als ficken kann. Das Leute fickt und sie nicht liebt.»

«Das habe ich nicht getan. Niemand würde das tun.»

Er legt sich wieder hin und nimmt sie in die Arme. Auf seine bescheidene Weise ist er sofort steif. Sie lächelt und reibt ihre schiefe Nase an seinem Bademantel. Sie küssen sich. Er schaut sich um. «Wo bunkerst du deine Kondome?», fragt er. «Ich habe keine –»

«Lass es gut sein. Schlaf einfach mit mir. Ich bin zu dünn, um einen Eisprung zu haben, und du hattest noch nie im Leben Sex, also was soll's? Ich möchte dich spüren, deine Haut und deine Wärme, verstehst du? Nicht mit einem medizinischen Gerät gevögelt werden. Ich bin es so was von leid, mit Schutzanzug zu vögeln – und mit Gleitgel, um vorzutäuschen, dass ich geil genug bin, um mich mit Schutzanzug vögeln zu lassen – und Rollen- und Phantasiespiele und alles Mögliche zu spielen, nur um mich von der Realität abzulenken, dass ich gerade mit Schutzanzug gevögelt werde!»

«Du bist ja völlig von der Rolle», sagt er. Er umarmt sie wieder. Er umschlingt ihre Schultern, ihren Hintern, ihre Hüften. Er küsst sie zögernd und ist schnell außer Atem. Er zittert, und sein Herz rast. Sie macht sich klein und kuschelt sich in seine Arme. Sie schieben sich die Unterwäsche vom Hinterteil auf Kniehöhe und erledigen den Rest mit den Füßen.

«Ich glaub das alles gerade nicht», sagt er, küsst sie und berührt mit seinem nackten Schwanz ihre Scheide.

«Bist du schon drin?», fragt sie.

Er lacht und gleitet hinein.

In dieser Nacht leidet Matt an Schlaflosigkeit – jener Art Schlaflosigkeit, die einem Mann das Leben rettet.

Er macht sich furchtbare Sorgen um eine Frau, die nichts mit ihm zu tun haben will, und je mehr Sorgen er sich macht, umso mehr spürt er, dass seine Sorgen berechtigt sind. So funktioniert die Liebe nun mal. Sie packt zu, zieht einen mit und wird zur Lawine, und ihre natürliche Heimat ist die Hölle. Immer wieder ruft er Jazz an, aber ihr Handy ist ausgeschaltet, und das ist auch klar, denn er hat versprechen müssen, nie wieder Kontakt mit ihr aufzunehmen. Aber das heißt nicht, dass sie keinen Kontakt mit ihm aufnehmen wird, oder? Er überlegt, ein Schlafmittel einzuwerfen und einen Absacker zu trinken, aber er will noch nicht schlafen. Er will, dass sein Telefon klingelt und dass Jazz dran ist, um zu sagen, dass sie ihn braucht.

Es ist so still. Auf der anderen Seite des Hudson produziert die Stadt, die niemals schläft, ihr gewohntes Rauschen. Daneben schwebt Fort Lee wie eine Hängematte aus Beton, voll schwitzender Schnarcher. Keine Geräusche außer denen des frühmorgendlichen Verkehrs auf den Brücken- und Tunnelzufahrten, krächzender Krähen und kleiner Babys. Er steht auf, zieht sich an und setzt sich ans Steuer seines

Autos, wo Einschlafen lebensgefährlich wäre. Gut also, dass es ihm den Schlaf geraubt hat.

Jetzt braucht er die Stadt. Er fährt über die George Washington Bridge und die West Side hinunter zu einem Strip Club, in dem er eine Hostess kennt. Früher hat er geglaubt, die sei wild. Er saust daran vorbei und biegt auf der 23rd nach links ab zum NYU-Wohnheim der Freundin, mit der er sich zerstritten hat. Er denkt daran, sie in ihr stumpfsinniges Gesicht zu ficken, während sie mit dem rosafarbenen Vibrator in ihrem Hintern spielt, und biegt wieder nach Süden ab, um durch den Holland-Tunnel nach Bayonne zu fahren. Warum nicht einfach arbeiten gehen? Es ist vier Uhr morgens. Der Himmel wird schon heller. Bald werden die Vögel singen.

Als er aus dem Tunnel kommt, sind ihm noch weitere Möglichkeiten eingefallen. Er versucht, sich zu entscheiden. Immer dagegen. Zu allem sagt er nein. Zum Kaffee, zum Essen im Diner, zum spontanen Ausflug nach Vermont. Der Wagen zieht weite Schleifen, wie ein Bussard, der sein Revier markiert. Dann landet er.

Matt tritt die Haustür des Nicotine ein.

Er kennt das leise Klicken des Schnappschlosses beim Schließen, deshalb ist er nicht überrascht, wie leicht es bricht. Das einzige Geräusch ist das Splittern des Türrahmens etwa einen halben Meter oberhalb und unterhalb des Riegels.

Sorry wacht auf. Sie hört Schritte die Treppe hochstürmen und schreit: «Hey, da ist jemand im Haus!» Anka gähnt, dreht sich auf die Seite, öffnet die Augen und wählt

911. Tony späht, eine leere Weinflasche in der Hand, in den Flur. Aber Matt ist schneller, er sprintet schon die letzten Stufen hinauf.

Er läuft mit großen Schritten über das Dach und öffnet Jazz' Tür. Rob steht auf und tritt ihm nackt entgegen. Ein flaumiger, goldener Junge mit Massen flauschiger Schamhaare, wie ein Hippiemädchen. Damit hat Matt nicht gerechnet. Er öffnet den Mund, um etwas zu sagen, geht in die Knie und schlägt Rob hart in den Magen.

Rob fällt. Matt versetzt ihm einen Fußtritt zwischen die Beine. Er greift sich Jazz' Sessel und stellt eines der Beine auf Robs Nabel, dann kniet er sich darauf.

Rob ist zu geschwächt, um zu schreien. Er kann kaum atmen. Das Bein dringt nicht durch seine Bauchdecke, rutscht aber weiter, als er sich dreht. Auf Hüfthöhe drückt es die Bauchhaut nun so weit herunter, dass sie die seines Rückens berührt. Es sieht aus, als würde es gleich ein Loch hineinstanzen.

Matt federt auf dem Stuhl auf und ab, als brächte er mit Fug und Recht und kaltlächelnd ein bösartiges Tier um, aber es ist Rob.

Schließlich findet Jazz, vor dem Bücherregal kniend, die Pistole wieder, die auf den Boden gefallen ist, als sie sie das letzte Mal hinter den Büchern verstecken wollte. «Matt», sagt sie, um seine Aufmerksamkeit zu gewinnen: «Matt.»

Er hebt den Blick und sieht sie. Sie kniet nicht mehr. Sie ist nackt und barfuß, wie Rob. Er hat sie noch nie nackt gesehen. Diese Erkenntnis macht ihn wirklich sehr, sehr wütend.

Er steht auf, tritt Rob einmal in die Rippen und geht auf sie zu. Sie wedelt mit der Pistole, damit er sie bemerkt.

Auch Tony, der mit der Weinflasche hinter Matt steht, sieht die Pistole. Jazz wirft ihm einen warnenden Blick zu, so als stünde er vielleicht im Weg, also dreht er sich um und rennt die Treppe hinunter. Matt rennt ihm nach. Jazz auch. Es folgt ein atemloses Poltern und Rennen die rutschige Holztreppe hinab, ohne dass ein Schuss fällt. An Anka vorbei, die sich, noch immer in der Notruf-Warteschleife, inzwischen in ihrem Zimmer verbarrikadiert hat (weil Tony schrie: «Sie hat eine Pistole!»), und hinunter zum ersten Stock, wo Sorry unschlüssig mit der Hand an ihrer Türklinke im Flur steht. Tony stößt sie ins Zimmer, folgt ihr hinein und schließt die Doppeltür hinter sich ab.

Da er niemanden mehr vor sich hat, dreht Matt sich zu Jazz um.

Er kennt diesen Gesichtsausdruck. Er hat ihn erst unlängst gesehen, als sie kurz davor war zu springen. Nur dass sie ihm jetzt die Pistole vor die Nase hält.

«Lass uns hier verschwinden und ficken», sagt er. «Ich will dich jeden Tag für den Rest meines Lebens. Heirate mich.»

Sie geht einen Schritt auf ihn zu und schließt instinktiv die Augen, um sie vor dem Regen aus Fleisch und Knochensplittern zu schützen.

Er sieht zwei Möglichkeiten. Er kann sich umdrehen, die Treppe runterlaufen und ihr so den Rücken als Ziel bieten. Oder er kann es mit der naheliegenden Vermutung probieren, die Tür neben ihm führe in ein Zimmer, das zumindest ein Fenster zum Dach der Veranda hat.

Er stößt die Tür auf und duckt sich ins Eimermonster-Zimmer.

Jazz ist dicht hinter ihm. Er vergibt die Chance, die Tür

hinter sich zu schließen. Jazz steht im Rahmen. Er dreht sich um und knickt leicht in den Knien ein, wie zuvor, als er Rob geschlagen hat. Er glaubt, er könne auf sie losgehen und sie niederschlagen. Er glaubt, sie werde nicht abdrücken.

Sie visiert einen unteren Eimer am Rand an und feuert. Die Kugel streift das Gummi und gräbt ein kleines Loch in den Putz.

Er schaut an sich herunter und tastet die Vorderseite seines Körpers ab. Er wirkt unsicher.

Sie tritt in den Flur zurück und schließt die Tür. Sie lässt die Pistole sinken.

Matt ist allein mit dem Monster, das jetzt anfängt zu schwanken. Der Streifschuss hat es in Bewegung versetzt. Ein Eimer ist getroffen, die Symmetrie gestört. Das Monster ist aus der Balance gebracht.

Matt geht zum obersten Brett und versucht, die Bewegung anzuhalten. Daraufhin beginnt das andere Ende zu schwanken. Auf ihn zu und wieder zurück. Das zweite Brett von unten fängt an, auf einem wächsernen Film von fermentiertem Kot ganz leicht zu verrutschen, und zwei Eimer weiter oben wackeln und schwappen über. Das Monster bewegt sich in Wellen. Es flattert. Es stößt gegen die Wand. Das Patt zwischen Architektur und Schwerkraft ist vorbei.

Das Monster versperrt den Zugang zum Fenster, und Tony (er hat die kräftigsten Hände, und Sorry umklammert seine Hüften, um die Bodenhaftung zu verstärken) hält die einzige Tür von der Außenseite fest geschlossen. Matt tritt gegen das Schloss, bevor er merkt, dass die Tür nach innen aufgeht. Er zerrt an dem glatten gläsernen Türknauf, bis ihm die Fingernägel weh tun. Er tritt hart gegen die solide Türfüllung aus Kastanienholz, aber die hält stand.

Mit einer angedeuteten Bewegung, wie ein Sämann, der nach hinten ausholt, um sein Korn zu verteilen, bricht die Mauer aus Eimern in sich zusammen.

Matt rutscht weg und fällt. Er heult auf, als risse man ihn in Stücke. Er kniet in Jahre alter Scheiße und Pisse und versucht zu telefonieren. Er kann das Display nicht erkennen. Die unbeschreibliche Substanz steht zwei Zentimeter hoch im Zimmer und kriecht unter der Tür hindurch in den Flur. Unter Matts Füßen sickert sie durch Lücken zwischen den Bodenbrettern, was an der Küchendecke einen neuen dunklen Fleck entstehen lässt. Über dem Küchentisch bildet sich eine große, zähe Tröpfchenblase, wie ein Stalaktit.

Matt hört auf herumzulärmen. Die Lage ist bedrohlich. Was macht er hier eigentlich?

Er schaut auf das Fenster, rechnet damit, dass jeden Moment auf ihn geschossen werden könnte, fragt sich, wie er auf diesem eisglatten Boden in seinen Ledersohlen an diesem Berg von Eimern vorbeikommen soll. Er klebt vor unbeschreiblichem Dreck, und am schmutzigsten sind seine Hände. Er hat ein Haar oder eine Wimper oder sonst was im Auge, aber er kann nichts dagegen tun. Er gerät in Panik, aber ohne sich zu bewegen, denn er möchte nicht noch einmal ausrutschen und fallen.

Anka kommt die Treppe heruntergeschlichen und flüstert: «Hast du ihn getroffen?»

«Nicht mal annähernd», sagt Jazz.

«Rob sieht übel aus.»

«Ihr solltet alle abhauen. Verschwindet einfach.»

Anka rennt wieder hinauf.

Sorry, Tony und Jazz bemerken, dass die Substanz aus

dem Zimmer zu sickern beginnt. Sorry lässt Tony los, der wiederum den Türgriff loslässt. Jazz sagt zur Tür: «Matt! Ich warte!»

Sorry und Tony hasten die Treppe hinauf zu Rob, der auf dem Dach liegt, noch halb in Jazz' Zimmer. Die Blutpfütze unter ihm ist nicht größer als einen halben Meter im Durchmesser – vielleicht ein guter Liter? «Mir geht's gut», behauptet er. Anka presst ein Handtuch auf die aufgerissene Wunde über seiner Hüfte. Das Handtuch wird sehr rot. Ihr Handy liegt mit dem Display nach oben neben ihr, die Verbindung zu 911 ist längst unterbrochen. (Als dort endlich jemand abnahm, war sie abgelenkt.)

«Wir sollten mit Rob ins Krankenhaus fahren», schlägt Sorry vor. Sie nimmt eines der Kissen vom Bett, zieht den Bezug ab und fängt an, wahllos Kleidung und Sachen vom Schreibtisch und aus der Kleiderkommode hineinzustopfen: Geld, elektronische Geräte, Ausweis.

Anka versteht. «Mach das bei mir auch», sagt sie. Sie starrt hinunter auf Rob. Beide sind weiß wie die Wand. «Bei allen. Komm, Rob. Nichts wie raus hier.»

Sorry packt schnell – in gerade mal vier Minuten. In Robs Zimmer schnappt sie sich sein Portemonnaie und die Kleidung vom Stuhl. Sie hat einen Seesack aus Armeebeständen, genau wie Tony, voller Bettzeug, das sie jetzt herausschüttelt. Dann läuft sie damit von Zimmer zu Zimmer, um noch unlängst getragene Kleidung, Wertsachen von Nachttischen und irgendwelche Schriftstücke von oder aus Schreibtischen hineinzustopfen.

Anka gibt es auf, einen Krankenwagen zu rufen, denn mit Tonys Hilfe schafft sie es, Rob die Treppe hinunterzuschaffen. Mit Robs Gefährt wird es schneller gehen. Als sie am Kleinbus ankommen, sitzt Sorry schon hinter dem Steuer, total angespannt, aber froh, dass Matt sie nicht eingeparkt hat. Der Audi steht merkwürdig schräg auf der Straße, einen halben Meter vom Gehweg entfernt.

Jazz klopft immer mal wieder mit dem Lauf der Pistole an die Tür, damit Matt weiß, sie ist noch da. Sie weicht nicht von der Stelle, auch wenn sie schlottert.

Erst als alle aus dem Haus sind, rast sie die Treppe hinunter. Leise schließt sie die kaputte Haustür. Der Kleinbus wartet im Leerlauf. Sie schwingt sich durch die Seitentür hinein, schlägt sie hinter sich zu und sagt: «Scheiße!» Sorry lässt den Motor aufheulen, hupt zweimal, während sie den Rückwärtsgang einlegt – ein freundliches Biep-Biep –, um von ihrer Abfahrt zu künden. Die Antwort ist ein gepeinigtes Jaulen, wie sie es noch nie gehört haben.

Von der Sitzbank aus dreht Jazz sich zu Rob um, der im Frachtraum liegt und in eine Decke gewickelt ist, die er sonst benutzt, um den Bodenbelag vor den schmutzigen Rädern zu schützen. «Der Hausherr demoliert sein Haus», sagt sie.

«Dann ruf doch die Polizei», erwidert er.

Sie wissen, dass sie vielleicht nie wieder einen Fuß ins Nicotine setzen werden.

Matt schleicht aus dem Monster-Zimmer. Eine Flutwelle der Brühe folgt ihm die Treppe hinunter. Er findet die Dusche in der Küchennische. Er zieht sich aus und stellt sich darunter, den Autoschlüssel und die Kreditkarten in der Hand. Wieder und wieder seift er sich ein, schrubbt sich den ganzen Körper ab, verwendet besondere Sorgfalt auf

Ecken und Winkel wie etwa die Ohren. Mehrmals erbricht er sich in Toilette und Ausguss. Er hört auch nicht auf, als das warme Wasser verbraucht ist. Als er aus der Dusche kommt, tropft die Substanz von der Küchendecke und steht fünf Zentimeter hoch auf dem Flur. Er findet einen Plastikeimer und eine Salatschüssel und watet darin zur Veranda. Nackt läuft er zu seinem Auto.

Biep!, sagt es freundlich und öffnet auf seinen Befehl hin die Türen. Er stellt sich vor, das Haus kurz und klein zu schlagen, Dinge zu zerstören, zu stehlen – aber die Treppen sind voller Brühe. Er stellt sich vor, sie hochzusteigen. Die Brühe ist so schmierig. Diese Schmierigkeit ist das Schrecklichste daran. Erstaunlich, wie schmierig sie ist. Glitschig und klebrig zugleich, wie Schweinefleisch oder Eiscreme, Dinge, die er vielleicht nie wieder anfassen wird.

Keiner sieht ihn. Die Nachbarn sind zurück ins Bett gegangen. Es ist ganz still, nur ein Hund bellt irgendwo.

Zitternd fährt er nach Hause. Manchmal zieht er nach links auf den Mittelstreifen, um sich zu erbrechen – ein gefährliches Manöver, aber er ist hellwach und nüchtern und brennt vor Hass, und das macht ihn unsichtbar für die Polizei. Ein rein weißer Mann in einem rein schwarzen Auto, wie eine Made in einer verfaulten Pekannuss.

Es dämmert schon, als Rob aus der Notaufnahme kommt. Spatzen tschilpen im Fächerahorn und Wacholderunterholz rund um das Krankenhaus. Lastwagen liefern verderbliche Waren aus.

Sorry steht mit den Sanitätern draußen und raucht. Anka döst auf einer Stuhlreihe neben dem Empfang, den

Kopf auf Tonys Schoß gelegt. Jazz hält Robs Hand, als er mit einem Rezept für ein Antibiotikum aus einem Untersuchungszimmer kommt, die Körpermitte dick bandagiert und mit einer Tetanusspritze geimpft, die unter einem Pflasterverband immer noch sticht.

«Und jetzt?», sagt Jazz.

«Wir hauen ab», sagt Rob. «Weit weg. Tanken den Wagen voll und fahren los.»

«Das klingt, als hättest du Angst», sagt Anka, «aber im Moment hältst du die Hand des einzigen Menschen, den ich je eine Pistole auf jemand habe richten sehen, also kann ich nur annehmen, dass du nicht bei Sinnen bist.»

«Sie hat mir das Leben gerettet.»

Jazz drückt seine Hand.

Tony sagt: «Klar, dass du ein bisschen abtauchen solltest, wenn dieser Arsch dir an den Kragen will. Aber meiner Meinung nach brauchst du dafür nicht aus New Jersey raus. Darf ich mal einen nützlichen Vorschlag machen? Ich bin zufällig mit dem einzigen Menschen auf der Welt liiert, der Matt noch mehr hasst als du, und der wohnt in einer Villa, die man gut verteidigen kann.»

«Mein Konzept heißt Gewaltlosigkeit», sagt Rob.

«Von diesem Grundstück in Morristown aus überblickt man alle vier Himmelsrichtungen», fährt Tony fort. «Große Bäume, kein Unterholz, es ist rundherum eingezäunt und hat ein Tor. Hohe, schmale Fenster und ein Souterrain mit Lüftungsschlitzen. Das ist wie eine verdammte Kreuzfahrerfestung. Wir sollten sofort hinfahren und dort unsere Kommandozentrale einrichten.»

«Hör auf, Tony. Das ist nicht lustig.»

«Ich finde, schon», sagt Anka. «Aber ich ziehe in Susannahs Zimmer im DJD. Ich bin mir sicher, sie kommt nicht zurück. Ihre Eltern würden sie umbringen.»

«Aber ich meine das ernst», sagt Tony.

«Dann zieh nach Morristown!», sagt Jazz. «Gegen dich hat der Hausherr ja nichts. Klingt nach einem tollen Haus.»

Sorry kommt von ihrer Zigarettenpause zurück. Sie umarmt Rob vorsichtig und fragt: «Na, was ist der Plan?»

«Tony zieht bei Amalia ein, und Anka geht ins DJD. Jazz und ich fahren so weit weg von hier wie irgend möglich, und was du machst, weiß ich nicht.»

«Was ist mit Penny?»

«Penny», sagt er. «Penny ist Matts Halbschwester, und im Augenblick ist alles, was mit diesem Hurensohn – entschuldige den Ausdruck – zu tun hat –»

«Penny bleibt Penny.»

«Sie wohnt im Tranquility. Nichts von dem, was hier passiert, betrifft sie.»

«Woher denn auch.»

«Ich rede mit ihr», bietet Jazz an.

«Das ist ja nun ganz und nicht *dein* Job», sagt Anka.

«Ich rede mit ihr», sagt Rob.

«Und was ist mit mir?», sagt Sorry. «Ich gehe auch nicht zurück ins Nicotine. Wir müssen ein neues Haus besetzen.»

Rob seufzt. «2016 im Großraum New York? Deshalb dachte ich, vielleicht eher Detroit.»

«Ich habe von einem Haus gehört, das leer steht», sagt Anka. «Nur die Küche muss ein bisschen renoviert werden.»

«Es muss *abgefackelt* werden», sagt Sorry. «Nie im Leben wirst du jemand finden, der das sauber macht, niemals. Egal, aus welchem Land die Leute geflohen sind, egal, was sie durchgemacht haben, so einen Job übernimmt keiner.

So verzweifelt ist keiner. Dazu würde man Soldaten oder Gefangene brauchen oder Sklaven. Kontrolliertes Abfackeln. Anders geht es nicht.»

«Aber das ist nicht dein Job», sagt Rob. «Ich kann überall meinen Lebensunterhalt verdienen, wo es Räder gibt. Ich muss nur noch mein Werkzeug holen.»

«Ich unterstütze diesen Antrag», sagt Jazz.

Vorsichtig richtet er sich auf. Er schwankt.

«Erster Halt Morristown», verkündet Tony. «Damit wir noch mal nachdenken können.»

«Ohne mich», sagt Rob. «Kommt nicht in Frage. Das ist dein Ding. Und der Bus gehört mir. Wir fahren zum Nicotine und holen mein Werkzeug.»

«Lass mich beim DJD raus», sagt Anka.

«Kann ich deine Pistole haben?», fragt Tony Jazz. «Ich vermute, du hast keinen Schein für versteckte Waffen, aber ich kann sie ganz legal benutzen, um ein Haus zu verteidigen.»

«Und Matt mit den gleichen Kugeln zu erschießen, die sie im Nicotine in der Wand finden werden? Was auch immer. Kauf dir selbst eine verdammte Knarre. Sie sind billig.»

«Vermutlich hat Amalia schon ein ganzes Arsenal im Keller», sagt Rob.

Anka besetzt Susannahs Zimmer im DJD.

Sprich, jemand geht zur Eingangstür und lässt sie herein, und ohne auf dem üblichen Weg zu fragen, ob sie einziehen kann, geht sie hinauf in Susannahs Zimmer, zieht eines von Susannahs Flanellnachthemden an, kriecht zwischen ihre Liberty-of-London-Laken und schläft auf der Stelle ein.

In Detroit», sagt Amalia zu Tony, «ist es um diese Jahreszeit sehr heiß. Sie sollten nach Colorado fahren. In die Skigebiete. Vail, Crested Butte. Da steht jetzt alles leer.»

Sie sitzt an einem antiken Esszimmertisch aus Kauriholz und trinkt Kaffee aus einem Steingutbecher mit passender Untertasse. Ein Teller mit Fig Newtons thront in der Mitte des Tisches unter den Halogenstrahlern.

Tony wuselt in der Küche herum. Immer wieder schaut er auf den Bildschirm der Videoüberwachungsanlage, der das Eingangstor zeigt – ein kleiner, unscharfer Monitor, wie ein altes Babyphon. Das Tonic ist alle, deshalb mischt er Wodka mit Orangenlimonade.

«Ich habe keine Ahnung, was sie machen, und es ist mir auch egal», sagt er, als er zum Tisch zurückkommt. «Ich finde es einfach toll, hier bei dir zu sein. Als hätte es das Schicksal so gewollt.» Er setzt sich und zieht sich einen Untersetzer für sein schwitzendes Longdrinkglas heran.

«Mal sehen, wie lange das gutgeht.» Amalia seufzt. «Das Haus gehört mir nicht.»

«Was? Wem gehört es dann?»

«Meinem Mann, Norm.»

«Dem Toten. Also gehört es zum Nachlass. Bist du nicht die einzige Erbin? Oder zumindest die Testamentsvollstreckerin?» Amalia wendet den Blick ab. «Diejenige, die seinen letzten Wunsch und Willen vollstreckt – bist das nicht du?»

«Das wird alles irgendwann in geordnete Bahnen kommen. Ich habe es noch nicht überall gemeldet. Nicht den Behörden.»

Tony lässt ein Grinsen aufblitzen. «Löst du immer noch seinen Sozialleistungsscheck ein?»

Amalia lächelt zaghaft und ist sich nicht sicher, ob sie lächeln soll.

«Oder beziehst eine staatliche Pension? Eine Leibrente? Ist die Leiche noch im Haus, oder hast du sie auf dem Grundstück vergraben?»

Auf einmal vertraut sie ihm. Er hat so wunderbar geringe Erwartungen. Er wird sicher über nichts ein Urteil fällen, das nicht wenigstens mit Gewalt oder anderem wirklich Bösem zu tun hat. Sie sagt: «Hör auf, Tony! Das ist nicht lustig! Als er tot war, habe ich alle Unterlagen und das Bankschließfach durchsucht, und da war nichts, was einem Testament auch nur ähnlich sah. Und was fehlte außerdem? Adoptionspapiere. Lebensversicherung. Nur er war als Besitzer dieses Hauses eingetragen. Rechtlich gesehen bin ich ein *Nichts*. Dabei habe ich das Haus zum Teil selbst bezahlt! Ich habe jeden meiner Gehaltsschecks Norm gegeben, immer. Aber wir waren niemals Vater und Tochter. Inzwischen weiß ich das.»

«Oho», sagt Tony. «Das klingt haarig.»

«Ja.» Sie nickt.

«Ich meine echt haarig, wie einer dieser zehn Kilo schweren Haarbälle, die man manchmal in Kühen findet. Wart ihr nicht verheiratet?»

«Ich bin ohne Papiere in dieses Land gekommen. Zuerst war ich sein Kind, dann war ich die Mutter seines Kindes. Verheiratet waren wir nur vor Gott.»

«Verstehe», sagt Tony. Dann fährt er fort: «Ich meine, ich verstehe nicht. Aber das Ganze scheint in einem dermaßen rechtsfreien Raum angesiedelt, dass es selbst mich als in der Wolle gefärbten Freiheitsliebhaber völlig umhaut.»

Sie schnaubt. «Ich habe Penny und den Jungs erzählt,

New Jersey sei ein Staat mit Gütergemeinschaft, und sie haben es mir abgekauft. Alle außer Matt. Aber weißt du, wen ein Gericht als Testamentsvollstrecker einsetzen wird? Matt! Ich war so was von verliebt in ihn, verstehst du? Doch wenn ich jetzt einen Totenschein für Norm ausstellen lasse, wird er mir alles nehmen.»

«Dieser Kerl ist wirklich ein *schlimmer Finger*.»

«O Gott, allerdings. Sein Vater war ein Engel, seine Mutter war ein Engel. Warum ist er ein so *schlechter* Mensch?»

«Sein Vater war kein Engel, und ich wette, seine Mutter auch nicht. Und falls du dich als Engel entpuppen würdest, wäre ich ziemlich enttäuscht.»

Bald darauf liegen sie in ihrem Bett und machen herum.

Penny fährt mit dem Fahrrad vom Tranquility zum Nicotine. Schon aus hundert Metern Entfernung sieht sie, dass die Haustür offen steht. Beim Näherkommen bemerkt sie, dass die Küchenfenster kaputt sind. Es riecht nach Pestilenz.

Sie lehnt ihr Rad an einen Busch und steigt hinauf, um aus sicherem Abstand über das Verandageländer einen Blick auf die Haustür zu werfen zu können.

In der Brühe auf dem Fußabtreter stehen ein Plastikeimer und eine Salatschüssel. Runde Abdrücke verraten, dass jemand sie benutzt hat, um darin hindurchzuwaten – ein Behältnis pro Fuß, wahrscheinlich mit den Händen am Rand der Schüssel und am Griff des Eimers. Die Abdrücke führen zur Küchentür. Im Haus ist es still. Sie ist sich sicher, dass es leer ist. Das Werk des Monsters ist unübersehbar. «Hallo», ruft sie, um ganz sicherzugehen. Keine Antwort.

Sie ruft Rob an. «Wo seid ihr?», fragt sie.

«Pennsylvania Turnpike. Lange Geschichte. Sorry und Jazz sind bei mir.»

«Hi, Penny», ruft Sorry aus dem Hintergrund.

«Wohin fahrt ihr?»

Schweigen. «Portland? Wir wissen es noch nicht genau. Wir mussten nur ziemlich schnell verschwinden. Hast du gehört, was passiert ist?»

«Scheiße, nein! Mir erzählt doch niemand was. Ihr seid in Pennsylvania? Ihr habt nicht mal auf Wiedersehen gesagt?»

«Reg dich nicht auf. Glaubst du, du hast ein Recht, dich aufzuregen? Weißt du, wer versucht hat, mich umzubringen? Dein verdammter Bruder.»

«Warum?»

«Warum», sagt Rob. «Das würde wohl jeder gern wissen.»

«Um das Haus zu bekommen? Dann war das aber ein Pyrrhussieg, denn das Haus ist im Eimer.»

«Warum fragst du nach dem *Warum*? Nichts kann rechtfertigen, was er getan hat!»

«Ich wundere mich bloß.»

«Mach's gut, Penny. Willst du mit Jazz oder Sorry reden?»

«Ich rede gerade mit *dir*.»

«Hallo, Penny», sagt Jazz.

«Ist das so ein ‹Rufen Sie nicht uns an, wir melden uns bei Ihnen›-Ding? Leck mich, Rob! Du auch, Jazz!» Penny putzt sich die Nase. Auf dem Gehweg läuft sie bis zur Ecke des Grundstücks, wo die dreißig Zentimeter hohe Stützmauer einen Knick macht. «Ich sehe ein Polizeiauto», sagt sie, weil sie den Blick gehoben und ein Polizeiauto gesehen hat.

«Wo bist du?»

«Vor dem Haus. Ich bin mit dem Rad gekommen.»

«Fahr weg», empfiehlt Jazz.

Sie fährt weg. Zwei Straßen weiter hält sie und ruft Rob wieder an. Jazz ist dran, und sie fragt, wo Anka und Tony sind. Anka: DJD. Tony: Morristown. Sie schnieft noch einmal, während Jazz singt: «It's only castles burning.»

Penny unterbricht sie mit einer Frage. «Was ist denn passiert? Wer hat die Eimer umgeworfen?»

«Hast du Rob nicht verstanden? Wir stehen immer noch alle unter Schock, vor allem er. Ich will nicht beim Fahren darüber reden. Wir rufen dich an, wenn wir am Ziel sind. Halte durch. Wir lieben dich, ja?»

«Wir lieben dich, Penny!», ruft Sorry.

Penny fährt nach Hause ins Tranquility.

An den Steigungen muss der Kleinbus kämpfen, aber mit den abgenutzten Bremsen macht er bergab Zeit gut, und bald sind sie tief in den Appalachen.

Es fängt an zu regnen. Sorry fährt, während Rob rechts neben ihr sitzt und Jazz auf der Rückbank schläft. Blinzelnd sagt Sorry: «Ich frage mich, ob ich eine Brille brauche oder ob wirklich alles so verschwommen ist.»

«Wir sollten was finden, um uns aufs Ohr zu hauen», sagt Rob.

«An der nächsten Ausfahrt gibt es drei Motels. Eins ist ein Motel Six. Die sind ziemlich billig, wenn man ein paar Wochen im Voraus bucht.»

«Ich dachte, wir schlafen im Bus.»

«Wie denn?»

«Ich packe das Werkzeug hier rüber, Jazz bleibt, wo sie ist, und du und ich schlagen hinten unser Lager auf. Wie wäre das?»

«Aber wo?»

«Autohof.»

Sorry schüttelt den Kopf. «Wo ist hier ein Autohof?»

«In achtzig Meilen. Fahr ab, und wir besorgen uns einen Kaffee.»

Sie holen sich Kaffee in einem Drive-Through und fahren zurück auf den Highway.

Für achtzig Meilen brauchen sie etwa anderthalb Stunden. Wenn sie schneller als neunzig fahren, fängt die Straße an, sich holprig anzufühlen, egal wie eben sie ist. Rob erklärt, sie blieben wegen der Federung auf der gebührenpflichtigen Schnellstraße – dem Fahrkomfort zuliebe. Sorry klebt an der weißen Linie am rechten Fahrbahnrand, während gewaltige Trucks sich in Gischtnebeln an ihnen vorbeiwälzen. Die Scheibenwischer kratzen in die eine Richtung und klatschen in die andere. Trotzdem schläft Jazz weiter.

Sie wacht auf, als Werkzeug auf den Boden vor ihr rasselt. «Wir gehen schlafen», sagt Rob. Er küsst sie auf die Stirn. Sie wirft einen Blick hinaus und sieht hoch aufragende Sattelschlepper. Draußen auf dem Highway fahren übersteuerte Laster mit wütendem Gejaule vorbei, erzeugen einen ständigen Wechsel von Überdruck und Unterdruck rund um den Kleinbus. Als hinten genug Platz für Rob und Sorry ist – falls sie sich nicht allzu viel bewegen –, klettern sie hinein und legen sich hin.

«Ich bin froh, dass ich so erschöpft bin und unter Schock stehe», sagt Rob. Er nimmt eine Schmerztablette. Er schließt die Augen. Er schläft ein. Die Fenster fangen an zu beschlagen.

Eine kühle Feuchtigkeit geht Sorry an die Nieren. Nachdem sie das erste Mal versucht hat, sich umzudrehen, ohne Rob zu wecken, kriecht sie zu ihrem Seesack. Sie holt ihr Tablet heraus. Sie erweckt es zum Leben und sucht nach billigen Motels in der Nähe von Ausfahrten im westlichen Ohio.

Die Lichter, die über die Decke tanzen, wecken Jazz. Sie fragt Sorry, was sie da macht.

«Ich buche ein Motel für morgen», erwidert Sorry. «Geht auf mich.»

«Du hast eine Kreditkarte? Ist die geklaut?» Sie schaut genauer hin. «Visa Platin. Du meine Güte, was sind wir bourgeois.»

«Das ist ein Relikt aus meiner geheimen Vergangenheit. Ich glaube, inzwischen ist Platin die niedrigste Kategorie, aber sie sperren sie nie. Für ein Motel reicht es. Ich bin zu groß, um in diesem Laderaum zu schlafen. Das ist es mir wert. Mein Geschenk an euch.»

Jazz lächelt strahlend und sagt: «Ich liebe dich, Mama Sorry.» Sie reckt sich, schließt die Augen und dreht sich um.

«Schlaf gut, kleine Jazzy J.»

Sorry kriecht mit dem Tablet unterm Arm zurück zu ihrem Mantel. Sie hält es über den Kopf und liest einen langen Artikel im *Times Magazine* über einen Pariser Couturier, bis ihr die Arme wegknicken und sie einschläft.

Am nächsten Abend besucht Penny Anka im DJD.

Anka erzählt ihr die Geschichte: Matts eifersüchtige Wut, der Tod des Eimermonsters, Robs Verletzungen, ihre

Nacht im Krankenhaus, das Trio in panischer Flucht vor Matt.

«Matt ist von jeher krankhaft eifersüchtig», erwidert Penny. «Sex war schon immer seine einzige Möglichkeit, Nähe zu jemandem herzustellen, und wenn er zwei Menschen zusammen im Bett sieht, nimmt er automatisch an, sie hätten ein sexuelles Verhältnis.» Das ist nun offensichtlich kompletter Blödsinn. Dafür hat sie keinerlei Beweise, es entspringt nur ihrem Wunsch, Rob und Jazz möchten niemals ein sexuelles Verhältnis haben.

Anka zögert. Sie fragt sich kurz, wie Penny gleichzeitig in Rob verliebt sein und trotzdem versuchen kann, Matts Verhalten zu rechtfertigen. Aber vielleicht ist Realitätsverleugnung zunächst mal unausweichlich, wenn der eigene Bruder versucht, den Mann zu töten, den man liebt? Taktvoll gesteht sie zu, dass Matt höchstwahrscheinlich ein eifersüchtiger Mensch ist, der zu voreiligen Schlüssen neigt. Und es dauert nicht lange, da verschließt auch sie die Augen vor der Wahrheit, tut die Ängste der anderen mit einem Lachen ab und berichtet leicht übertreibend von Tonys Plan, das Haus in Morristown in eine Festung zu verwandeln.

Schließlich sagt Penny, es tue ihr fast leid, dass sie nicht dabei gewesen sei, als das Eimermonster fiel. Sie wäre gern mit den anderen zusammen losgefahren. «Ich habe den ganzen Spaß verpasst», sagt sie. «Ich kann es kaum erwarten, dass sie wieder zurückkommen. Wir können uns ein neues Haus suchen.»

«Matt ist verrückt», sagt Anka, «aber Jazz ist diejenige mit der Neunmillimeter. Mit ihr will ich nie wieder zusammenwohnen, egal wo. Ich hoffe einfach, ich kann im DJD bleiben.»

«Und was machst du, wenn du eine rauchen willst?»

«Sag es keinem, aber ich habe mir so ein Ding gekauft.» Sie öffnet die Schublade von Susannahs Kirschholznachttisch und holt eine dünne Zigarette mit rosarotem Filter heraus. Dem Etikett nach ist es eine V2. «Das ist eine digitale Zigarette.»

«Was ist daran digital?»

«Dass du sie zwischen den Fingern hältst, etwa so.»

«Im Ernst. Gehört das zum Internet der Dinge? Bekommen sie mit, wenn du damit rauchst?»

«Ich glaube nicht. Ich glaube, sie meinen einfach, dass sie mit Strom arbeitet.» Anka beugt den Kopf zurück und stößt eine Wolke süßlichen Dunsts aus, der sich schnell verflüchtigt. «Entweder das hier, oder dieses Kaugummi, das nach Schnupftabak schmeckt. Unterm Strich ist das billiger als analoge Zigaretten, wenn man es ausreichend oft benutzt. Und nebenbei wird man zum Nichtraucher. Niemand hier weiß, dass ich so ein Ding besitze, also erzähl es bitte nicht herum. Heute habe ich sogar auf der *Arbeit* damit geraucht, denn es riecht nach nichts.»

«Wenn du nicht aufpasst, bist du am Ende völlig nikotinabhängig.»

«Ich weiß! Aber für ein Zimmer in einem Nichtraucherhaus ist das ein geringer Preis.»

Sie planen einen Beutezug, um Ankas Bilder zu retten und was immer sonst noch für jemanden wichtig sein könnte – schwer zu ersetzende Dinge wie ein Paar Winterstiefel oder den Selige-Jungfrau-Maria-Dildo.

Anka fragt Sunshine, ob die DJD-Gemeinschaft mit all

ihrem Weitblick in Sachen Protest vielleicht ein paar Gasmasken besitzt (nein).

Deshalb haben sie vor, einfach ins Haus zu laufen und so schnell wie möglich zusammenzuraffen, was zusammenzuraffen ist, und dann entweder den zerbrochenen Türrahmen festzunageln und das Haus abzuschließen oder den Eingang mit Werkzeug und Holzresten aus der Garage zu sichern. Das alles muss geschehen, ohne dass sie auch nur ein Mal Atem holen, falls das möglich ist.

Als es dunkel wird, fahren sie zum Haus. Kurz vor dem Eingang verlässt Anka der Mut. Sie zuckt zurück und bedeckt den Mund. Sie sagt: «Verdammt, was soll's», dreht sich um und meint, sie könne sich nicht vorstellen, irgendetwas Poröses oder Durchlässiges aus dieser stinkenden Hölle zu holen – keine Kunst, keine Schuhe, keine Vorhänge, kein gar nichts. Sie wird einfach wieder von vorn anfangen.

Penny fühlt sich genauso. Zeit, alles auf null zu stellen und einen Neustart zu machen.

Von Matt hört sie nichts. Das überrascht sie. Eigentlich müsste er anrufen, um zu jammern – um gemeine Sachen zu sagen und sie zusammenzuscheißen. Aber nichts da. Nicht ein Mucks.

Das scheint ihr ein Zeichen dafür zu sein, dass er sich vielleicht künftig aus ihrem Leben herauszuhalten gedenkt. Ein weiterer überdrehter männlicher Baker weniger. Weibliche Bakers sind anders, sind Händler in Sachen Geduld. In ihrer jetzigen Situation emotionalen Anwandlungen nachzugeben würde sie verrückt machen. Sogar sich daran zu erinnern würde sie verrückt machen. Sie weiß nicht, wo

Rob ist. Nicht einmal er selbst weiß ja, wo er ist. Sie muss aufpassen und abwarten, ihre Gefühle zu späterer Verwendung aufsparen.

Am folgenden Nachmittag besucht sie ihre Mutter in Morristown. Sie sehen Tony beim Rasenmähen zu.

«So ein netter Mann», sagt Amalia.

«Ja, sehr nett.»

«Und so witzig. Jetzt wohnt er hier, weil Norms altes Haus ein riesiger Saustall ist, wie ich dir immer prophezeit habe. Siehst du jetzt, dass ich hellsehen kann.»

Penny erkundigt sich, ob sie etwas von Matt gehört habe.

«Nein», sagt Amalia. «Aber Tony hat mir erzählt, dass dein Lover und Matts Geliebte zusammen abgehauen sind – so was von lustig –»

«So würde ich das zwar nicht ausdrücken, aber egal.»

«Willst du das Haus immer noch auf Vordermann bringen? Tony sagt, es sei von oben bis unten voller Scheiße.» Sie lacht. «Aber egal. Ist dir klar, dass sich dieses Haus über vier Eckgrundstücke erstreckt, die für gemischte Nutzung zugelassen sind? Ohne das Haus sind sie viel mehr wert. Wir könnten eine Tankstelle oder Kirche dort hinstellen.»

«O Gott, lass mich da bloß aus dem Spiel. Ich habe gerade die Nase ziemlich voll von dem Haus. Ich muss viel dringender Schwung in meine Jobsuche bringen. Ich kann in dem Haus bleiben, in dem ich jetzt wohne. Ich brauche einfach Arbeit und Geld, damit ich reisen und tun und lassen kann, was ich will. Verstehst du? Anfangen, mein Leben zu leben.»

Sie ist ehrlich. Sie will sich am Riemen reißen, die Kurve

kriegen, gut vorbereitet sein und Rob eine Bleibe bieten können, die er – wenn er sich erst mal wieder beruhigt hat – bestimmt nicht ausschlagen wird, jetzt, wo er obdachlos ist. Aber bevor sie sich in einen stressigen neuen Job ohne Urlaubsanspruch stürzt, will sie erst mal herausfinden, wo er ist, und sich mit ihm treffen. Also muss sie eine Möglichkeit finden, Geld für eine Reise zu ihm aufzutreiben sowie eine große Wohnung, in der sie ihn unterbringen kann. Außerdem braucht sie Ablenkung, bis das alles funktioniert, und ein neuer Job wäre sicher eine Ablenkung.

«Also, was die Arbeitssuche betrifft, habe ich über dein Karrierepotenzial nachgedacht», sagt ihre Mutter.

«Das habe ich mir schon immer gewünscht», lügt Penny.

«Du hast dich auf Einkauf spezialisiert, also überlegst du immer, im Bereich Konsumgüter zu arbeiten. Aber das ist kein Wachstumsmarkt.»

«Ich weiß. Die Globalisierung ist ins Stocken geraten. Inzwischen durchschauen alle diese BRICS-Sache. Die Schwellenmärkte gehen baden.»

«Aber *Tech*, Peñana. Die Bank geht jetzt dazu über, Rohstoffe für Hightech-Unternehmen zu akquirieren. Hightechrohstoffe! Eine Bank, kannst du dir das vorstellen?»

«Wie Schweinebauch- und Mais-Termingeschäfte, aber eben Hightech.»

«Seltene Erden und Lithium. In ausgereiften Märkten steckt so viel Potenzial für Hightech. Die Entwicklungsländer hängen in den Seilen. Da herrscht Ausverkauf! Aber wir müssen das überwachen und beaufsichtigen, denn die Investoren und die Regierungen – o Gott, das sind vielleicht Lügner! Die behaupten, sie betrieben eine Mine mit Windenergie, und wir schauen nach und sehen uns die Satellitenbilder an, und es gibt keine Mine und keinen Windpark. Die bluffen wie Pokerspieler.»

«Oder Länder im Krieg», sagt Penny.

«Genau. Du müsstest reisen und Verantwortung tragen. Deine Sprachkenntnisse wären sehr wertvoll. Wenn du mir eine Vita in dieser Richtung schreibst, dann geh ich damit zur Bank, und die werden sich auf dich *stürzen*.» Amalia berührt ihren Arm. «Rohstoff-Analystin! Du wärst Topverdienerin. Exzellente Vergütung. Und du kannst das *wirklich*. Das weiß ich einfach.»

«Das klingt tatsächlich interessant. Ich wäre so etwas wie eine Spionin.»

«Die Bank wird zu einem Imperium mit Kolonien. Aber wenn wir es nicht machen, weißt du, wer es dann macht? Das organisierte Verbrechen.»

«Ich würde also reich werden, indem ich Gutes tue?», sagt Penny im Scherz, ohne zu lächeln.

«Ich will, dass du Geld hast, Peñana. Nichts auf der Welt kostet mehr Geld als deine anarchistische Revolution.»

Amalia lächelt, aber Penny weiß, dass sie das nicht lustig meint – zumal nicht in Hinblick auf die Kosten einer Revolution. Sie verspricht, so schnell wie möglich einen rohstofftauglichen Lebenslauf zusammenzustellen.

Als Tony von draußen hereinkommt, kann sie nicht umhin, ihm zu gratulieren, als hätte er einen Preis gewonnen. Er scheint in einer beneidenswerten Position zu sein, der Herr Grundbesitzer. Er hat ein paar Kilo abgenommen und trägt flotte neue Kleidung. Ein Friseur hat seinem Kopf eine gewisse Würde zurückgegeben.

Die drei gehen in eine traditionelle Bar an einem malerischen Platz im Zentrum von Morristown und essen Cajun-

Lachs mit glasiertem Rübenrisotto (Tony), Mozzarella-Sticks (Amalia) und Cobb-Salat (Penny). Tony merkt an, er sei gestorben und in einem Outlaw-Himmel gelandet, und es überrasche ihn nicht, dass es dazu nichts anderes als Geld gebraucht habe. Penny verspürt keine Neigung, ihn zu fragen, was das bedeuten soll. Amalia stößt mit ihrer neuen Liebe an und zahlt.

Matt sitzt in seinem Audi vor dem Nicotine und blickt finster drein. Die Wagenfenster sind geschlossen. Er versucht, Jazz zu erreichen. Der Anruf wird nicht durchgestellt. Er steigt aus und streckt sich, ächzt von den ungewohnten Anstrengungen der letzten Tage. Er trägt marineblaue Joggingsachen mit einem weißen YALE-Aufdruck.

Er geht nahe genug heran, um sehen zu können, dass niemand neue Spuren in der Brühe hinterlassen hat. Sie trocknet langsam und wird zu einem elastischen Schlamm. Das Haus steht offen, eine Einladung an Plünderer, Spaßvögel, Brandstifter.

Er stellt sich vor, wie das Haus seiner Vorfahren in Flammen aufgeht, und humpelt zur Garage. Zwei Tischlerhämmer hängen an irgendwelchen Nägeln in einer Ständerwand, und auf dem Boden liegt ein Stapel alter Regalbretter.

Mit einem Fuß im Plastikeimer und dem anderen in der Salatschüssel nagelt er den Eingang zu.

Er geht zurück zur Garage und findet noch etwas, das er brauchen kann – schwarze Farbe, eine uralte, rostige Sprühdose, aber mit genug Inhalt, dass er den Blitz der Hausbesetzer und die *i c o t i n e*-Buchstaben übersprühen kann. Aus reiner Bosheit kriegt auch noch das Klingelschild etwas ab. Farbe tropft herunter und bildet in der schmierigen Brühe eine Pfütze. Er dreht sich um und bemerkt einen Nachbarn, der ihn beobachtet.

«Übernimmst du jetzt hier das Haus?», fragt der Mann. Er ist etwa fünfunddreißig, trägt einen Jogginganzug und hat einen Mastiff an der Leine – ein prolliger weißer Spaghettirocker, denkt Matt.

«Die Hausbesetzer sind weg, also klar», sagt er.

«Machst du das dann auch sauber? Heuerst ein paar arme Ärsche an, die das für dich aufwischen, du mit deinem Scheiß-Audi und deinem Scheiß-Yale-Sweatshirt? Dann halt dich mal ran. Dieser Gestank verpestet uns nämlich das ganze Haus. Er steckt sogar im Haar meiner Tochter. Unser ganzes verdammtes Viertel stinkt nach deiner *Scheiße.*»

Matt muss kämpfen, um anstandslos aus dem Eimer und der Schüssel auf das blanke Holz der Veranda zu kommen. Er schafft es und sagt: «Also, ich finde es auch nicht so toll, dass dein Scheißköter hier überall hinmacht, aber sag ich vielleicht: ‹Wir stehen hier auf meinem Grund?›»

«Fick dich, Arschloch», sagt der Mann. Umstandslos geht er zu Matts Wagen, öffnet den Reißverschluss und fängt an, auf den Griff der Beifahrertür zu pissen.

Missbilligend nähert Matt sich Mann und Hund. Der Mann pinkelt ausführlich, als hätte er sich einiges aufgespart. Er verlässt sich auf den Hund als Beschützer.

Und der Hund beschützt ihn tatsächlich. Er ist es nämlich, der ein Auge verliert und sein Leben lang japsen wird. Er stürzt sich auf Matt, und der besprüht ihn mit Farbe – den ganzen Kopf und Rachen, innen wie außen. Dann steigt er in den Audi und fährt davon. Ein paar Straßen weiter hält er an und schaut nach, ob der Lack etwas von dem Farbnebel abbekommen hat, aber es scheint, als wäre ihm die leichte Brise gewogen gewesen. Von dem salzigen Urin abgesehen ist der Wagen makellos. Er fährt nach Hause und gibt dem Wachmann in der Tiefgarage ein Trinkgeld, damit er ihn wäscht.

Rob sagt, das nächste Motel für die Übernachtung möchte er aussuchen. Er fährt vom Highway ab und auf eine Umgehungsstraße aus den Fünfzigern mit zu vielen Ampeln.

Das Motel, das er ansteuert, ist eine Unterkunft für Wanderarbeiter, obdachlose Familien, Verliebte – Bezahlung nur in bar, kein Netz. Der bronzene Zimmerschlüssel hängt an einem Plastikschild, das den Finder bittet, ihn in den nächstbesten Briefkasten zu werfen. Die einzige Erwähnung des Motels im Internet ist eine dringende Warnung vor den Duschen bei TripAdvisor.

Nach dem Abendessen (Cornflakes) ruft Sorry Penny an, um zu berichten, dass sie in der Nähe von St. Louis und unterwegs nach Oklahoma City sind. Zielort: Santa Fe.

Jazz wirft mit Nachdruck ein: «Taos.»

Sorry wiederholt, dass sie darüber, wohin es dann weitergeht, reden, sobald sie in Santa Fe angekommen sind.

Rob und Jazz lieben sich unter den senffarbenen Laken eines schiefen französischen Betts. Weil Sorry sich in dem anderen Bett auf ihrem Tablet eine gewalttätige Serie anschaut und Kopfhörer aufhat, bekommt sie das Gevögel und Gekuschel und Geturtel nicht mit. Aber als sie sich dem gemeinsamen Orgasmus mit Geräuschen nähern, die Sorry – würde man sie fragen – eher dem Cheerleading zuordnen würde, sagt sie: «Hey, ihr Biogefahren! Nicht so laut!»

«Du hattest recht», sagt Jazz laut. «Wir hätten doch Penny mitnehmen sollen.»

«Dann sag ihr, dass sie nach Santa Fe fliegen soll!»

Sorry verschwindet mitsamt ihrem Tablet ins Badezimmer, um eine zu rauchen, damit die beiden in Ruhe zum Ende kommen können.

Matt sitzt auf dem Sofa in seinem Büro und denkt über seine Optionen nach. Er ruft einen Freund an, der Bauunternehmer ist. Der Unternehmer ruft einen Freund an, der im Abbruchgewerbe arbeitet.

Der Abbruchunternehmer ruft niemanden an. Am nächsten Morgen fährt er um sechs Uhr mit seinem Pickup beim Home Depot vor. Aus der Menge der ausländischen Tagelöhner am Straßenrand sucht er sich vier Guatemalteken heraus, die sich zu kennen scheinen. Zwei kraxeln zu ihm auf die Fahrerbank, die beiden anderen unter den Camperaufsatz über der Ladefläche.

«Es un trabajo corto con un gran montón de mierda», erklärt er.

«Eso es normal», antwortet der Mann neben ihm. *«Estamos acostumbrados a mucha mierda.»*

Beim Haus angekommen, erhält jeder Mann eine Schneeschaufel und zwei schwere Abfallsäcke, die er sich um die Beine bindet. Alle decken Mund und Nase mit ihrem hellbraunen Bandana ab. Die Brühe ist weiter getrocknet. Der Subunternehmer überschlägt, dass sie problemlos in die Eimer passen muss, aus denen sie gekommen ist, vielleicht noch in den einen oder anderen Plastikeimer, den er auf der Veranda gefunden hat.

Die vier Männer schaufeln die Brühe – immer noch glitschig, vielleicht trocknen so ölige Sachen nie – in die Eimer. Volle Eimer werden an den Straßenrand gestellt.

Um weiteren Feindseligkeiten seitens der Nachbarn vorzubeugen, hat Matt einen supermodernen Prototyp, zurzeit in Saddle River im Betatest, für diesen Abend nach Jersey City bestellt. Gegen sieben erscheint der elegante, stromlinienförmige Müllwagen in schillerndem Grünblau vor dem Haus. Er schwebt, der Erdgasmotor läuft fast geräuschlos, dann erstirbt er mit einem Seufzer. Die kraftvollen Motoren, die die Brühe aufnehmen, komprimieren und einschweißen, sind batteriebetrieben. Der Inhalt aller zweiundfünfzig Eimer ist schnell an Bord, dann folgen die Plastikeimer selbst, Töpfe und Pfannen, Mülltüten, Schuhe, kleine Teppiche, Fußabtreter, Linoleum, abgebröckelter Putz und viele andere, nicht identifizierbare klumpenförmige Dinge.

Beobachter (das Ereignis zieht eine große, ständig fluktuierende Menge Zuschauer an) vermuten, dass der Gestank abnehmen wird, sobald das letzte Zeug verladen ist.

Als der Gehweg leer ist, trägt ein Lüftchen den Gestank davon, aber er kommt sofort zurück. «Riecht wie Schweinegülle», sagt einer der Beobachter. «Als würden wir draußen auf dem Land wohnen.»

Jeder Tagelöhner bekommt hundert Dollar und die unausgesprochene Einladung, das Haus zu plündern. In Tonys Zimmer finden sie einen Vorrat an sauberer Wäsche. Sie waschen sich in der Küche, schrubben die Fingernägel mit einer Zahnbürste und Spülmittel (der Subunternehmer hatte Handschuhe vergessen) und ziehen die Kleidung an, die Tony zurückgelassen hat, als er in sein neues Leben aufgebrochen ist. Sie sind einverstanden, sich am nächsten Morgen wieder abholen zu lassen, am gleichen Ort. Sie werden das Haus weiter putzen, für weniger Geld, abzüglich Gefahrenzulage.

Der Subunternehmer fährt sie zur Bodega, wo sie im sanften gelblichen Licht eines Sommerabends in den New Jersey Meadowlands an seinen Wagen gelehnt Bier trinken.

Am nächsten Morgen ruft Jazz Penny von unterwegs in Oklahoma an.

«Es ist wunderschön!», sagt sie. «Die Landschaft hier ist völlig abstrakt. Der Planet Erde, neu vorgestellt als primitive Computergraphik. Wir fahren auf einer seitlich grün geränderten schwarzen Linie in die Lücke zwischen einer grauen und einer gelben Ebene, und weit und breit kein Orientierungspunkt außer den Insekten auf der Windschutzscheibe.»

Penny erzählt ihr, es tue ihr sehr leid, aber sie könne nicht nach Santa Fe fliegen, sie habe ein Vorstellungsgespräch.

«Horror», sagt Jazz.

«Nein, ich glaube, das ist eine gute Sache. Ich muss mich selbst versorgen. Auf seine Art versorgt doch jeder sich irgendwie selbst, auch wenn man einfach jemanden findet, der einen versorgt, wie Tony. Das will ich nicht, jedenfalls noch nicht. Ich brauche einen Job. Und das hier könnte klappen. Es ist was bei der Bank meiner Mom. Die mögen sie da ziemlich. Vielleicht mögen sie mich ja auch.»

«Vielleicht kommen sie ja sogar auf die Idee, dass ihr

verwandt sein, jedenfalls solange du nicht den Mund aufmachst und redest.»

«Glaub mir, bei einem Bewerbungsgespräch geht es mir nicht in erster Linie darum, meine Persönlichkeit auszustellen. Du würdest mich nicht wiedererkennen. Da bin ich ganz geschäftsmäßig.»

«Klingt so, als würdest du deine Zeit wirklich sinnvoll nutzen.»

«Sei kein Snob. Arbeitest du überhaupt je? Ich habe keine Ahnung, was du für deinen Lebensunterhalt tust.»

«Was auch immer ich tue, seit wir uns kennen, habe ich es nicht getan. Mein jetziges Geld habe ich im vergangenen Winter als Kellnerin auf einem Kreuzfahrtschiff verdient. Manchmal gebe ich auch die Reiseleiterin auf Rentnertouren, zum Beispiel nach Atlantic City.»

«Und gehst bei den alten Knaben ein bisschen anschaffen?»

«Jetzt bist du der Snob», sagt Jazz. «Dann besorg dir doch deinen Angestelltenjob, verdien ein bisschen Geld und entspann dich. Willst du mit Rob sprechen?»

«Vielleicht.»

«Hi, Penny», sagt Rob. «Tut mir leid, dass ich dich für deinen Bruder verantwortlich gemacht habe. Ich habe immer noch Angst vor ihm, aber du solltest uns besuchen kommen, wenn wir in Santa Cruz sind.»

«Taos», sagt Jazz.

«Ich erzähl dir dann noch, wo», sagt Rob zu Penny.

«Was gibt's in Santa Cruz?»

«Ich meine Santa Fe. Keine Ahnung. Sorry will nach Kuba.»

«In Kuba geht's echt ab!», sagt Sorry. «Die Fahrradszene

dort ist legendär! Die fahren mit umgebauten Rädern auf Kokospalmen rauf!»

«Ich habe keinen Reisepass», sagt Rob. «Ich war noch nie im Ausland.»

Nachdem das Gespräch beendet ist, sagt er: «Ohne Pass kann ich nicht einfach so herumreisen.»

«Taos wird dir gefallen», sagt Jazz. «Es ist voller Hippie-Yuppie-Touristen, die sich als Souvenir ein Rad kaufen. Selbst wenn sie es nie benutzen, es kostet Geld, und vielleicht kann man es ja irgendwann mal gebrauchen. So wie man ein Zelt oder eine Eismaschine hat. Man weiß nie, wann man das mal gebrauchen kann.»

«Das Problem ist das Rohmaterial. Ich brauche Räder. In New Jersey habe ich zumindest zwei Rahmen pro Woche erbeutet. Ich bin ein Sperrmülljunkie. Ohne Trash kann ich nicht leben.»

«Aber würden Touristen nicht auch mehr für deine Sachen zahlen als die Leute in New Jersey?»

«Als ob Hippie-Yuppies recycelte Sachen kaufen.»

«Dann besorg dir einen Pass und komm mit nach Kuba», sagt Sorry.

«Und lasse mich wie bezahlen – was haben die in Kuba?»

«Kostenlose medizinische Versorgung.»

«Das wäre aber ein trauriges Ende meiner Geschichte. Ich befreie die Fahrräder der Armen im Austausch gegen kostenlose medizinische Versorgung, die ich dann brauchen werde, wenn die mich grün und blau geschlagen haben. Und überhaupt, kostenlose medizinische Versorgung habe ich doch schon.» Er zeigt auf seinen Verband.

«Medicaid ist ein Instrument der Unterdrückung. Wir hätten schon längst eine Revolution gehabt, wenn die Armen auf der Straße sterben würden, so wie das eigentlich vorgesehen ist.»

«Bist du in letzter Zeit mal in einer Innenstadt gewesen?»

«Diese Menschen sind nicht arm!», sagt Sorry. «Die sind verrückt oder Alkoholiker oder drogenabhängig, oder sie untergraben die herrschende Weltanschauung.»

Jazz sagt: «In Kuba siehst du nichts von dieser bourgeoisen Dekadenz. Da gibt es noch nicht mal Künstler oder Homosexuelle.»

«Okay, okay», sagt Sorry. «Vielleicht gehe ich lieber nach Venezuela oder Bolivien. In eines dieser Länder, wo die Revolution funktioniert, denn die haben Erdöl statt Zuckerrohr.»

«Öl ist der Schlüssel zur Autonomie», sagt Jazz. «Das sage ich in meiner Eigenschaft als geborene Kurdin.»

«Öl bedeutet Tod», sagt Rob.

«Stimmt. Es ist wertvoll genug, dass darum gekämpft wird.»

«*Nichts* ist so wertvoll, dass man darum kämpfen sollte. Die Menschen brauchen Wärme und Transportmittel, kein Öl.»

«Der IS und Boko Haram kämpfen für Gott und Jungfrauen. Sag mir, wie Fahrräder und Sonnenenergie *dagegen* ankommen sollen, du anarchistischer Peacenik.»

Rob schaut aus dem Fenster auf die gesichtslose Ebene und summt wie Pu-Bär.

Nach ausführlicher Diskussion einigen die drei sich auf ein neues Ziel: Oakland.

Keiner von ihnen weiß irgendetwas über Oakland, außer dass es in der Nähe von reichen Städten liegt (San Francisco, Palo Alto) und doch so arm wie Jersey City ist. Sie hoffen auf Jersey-City-ähnliche Lebensbedingungen.

«Ich habe gehört, die Hausbesetzerszene dort soll ziemlich auf Krawall gebürstet sein», sagt Sorry.

Rob sagt, der Markt für Räder stehe und falle mit dem Zustand des öffentlichen Personenverkehrs, und Hausbesetzungen seien in Orten mit funktionierendem öffentlichem Nahverkehr nicht gern gesehen. Es gebe dort eben keine toten Ecken. Aber so sei das Leben am Rand der Gesellschaft.

«Außerdem liegt es ziemlich weit nördlich. In *Nord*-Kalifornien. Da sollten wir eher über Denver fahren.»

Rob tätschelt das Armaturenbrett und redet mit dem Kleinbus. «Hab keine Angst», sagt er. «Das meint sie nicht so.» Und an Sorry gewandt: «Wir fahren auf jeden Fall gen Süden, denn die Rockies sind hoch. Richtig hoch. Das heißt, wir müssen dann an der Küste rauffahren, aber ich habe schon Schlimmeres getan.»

«Ich hasse Strände», sagt Sorry. «Aber egal. Solange wir nur hinkommen. Wir können über Albuquerque fahren und dann die I-5 nehmen.»

«Hast du mal da gelebt?»

Sie hält ihr Tablet hoch. «Ich habe dieses Gehirn hier.»

Nach der Arbeit fährt Matt von seinem Büro zum Nicotine, um seinen Bauunternehmer-Freund zu treffen und den Fortgang der Arbeiten zu begutachten. Er biegt um die Ecke und parkt in sicherem Abstand von dem großen grünen Container, in den Arbeiter mit lederbehandschuhten Händen Glasscherben aus einer Mörtelpfanne werfen.

Die Arbeit geht gut und schnell voran. Zu den vier Guatemalteken des Abbruchtrupps haben sich inzwischen ein Zimmermann und ein Klempner mit Arbeitern von den Fidschi-Inseln und aus der Ukraine gesellt. Sämtliche Möbel und Gegenstände wie etwa Ankas Gemälde (wer weiß, wo die gelandet sind) wurden entfernt. Jede Holzdiele, jede Sockelleiste, jedes bisschen Putz, das mit der Brühe in Berührung gekommen ist, wurde herausgerissen. Vom Container in der Einfahrt her stinkt es, aber im Haus ist davon kaum noch etwas zu merken. Der Abbruchtrupp arbeitet auf dem Dach und zerschlägt mit Hämmern Jazz' Zimmer. Als Matt und sein Bauunternehmer-Freund oben ankommen, ist es nur noch ein Berg aus Holz und zerbrochenem Glas, durchsetzt mit blattlosen Tabakpflanzen, Kleidungsstücken und Büchern.

Sie gehen in Robs Dachbodenzimmer und begutachten den Schornstein. Er hat ein Abzugsloch für einen Franklin-Kaminofen, das mit einem Kuchenblech verschlossen ist.

«Das könnte ich für einen Kamin wieder aufmachen», sagt der Bauunternehmer. «Ich müsste den Schornstein nur weiter unten verstärken und hier einen Träger einbauen.»

«Der ist zu klein», sagt Matt. «Wahrscheinlich baue ich eher einen weiteren Schornstein an der Seite. Ein kleines bisschen Luxus, wenn ich das Haus isoliert und eine Wärmepumpe eingebaut habe.»

Sie gehen nach unten. «Du könntest hier mehr als eine Wohnung pro Etage reinsetzen», rät ihm der Bauunternehmer. «Wenn du die Wohnungen zu groß machst, hast du irgendwann Familien drin. Man kann sich nicht darauf verlassen, dass Mieter Single bleiben. Man muss ihnen von Anfang an Daumenschrauben anlegen.»

«Das werden keine Wohnungen. Das wird ein Gemeinschaftszentrum. Im Erdgeschoss ein anarchistisches Buchladencafé. Darüber Yogaunterricht, Babymassage, dieser ganze Kram. Und ganz oben wohne ich. Ein Apartment. Die Duschen sind für das Yogastudio.»

Der Bauunternehmer schweigt. Schließlich sagt er: «Das könnte sich irgendwann ganz gut für dich auszahlen.»

«Es wird ‹Norman Baker Center› heißen, nach meinem Vater. Der ist hier geboren. Eine gemeinnützige Institution nach Paragraph 501(c)(4).»

«Das wird das Viertel wieder ziemlich auf Vordermann bringen, du alter Schwerenöter.»

Genau das hat Matt vor. Vielleicht ruft der Name Spender auf den Plan oder die Unterstützung seitens der Sekte seines Vaters, wodurch er schneller aus den roten Zahlen käme und Kapital für Immobilienspekulationen hätte. Am Ende werden zwar ein paar Nachbarn Mieterhöhungen bekommen, aber insbesondere eine Anarchistin wird, wenn alles gutgeht, mietfrei in einer komfortableren Umgebung wohnen, als sie je eine gekannt hat. Seine Großzügigkeit rührt ihn selbst zu Tränen, als er auf dem Rückweg den Bread-Song «It Don't Matter to Me» hört.

Penny steigt in den PATH-Zug nach Midtown Manhattan zu ihrem Bewerbungsgespräch bei der Bank. Sie ist schlecht gelaunt, kratzbürstig und außerdem müde. Diese Stimmung sorgt dafür, dass ihre Miene unbewegt, ihr Schritt fest, ihr Händedruck kräftig und ihre Antworten geradeheraus sind. Als sie wieder geht, hat sie einen Termin im Assessment-Center in Piscataway in der Tasche. Dort wird sie den kommenden Donnerstag und Freitag bei IQ-Tests verbringen und mit Mitbewerbern um imaginäre Führungsrollen konkurrieren.

Erschöpft kommt sie nach Hause. Sie wirft die Aktentasche neben die Tür und geht sofort in die Küche. Sie lechzt nach Zigaretten und Bier. Zunächst mal gibt sie sich mit Bier zufrieden.

Barry überbringt ihr die Neuigkeit. (Später werden es auch noch Maureen, Rufus und Stevie tun.) «Hast du gehört, dass das Nicotine ein anarchistisches Gemeinschaftszentrum werden soll?»

«Was? Sind sie wieder zurück?» Blitzartig steht ein Bild des Hauses vor ihr, als sie es das letzte Mal gesehen hat, und sie fährt fort: «Das ist unmöglich.»

«Nein, dahinter steckt so ein Typ, den wir nicht kennen. Es soll ‹Norman Baker Center› heißen.»

«*Wie* bitte?»

«Flipp nicht gleich aus, das ist nur ein Anarchist aus der Gegend hier, der wahrscheinlich vor hundert Jahren zufällig den gleichen Nachnamen trug wie du. Jedenfalls soll es einen Buchladen geben und eine Bar und Versammlungsräume. Die Nicotine-Leute sind abgehauen, und niemand weiß, wohin, also war es zu haben. Ich finde es toll, dass da mal jemand was für die Allgemeinheit tut und sich nicht nur egoistisch eine leerstehende Immobilie unter den Nagel reißt, um selbst dort einzuziehen. Weißt du, was ich meine? Hausbesetzungen sollten ein Mittel zum Zweck sein, wie die CHA, und nicht nur ein Weg, Miete zu sparen.»

«Es gibt Menschen, die an der Miete sparen *müssen*», sagt Penny trocken.

«Solche Menschen werden so lange Hilfe brauchen, bis die Revolution reinen Tisch macht. Aktivisten einen Ort zu geben, an dem sie sich über Strategien für den erfolgreichen Widerstand austauschen können – das wird uns am Ende weiterbringen. Ich hab eine Zeitlang in einem Buchladen in Arcata gearbeitet. Ich werde mal mit diesem Typen reden. Vielleicht lässt er mich in seinem Laden mitmachen.»

«Wenn er Geld investiert, um das Haus wieder in Ordnung zu bringen», sagt Penny, «wird das vielleicht kein Umsonstladen.»

Penny textet Anka, und Anka lädt sie ein, mit ihr im DJD vegane Pupusas zu essen.

In der Küche singt Sunshine unbesehen ein Loblied auf Matt. Er tüftelt bereits an Plänen, das Zentrum für Bildungsveranstaltungen und Filmvorführungen zu nutzen, in denen für Energieeffizienz geworben wird (eine Klimawandelstrategie, die Elektrizität angeblich so billig machen soll, dass es sich nicht mehr lohnt, sie zu messen. Die Feedbackschleife funktioniert dabei über die gelenkte Senkung der Nachfrage, sodass Kohlekraftwerke – in der Lehre der reinen Marktwirtschaft – zur einzigen ökonomisch rentablen Alternative der Erzeuger werden).

Nach dem Abendessen reden Penny und Anka oben auf Susannahs Bett weiter. Anka sagt: «Noch mal ganz von Anfang an, als wäre Sunshine nicht in der Küche gewesen. Erzähl's mir noch mal.»

«Matt renoviert –»

«Nein! Nein! Falsch! Geht gar nicht!» Beide lachen.

«Tut mir leid», sagt Penny. «Aber wenn du nur einen blassen Schimmer davon hättest, wozu Matt fähig ist –»

«Er hat versucht, Rob umzubringen! Muss er noch zu irgendetwas anderem fähig sein? Und jetzt übernimmt er das Haus. Er ist der gefährlichste gewalttätige Irre, den ich je kennengelernt habe, sogar inklusive Jazz, und er hat Geld, sieht gut aus und ist offensichtlich mit den hiesigen Behörden gut vernetzt, wenn er so schnell eine Baugenehmigung bekommt. Wir sollten die *Polizei* holen.» Wieder lachen beide. «Ich wette, er hat Schmauchspuren auf dem Anzug», fügt sie hinzu. «Jazz wäre so angepisst.»

«‹Norman Baker Center›», sagt Penny. «Ist dir klar, was da passieren wird? All die Jam-Band-Kids, die glauben, mein Vater sei ein psychedelischer Drogenhexer gewesen, werden auftauchen, auf Trip gehen und im Vorgarten übernachten.»

«Na ja, solange sie weiß sind», sagt Anka, «werden sie Matt sein großartiges Investment schon nicht verderben.»

«Wir sollten einen Kredit aufnehmen und der CHA das DJD abkaufen, bevor die Preise anziehen.»

«Als ob die CHA auch nur einen einzigen Eigentumstitel hätte. Na ja, *möglich* wär's. Aber ich glaube, sie machen eher klassische Kleinkreditfinanzierung. Dreitausend Dollar für zwei Jahre bei fünfundzwanzig Prozent, weil nie jemand was zurückzahlt. So was in der Art. Das ist nicht die Größenordnung von – wo arbeitest du gleich noch mal?»

«Erspar es mir, den Namen von Moms Bank auszusprechen. Dass ich vielleicht diesen Job bekomme, ist so was von peinlich.»

Jazz rennt bergab durch graues Ödland. Rob zieht prüfend an Riemen, kontrolliert den Ölstand, füllt Kühlwasser auf. Sorry sitzt in der offenen Seitentür des Kleinbusses und raucht eine. Das Tal liegt im Schatten, die Sonne ist schon hinter einem Berg. Ein Kojote läuft zwischen dem Wagen und dem Mäuerchen hindurch, das den Parkplatz im Petrified Forest von der umliegenden Weite voll puderfeinen Staubs trennt.

Rob folgt Jazz einen der vielen Pfade hinab, die Touristen unerlaubterweise in die Landschaft getrampelt haben. Er schlängelt und windet sich. Rob gelangt zu einer kühlen, ausgewaschenen Senke, deren flacher Boden aus Sand besteht. In der Stille schaut er sich um. Ein Vogel piepst dünn. Jazz liegt oberhalb von ihm im Sand. Die Arme sind ausgestreckt, die Narben heben sich hell von der gebräunten Haut ab.

«Ich will nicht nach Oakland», sagt sie. «Ich will das hier. Die Wüste. Frische zarte Farben und scheue Tiere. Mit diesem gewaltigen, hohen Himmel. Kein Lärm, kein Chaos, kein Müll.»

«Das kann ich nachempfinden.»

«Die jungen Leute gehen in die Städte, um auf den Putz zu hauen.»

«Kennst du jemanden in Taos?»

«Ich habe einen alten Freund, der vor Jahren dort hingezogen ist.»

Rob schweigt lange. Mit einem Stock, so glatt wie Treibholz, kratzt er ein *J* in den harten Sand. «Ich vermute mal, du willst mit ihm Liebe machen.»

Sie liegt noch immer reglos auf dem Rücken und sagt: «Ja.»

Um neun Uhr abends saust Penny auf dem Rad zum Nicotine, weil sie annimmt, dass dort niemand mehr arbeitet. Das Haus ist eingerüstet. Rumänen tauschen die

Fenster gegen moderne Isolierverglasung aus. Honduraner streichen die neuen Fensterrahmen dunkelgrün. Als sie die Vordertreppe hochgeht, sieht sie den Vorarbeiter, der Eiskaffee trinkt. Er wischt sich über die schweißnasse Stirn und spricht sie auf Spanisch an. Ohne zu antworten, liest sie die Bronzetafel an der frisch sandgestrahlten Fassade: NORMAN BAKER CENTER. Die Tafel misst etwa sechzig mal sechzig Zentimeter und funkelt geradezu. Penny macht schnell ein Foto mit ihrem Handy. Sie schielt in das frühere Esszimmer und sieht Einbaubücherregale, die bis zur Decke ragen. Die Küche hat eine lange, geschwungene Vitrine für Backwerk bekommen. Sie geht zu ihrem Rad zurück und fährt schnell davon.

Im DJD sitzt Anka in der Küche und sieht sich mit Sunshine *Homeland* auf einem Laptop (*ihr* Rechner, also nicht *seine* CO_2-Bilanz) an. «Hey», sagt Penny, «ich habe eine Idee.»

Anka folgt ihr ins Wohnzimmer und sagt: «Was für eine?»

Sie zeigt ihr das Foto der Tafel. «Heute Nacht gehen wir dahin, schreiben Nicotine drauf, machen noch ein Bild und schicken es Sorry. Denn ich habe ihr noch nicht davon erzählt, und ich weiß nicht, wie ich ihr es beibringen soll.»

«Wie wär's damit, es Rob zu erzählen?»

«Scheiß auf Rob.»

Anka wirft ihr einen ernsten Blick zu und sagt: «Rob und Jazz haben nichts Verkehrtes getan. Ich glaube, du kriegst da was durcheinander.»

«Ich kriege nichts durcheinander», sagt Penny. «Ich weiß genau, wie ich mich fühle. Ich vermisse weder Sorry noch Jazz, aber Rob vermisse ich so schrecklich, dass ich ihn umbringen könnte.»

«Das ist kindisch.»

«Aber so fühle ich mich. Es ist nicht meine Aufgabe, die Geschichte so zu erzählen, dass ich dabei gut wegkomme.»

«Vielleicht ginge es dir dann aber besser.»

Pennys Miene wird starr und tragisch, inklusive Tränen. «Ich soll also meine Verluste abschreiben, wertberichtigen und einen anderen Typen finden, bei dem ich bei null einsteige? Ausgeschlossen! Rob war meine Idee. Ich bin noch nicht bereit, mich irgendwie zu vergleichen. Ich will ihn vor Gericht sehen!»

«Er ist dein geistiges Eigentum», sagt Anka lachend.

Als es dunkel ist, radeln sie mit einem dicken schwarzen Marker hinüber zum Nicotine.

«Wow», sagt Anka, als sie das Gerüst sieht. Sie schleicht zur Veranda, den Marker in der Hand.

Penny sagt: «Halt.»

«Warum?»

«Schau nach oben. Die Lampenfassungen.»

Anka tut es. Überwachungskameras.

In der Verandadecke sind dort, wo Leuchtkörper sein sollten, durchsichtige Halbkugeln, gespickt mit (Fake-) Kameras. Anka weicht zurück. Sie steigen wieder auf die Räder.

Oben in Susannahs Zimmer schickt Penny Sorry das Foto der Tafel bei Tageslicht und schreibt dazu: «Das NICOTINE. Kein Witz.»

Kurz darauf sieht Sorry es. Sie sitzt auf einem weißen Stuhl aus Spritzgussplastik vor einem Motelzimmer im östlichen New Mexico, raucht eine Zigarette und schaut aus lauter Langeweile nach, ob sie neue Nachrichten hat. Sie ruft Penny an und sagt: «Was zum Teufel? Hey, Penny. Wir sind in New Mexico. Erklär mal.»

«Da gibt's nicht viel zu sagen. Matt und ein Haufen Bauarbeiter haben das Nicotine besetzt.»

«Das sieht wirklich *echt* aus. Du nimmst mich nicht auf den Arm, oder? Gibt es irgendwo anders ein Norman Baker Center? Scheiße! Meinst du *diesen* Matt? Dagegen müssen wir was unternehmen.»

«Dann viel Erfolg. Alle sind begeistert. Es soll ein anarchistisches Gemeinschaftszentrum mit Buchladencafé, Versammlungsräumen und einem Yogastudio daraus werden und dem ganzen Viertel politisches Empowerment und wirtschaftliche Entwicklung bringen. Anka und ich diskutieren schon über unsere Immobilienanlagen.»

«Mal im Ernst, was soll das heißen?»

«Es heißt, dass Matt machtgeil ist. Macht gibt ihm einen echten Kick. Frag Jazz. Macht erregt ihn.»

«Ich kann kaum glauben, dass er es so schnell sauber bekommen hat.»

«Du würdest staunen, was die Leute alles für Geld tun. Ich zum Beispiel habe gerade ein Jobangebot der Bank meiner Mutter angenommen.»

«Also haben wir nichts zu befürchten, wenn wir zurückkommen? Matt wird der verdammte König der Anarchie sein!»

«Natürlich habt ihr nichts zu befürchten. Was könnte ihm mehr Vergnügen bereiten, als dir dabei zuzusehen, wie du in seinem Café einen Latte trinkst? Vielleicht lässt er Rob die Tische abräumen.»

«Für mich ist Jersey City gestorben», sagt Sorry. «Aus und vorbei. Hat dir jemand erzählt, wohin wir unterwegs sind? Oakland.»

«Was gibt's in Oakland?»

«Fahrräder.»

«Ich frag jetzt nicht, wessen Idee das war.»

«Von dort fahre ich vielleicht nach Venezuela weiter.»

«Dann nimm Dollars in bar mit. Die kannst du auf dem Schwarzmarkt für einen Haufen Geld verkaufen.»

«Musst du mir erzählen, aber nicht am Telefon.»

«Abgemacht! Sind Rob und Jazz in der Nähe?»

«Die sind im Zimmer und machen, was sie immer viel zu lange machen. Ich sage nur noch: Leute, werdet endlich mal fertig! Aber Jazz will in Taos abgesetzt werden.»

«Warte mal – was machen sie?»

«Das weißt du nicht?»

«Anka sagte so was, aber ich habe es nicht geglaubt – ich meine, sie sagte, Matt ist ausgeflippt, weil die beiden zusammen im Bett lagen, und ich dachte, na ja, das ist eben Matt.»

«Es war nicht Matt. Es waren die Rammelhäschen.»

Penny hat schwer daran gearbeitet, ihren Kopf klar zu bekommen. Sie will nicht, dass diese neue Information ihn wieder vernebelt.

«Warum hat er mir das bloß nicht gesagt?», heult sie. «Ich hatte keine Ahnung!»

«Die sind an der Hüfte verbunden wie siamesische Zwillinge. Sie treiben mich in den Wahnsinn.»

Penny schaltet das Telefon ab. Aus den Augen tropfen kalte Tränen auf ihr heißes Gesicht.

Im Motelzimmer sagt Rob zu Jazz: «Du bist dir doch klar darüber, dass du, wenn du den ganzen Weg nach Taos auf dich nimmst, um mit jemandem ‹Liebe zu machen›, den du ewig nicht gesehen hast, ihn genau genommen ‹fickst›.»

«Ich fahre nicht dahin, um ihn zu ficken. Ich fahre dahin, um zu sehen, ob ich noch was für ihn empfinde.»

«Und wenn du bei ihm vor der Tür stehst, weiß er genau, was du vorhast. Niemand fährt so weit, nur um zu reden. Inzwischen gibt es so was wie Telefone. Du lieferst dich aus und machst dich verletzlich. Darf ich mich da nicht manchmal um dich sorgen?»

«Warum?»

«Was hast du vor, wenn er mitmacht? Ich meine, wenn ihr dann miteinander geschlafen habt und er sagt: ‹Tschüs, und ein schönes Leben noch.› Mit deiner Pistole raus in die Wüste gehen? Du machst es ihm viel zu einfach. Er muss nur alles dir überlassen, und du verwandelst es in eine Liebesgeschichte, noch bevor du ihn überhaupt getroffen hast. Hast du eigentlich eine Vorstellung davon, was für ein heißer Feger du bist? Er wird nicht nein sagen. Zumindest hattest du ja mal ein paar anatomische Ansprüche. Deshalb mache ich mir schon Sorgen.»

«Ich habe diesen Typen wirklich geliebt, und er war Nichtraucher und hatte keinen großen Schwanz – ein Versager also.»

«Wie viele von der Sorte kennst du eigentlich? Hast du eine Liste, die du abarbeitest?»

«Inzwischen denke ich da anders.»

«*Völlig* anders. Deshalb hast du auch eben noch mit mir ‹Liebe gemacht›, während du schon überlegt hast, wie du nach Taos kommst und mich dort abservierst.»

«Ich dachte, du wüsstest, was nicht monogam bedeutet.»

«Bring ihn zumindest dazu, auch was dafür zu tun. Sag zum Beispiel, dass du nach Santa Fe unterwegs bist, dann siehst du, ob er dir anbietet, da hinzukommen.»

«Ich glaube nicht, dass er das tun wird.»

«Wie kommst du dann auf die Idee, dass er dich liebt, verdammt?»

«Er liebt mich nicht! Ich habe ihn verlassen, weil er einen kleinen Schwanz hatte und ich nicht rauchen durfte! Wahrscheinlich *hasst* er mich. Vergiss es. Ich hol mir mal eine Zigarette von Sorry.»

«Du hast doch aufgehört.»

«Aber wenn ich wieder anfinge, hätte ich eine tolle Entschuldigung dafür, einen doktrinären Nichtraucher *nicht* besuchen zu fahren.»

«Bleib bei mir im Bett, und ich bringe dich nach Taos.»

Jazz steht auf, öffnet die Tür und geht hinaus. Wortlos zeigt Sorry ihr das Foto der Bronzetafel. Jazz zieht sie ins Zimmer. Sie zeigen es Rob.

Etwa um elf am nächsten Morgen kommen sie in Santa Fe an. Mit großen Kaffeebechern vom 7-Eleven in den Händen machen sie einen Schaufensterbummel. «Norman Baker Center», sagt Rob aus heiterem Himmel.

«Du bist wie ein Furby», sagt Sorry. «Wisst ihr noch, dieses Spielzeug, das irgendwelchen Scheiß von sich gibt, als wäre es auf Trip?»

«Acht Jahre habe ich an diesem Haus gearbeitet. Acht Jahre.»

«Erspar uns dein Gejammer.» Jazz zeigt auf eine Zuni-

Halskette in einem Schaufenster. «Was ist das für ein Stein? Der ist wirklich wunderschön.»

«Der ist aus einer Mine. So was darf man nur tragen, wenn man in einer Mine arbeitet.»

«Schau mal, das Bild.»

«Wo ist das?»

«Das ist Taos Pueblo, Mann.»

Rob schaut es sich genauer an. «Vielleicht könnten wir doch nach Taos fahren.»

Sorry gibt die Adresse des Freundes in Google Earth ein. Ihr Handy zeigt genau den Weg von ihrem Standort vor einem Andenkenladen in der Innenstadt von Santa Fe zu ihrem Ziel an, das, wie es scheint, auf einem Berggipfel liegt. Sie legen bei 7-Eleven zum Lunch Burritos in die Mikrowelle und fahren los.

Das Handy führt sie auf einen Feldweg gegenüber einer Jugendherberge auf den Klippen über dem Rio Grande. Der Kleinbus rutscht und schleudert den Hügel hinauf. Über ziemlich große Steine holpert er auf der anderen Seite wieder hinunter. Er rutscht den nächsten Hügel hinauf und einen weiteren hinunter. WLAN-Netze gibt es nicht. Sogar das Ortungssignal des Handys ist zu schwach. Die Straße führt den Talboden im Flussbett entlang. Sie erreichen einen möglichen Abzweig, und Sorry sagt: «Dieses Telefon hat keine Ahnung, wo wir sind, aber wir müssen uns rechts halten.»

Rob biegt rechts ab. Der Kleinbus schlingert über den Rand des Bachufers und kommt auf eine breite Schotterstraße. «Die muss neu sein», sagt Rob. Er schlägt links ein (er kommt in einem spitzen Winkel auf die Straße, also muss er zunächst links einschlagen, um dann rechts abzubiegen), und der Wagen hüpft, jetzt mit einer ordentlichen Geschwindigkeit von zwanzig bis dreißig Kilometern, über waschbrettartige Wellen aus blauem Granitsplitt.

Oben auf einem Hügel hat das Handy wieder Empfang. «Nur noch sechs Meilen», berichtet Sorry.

«Wehe, wenn er nicht hübsch ist», sagt Rob.

«Wehe, wenn er nicht zu Hause ist», sagt Sorry.

«Hier draußen schließen die Leute ihre Türen nicht ab», sagt Jazz. «Da können sie wenigstens sicher sein, dass sie nicht aufgebrochen werden.»

«Du Hausbesetzer-*Schlampe*», sagt Sorry.

Vor einer unübersichtlichen Kurve bremst Rob ab. «Irgendwelche Nachbarn?»

«Nicht auf Google Earth.»

Rob sieht Wapitis. Er hält an, um zuzusehen, wie sie im Bachbett äsen. Er legt die Hand auf den Zündschlüssel, lässt aber den Motor laufen. Dann legt er wieder den Gang ein und fährt los, und die Wapitis heben die Köpfe. «Das ist wunderschön. Was essen die Leute, wenn sie sich wochenlang hier draußen aufhalten?»

«Apokalypsefutter für Survivalisten, zum Beispiel Weizenkörner und Dosenmandarinen. Aber mach dir keine Hoffnungen! Er wird schon zu Hause sein.»

Eine halbe Stunde später endet die Zufahrt in einer engen Wendeschleife. Verwirrt betrachten sie die Klippe vor ihnen. Schließlich sagt Sorry: «Ich sehe es!» Sie springt aus dem Kleinbus und läuft auf die Eingangstür zu, die fast parallel zur Blickrichtung der Besucher steht. Das Haus ist teilweise in den Berghang eingebettet, halb verborgen unter einer Felswand, wie eine Höhlenwohnung. Die Fassade besteht aus Felsgestein mit Flechten und Steinbrech. Das

Kupferdach ist in einem stumpfen Braun gestrichen. Sogar aus der Nähe sind die Umrisse des Gebäudes kaum zu erkennen.

«Ist doch verrückt, so ein getarntes Haus zu bauen mit einer Zufahrt, die man vom All aus sieht», sagt Rob.

«Er ist kein Survivalist», sagt Jazz. Sie klingelt. Sie klopft. Sie ruft: «Jemand zu Hause?»

Sorry geht zurück zu Rob. Mit Blick auf die Eingangstür sagt sie verschwörerisch: «Es ist kein Auto da.»

«Und keine Garage», sagt Rob. «Die Straße sieht brandneu aus. Er muss das hier mit Maultieren gebaut haben.»

«Das Haus ist offen», sagt Jazz. Sie geht hinein.

Die Möblierung ist improvisiert und besteht aus Brettern, die über Stapeln von Hardcover-Büchern gelegt sind, alle noch mit Schutzumschlag und eingeschweißt, die meisten in fremden Sprachen und alle vom selben Autor: Barrett Cartwright.

«Ich nehme an, dies ist das Haus von Barrett Cartwright», sagt Rob.

«Das ist seine Schreibstube», sagt Jazz. «Er ist nie hier. Er hat mir erzählt, dass er hier ein paar Vorräte hat, falls ihm je nach Schreiben ist.»

«Jetzt versteh ich dich überhaupt nicht mehr. *Kein bisschen*. Ich dachte, du wolltest ihn treffen.»

«Wollte ich auch. Aber mein Lebenstraum ist es nicht.»

Sorry steht im summenden Leuchten der offenen Kühlschranktür und sagt: «Hier sind mindestens vier Kästen Cider drin.»

«Er muss die Straße gebaut haben, als er Strom hierhergelegt hat», sagt Jazz und verteilt Flaschen an alle.

Um sich die Hände zu waschen, öffnet Sorry den Hahn

über der Spüle, aber nichts kommt heraus. «Habt ihr mal *Avanti Popolo* gesehen?», fragt sie. «Ein israelischer Film über diesen ägyptischen Shakespeare-Darsteller, der in der Wüste überlebt, weil er Wodka trinkt, den er toten schwedischen Blauhelmsoldaten abgenommen hat. Aber in Wahrheit kann ich mich nicht genau erinnern, ob er überlebt –»

«Nein.»

«Ich hoffe, dein Freund Barrett hat hier irgendwo Wasser.»

«Entspann dich», sagt Rob. «Bis Taos ist es nur ein Tagesmarsch.»

Er erkundet das Haus. Nachdem er den Hauptwasserhahn in der Vorratskammer geöffnet hat, sprudelt es klar und kalt aus dem Hahn in der Küche. Er stellt den Boiler an.

Am nächsten Morgen macht Sorry noch vor dem Frühstück einen Spaziergang. Über Hafergrütze mit Sirup schlägt sie vor, sie sollten eine Landwirtschaftskommune gründen und für immer in Cartwrights Haus bleiben. Sie zieht die sechzehnte Zigarette aus ihrer vorletzten Packung American Spirit, klopft damit auf den Tisch und geht nach draußen zum Rauchen.

Rob kann sich eine Woche vorstellen. Jazz stimmt zu und sagt, Wasser (Tank auf dem Dach) und Lebensmittel (Vorratskammer) reichten nicht ewig. Auch die vier oder mehr Kästen Cider deuten auf die Monatsration eines einzelnen Menschen hin. Drei Gäste für eine Woche gäben ihrem Freund eine Frist von einer Woche, bis er wieder einkaufen müsste. Sorry kehrt von draußen zurück und sagt:

fünf Tage, denn im Notfall kommt sie mit fünf Zigaretten am Tag über die Runden.

In genau diesem Augenblick erklärt sich ein Online-Spiele-Kumpel von Matt, der in der Abteilung Datengewinnung und Precrime (vgl. *Minority Report*) des «Real Time Crime Center» beim NYPD arbeitet, dazu bereit, Jazz' Handy zu orten.

Die ersten Versuche schlagen fehl. Auf dem Spieler-Chat von «World of Warcraft» schreibt er Matt: Keine Chance. Vmtl. Prepaidhandy.

PKK-Abschaum, antwortet Matt, aber total scharf, wenn ich sie kriege, nagle ich sie so was von durch.

An diesem Tag raucht Sorry fünf Zigaretten.

Sie ahnt, dass sie unglücklich sein wird, wenn sie all ihre Zigaretten aufgeraucht hat. Sie will Cartwrights Haus nicht verlassen.

Am zweiten Tag raucht sie vier, am dritten zwei, damit hat sie noch fünfzehn.

Tag fünf: drei. Tag sechs: drei. Tag sieben: drei. Tag acht. Keine.

Am neunten Tag spürt sie, wie die Manie zurückkommt. Sie fragt sich, ob das ein umgekehrter Placeboeffekt sein könnte, aber die Farben sind so lebendig, der Himmel so weit und blau, Cartwrights Werk so fesselnd, ihre eigenen ungeschriebenen Gedichte so *gut*.

An den heißesten Tagen geht sie allein in die Hügel. An einem dieser Tage erklettert sie einen kleinen, aber steilen und zerklüfteten Gipfel, und als sie oben steht, zieht sie ihr

Hemd aus und sagt zur Sonne: «Sonnenlicht. Erfülle mein Herz.» Daraufhin erfüllt Sonnenlicht ihr Herz (ein unerklärlicher Vorgang, der sich jeder prosaischen Beschreibung entzieht). Als sie zurück ist, gibt sie die restlichen sechs Zigaretten Rob. «Heb die für mich auf», sagt sie. «Wenn Cartwright auftaucht, werde ich sie wirklich brauchen.»

Er dreht sie zwischen zwei Fingern und sagt: «Ich weiß sowieso nicht, wie du die noch rauchen kannst. Sie sind mehr als trocken.»

«Das kommt von dieser Hitze. Es ist, als würden sie ständig brennen. Ich kriege schon ein High, wenn ich nur daran rieche.»

Er schnuppert an einer. «Ich könnte jetzt eine rauchen, ohne wieder süchtig zu werden. Man kann ja weit und breit keine kaufen.»

«So läuft das aber nicht. Süchtig bist du für immer. Du müsstest nur wieder auf Entzug gehen.»

Er seufzt.

Oberhalb des Hauses gibt es eine Zisterne ohne Dach, ein Reservoir mit steilen Wänden, das etwa sieben mal zehn Meter misst, Tiefe unbekannt. Als Jazz vorschlägt, dort schwimmen zu gehen, protestiert Rob: «Das ist unsere Trinkwasserreserve.» Sie deutet auf die kleinen Fische und die Schildkröte. In der schimmernden Nachmittagshitze schwimmen sie alle darin, schieben sich durch die Algenschicht.

Bei Vollmond geht Jazz allein hinaus, um nackt in der nächtlichen Kühle zu schwimmen. Am Ufer sieht sie zwei weit auseinanderstehende Augen, die blutrot schimmern und sie beobachten, und am Morgen findet sie die Fährte eines Pumas. Jeder Abdruck ist so groß wie ihre Faust, wie eine Hundespur ohne Krallen.

«Lasst uns bloß so schnell wie möglich hier abhauen», berichtet sie den anderen am nächsten Morgen. «Ich bin fast bei lebendigem Leibe von einem Puma gefressen worden.»

Auf diese Neuigkeit hin zündet Sorry sich die sechstletzte American Spirit an.

Genau in diesem Augenblick beendet Matts Freund vom NYPD seine Serie von Versuchen, Jazz zu finden. Tut mir leid, Mann, sie ist abgetaucht, textet er Matt. Vom Erdboden verschluckt.

Nachricht oder keine Nachricht?», fragt Jazz mit Blick auf den Esstisch.

«Hinterlass ihm keine Nachricht», sagt Sorry. «Soll er doch rätseln.»

Sie holpern neun Meilen die neue Schotterpiste hinab. Am Ende, dort, wo sie auf die Hauptstraße stößt, sind ein Zaun, ein Graben und ein neues, hohes, stabiles Tor, das ziemlich verschlossen aussieht. Zum Überwachungssystem gehört eine Kamera, die nach draußen gerichtet ist, und auf der anderen Seite des Zauns ein Pfahl mit einer Tastatur. Sie drehen um, fahren zwei Meilen zurück und versuchen, über Google den kürzesten Weg nach Taos zu finden. Google weist ihnen den, auf dem sie hergekommen sind.

Rob sagt, es habe schon was Symbolisches, wenn man

vom Zeitunterschied zwischen Information und Wirklichkeit profitiere.

Jazz sagt, Google sei ein Palimpsest – kein bedrohliches Medium, das niemals vergesse, sondern wie eine Rückkehr zu jenen Tagen, als Pergament noch etwas Wertvolles war, bevor Papier allgemein verfügbar und ein Wegwerfprodukt wurde. Es sei eine Bibliothek, die das ganze menschliche Wissen enthalte, für immer sicher vor Feuer und Verfall. «Wenn wir in der Bay Area überleben wollen, müssen wir unsere Vorbehalte gegen das Internet ein bisschen zurückstellen», sagt sie und streckt die Füße aus dem Fenster.

Ein staubiger Wind wirbelt in den Kleinbus, während er durch ausgetrocknete Täler gen Taos kriecht, wo sie auf ein paar Limonaden haltmachen.

Das erste Treffen des ‹Komitees zur Rückeroberung des Nicotine› ist gut besucht. An einem Dienstagabend um acht drängen sich dreißig Menschen im Wohnzimmer des DJD, davon acht auf der DJD selbst.

Anka beschreibt den Abend, an dem Jazz das Eimermonster erlegt hat. Sie vermeidet sorgfältig abfällige Bezeichnungen wie «Arschloch» und berichtet so genau wie möglich von den Ereignissen.

«Ich bin irritiert», sagt ein junger Mann. «Ist Matt Baker nicht der Typ, der das Nicotine hat saubermachen lassen und es der Gemeinschaft zur Verfügung stellen will?»

«Lass sie fertig erzählen», sagt eine Frau. «Ich habe dieses Haus auf Facebook gesehen, und ich hätte auf jeden Fall Interesse, dort zu wohnen.»

Anka fasst sich kurz, redet nur etwa drei Minuten lang.

Sie schließt mit einem Appell zur Solidarität. Niemand, sagt sie, solle das Recht haben, Bewohner aus CHA-Häusern zu vertreiben.

Als sie fertig ist, hebt Sunshine die Hand. Er präsentiert Argumente *für* die Vergesellschaftung.

1. Das Zentrum wird Besucher und neue Bewohner der Gemeinde anziehen, was die Gemeinschaft wachsen lässt und ihr Profil schärft. 2. Das Nicotine ist das größte Gebäude der CHA-Gemeinschaft, auch das mit den größten Zimmern – für ein Gemeinschaftszentrum wie geschaffen –, und trotzdem war es, obwohl es keine schlüssige aktivistische Agenda hatte, gänzlich in privater Hand. 3. Rob könnte selbst schuld sein. 4. Das Nicotine wurde von seinen Bewohnern verwüstet, während der Stifter des Zentrums es gratis wieder aufbaut. 5. Sunshines eigene, zunehmend beliebte Veranstaltungen zum Klimawandel sprengen inzwischen die Räumlichkeiten des DJD – vor allem schaden sie der DJD selbst, die erheblichen Verschleiß zeigt –, und ihn hat es seit Jahren befremdet (er verwendet ein anderes Wort), dass sich im Nicotine ein sehr großes Wohnzimmer befindet, das man nicht nutzen kann, weil es wie ein Aschenbecher riecht. 6. Wenn dieser Raum erst mal gelüftet ist, wäre dort im Erdgeschoss Platz für einen geschützten Kinderhort mit Gartenzugang – es sei denn, der Buchladen soll echt groß werden, was Sunshine bezweifelt. 7. Gerüchten in den sozialen Medien zufolge soll das Yogastudio im ersten Stock einen Umkleideraum und Duschen bekommen.

Weil die wenigen Kleinkinder der Gemeinschaft derzeit in einem Kindergarten untergeschlüpft sind, der aus Picknicktischen auf einem leeren Grundstück besteht, auf dem zerbrochene Flaschen und verrosteter Schrott aus dem

Boden ragen, stehen ein paar Frauen auf und applaudieren. Eine Bewohnerin des Stayfree regt an, ihr Haus solle federführend den gemeinsamen Kinderhort im Baker Center betreiben. Andere schlagen vor, den Kindern das Backen beizubringen, sodass sie die Miete in Naturalien bezahlen können, Kuchenlollis für das Café!

Es wird fröhlich gelacht, und ein unterschwelliges, zustimmendes Gemurmel für die Yogainitiative ist zu hören.

Penny sitzt untätig auf dem Boden. Sie stellt sich vor, den Versammelten von ihrer Verwandtschaft mit Norman Baker zu erzählen. Sie stellt sich vor, sie vor Matt zu warnen, als hätte Anka nicht schon genug gesagt. Sie stellt sich vor, sie dafür zu begeistern, das Nicotine so zurückzuerobern, wie sie es sich vorstellt. Jedes Mal, wenn sie anfängt, langsam die Hand zu heben, lässt ein Adrenalinstoß ihren Puls in die Höhe schnellen und die Hand wieder sinken. Sie ist einfach zu involviert. Das lähmt sie.

Sie ist erschöpft vom Lesen der empfohlenen vorbereitenden Lektüre für ihre künftige Stellung als globaler Rohstoffanalysten-Trainee. Sie steht in ständigem Kontakt mit ihrem Supervisor. Ihre Mutter bekommt begeisterte Rückmeldungen. Sie stürzt sich mit erbitterter Konzentration auf die Bücher und PDFs und hat ständig das Gefühl, sie würde achtzehn Stunden am Tag auf ihr Handy starren und feierlich Gedanken an Rob heraufbeschwören und ebenso feierlich alle an Matt unterdrücken, wenn sie nicht derart beschäftigt wäre.

Es ist unvermeidlich. Die beiden sind jetzt untrennbar durch einen Gewaltakt miteinander verbunden.

Tatsächlich investiert sie täglich nicht mehr als zwei Stunden ins Aufs-Handy-Starren. Sie ist fix und fertig und fühlt sich übers Ohr gehauen, und sie war selten so leistungsfähig. Aber wenn es um das Nicotine geht, ist ihr Standardmodus innere Leere. Sie konzentriert sich auf ihren neuen Job. Ihre Gefühle sind weit hinten in ihrem Kopf verborgen, dort, wo sie auch ihren Anfang genommen haben.

Im Lauf der nächsten Woche betreibt Sunshine eine, wie er es nennt, «verbale Kampagne» gegen die Bewohner des Nicotine und Penny. Er zieht ihre Motive in Zweifel. Um jederzeit glaubhaft dementieren zu können, meidet er die sozialen Medien. Er vertraut Freunden an, erst das Eingreifen des «Blauen Blocks» bei der *#climbit*-Demo habe zu Susannahs Verletzungen geführt. Er deutet an, im «Blauen Block» könnte es Spitzel geben. «Warum wurde kein Verfahren gegen Penny und Sorry eröffnet? Warum war Jazz nicht beim Freedom Tower?», fragt er – rein rhetorisch.

Susannahs Freunde schäumen. Wenn sie Anka oder Penny treffen, grüßen sie nicht einmal mehr.

Zu Susannahs Kreis gehören die jüngsten und hübschesten Frauen der CHA-Gemeinschaft. Sie haben beträchtlichen Einfluss.

Gegenüber den Bewohnern des Tranquility spricht Sunshine nicht schlecht über das Nicotine. Sein strikter Ehrenkodex sagt ihm, es wäre unrecht, Penny obdachlos zu machen. Was Anka betrifft, so glaubt er, wird es nur eine Frage der Zeit sein, bis sie das DJD verlassen muss, da sie ohnehin nur provisorisch in Susannahs Mobiliar dort wohnt und niemand mit ihr redet. Sie wird immer mehr vereinsamen und irgendwann ausziehen. Außerdem passt ihre HIV-Arbeit sowieso nicht zum Thema des Hauses.

Das zweite Treffen im DJD ist nur noch schwach besucht: Anka, Penny, Rufus, Maureen, Stevie und Barry – also die Leute aus dem Tranquility, ausgenommen Jacob. Die Bewohner des DJD gehen ihren eigenen Beschäftigungen nach, im oberen Stockwerk oder in der Küche.

«Das ist das perfekte Thema für das Tranquility», sagt Anka. «Wir haben hier Ortsansässige, die von einem Unternehmer aus ihrem Haus vertrieben werden. Das ist keine normale Gentrifizierung, bei der Mieter einfach über die Miete rausgedrängt werden. Rob und Jazz haben das Haus aufgebaut. Es gehört ihnen. Es war eine Ruine, bevor Rob da eingezogen ist.»

«Aber es gehörte doch der Familie dieses Typen», sagt Maureen. «Also ist er naturgemäß stärker auf den Geist des Hauses eingestimmt. Den Genius Loci, wisst ihr? Er hat dort seine Wurzeln. Es ist Teil seiner Kindheit.»

«Er hat es verkommen lassen, und jetzt macht er es kaputt. Das Haus ist ihm völlig egal! Er zieht neue Fußböden ein und tapeziert und streicht alles neu! Es wird nicht *wiederzuerkennen* sein. Wie ist das mit Verwurzelung vereinbar? Für ihn ist das Haus nichts als eine weitere Investition. Wahrscheinlich ist er nur scharf darauf, es wieder zu verkaufen.»

Stevie sagt: «Jemand, der sein Erbe verkauft, verdient nicht, es anzutreten.»

Penny sagt nichts, aber sie ist stolz auf ihre Mitbewohner.

Das Komitee einigt sich darauf, dass Rob und Jazz autochthone Rechte auf das Nicotine haben und dass Matts finanzielles Engagement die aus dem Erbe ableitbaren aufhebt.

Aber keiner hat einen praktikablen Vorschlag, was man nun tun könnte. Sabotagepläne scheitern immer wieder an den (Attrappen der) Überwachungskameras, während sich Vorschläge, Matt bei dieser oder jener Behörde anzuschwärzen, an dem unsicheren rechtlichen Status der CHA-Häuser und/oder Jazz' Waffe zerschlagen. Das Komitee beschließt, sich zu vertagen.

Das dritte Treffen findet im Tranquility statt. Außer Penny taucht nur Jacob auf. Da er die ersten beiden Treffen versäumt hat, ist er jetzt neugierig, was passieren soll. Er bittet Penny, ihn auf den Stand zu bringen. Sie berichtet ihm alles, was sie über Matts Pläne weiß.

Im Gegenzug äußert Jacob sich lobend über Matts Arbeit an dem Haus, das, offen gesagt, ein Sauladen gewesen sei, mit der Toilette in der Küche und einem Zimmer mit Eimern voller du-weißt-schon, hör mal, gib es zu, das ist so verrückt, dass es schon fast krank ist. Er habe Rob ja nie kennengelernt, aber man müsse zugeben –

Penny sagt, sie müsse gar nichts zugeben, und bricht das Treffen ab.

Am Samstagmorgen sitzt sie in der Küche, stützt das Kinn in die Hand und lässt einen Nickel auf dem Tisch tanzen. Sie versucht, an nichts anderes als Rohstoffe zu denken, denn alle konkurrierenden Gedanken, die sich ihr aufdrängen, sagen ihr, dass sie traurig und dumm ist.

Zum Beispiel ihre Kampagne gegen Jazz' Affäre mit Matt – die hat sie wirklich prima hingekriegt. Hat bekommen, was sie wollte. Die beiden haben sich getrennt! Gute Arbeit, Penny! Was aber danach geschah, war so unausweichlich, dass sie das Gefühl hat, es selbst heraufbeschworen zu haben. *Sie* hat Rob und Jazz einander in die Arme getrieben. Hat ihnen so viel Angst gemacht, dass sie zusammen abgehauen sind. Woher der große blinde Fleck? Und warum hat sie geglaubt, Matt würde auf Frustration besonnen reagieren?

Sie erinnert sich an ihre noch gar nicht so alte Erkenntnis, dass sogar ihr Vater ihm nachgegeben hat. Damals hat sie das für eine Schwäche von Norm gehalten. Jetzt spürt sie – fast wie Magenschmerzen –, wie überheblich es von ihr war zu glauben, Matt ließe sich wie ein normaler Mensch ausbremsen, unter Druck setzen, beschwichtigen oder ruhigstellen.

Wenn sie jetzt an ihn denkt, stellt sie sich ein steinernes Götzenbild vor, das durch ständige Opfergaben gnädig gestimmt werden muss. Sie sieht sich selbst, wie sie Ringelblütenblätter auf ihn herabregnen lässt und ihm die Füße mit Ghee einreibt. Nichts kann diesen Götzen verletzen. Kein Messer seine steinerne Macht durchdringen. «Ich hasse dich», sagt sie laut.

Sie öffnet den Laptop und schreibt ihrer Freundin Fon in Terre Haute.

Hey Fon, wie schaut's? Das war's mit meinem kriminellen Leben! Ich habe einen Job. Bei MOMS Bank. SCHEISSE! Und der Mann, den ich LIEBE, ist WAS WEISS ICH WO! Er hatte keinen Grund, die Stadt zu verlassen oder aufzuhören, mit mir zu reden, außer vielleicht dass mein verdammter Bruder versucht hat, ihn umzubringen. Westküste? Mit zweien seiner Mitbewohnerinnen. Eine ist dick wie eine Zecke, also Entwarnung, aber die andere ist so eine bewaffnete und gefährliche Liebesgöttin.

Sie betrachtet diesen E-Mail-Entwurf. Ihr geht auf, dass sie vielleicht niemandem einen Gefallen tut, wenn sie so etwas über das Internet versendet. «Bewaffnet und gefährlich». Ungut.

Sie erwägt, mit Fon über Google zu chatten oder sie anzurufen. Ihr fällt das Diktierprogramm auf ihrem Handy wieder ein, das jedes ihrer Worte versteht.

Sie löscht, was sie geschrieben hat, und fängt von vorn an.

Hey Fon. Hier geht alles ziemlich drunter und drüber. Aber ich habe einen Job! Bei Moms Bank. Ich besuch dich dann im Paradies, sobald ich Urlaub nehmen kann. Mein neuer englischer Name ist Gypsy Lee Baker. Gefällt er dir?
Liebe Grüße, GLB

Sie verschickt die Mail und bekommt keine Antwort.

Das Telefon klingelt. Es ist Rob. Ohne dass die Traurigkeit verfliegt, gerät sie jäh in einen außerkörperlichen Zustand, der sie so in Bann schlägt, dass sie kaum atmen kann.

«Wir sind bald in Oakland», sagt er. «Willst du nicht rüberkommen?»

«Ich habe einen Job.»

«So schnell? Arbeitest du schon?»

«Nein. Ich habe ein Angebot angenommen, und nächsten Monat geht es los.»

«Dann komm nach Oakland.»

«Wo seid ihr jetzt?»

«Albuquerque. Jede Menge Räder, aber keine U-Bahn. Es ist scheiß-heiß. Ich freu mich auf die Küste. Komm zu uns.»

«Nein. Mach's gut, Rob.» Sie legt auf.

Sie starrt auf das Telefon und spürt förmlich, wie der Stress aus ihr entweicht – der Stress des Verliebtseins. Es ist, als hätte sie sich befohlen, ihn mit der Schere entzweizuschneiden. Sie ist einfach nicht mehr nur eine Person.

Da kommt Barry in die Küche. «Hey, Penny. Du weinst? Wie ich höre, hast du gute Gründe dafür.»

Sie putzt sich die Nase und sagt: «Wovon redest du?»

«Du warst mit dem ‹Blauen Block› am Freedom Tower.»

«Genau, und ich bin verhaftet worden und habe vierundzwanzig Stunden in den Tombs verbracht!»

Er kichert hämisch.

Sie schließt den Laptop und läuft in ihr Zimmer hinauf. Sie geht online und fängt an, nach einer Einzimmerwohnung zu suchen.

Inzwischen bedenkt sie ihre Mitbewohner und fast jeden bei der CHA mit einem entschiedenen, rationalen Hass. Sie hatten die Wahl zwischen ihr und Matt, und sie haben Matt gewählt.

Dieser Hass ist parallel zu dem auf Matt entsprungen, und man könnte mit gutem Grund erwarten, dass die beiden Ströme sich zu einem einzigen, stärkeren Hass vereinigen. Stattdessen brütet sie jetzt darüber nach, wie sehr sie die Anarchisten hasst. Was sie dafür geben würde, ihnen zu entkommen. Welch miese Wohnung in Queens sie mieten würde, nur um sie nie wieder sehen zu müssen.

Im Klartext: Weil sie Matt nicht entschieden hassen

kann, ohne an Rob und Jazz zu denken, hasst sie stattdessen die Anarchisten.

Aber eigentlich kann sie die nur schlecht hassen. Es sind so lahmarschige Leben-und-leben-lassen-Pseudorevolutionäre, dass es schon wieder zum Lachen ist.

Also richtet sie ihren Hass von neuem gegen Matt, indem sie sich ihn mit Jazz zusammen vorstellt. Einen Augenblick lang vergisst sie ganz das Thema Wohnung.

Ihr Hirn packt die Gelegenheit beim Schopf und nutzt die brachliegende Rechenkraft, um sich dem lange vernachlässigten Thema Rob zuzuwenden. Er sucht sie mit Flashbacks heim wie ein vergessener LSD-Trip. Gerade starrt sie noch auf eine Anzeige für ein Studio-Apartment in Inwood, und schon wird ihr heiß und kalt und ein bisschen übel, als stünde er ihr direkt gegenüber, so nahe, dass sie ineinanderfließen. Durch ihre Vagina zieht ein dumpfer Schmerz, und ihre Seele wummert von innen gegen das Brustbein.

Sie ruft ihn zurück und erwischt ihn auf dem Beifahrersitz des Kleinbusses. Sorry fährt, und Jazz liegt ausgestreckt auf der Rückbank. «Sag mal», sagt sie grußlos, «du ziehst also wirklich nach Oakland?»

«Ich weiß nicht. Im Moment habe ich einfach Angst, wieder nach Hause zu kommen. Falls ich überhaupt noch ein Zuhause habe! So einfach ist das.»

«Ich liebe dich und will mit dir zusammen sein.»

«Dann komm uns in Oakland besuchen.»

«Warum sagst du das? *Warum?* Um mich zu verletzen? Ich soll also zu euch kommen und mit dir und Jazz herumhängen?»

«Wir sind kein Paar.»

«Sie sind kein Paar!», ruft Sorry so laut, dass Penny sie

deutlich versteht. *« Sie haben erbärmlichen Sex! Wenn sie vögeln, kannst du eine Stecknadel fallen hören!»*

«Dank Sorry von mir», sagt Penny.

«Du bist diejenige, die er liebt!»

«Man kann uns nicht als Paar bezeichnen», bekräftigt Rob. «Wir sind nicht monogam.»

«Gib mir Sorry», sagt Penny, und Rob reicht ihr das Telefon. «Hey, Sorry. Hör verdammt noch mal auf, mich zu *quälen*. Erzähl nicht so einen Scheiß, wenn er nicht stimmt.» Penny hört ein zustimmendes Hrmpf. «Ich weiß, dass Jazz auch da ist. Hey, Jazz. Jas-mine!» Sorry gibt das Handy an Jazz weiter. «Jazz, Schwester, sag mir die Wahrheit. Habt ihr zwei heißen Sex?»

«Ich kann nicht aufhören, an Matt zu denken.»

«Allmächtiger!», jault Rob.

«Nun mach mal halblang», sagt Jazz. «Er ist einfach eine sehr intensive Erfahrung.»

«Mehr will ich gar nicht hören», sagt Penny. «Vielleicht komme ich doch noch rüber und besuche euch, bevor ich meinen Job antrete.»

Auf dem Rücksitz ausgestreckt, textet Jazz. Beim Nacktbaden sah ich einen Puma, schreibt sie. Er hat mich an dich erinnert. Er schlug mir die Krallen ins Herz und die Zähne in den Hals. Es war unvergesslich. Aber auf keine gute Art. Ich will dich in diesem Leben nie wiedersehen, aber ich wäre glücklich, wenn du das Letzte wärst, was ich sähe. Sie schreibt das gedankenverloren, wie ein Teenager, der einen Tagebucheintrag formuliert, den er wieder löschen will – tiefe Gefühle, zu bedeutungslos, um eine Rolle zu spielen.

Sie hängt noch ein Nicht gut dran und schafft sich den Text aus den Augen, indem sie ihn Matt schickt.

Diese Art von Rhetorik ist nicht darauf berechnet, ihn zu beruhigen. Sein Wunsch, sie zu ficken, scheint nicht nur seinen Genitalien zu entspringen, sondern seinem ganzen Körper, dem Büro, diversen Kubikmetern Mutterboden in Bayonne und dem Himmel. Mit dem Gefühl, dass noch nie ein Mann derart unbefriedigte Lust verspürt hat, wischt er sich eine Träne aus dem Auge.

Vermute, du bist westlich der Rockies, tippt er. Dank seines Freundes bei der Polizei weiß er nun ungefähr, wo sie ist, und kann die genauen Koordinaten kurzfristig abrufen. Aber er nimmt an, dass es nicht viel helfen wird, einfach nur zu wissen, wo sie ist, denn das bedeutet auch, dass Rob und Sorry dort sind. Er will sich aber mit ihr verabreden, und dafür braucht er den Namen einer Stadt, damit er ein sehr empfehlenswertes Restaurant mit angeschlossenem nettem Hotel aussuchen kann.

Es spielt keine Rolle, wo wir sind, schreibt sie. Ich will nicht das, was du willst. Es ist vorbei.

Wir müssen reden, bevor du weißt, was ich will. Wir haben nie geredet.

Das kann Jazz nicht bestreiten. Sie tippt zurück: Ich will nicht reden. Es ist zu spät. Denk darüber nach, was wir uns angetan haben. Zwing dich mal zum NACHDENKEN. Du hast meinem besten Freund weh getan. Ich liebe Rob. Du hast mich dazu gezwungen, unser Haus zu versauen. Ich habe auch dieses Haus geliebt.

Er antwortet: Du hättest das Recht gehabt, mich zu töten, als Eindringling in deinem Haus. Es wäre Selbstverteidigung gewesen. Aber du hast mich nicht getötet. Du hast mich nicht mal verletzt. Du kannst es einfach nicht. Es tut mir wirklich leid wegen deinem Freund und deinem Haus. Ernsthaft. Denn ich habe das Beste verloren, was ich jemals hatte. Etwas, von dem ich nicht wusste, dass es existiert, bevor ich dich kennenlernte. Die Liebe zu einer Frau, ausgerechnet. Ich liebe dich, Jasmine.

Beim Lesen überkommt sie ein seltsames Gefühl, so als würden ihr die Augen schwer werden. Sie kneift sie zu, will in das Gefühl eintauchen. Die Erinnerung, eine Waffe auf ihn zu richten, geht nahtlos in die Geste über, mit der sie sich die Augen reibt. Das Zögern vor der Metzelei. Das gleiche Gefühl von Macht und Mitleid durchflutet sie, versetzt sie in einen Zustand der Schwerelosigkeit. Sie windet sich. Sorry dreht sich um und schaut sie an.

Wir sind wohl bald in den Vororten von SF, tippt sie. Nenn mir ein veganes Lesbencafé, dann sag ich dir Datum und Uhrzeit.

Hab nie wieder Angst vor mir, antwortet er. Ich schaffe es nicht mehr, dir weh zu tun. Hab's versucht. Geht nicht. Mea culpa!

Mir hat noch nie etwas Angst gemacht, außer ich selbst, antwortet sie.

Einen Augenblick später fügt sie hinzu: Aber danach kommst gleich du.

Und noch einen Augenblick später: Und Pumas.

In seinem Büro in Bayonne spürt Matt, wie seine Eier sich zusammenziehen und gegen das Perineum drücken. Er verlagert das Gewicht und öffnet den Hosenschlitz, nur um seinem Schwanz ein bisschen Platz zu verschaffen. Er streichelt ihn mit Zeigefinger und Daumen und kramt in der Tüte vom Imbiss nach einer Serviette. Glücklich ist er nicht.

Am späten nächsten Vormittag, während Penny noch im Bett liegt und Kaffee trinkt, ruft Amalia an und sagt, eine alte Familienfreundin aus Baltimore komme zu Besuch und ob sie sich nicht dazugesellen wolle.

«Jetzt?», fragt sie.

«Übermorgen.»

«Am Donnerstag fliege ich ein paar alte Freund besuchen – Freunde aus Jersey City, die gerade nach Oakland gezogen sind. Ich gehe zu ihrer Einweihungsparty und helfe ihnen dabei. Und packen muss ich auch noch.»

«Aber was ist mit Lorraine? Sie hat dich so lange nicht gesehen.»

«Ich treffe sie nächstes Mal. Ihr beide werdet euch schon amüsieren. Sie wird Tony kennenlernen. Aber, Mom, ich muss dir was anderes erzählen. Du weißt doch, dass die Scheiße in Dads Haus kniehoch stand? Weißt du, was Matt gemacht hat? Er hat meine Freunde rausgeschmissen, das Haus übernommen und säubern lassen, und jetzt macht er ein Gemeinschaftszentrum daraus, das Norman Baker Center heißen soll.»

«Na so was Nettes aber auch! Was für ein Happy End! Jetzt habt ihr beide eine produktive Arbeit!»

«Nein. Wir reden von *Matt*, Mom. Er hat meine Freunde rausgeschmissen und dabei einen von ihnen fast umgebracht, sie mussten sich mit einer Pistole verteidigen, er hat im Haus randaliert, und dann sind sie mit dem Auto abgehauen, weil sie so eine Angst vor ihm hatten, und jetzt verstecken sie sich in Kalifornien vor ihm.»

«Das klingt ja nach einem verrückten Psychodrama, aber endlich tut Matt jetzt mal was Verdienstvolles. Bei dieser Arbeit mit dem Müll war er immer so egoistisch. Wer braucht schon Müll? Aber ein Gemeinschaftszentrum für dieses schreckliche Ghetto! Vielleicht wächst er ja doch noch zu einem Mann heran, den wir respektieren können.»

Penny zögert und möchte sich in den Kopf greifen, um per Knopfdruck ihre Prinzipien abzuschalten. Schließlich kennt sie ihre Mutter. Sie weiß um Amalias Wirklichkeit – sie ist geprägt von Anpassungsfähigkeit und Pragmatismus. Wie Jazz lebt ihre Mutter in einer monadischen Realität, in der die Wahrheit nur einer von vielen Wegen ist, Menschen zu manipulieren. Der beste Weg.

Und was ist noch stärker als die Wahrheit? Warme Körper, um sie zu verteidigen. Schlichte Tatsachen. Sie sieht eine Möglichkeit, die Balance der Macht zu Matts Ungunsten zu verschieben, wenn auch nur für einen Tag.

Sie sagt: «Weißt du, Mom, ich habe nachgedacht. Ich weiß nicht genau, wann das Zentrum eröffnet wird, aber du könntest doch die Nachricht über Norms Netzwerk verbreiten. All diese Menschen, die bei seiner Gedenkfeier waren. Die müssen doch von dem Zentrum begeistert sein.»

«O ja, das mache ich.»

«Ich wette, Matt schmeißt eine wirklich tolle, große Eröffnungsparty.»

Nach dem Anruf lässt Penny sich zurücksinken. Um die Gedanken an Matt und ihre Mutter aus dem Kopf zu bekommen, unterhält sie sich mit sexuellen Phantasien von Rob. Die Geographie von San Francisco spielt darin eine zentrale Rolle. Rob kommt nicht in ihr Bett; er steht im Nebel auf einer grünen Landzunge, hinter ihm eine riesige rote Hängebrücke. Körperlos fliegt sie ihm entgegen. Im Augenwinkel sieht sie weiterhin die Brücke, egal was der imaginäre Rob im Kopf mit ihr anstellt.

Das Schild wird montiert: BAKER BOOKS. Die notwendigen Genehmigungen waren schnell eingeholt. Der Umbau des Nicotine hat weniger als sechs Wochen in Anspruch genommen. Die große Eröffnung soll an einem Sonntagnachmittag im September stattfinden.

Das Schild ist hellgrün, die Aufschrift rosafarben. Zwischen BAKER und BOOKS steht eine Variante des Anarcho-A – ein großes A in einem Herz.

Rob, Jazz und Sorry nähern sich Oakland von Süden, via Alameda, und als die ersten Hinweisschilder auf den Flughafen auftauchen, sagt Sorry: «Bringt mich dorthin. Zum Flughafen. Mein Zeug ist gepackt, ich habe das Bargeld, und ich gehe nach Venezuela. Ich fliege Stand-by. Bieg rechts ab.»

Rob setzt den Blinker und sagt: «Das kommt aber plötzlich.»

Jazz fragt: «Brauchen Jordanier nicht ein Visum für Venezuela?» Sie holt ihr Telefon aus dem Beutel.

Der Kleinbus verlangsamt vor der Kurve. Rob sagt: «Wenn du nur etwas weniger schnell entschlossen wärst. Weißt du, wie viele Jahre wir zusammengewohnt haben? Und jetzt schickst du uns einfach so weg. Das ist erschütternd.»

«Dein Herz schlägt links, aber woran du dich klammerst, ist die Mitte», sagt Sorry. «Das ist nicht dein Herz. Das ist die Rob'sche Unvernunft, die ich mehr als jedes Körperorgan der Welt schätze. Du bist ein toller Kerl, und ich werde dich vermissen. Aber ich komme zurück! Es wäre doch dumm, wenn ich mich an den Diskussionen beteiligen würde, wo wir uns niederlassen und so weiter, wenn ich nichts anderes will, als aufzubrechen. Und das hier ist San Francisco. Ich könnte schon pleite sein, bevor wir uns überhaupt irgendwo niedergelassen haben.»

Als sie am Abflugterminal für Auslandsflüge angekommen sind, hat Jazz alles Wichtige auf der Website des venezolanischen Konsulats nachgelesen. «Du musst vorab ein Visum beantragen», sagt sie, «und ein festes Einkommen in deinem Herkunftsland nachweisen.»

«Scheiße! Was ist mit Kuba und Bolivien?»

«Ist Nordkorea nicht kommunistisch?», fragt Rob. «Oder wie wär's mit Turkmenistan?» Jazz kichert in sich hinein. Sorry macht ein finsteres Gesicht. Rob gleitet, ohne abzubremsen, an den haltenden Fahrzeugen und Gepäck ausladenden Menschen vorbei. «Ich schwöre dir», sagt er zu Sorry. «Oakland wird dich keinen Cent kosten. Und weißt du auch, warum? Weil du mit uns zusammen bist. Und wir sind pleite.»

«Wir wissen nicht mal, wo du dein Geld versteckst», fügt Jazz hinzu.

Auf Twitter bemüht sie sich bei den Anarchisten von Oakland um Schlafplätze. Sie hat sich seit Wochen nicht eingeloggt und ist erstaunt über den Tenor der an sie gerichteten Tweets, viele davon zum Hashtag *#climbit*. «Das ist sonderbar», sagt sie.

«Was ist sonderbar?», fragt Sorry.

«Schau mal auf dein Twitter.»

Sorry liest ein bisschen und sagt: «Scheiße.» Sie ruft Anka an und schaltet den Lautsprecher ein.

«Wo wart ihr!» Anka kreischt fast. «Ihr seid schon seit Wochen vom Netz! Habt ihr überhaupt eine *Vorstellung* davon, was hier läuft? Die Leute verbreiten, wir hätten Susannah eine Falle gestellt! Sie glauben, Rob wäre ein Spitzel. Weißt du, wen sie *toll* finden? Pennys Bruder Matt! Ich muss dringend hier weg.»

«Wer sagt das?»

«Jeder. Alle reden davon.»

«Wer hat angefangen, das zu tweeten?»

«Barry aus dem Tranquility. Aber ich glaube, es geht zurück auf Sunshine, und das ist *mein* verdammter Mitbewohner.»

«Pack deine Siebensachen», sagt Rob. «Wir sind kurz vor Oakland. Du solltest nach Oakland kommen! Penny kommt auch.»

«Du bist noch nie in Oakland gewesen. Das ist wie West-Philly. Gang-Land, mit Crips und Bloods und der Mara Salvatrucha. Ich meine das *echte* West-Philly, nicht den Teil bei der Penn, den sie aufgekauft haben. Also, Sixty-Fifth-Street und so! Versprich mir, dass ihr *keinesfalls* in ein leeres Haus in Oakland zieht. Schwör es auf der Stelle.»

«Die macht mich nervös», sagt Sorry.

«Aber wo sollen wir denn dann hin?»

«Ich werde mal ein paar Feeds lesen», sagt Anka, «und dann sage ich euch, ob es ein besetztes Haus in Oakland gibt, das auf eurer Seite ist.»

Ein paar Abfahrten weiter sieht Rob ein Wal-Mart-Schild und verlässt den Highway. Er kauft ein billiges Coleman-Vierpersonenzelt, vier leichte Coleman-Sommerschlafsäcke, eine große Luftmatratze, Sunny-Delight-Orangensaft, besonders pappiges Weißbrot und besonders süße Erdnussbutter.

Jazz sucht die Karte nach einem wenig bekannten Park mit langweiligem Namen ab. (Will man im Sommer einen freien Campingplatz in Kalifornien finden, ist es hilfreich, Suchbegriffe wie *National*, *Strand* und *Bäume* zu vermeiden.) Sie entscheidet sich für den Anthony Chabot Regional Park und reserviert einen schmalen Platz unter Kiefern mit Betonstellfläche für den Kleinbus. Sie zelten.

Am nächsten Vormittag fährt Rob allein zurück zum Flughafen, um Penny abzuholen. Er geht in die Ankunftshalle und wartet auf sie. Sie kommt erschöpft heraus.

Sie schlingt die Arme um ihn, während er den Griff ihres Handgepäcks hält. Ihr fällt einfach nicht ein, was sie sagen soll. Mehrmals nacheinander sagt sie «Rob».

Nach einer Weile löst er sich von ihr und dirigiert sie hinaus zum Kleinbus. «Sprich mit mir», sagt er. «Ich verstehe nicht, was los ist. Alle sagen so was wie ‹Du bist doch jetzt mit Penny zusammen. Also kümmre dich.› Als wäre das ein Fait accompli. Deshalb nahm ich an, du wärst zumindest glücklich. Aber du siehst aus, als würdest du gleich losheulen.»

«Ich bin erschöpft. Lass mich den Parkplatz bezahlen. Ich habe einen Job.»

Er füttert den Apparat mit ihrem Geld und steckt den Schein in die Brustasche. «Hier lang», sagt er.

Ihr Köfferchen im Schlepptau, stolpert sie ihm in Richtung Parkplatz hinterher. «Die Leute sind ja nicht dumm. Es ist eine Tatsache, dass du mit mir zusammen sein solltest. Es ist so offensichtlich.»

«Das höre ich eben auch», sagt er. Er öffnet die Seitentür des Kleinbusses, stellt ihr Gepäck hinein und legt den Arm um ihre Taille.

«Lass das!»

Er drückt sie an sich. Sie schnappt nach Luft, und er fragt: «Tut das weh? Hast du eine Rippenprellung oder was?»

«Nein», sagt sie schwach. «Ich kann einfach nicht atmen, wenn du mich anfasst. Ich muss mich setzen. Mir ist schwindelig.»

Sie setzt sich in die Seitentür des Kleinbusses und atmet langsam. Als er ihre Schulter berührt, zittert sie. Sie nimmt ihn am Arm und zieht ihn zu sich, bis er neben ihr sitzt. Sie vergräbt den Kopf in seiner Achselhöhle und fängt an zu schluchzen.

«Du hattest eine Menge Stress», sagt er.

Worauf sie sagt: «Rob.»

Er küsst sie sanft, mit nur leicht geöffnetem Mund, und sie bebt wie eine Fieberkranke auf der Isolierstation.

Das ist also Hörigkeit, denkt er. Eine Frau, stramm gefesselt von der Angst, dass ich sie vielleicht nicht wollen könnte. Bebendes Protoplasma, noch bevor sie aus dem Flugzeug ist! Er betrachtet ihren hilflosen Körper, sieht, wie ihr der feuchte, hemmungslose Kummer aus den Augen läuft (ein anrührendes Schauspiel, gerahmt von perfekter Haut und dickem, glänzendem Haar), hört ihr schamloses Geheul, und langsam beginnen die Dinge in seinem Kopf eine sehr eindeutige Form anzunehmen. Etwas, das er nicht aus Erfahrung kennt, aber instinktiv ahnt: Hier ist etwas, das gefickt werden will, und das, nun ja, *sofort*.

Genau genommen ist es nicht Penny. Es ist ihr Körper. Penny selbst ist zu Höherem berufen. Deshalb kämpft sie jetzt dagegen an. Sie wird gezwungen, sich der notwendigen und hinreichenden Voraussetzung fürs Geficktwerdenwollen zu unterwerfen.

«Hör zu», sagt er. «Du weißt doch, dass ich dich begehre.»

Diese Ankündigung lässt sie scharf einatmen und sich versteifen wie ein sich totstellendes Opossum. Dann vibriert sie wie eine verstörte Fledermaus, als schlüge ihr Herz dreihundert Mal pro Minute. «Komm her», sagt er in der Erkenntnis, dass er die Initiative übernehmen muss. Er rutscht auf dem Hintern rückwärts, stößt das Gepäck zur Seite, zieht sie auf seinen Schoß und beugt sich vor, um die Tür zuzuschieben. Nach einem Blick über den vollgemüllten Boden des Fahrzeugs zwängt er sie beide in den schmalen Spalt zwischen Vordersitz und Rückbank. Er sitzt auf dem harten, unebenen Plastik und wünscht, er hätte eine Matte oder einen Schlafsack. Er zieht sie an sich und küsst sie auf den Mund, der wohl noch nie so schutzlos und weich gewesen ist. Er zerrt ihre Leggings mit beiden Händen nach unten, nimmt die Zehen zu Hilfe, um sie ganz abzustreifen, und bemerkt, dass er in einer Sackgasse steckt.

Er flüstert: «Ich glaube, im Handschuhfach sind Kondome.»

Sie tschilpt: «Okay!»

Während er seine Jeans aufknöpft, dreht sie sich um und kraxelt auf den Beifahrersitz, um eine Packung bunter, befeuchteter Kondome – die Sorte, die immer von Aids-Aktivisten verschenkt wird – zwischen den Strafzetteln hervorzukramen. Wortlos streift sie ihm eins über und fängt an, mit ihm zu vögeln, als wäre er ein völlig normaler Typ. Offenbar stört sie weder seine Größe, noch fühlt sie sich gehalten, irgendein schreckliches Verdikt auszusprechen. Stattdessen stöhnt sie vor merkwürdiger Freude. Sie gibt Tierlaute von sich.

Er flüstert: «Ich wünschte, Sorry könnte das hören.» Anstatt zu lachen schüttelt sie den Kopf, sodass die Haare ihr Gesicht verbergen. Sie schreit auf. Sie kommt. Er kann es deutlich spüren, sogar durch das Kondom hindurch, und während er den aktiven Part übernimmt (sie wird immer unbeholfener, überlässt ihm die Kontrolle, er hat keine andere Wahl), spürt er einen Druck und eine Reibung wie nie zuvor. Im Nu ist er über ihr. Sein Körper nähert sich dem Kontrollverlust, er knallt mit dem Kopf gegen die Innenverkleidung und die Rückseite der Fahrersitzes. Er sucht ihren Mund mit seinem und orientiert und beruhigt sie beide. Er packt mit beiden Händen ihren Hintern. Er kommt.

«Großer Gott, was war das denn?», sagt er keuchend und mit weit aufgerissenen Augen.

«Ich liebe dich so sehr», sagt sie, umschlingt ihn mit Armen und Beinen und bedeckt sein ganzes Gesicht mit Küssen. «Ich bin schon so lange total verrückt nach dir!»

«Ich meine den Sex. Ich dachte, Jazz sei schon – das sollte ich nicht sagen. Mit dir ist es anders.»

«Hast du mal das Kamasutra gelesen? Du bist der Hase, zu dem die Gazelle passt. Das ist alles.»

«Woher weißt du das?»

«Matt ist mein Bruder. Ich habe ihn nackt gesehen und zwei und zwei zusammengezählt. Wenn Jazz sogar mit ihm schlafen kann, dann, na ja, du weißt schon. Sie ist über dem Durchschnitt.»

«Verstehe», sagt Rob. Er streift das Kondom ab und verknotet es. «Soll ich das als Andenken behalten? Ich bin dreißig, aber es gibt wohl für alles ein erstes Mal.» Er zieht die Hose an, geht barfuß durch das Parkhaus zum Mülleimer neben den Fahrstühlen und wirft es hinein.

«Was hast du eben gesagt?», fragt Penny ihn, als er zurück ist.

«Ich hatte noch nie Sex mit Kondom.»

«Du hattest *was*? Mit *Jazz*?»

«Hey, hey. Beruhige dich! Sie hatte noch nie Sex ohne, das gleicht sich also aus. Vertrau mir. Ich bin blitzsauber.»

«Klar. Da bin ich aber froh, dass ich mich gegen HPV habe impfen lassen.»

«Dein jungfräuliches Gehabe nehme ich dir nicht ab. Und Jazz würde mich nicht anlügen, wenn sie eine Krankheit hätte. Du hast doch selbst mit ihr geschlafen.»

«Okay, okay, tut mir leid.»

«Sie wird einen Dreier vorschlagen, also überleg dir jetzt schon mal, was du antwortest.»

«Was würdest du denn antworten?»

«Ich bin so wenig polymorph-pervers gestimmt wie noch nie. Aber wenn du dich von ihr küssen lassen willst oder was auch immer – ich meine, solange sie sich nicht dazwischendrängt –»

«Nein, danke.»

«Ich brauche nichts und niemanden außer dir», sagt er. «Dein Körper gibt mir alles und noch mehr.» Er legt die Hand unter ihr Knie und küsst die Innenseite ihres Oberschenkels. «Wenn du aus einer Latinofamilie kämst, wüsstest du vielleicht, wie schön du bist. Vielleicht hat es dir nicht gutgetan, mit lauter weißen Kerlen aufzuwachsen, die ‹Koala-Gesicht› zu dir gesagt haben?»

Sie setzt ihm auseinander, dass diese mutmaßliche Ähnlichkeit mit der von ihrem Vater geerbten breiten Nasenwurzel zu tun hat.

An diesem Nachmittag überlassen sie den Kleinbus Sorry und Jazz und ziehen auf die Matte im Zelt. Aber fünfmal Geschlechtsverkehr in vier Stunden ist dann doch genug, und gegen sechs gibt Penny ihrem Drang zu reden nach – um die Intimität aufrechtzuerhalten, den Zauber nicht zu brechen, nicht einfach einzunicken. Zunächst mal bittet sie um Straffreiheit. «Darf ich dir was erzählen?»

«Klar», sagt Rob.

Sie berichtet, wie Norm gestorben ist.

Die Geschichte hat ein paar erzählerische Höhepunkte – intellektuelle Spitzen, bittere Ironien, grausame Widersprüche –, aber größtenteils geht es um Bilder und Gefühle. Bilder vom Leiden, Gefühle des Scheiterns. Sie sagt: «Nicht mal Adolf Hitler hätte es verdient gehabt, so zu sterben. Dad war so gut und klug. Es war dermaßen feige von mir, ihm nicht zu helfen.»

«Rechtlich gesehen hättest du da aber nichts unternehmen können, und *Das Volk gegen Penny Baker* ist kein fairer Kampf. Niemand kann von dir erwarten, dass du dein Leben dafür aufgibst. Vor allem nicht dein Dad.»

Sie schnieft.

«Aber vielleicht gab es auch ohne das ein versöhnliches Ende», fährt er fort. «Kennst du das, wenn du richtig krank bist, und es fängt an, dir besser zu gehen, und dann gerätst du in diese Ekstase? Von außen können die Leute das nicht wahrnehmen. Sie sehen nur, dass es dir schlecht geht, und du selbst bist im Auge des Hurrikans.»

Sie blinzelt. «Vielleicht», sagt sie. Das Bild des Todes als Hurrikan passt ein bisschen zu gut zum Bild der Seele als kleiner Vogel.

«Woran denkst du?»

«Ich habe seine Seele gesehen.»

«Was meinst du damit?»

«Ich habe sie nicht richtig *gesehen*. Ich wusste einfach, dass sie da war. Er starb, und dann – lach mich nicht aus – flog seine Seele aus dem Fenster.»

«Seelen sind Nomaden. Sie sehen den Hurrikan kommen und hauen ab.»

«Ich weiß, dass du mich auf den Arm nimmst, aber ich habe beobachtet, wie sein Leben das Zimmer verlassen hat. Leben kann nicht sterben, also muss es *irgendwohin*. Eins folgt aufs andere. Es kann in keinen neuen Körper schlüpfen, es sei denn, du glaubst an Reinkarnation, also wohin geht es? Ins große Flüchtlingslager im Himmel, wo sie dich sogar reinlassen, wenn du nichts mehr hast, nicht mal mehr einen Körper? Daran glaube ich genauso wenig wie du.»

«Ich wünschte, du hättest mir das alles schon vor langer Zeit erzählt.»

«Ich wollte kein Verständnis und kein Mitleid von dir. Ich wollte das, was wir jetzt haben.»

«Na ja, vielleicht wären wir uns schneller nähergekommen, wenn ich geahnt hätte, was los war.»

Sie schüttelt den Kopf. «Ich glaube, es ist eine interessante Fügung, dass du dich *beim Vögeln* in mich verliebt hast.»

«Stimmt», sagt er. «Seitdem empfinde ich einen ungeheuren inneren Frieden. Und jetzt führen wir dieses Gespräch. Es ist alles so dämlich. Nicht du. Ich.»

Sorry ist nicht überrascht, als Jazz am Abend verkündet, sie werde ausgehen. Sie hat das Gefühl, dass es schwierig sein muss, mit anzusehen, wie die Liebe deines Lebens von einer Konkurrentin usurpiert wird – besonders, wenn du Jazz bist, die sich daran gewöhnt hat, genau das von Männern zu bekommen, was sie will (vielleicht, weil sie durchweg das von Männer will, was die ihr am liebsten geben wollen), und deine Rivalin Penny heißt, die so viel von Männern will, dass man sich wundert, dass sie ihr überhaupt Beachtung schenken.

Vom Eingang des Campingplatzes aus ruft Jazz ein Yellow Cab. Der Weg nach San Francisco ist weit, aber Matt hat gesagt, er werde vor dem Restaurant warten und den Fahrer bezahlen.

Und da ist er. Steht in engen Chinos und weißem Hemd am Bordstein und sieht richtig gut aus. Er öffnet ihr die Tür, und Jazz steigt aus; sie trägt ein langes T-Shirt aus reiner türkiser Kunstseide über einem Häkelbikini – etwas, das BH und Taillenslip näherkommt, hat sie nicht dabei. «Sparen wir uns das Essen?», schlägt er vor, als das Taxi davonfährt. «Ich habe eine Suite.»

«Ich bin wegen des Essens hier», sagt sie. «Deshalb trage ich auch dieses weite Kleid. Ich will Prime-Rib, zum Beispiel ein 340-Gramm-Steak. Wir haben uns von Körnermüsli ernährt.»

«Du wirst dir diese Art von Behandlung erst mal verdienen müssen», sagt er. Sie gehen hinein und direkt zum Fahrstuhl durch, ignorieren die Rezeption und das Restaurant.

Auf Jazz wirkt allein schon seine Stimme. Sie fühlt sich leicht wie ein Baiser und glitschig zwischen den Beinen von diesem süßlich schmeckenden, durchsichtigen Saft, und als er sich im Fahrstuhl an sie presst, sagt sie: «Pass auf mein Kleid auf.» Er zieht den Saum bis zu den Hüften hoch und liebkost die Knochen dort. «Ist das eine Kamera?», sagt sie und schaut nach oben. Er lässt das Kleid fallen. Der Fahrstuhl macht *ding*, und Matt führt sie einen langen Flur entlang zu seiner Ecksuite. «Mir wird langsam klar, dass wir doch am Telefon hätten reden sollen», sagt sie. «Das hier sieht mir zu sehr nach Sex aus.»

«Worüber?»

«Du bist derjenige, der reden wollte.»

«Vielleicht darüber, wie dringend ich dich ficken will.»

«Sei ein großer Junge», sagt sie. «Du wolltest mir doch etwas sagen. Heraus damit.»

«Ich glaube, ich habe dir schon gesagt, dass ich dich liebe.»

«Das nicht.»

«Du hast zugenommen.»

«So ist das, wenn man sich wie Sorry und Rob ernährt.»

«Kein Gequatsche», sagt er. Er zieht ihr das Kleid über den Kopf und lässt es zu Boden fallen. Er legt die Hände um ihre Schultern und lässt die Fingerspitzen sanft mit den Trägern des Bikinis spielen. «Ich habe dich vermisst. Ich habe dich so vermisst.»

«Ich dachte, das wird unser Abschiedsdinner. Also habe ich zwar meine Pistole dabei, aber keine Kondome.»

«Ich weder noch. Ist mir auch egal, ich will dich einfach. Das ist das Einzige, woran ich denken kann. In dir zu sein. Nur du und ich. Und vielleicht irgendwann jemand Neues, jemand, der wir beide ist. Du weißt, was ich meine.»

«Das reicht», sagt sie. Sie bückt sich, um das Kleid vom

Boden aufzuheben. «Du hast deinen Baumwollpflückerverstand verloren.»

«Komm schon», sagt er und fasst sie um die Taille. «Lass uns glücklich sein.»

«Tu mir das nicht an», sagt sie. «Ich liebe dich. Natürlich will ich ein Baby von dir. Ich will schon auf diese Weise glücklich sein. Aber ich bin nicht dafür gemacht, auf diese Weise glücklich zu sein. Ich werde *nie* auf diese Weise glücklich sein. Ich wollte mehr als alles andere im Universum mit dir vögeln, nach dem Essen und nach dem Reden, aber jetzt kann ich es nicht mehr.»

«Dann ziehe ich ihn raus und komme in deinen Hintern – deinen Mund? Wohin du willst.»

«Habe ich deine Erlaubnis, dem mit der Pistole Nachdruck zu verleihen?» Sie streift das Kleid über, zieht es bis zu den Knien hinunter. Sie schüttelt ihr Haar, kämmt es mit den Fingern aus. «Vergiss es. Hier geht's um Liebe. Das ist so sehr Liebe, wie sie zwischen einem Mann und einer Frau auf dieser Welt überhaupt entstehen kann, und jedes Baby, das diese Liebe überleben würde, wäre ein verdammt glückliches Baby.»

«Ich schwöre dir, ich ziehe ihn raus.»

«Hör zu. Du bist meine *bête noire*. Mein Schicksal. Aber ich bin noch nicht so weit, meinem Schicksal gegenüberzutreten, noch nicht. Nicht in dieser Phase meines Lebens. Vielleicht wenn ich so alt bin, dass es mir egal ist. Wenn ich nur noch ein gebrechliches altes Weiblein bin, ganz allein und arm. Das ist der Handel, den ich mit mir abgeschlossen habe. Ich werde mich nicht aufgeben. Ich habe zu hart kämpfen müssen, um allein so weit zu kommen!»

«Wie bitte?» Er kneift die Augen zusammen, während

sein Kopf vor Bestürzung wackelt. «Was sagst du da? Muss ich dich erst zwingen?»

«Nein. Nein! Wenn es nur um mich ginge, klar, aber ein Baby? Das hieße doch, noch jemanden in dieses kranke Spiel hineinzuziehen. Jemanden, der ein Recht darauf hat, glücklich zu sein. Ich bin kein glücklicher Mensch, aber ich bin nicht verpflichtet, mich darum zu scheren. Ich bin nur ich!»

Matt ist völlig verzweifelt – vor Lust und vor Angst, eine Verzweiflung, die zu wirrer Hilflosigkeit führt. «Ich muss euch zwei ja nicht sehen», beharrt er. «Ich bezahle alles, und du kannst für dich bleiben, über eurem alten Haus. Ich baue da oben eine echt nette Wohnung hin, auf das Dach, auf dem du gewohnt hast, aber mit Kamin und Klimaregulierung. Du wirst da richtig glücklich sein, du und all deine Freunde. Ich würde dir helfen. Alles wäre ganz einfach.» Er stockt und fährt dann fort: «Es tut mir so leid, was ich deinen Freunden angetan habe. Aber du konntest auch nicht ernsthaft von mir erwarten, dass ich unter diesen Umständen mit Rob klarkomme. Ich mache es wieder gut.»

«Und was soll das alles helfen? Ich will dich vögeln, aber du mich nicht.» Er hebt protestierend die Hände, aber sie spricht weiter. «Denn wenn du es wolltest, würdest du mich nicht *schwängern* und zur *Mutter* machen wollen. Im Augenblick ist dir das noch nicht mal bewusst. Dich steuern die Hormone, denn du bist noch nie Vater geworden, und du wirst älter. Es ist deine biologische Uhr. Ich bin vierundzwanzig, Matt.»

Er wird still und schweigt.

«Wir können vögeln», sagt sie, «aber mit Verhütung. Beim Portier bekommen wir bestimmt Kondome.»

Er setzt sich aufs Bett. Seine größten Sehnsüchte liegen im Streit mit der Sehnsucht, von Jazz gemocht zu werden. Er könnte sie sich jetzt schnappen und ihr ein Baby reinficken, und wenn sie es nicht abtriebe, würde sie es sehr lieben, ob es ihr passte oder nicht, und es würde ihn lieben, wie er seine Eltern geliebt hat, aus respektvoller Distanz. Aber auch dann wäre sie nicht die Liebe, nach der er sich sehnt, denn (er weiß das) sie hat nicht von ihm gesprochen. Sondern von sich selbst. Sie sind sich zu ähnlich. Er weiß, was er zu einer Frau sagen würde, die ihm anböte, ein Baby von ihr großzuziehen. Er würde sagen: «Erzähl das deiner biologischen Uhr.»

Er hat das hilflose, unangenehme Gefühl, in einem Gespräch auf Augenhöhe gefangen zu sein. Sex macht ihn nie hilflos. Liebe, so scheint ihm, besteht aus nichts anderem als Hilflosigkeit.

Vielleicht hat sie recht, denkt er. Vielleicht ist das mit der Liebe keine gute Idee. Er versucht, sich Gelegenheitssex mit ihr vorzustellen, und schafft es nicht.

Mit geschlossenen Augen hört er die Tür zufallen. Sie ist weg.

Er springt auf, um ihr nachzurennen. Dann setzt er sich wieder.

Ich habe gestern Abend Matt gesehen», erzählt Jazz Rob, der am Handwaschbecken des Campingplatzes steht. «Wir waren nicht miteinander im Bett.»

«Was meinst du mit ‹gesehen›?»

«Wir haben uns getroffen. Du warst ja beschäftigt.»

«*So* beschäftigt nun auch wieder nicht. Ich hätte schon

die Zeit gefunden, dein Handy ins Feuer zu werfen und dich an einen Baum zu binden.» Sie schweigt. «Lass uns nett zueinander sein. Sprich mit mir.» Er seift seine Socken ein zweites Mal ein und widmet sich dabei besonders den schmutzigen Fersen.

«Er ist verliebt und glaubt, das hält bis in alle Ewigkeit. Als wäre er siebzehn. Er will ein Baby mit mir.»

«Und was hast du vor?»

«Ohne Nachsendeadresse das Land verlassen.»

«Das ist ein bisschen heftig», sagt Rob. «Ich meine, mir gegenüber.»

«Nichts ist für ewig, außer Babys.»

«Darf ich mal dein Handy haben?» Sie gibt es ihm. Er schlägt es an die Gipswand der Waschküche, sodass das Glas bricht. Dann lässt er es ins Wasser fallen. Es liegt verloren auf dem Boden des Waschbeckens und blubbert.

«Auch wenn du mein Handy kaputt machst, bleiben meine Accounts erhalten», sagt Jazz. «Er kann mich immer noch erreichen.»

«Ich vermisse die Moderne», sagt Rob. «Kannst du dich an die Zeit erinnern, als du Dodge City noch vor zwölf Uhr mittags verlassen konntest, und der Sheriff war nicht in deiner verdammten *Tasche*? Dieses Arschloch wird dich immer weiter per Telefon anbaggern!»

«Rob. Rob. Als ich ging, saß er heulend auf dem Hotelbett. Ich habe nicht mit ihm gevögelt. Du bist der letzte Mann, mit dem ich geschlafen habe. Ich liebe dich. Ich will nicht irgendjemands Kindsmutter sein. Rob!» Unten im Wasser leuchtet das Handy einen Sekundenbruchteil lang auf, dann ist es tot. Die beiden starren es an, und Jazz sagt: «Es *funktioniert* noch?» Sie holt es hoch und schüttelt es.

Wasser fließt heraus. Sie klopft ein paarmal auf das Display. «Tja, ich glaube, es ist doch hinüber.»

«Vielleicht solltest du es trocknen lassen. Tut mir leid.»

«Ich wollte sowieso ein neues. Ich will so ein Prepaidhandy mit Klappe, wie du und die anderen Promis eins haben.»

«Du spinnst», sagt er. Er streicht ihr sanft übers Gesicht. «Ich glaube wirklich, du solltest ein Baby kriegen, einfach damit du Gelegenheit bekommst, jemanden zu lieben, der es verdient. Du bist ein so liebevoller Mensch, und die Typen, die du liebst, sind ein verdammter Witz.»

«Rob der Romantiker», sagt sie. «Eine Nacht mit Penny, und schon wirst du zur Glucke.»

«Ich liebe sie eben. Sie ist genauso gepeinigt wie du oder irgendjemand sonst, aber wenn sie in Schwierigkeiten gerät, dann nicht durch eigene Fehler. Da ich so viel Zeit meines Lebens mit Leuten verbracht habe, die sich ständig Steine in den Weg legen, war mir ganz entfallen, dass so etwas möglich ist!»

Unglücklich senkt sie den Blick. Das Display ihres Handys ist schwarz und leer. Ich werde dir nicht nachlaufen, schreibt Matt. Ich weiß, auf welchem Campingplatz du bist. Ich weiß auch, dass du mich nicht gleichzeitig so begehren und doch nicht zu mir zurückkehren kannst. So stark bist du nicht. Das sagst du immer wieder, und ich fange an, es zu glauben. Aber sie kann es nicht sehen, jedenfalls nicht gleich jetzt.

Zurück am Zelt, schlägt Rob vor, den Tag gemeinsam mit Sightseeing zu verbringen.

Er fährt nach San Francisco hinein und will die Golden Gate Bridge überqueren. Aber die Sache mit der Maut ist unklar und verunsichernd, vielleicht braucht man ein Funketikett und dafür wiederum eine Kreditkarte, also parkt er schließlich bei Fort Point, und sie laufen den ganzen Weg hinauf zur Brücke, um sie zu Fuß zu überqueren.

Mitten auf der Brücke macht Jazz einen Witz über Selbstmord-Hotlines. Rob bietet ihr sein Handy an. Sorry sagt, Jazz sei so leicht, dass sie wie ein Blatt hinunterschweben und sich nicht einmal weh tun würde. Penny greift sich ihren Arm und lässt nicht wieder los, bis sie in Marin County sind.

Sie verlassen die Straße und gehen hinunter zum ersten Strand zur Linken. Hinter den narbigen Kiefern und ramponierten Freizeiteinrichtungen und unterhalb des leeren Campingplatzes setzt Sorry sich in den teerschwarzen Sand. Die anderen waten in die kleinen Wellen, unter denen die glattgeschliffenen Steine klacken. Über dem Ozean taucht, tiefhängend und düster, eine dunkle Wand auf und verschlingt die Brücke. «Nebel», sagt Rob wissend, aber in seiner Stimme schwingt Ehrfurcht mit.

Nach einem langen Marsch durch leeres, langweiliges Weiß kehren sie erschöpft zum Kleinbus zurück.

Sie biegen ein paarmal falsch ab, dann haben sie, nicht annähernd in der Nähe der Brücke, den Golden Gate Park gefunden. Sie parken. Alle Bänke sind besetzt, also setzen sie sich ins Gras.

Pennys Euphorie schwindet. Ihr letzter Sex mit Rob ist fast sieben Stunden her.

Sie fühlt sich gereizt und notgeil, bemüht sich um seine Aufmerksamkeit und schämt sich gleichzeitig dafür. Die Vorstellung, jedes Wochenende nach Kalifornien zu fliegen, macht ihr gar nicht so viel aus – sie ist klein genug, um sich in der Economy einzurollen, und wenn sie im Tranquility wohnen bleibt, hat sie auch das Geld dafür –, aber sie wird ihn schrecklich vermissen. Das weiß sie jetzt schon. Die ganze Woche, jede Woche, wird sie seine einsame Freundin sein, seine Geliebte nur auf dem Papier, die ihre erotischen Phantasien in dämliche Textnachrichten gießt, bei frustrierenden Videoanrufen sein verzerrtes Gesicht küsst und töricht auf ihr Handy starrt. Die Wochen zwischen ihren Treffen wird sie durch den Einsatz der neuen Lebenskompetenzen überbrücken – Skepsis, Leidenschaftslosigkeit, reines Funktionieren –, die sie sich in seiner Abwesenheit angeeignet hat, während das Vergnügen, ihn jeden Morgen und jeden Abend zu sehen, wie ein Fünfhundertdollarschein auf dem Gehweg herumliegt, den so lange niemand aufhebt, bis er davongeweht wird.

Es kommt ihr nicht so vor, als hätte sie die freie Auswahl. Sie wird nichts Besseres finden als das, was sie hat. Jobs und Männer sind Verkäufermärkte. Der Teich ist abgefischt. Wenn sie ihre Beute jetzt zurückwirft, steht sie mit leeren Händen da.

Leise schniefend verflicht sie ihre Finger mit den seinen. Sie gibt sich alle Mühe, sich mit dem Gedanken anzufreunden, dass sie vielleicht etwas überstürzt. Man kann einen Typen nicht gerade mal einen Tag lang vögeln – egal wie schwer man sich getan hat, ihn zu kriegen – und dann sofort anfangen, langfristig zu planen. Nach seiner Karriere als Chefjungfer der CHA ist er ja jetzt vielleicht darauf erpicht, es mal mit Californication zu probieren. Schließlich ist er ein Mann. Deshalb liebt sie ihn doch. Sie lehnt sich an ihn und sagt: «Ich liebe dich.» Er legt einen Arm um sie und nickt einer Fremden zu, die ihn im Vorbeigehen anstarrt, eine jüngere Version von Kestrel in Ringerschuhen und einem schwarzen Seidenstrampler. Penny fügt hinzu: «Ich bekomme Kopfschmerzen. Ich brauche Kaffee.»

«Diesen Antrag unterstütze ich», sagt Sorry, und Jazz stimmt zu.

Penny und Rob gehen in ein nahe gelegenes Geschäftsviertel und suchen nach Kaffee zum Mitnehmen. Sie berappt dreizehn Dollar für vier Becher Filterkaffee. Während sie zurück in den Park laufen, trinken sie das heiße Zeug in kleinen Schlucken, finden aber immer noch keine Bank. Sie geben Sorry und Jazz ihre Becher und setzen sich in ihrer Nähe ins Gras, und Penny sagt: «Rob.»

«Ja?»

«Hast du wirklich vor hierzubleiben?»

«Das weiß ich nicht.»

Sie schweigt. Dann sagt sie: «Damit kann ich nicht allzu viel anfangen.»

«Ich weiß es wirklich nicht. Ich kann absolut machen, was ich will.»

«Ich nicht. Ich habe einen Job, der in zweieinhalb Wochen anfängt, und ich will auch, dass er anfängt. Ich muss Geld verdienen, und ich muss noch etwas lernen. Es ist ein interessanter Job, und ich weiß, dass ich dabei eine Menge lernen werde. Aber ich liebe dich, und deshalb geht es mir beschissen.»

«Sollte Liebe einen nicht glücklich machen?»

«Ich kann nicht mehr zurück.» Sie lehnt sich an ihn und umklammert seinen Arm. «Ich will mit dir zusammen sein. Ich *muss* mit dir zusammen sein. Aber nach Hause zurück – ich kann's mir nicht vorstellen. Ich werde *sterben*.»

«Wenn's weiter nichts ist», sagt er. «Da es für mich

keinen Unterschied macht und du nach New York willst, ziehen wir eben zurück ins Tranquility. Wenn wir morgen losfahren und, sagen wir, dreihundert Kilometer am Tag schaffen, was gar nichts ist, brauchen wir uns nicht zu hetzen. Aber hast du Geld für Benzin? Das ist das, was mich hauptsächlich in Oakland hält. Ich habe alles, was ich hatte, für das Zelt und die Schlafsäcke ausgegeben. Das war immer noch billiger als die Motels in dieser Gegend.»

Penny schluchzt.

«Weine nicht», sagt er. «Ich liebe dich doch!»

«Ich weine ja gar nicht», sagt sie. Schlagartig hört sie damit auf. Sie schüttelt den Kopf, weil sie gemerkt hat, dass er randvoll mit Watte ist.

«Ah, gut», sagt er.

Sie gehen ein paar Schritte und erzählen Sorry und Jazz, was sie vorhaben.

«Was mich betrifft, ich gehe nach Hawaii», sagt Sorry. «Das ist Kalifornien hoch zwei!»

«Hawaii!», sagt Jazz. Sie boxt Sorry auf den Arm. «Mensch, was für eine tolle Idee! Warum hast du das nicht früher gesagt? Das ist eine tropische Insel *in Amerika*. Für die braucht man nicht mal einen Reisepass!»

«Und die Touristenbranche dort ist *riesig*. Vielleicht habe ich euch das nie erzählt, aber ich kann Körbe flechten – richtig professionell aussehende Körbe. Das habe ich in der Klinik gelernt. Die könnte ich Andenkenläden in Kommission geben. Niemand in New York würde einheimisches Kunsthandwerk kaufen, weil niemand von dort stammt, aber in Hawaii ...»

«Sie sieht auch irgendwie hawaiianisch aus, findet ihr nicht?», sagt Jazz.

Penny und Rob betrachten Sorry in diesem neuen Licht.

«Ja», sagt Penny. «Definitiv. Sie hat genau diese Haare, und auf Hawaii ist ein gewisser Körperumfang Zeichen dafür, dass man zur angestammten Herrscherschicht gehört.»

«Wir könnten uns auf öffentlichem Grund und Boden niederlassen», sagt Sorry. «Darf ich dein Zelt haben? Wenn ihr nur noch zu zweit seid, könntet ihr ja im Bus schlafen.»

«Das ist so schlicht, ich weiß nicht mal, ob es wasserdicht ist. Vielleicht gibt es auf Hawaii Monsunregen.»

«Ich glaube, Hawaii gehört zu den Orten, wo es auf der einen Seite der Insel regnet und auf der anderen nicht. Wir gehen auf die trockene Seite.»

«Okay, dann nehmt mein Zelt.»

Etliche Minuten später sagt Penny zu Rob, während Sorry und Jazz auf Sorrys Tablet One-way-Last-Minute-Tickets nach Hawaii buchen: «Ich glaub's einfach nicht. Ich habe mich total mit der Entscheidung gequält, ob ich mein Leben der Liebe opfern und nach Oakland ziehen soll. Und jetzt ist es so – Oakland, wie? Wo bin ich da gelandet? Was mache ich hier überhaupt?»

«Du machst Ferien.» Er küsst sie.

«Im Ernst! Jedes Mal, wenn ich glaube, ich weiß, was los ist, werden die Karten neu gemischt.»

«Du könntest dir einen Job in Hawaii suchen», sagt Rob.

Penny lacht, runzelt die Stirn und sagt: «Ich werde sie vermissen.»

«Sie kommen zurück. Jazz ist wie ein Komet. Versuch, sie abzubremsen, und sie reißt dir die Hände ab. Aber warte lange genug, dann kommt sie schon von selbst wieder.»

«Das ist wie dieser Spruch aus den Siebzigern, den mein

Dad immer zitiert hat – ‹Wenn du etwas liebst, lass es los› – aber das hier ist wie ‹Lass es los, oder es reißt dir die Hände ab›.»

«Ich glaube, du hast da was nicht ganz kapiert bei diesem Spruch.» Er schmalzt wie ein Hippie: «‹Ich versprech dir, Baby, dich lass ich niemals los.›»

«Oh, ja», sagt Penny.

«Mein Dad ist auch so einer. Er sagt den Frauen, er liebe sie, aber es stünde ihnen jederzeit frei zu gehen, und er wohnt in einem zehn Meter langen Trailer ohne Strom. Also, wenn ich verliebt bin, dann, glaube ich, gibt es nettere Dinge, die man sagen kann, zum Beispiel» – jetzt imitiert er eine mädchenhafte Fistelstimme – «‹Ich *sterbe*, wenn ich auch nur *einen Tag* von dir getrennt bin.›»

«Lass das!»

Er löst seine Hände von ihrem Körper.

Sie nimmt sie und legt sie wieder an den alten Platz. «*Das* habe ich nicht gemeint. Du sollst nur nicht so dick auftragen.»

Zwei Tage später fährt Rob seine Freundinnen zum San Francisco International auf der anderen Seite der Bucht. Es ist starker Verkehr, und sie kommen gehetzt an. Sorry beugt sich vor, um ihre Zigarette im Aschenbecher am Armaturenbrett auszumachen. Gleichzeitig drückt sie Rob fünfhundert Dollar in die Hand.

«Das kann ich nicht annehmen», sagt er. «Mir war nie klar, woher dein Geld kommt, aber ich weiß, dass du es dringender brauchst als ich.»

«Ich lebe von einer Scheidungsvereinbarung. Sollte es

mir jemals so schlechtgehen, dass ich fünfhundert Dollar brauche, weiß ich, wen ich anrufen kann.»

Alle steigen aus und stellen das Gepäck auf den Gehweg. Sorry trägt einen langen schwarzen Umhang und ein Knochenamulett an einer Lederschnur (Geschenk von Penny). Jazz sieht hinreißend aus in den roten Sandalen und dem neuen weißen, mit großen roten Blumen gemusterten Kleid.

«Also, keine Abschiedsszene», sagt Rob, «denn in zwei Monaten seid ihr sowieso zurück.»

In Habtachtstellung sagt Jazz: «Vielleicht wird es aber doch ein Abschied. Ich muss dir nämlich noch was sagen.»

Diese Ankündigung beunruhigt ihn, denn die Möglichkeiten sind nahezu unbegrenzt.

«Es geht um das Monster, das ich abgeschossen habe. Ihr glaubt wahrscheinlich, das war ein Akt der Selbstverteidigung, und ich hätte danebengeschossen. Aber es war ein bewusster Entschluss, das Haus zu ruinieren. Ich war kurz davor, den Hausherrn hinzurichten wegen dem, was er dir angetan hat, aber ich hab's nicht hingekriegt. Trotzdem musste irgendwas passieren. Etwas Extremes. Ihn töten konnte ich nur einfach nicht, denn er hat mir mal das Leben gerettet. Aber eigentlich bin ich eine Mörderin. Das solltest du wissen.»

«Barmherziger Jesus», sagt Rob. «Erzähl mir bitte, dass du auch in der Lage bist, vernünftig zu reden.»

«Du bist keine Mörderin», wendet Penny ein. «Wie würde einer dieser auf Personenschäden spezialisierten Anwälte sagen? ‹Zeig mir deine Verletzung, und ich sage dir, wer dafür haftet.› Irgendwas hat dich abgehalten. Und es gibt keine Leiche.»

«Sie hat recht», sagt Rob. «Du hast ihn daran gehindert, mich zu Tode zu quälen. Das werde ich nie vergessen. Aber du willst auch kein guter Mensch sein. Das findest du zu langweilig. Und bitte mach dir gar nicht erst die Mühe, mir zu erzählen, wie er dir das Leben gerettet hat. Deine Todessehnsucht ist der beste Beweis dafür, dass unsere Kultur völlig im Arsch ist und von Grund auf erneuert gehört.»

«Ich lasse die Pistole hier», sagt Jazz. «Sie liegt unter dem Reserverad.»

Rob gibt einen Laut von sich, der Verdrossenheit und Ärger signalisiert.

Sorry wirft ihm einen strengen Blick zu und sagt zu Jazz: «Du bist ein großartiger Mensch. Aber einfach stressgeplagt. Du musst mal runter von diesem Jeder-gegen-jeden-Kontinent und ein bisschen Südseeluft schnuppern.»

Jazz flüstert: «Rob. Wirklich. Ich werd schon wieder.»

«Das will ich schwer hoffen.» Zu Sorry sagt Rob: «Lass sie ja nicht aus den Augen. Kein neues Handy. Pass auf, mit wem sie kommuniziert. Setz sie auf Entzug von diesem Mistkerl.»

Jazz sagt: «Du bist zu normal, um mich zu verstehen. Mein Leben passt nicht in deinen Kopf.»

«Was gibt es da zu verstehen? Du bist nicht ehrlich zu mir.»

«Jedes Mal, wenn ich es versuche, regst du dich auf. Jedenfalls, seitdem ich dir etwas bedeute. Das macht Freundschaft unmöglich.»

Jetzt sieht Rob traurig aus.

«Nicht unmöglich! So habe ich das nicht gemeint. Aber häng nicht dein Herz an mich. Sonst breche ich es dir noch.»

«Das siehst du falsch herum», sagt er. «Ich habe dich schon immer genug geliebt, um dein verdammter Fußabtreter zu sein, aber du hast in genau dem Augenblick angefangen, mich zu brauchen, als du Matt getroffen hast.»

«Ja, ich glaube, man könnte schon sagen, dass ich meinen Meister gefunden habe.»

Penny nutzt die nun eintretende Gesprächspause, um Jazz in den Arm zu nehmen und zu sagen, sie sei froh darüber, dass Matt noch unter den Lebenden weile, denn sonst würden sie jetzt alle tief in der Scheiße stecken. Jazz umarmt Rob so lange, bis er sagt, er werde sie immer lieben, egal was passiere, und sie solle verdammt noch mal auf sich aufpassen und heil aus Hawaii zurückkommen. Sorry küsst Rob auf die Wange und sagt, jedes Tierchen habe ein Recht auf sein Leben und seine Freiheit. Sie drückt Penny und dankt ihr dafür, dass sie ein bisschen Anarchie in ihr eintöniges Leben gebracht hat.

«Tschüs!», rufen alle zum Schluss.

Die Reisenden schultern ihre Seesäcke und entfernen sich. Rob und Penny stehen neben dem Kleinbus und winken. Sie beobachten, wie die beiden Seesäcke durchs Terminal torkeln – der eine hoch, grün und stattlich, der andere blau und hüpfend wie ein Korken. «Scheidungsvereinbarung», sinniert Rob. Er schließt und verriegelt die Türen, prüft mit einem Blick nach hinten, ob persönliche Besitztümer vergessen worden sind. «Scheidungsvereinbarung», wiederholt er.

«Du klingst wie ein Furby», sagt Penny.

«Ich dachte, Sorry wäre lesbisch.»

«Lesben können auch geschieden werden! Inzwischen können sie sich sogar von Frauen scheiden lassen, in die sie mal verliebt waren, statt von Trotteln, die sie sowieso nur aus wirtschaftlichen Gründen geheiratet hätten.»

«Die Welt geht den Bach runter», pflichtet er ihr bei. Er startet den Motor. «Nächster Halt Surf City.»

«Wo ist das?»

«Irgendwo westlich von hier. Da mieten wir uns ein Paddelboot und versenken die Pistole weit draußen im Meer.» Er fädelt an den doppelreihig parkenden Wagen vorbei in den Verkehr ein.

«Was, glaubst du, passiert mit Jazz?»

«Ganz sicher irgendwas. Sorry findet vielleicht eine angenehme Warteschleife, aber Jazz – niemals. Wie sie schon sagte, es muss immer was passieren.»

«Ich wette, sie lernt schon im Flieger jemand Neuen kennen. Etwa einen japanischen Geschäftsmann, und wenn wir das nächste Mal von ihr hören, ist sie in Nagasaki.»

«Das glaube ich nicht. Ich glaube, Matt ist ihr Mount Everest, und sie wird nicht zurückkommen, bis sie ganz oben gewesen ist.»

Amalia liked™ das Norman Baker Center auf Facebook (alias Sunshine – das Center selbst ist ja nicht in der Lage, einen Account einzurichten) und fügt es ihren Freunden™ hinzu. Sie fordert all ihre Freunde™ auf, zur großen Eröffnung am zweiten Sonntag im September zu kommen.

Patrick schickt sofort eine Nachricht an sie, Penny und Matt: Gut gemacht. Wusste nicht, dass ihr Pläne für das Haus hattet! Bin auf Mindanao, aber in Gedanken bei euch. Gute Arbeit. Sieht toll aus. Dad würde stolz sein. Baker Books! GENAU! Umarmung P

Penny textet ihr: In Big Sur. So großartig. Bin rechtzeitig zurück. Hdl.

Sonntagmorgen, 11. September 2016.

In Fort Lee tritt Matt die Bettdecke weg. Er greift nach seinem Handy, ruft Mails und seine Social-Media-Accounts auf und wählt einen alten MP3-Funkadelic-Song, der jetzt aus den Lautsprechern in der Küche erklingt. Auf dem Weg nach unten sammelt er dies und das ein. Auf der offenen hölzernen Wendeltreppe stehen Weingläser, und in den Neigen darin und um die Gläser herum haben sich ein paar Wollmäuse niedergelassen. Matt ist dünner geworden und hat dunkle Ringe unter den Augen.

Er zieht sich sorgfältig an, indigofarbene Jeans, ein langärmeliges T-Shirt, eine helle Fleecejacke, Timberlands und eine solarbetriebene Timex. Sie zeigt 9.33 Uhr an.

Um halb elf wachen Rob und Penny im Tranquility auf. «Lass mich Kaffee kochen», sagt Penny und kriecht aus dem Bett.

In der Küche ist sie gelassen und heiter. Sosehr sie Matt verabscheut, so zufrieden ist sie doch, dass aus seiner Rache eine Erinnerung an ihren Vater geworden ist. Natürlich sind seine Motive abscheulich, und er ist ein herrschsüchtiger Verrückter, aber ihr ist klar, was für einen Vorteil sie davon hat: Das Norman Baker Center gibt ihr nämlich das Gefühl, dass Norm demnächst aufhören wird, sie weiter zu verfolgen. Stattdessen wird er in denaturierter Form als Ikone – der Schutzheilige der Anarchos von Jersey City –

eine Randexistenz führen, und ausgerechnet Matt wird sein Priester sein. Sie überlegt, all seine hässlichen Möbel rüber ins Center zu bringen und sich von ihrem Gehalt bei der Bank ein paar anständige skandinavische Sachen zu kaufen.

Sie grübelt und summt vor sich hin, während sie zwei Cappuccini, Toast und Mangomarmelade auf ein Tablett stellt. Ohne dass es ihr bewusst wird, spiegeln ihre Gedanken einen Zustand bedingungsloser Liebe wider. Sie verlangt von Matt nichts anderes, als dass er Matt ist, und räumt ihm eine Existenzberechtigung ein. Sie gesteht sogar Norm zu, tot und vergessen zu sein, sein Vermächtnis ausgelöscht.

«Heute ist der große Tag», sagt sie und reicht Rob eine rote Zoloft-Tasse voller Kaffee mit Milchschaum. «Der Norman-Baker-Drogenkult trifft auf das Norman-Baker-Einkaufszentrum. Das ist wie Materie und Antimaterie.»

«Ich fasse es nicht, dass du überhaupt da hinwillst.»

«Das wird großartig. Dads Freunde lieben mich. Du wirst baff sein, wenn du siehst, wie die mich behandeln.»

Sie zieht sich sorgfältig an, wählt bestimmte Amulette, von denen sie ohne ersichtlichen Grund spürt, dass sie angemessen sind. Darüber drapiert sie ihren weißen Baumwollhänger und eine rote Häkelschultertasche, in der ihr Handy ist. Rob macht eine Bemerkung über das Fehlen von Unterwäsche und Schuhen. «Die haben bei diesem Outfit nichts zu suchen», erklärt sie.

«Na gut, ich werde mir keine Sorgen um dich machen, wenn du dir keine um mich machst.»

«Gebongt», sagt sie. «Wir sind hier ja alle erwachsen.»

Matt ist noch vor Mittag beim Baker Center. Bei seinem Eintreten stehen seine Angestellten – Managerin Kestrel, die Baristas Feather und Huma, Buchhändler Sunshine und Cassidy – stramm an ihren Plätzen. «Sieht großartig aus! Ich bin begeistert! Ich liebe diesen Büchertisch. Hast du den arrangiert, Sunshine? Großartige Arbeit. Ihr Leute werdet heute sicher einen Bombenumsatz machen.»

Feather sagt: «Möchtest du einen Latte? Ich muss noch üben.»

«Na gut, dann mach mir einen Latte!»

Cassidy sagt: «Matt, was ich noch sagen wollte, weil wir gerade darüber gesprochen haben und du wissen sollst, wie viel es uns bedeutet, dass du das hier gemacht hast: Ich habe in so vielen Läden gearbeitet, und jetzt werde ich zum *ersten Mal* dafür bezahlt. Und der Bestand ist geradezu erstaunlich. Wir haben so viele Bücher!»

«Danke, Cassidy! Ich muss im Büro noch ein paar eilige Sachen erledigen» – er ist schon halb auf der Treppe –, «also wenn ihr mich braucht, holt mich.»

Die Hand am Geländer, erreicht er schwer seufzend das Dach. Er tritt hinaus ins schräg einfallende Herbstlicht, das durch das geschliffene Glas der nach Westen ausgerichteten bodentiefen Fenster farbenprächtige Muster auf den hellbraunen Teppich zaubert. Er lässt sich in den Arts&Crafts-Sessel mit den Kamelhaarkissen fallen und legt die Füße auf den Sims des weiß gekachelten offenen Kamins.

Von unten hört er Trommeln, also rafft er sich wieder auf. Er schaut über die Dachkante und sieht einen alten Mann, den er seit Norms Trauerfeier nicht mehr gesehen hat, auf einem hohen Rattanhocker auf der Straße sitzen und Congas spielen. Neben ihm bedient ein Teenager im Takt eine Muschel-Kürbisrassel.

Matt setzt sich wieder. Er lässt sich zurücksinken und ertränkt den Sound in seinen Gedanken. Aber weil seine Gedanken nun mal so sind, wie sie sind, geht er schnell dazu über, sie in dem Sound zu ertränken. Er bemerkt, dass ein zweiter Drummer einsteigt, der Tablas spielt. Er vernimmt Geheul und das rhythmische Schlagen von Holz auf Asphalt.

Er steht wieder auf und schaut noch einmal nach unten. Eine Truppe Frauen mit Palmwedeln im Haar, die entfernt polynesisch aussehen, führt einen Tanz mit Besenstielen auf. Vier hocken kreuzförmig, heben und senken die Besenstiele, während vier andere zwischen ihnen herumtanzen. Die Handbewegungen der Tänzerinnen lassen unmissverständlich an einen schottischen Schwerttanz denken.

«*Das* habe ich nicht bestellt», sagt Matt laut. Er ruft Kestrel über das Festnetz an und fragt, was da los ist.

«Das ist eine Gemeinschaftsfeier», sagt Kestrel.

«Diese Gemeinschaft kenne ich. Die haben ihre Hunde auf mich gehetzt. Frag die Leute, woher sie kommen.»

Sie legt den Hörer auf den Tresen, ohne Matt in die Warteschleife zu schicken. Er hört, wie seine Angestellten im Takt mitklatschen. Er hört Stimmen und Gelächter, und dann ist sie wieder da. «Anhänger von Norman Baker!», sagt sie. «Sie kommen aus Cincinnati!»

«Danke», sagt Matt.

Gegen dreizehn Uhr fängt er an, komplexe Polyrhythmen zu hören. Er schaut wieder nach unten. Es sind so viele Menschen auf der Straße, dass Einzelne nicht mehr zu unterscheiden sind.

Insbesondere gibt es so viele kleine schwarzhaarige Frauen, dass es unmöglich ist, darunter diejenigen zu erkennen, die für seine Stimmung wichtig sind. Er sieht viele Jazz' und Pennys – meistens Pennys –, aber nie die echte Penny oder die echte Jazz. Unter die vielen Doppelgänger mischen sich arme Ortsansässige, Gangs wild aussehender Kids und auch der Typ, dessen Hund er vollgesprüht hat. Er erbleicht. Noch einmal übt er seine Rede zum Thema: Wie erschaffe ich eine Gemeinschaft.

Penny trifft auf eine Gruppe von Freunden ihres Vaters und tauscht Glückwünsche und Beileidsbekundungen aus. Sie umarmen sie und sagen ihr, wie zauberhaft sie aussehe. Sie sagen, sie seien begeistert vom Baker Center und traurig, dass Norm nicht dabei sein könne.

«Es hat mich überrascht zu hören, dass es eine Idee von Matt war», sagt eine Frau. Ihr Mann wirft ihr einen kritischen Blick zu. Er nimmt Penny zur Seite.

Er ist alt, aber kräftig und lebhaft. Jung für sein Alter, so wie Norm, bevor er krank wurde. Penny kennt ihn schon ihr Leben lang. Nicht besonders gut, aber bereits aus Babyzeiten in Manaus. Wie einen Verwandten. Er heißt Ed, und sie vertraut ihm. Er sagt: «Penny. Lass uns uns irgendwo hinsetzen und reden. Ich muss dir was erzählen.»

Sie gehen zu seinem alten VW-Wohnmobil, das er um die Ecke geparkt hat, steigen hinein und setzen sich an den Esstisch. Es ist feucht und stickig. Penny rafft die Haare im Nacken zusammen und versucht, sie zu einem Knoten zu binden, wie Anka das macht, aber ihr Haar ist zu elastisch und glatt. Er lächelt, als sie aufgibt.

«Heißer Tag», sagt er und hält ihr den Joint hin, den er raucht.

Sie nimmt ihn und inhaliert tief. «Boah», sagt sie.

«Penny, ich vermute, dein Vater wollte, dass du die Wahrheit darüber erfährst, woher du kommst. Er hat gesagt, du wärst seine spirituelle Erbin.»

Der Anstand lässt ihr keine andere Wahl, als zu lachen. «Du weißt doch, dass er mir nichts Nichtspirituelles hinterlassen hat? Kein Geld, keine Besitztümer. Nicht einmal Tatsachen. Ich weiß, dass er mir etwas mitteilen wollte, aber da konnte er schon nicht mehr sprechen. Er wollte es diktieren und dann für fünfzig Jahre in einer Zeitkapsel verschließen. Am Ende hat er mir nichts hinterlassen als diese spirituelle Bürde, ich weiß auch nicht, es ist schwer zu beschreiben. Die habe ich bekommen, als er starb. Er flog davon wie ein Vogel, und ich bekam etwas so Schweres, dass ich es kaum tragen kann.»

«Diese spirituelle Last ist auch ein Geschenk», sagt Ed. «Ich hoffe, du hast jemanden gefunden, der dir beim Tragen hilft.»

«Das habe ich tatsächlich», sagt sie. «Meinen Freund Rob! Er ist unübertrefflich. Aber dieses Gras haut mich echt um. Ich kenne niemanden, der so starkes Gras raucht.»

«Ich nehme Drogen nicht um ihrer selbst willen. Sie sind ein Weg, kein Ziel. Manchmal brauche ich einen kleinen Anstoß, um in Bewegung zu kommen. Und jetzt will ich dir von Katie erzählen, denn du musst Bescheid wissen.»

Es überrascht sie nicht, dass im Geheimnis um Katie das Vermächtnis ihres Vaters liegt. Menschen mit Geheimnissen bestehen manchmal aus nicht viel anderem. «Ich weiß alles darüber. Ich habe Patrick gefragt.»

«Ich sage ja immer: *‹You can't always know what you need, but if you try sometimes, you get what you want.›*»

«Was meinst du damit?»

«Das, was ich sage. Sei vorsichtig mit deinen Wünschen. Du hast ihn gefragt, was er weiß, und er hat es dir erzählt.»

«Mom hat genau das Gleiche gesagt.»

«Das war Norm – er hat gelogen, um sie zu schützen. Darum erzähle ich es dir jetzt.»

«Oh.»

«Folgendes ist geschehen. Katie und er waren schon seit zwanzig Jahren zusammen, und es war nicht immer einfach. Dann hat er sich mit dieser» – er hält kurz inne – «Rucksacktouristin eingelassen, einer Biologiestudentin namens Penelope.» Penny zieht kräftig an dem Joint und denkt an ihren eigenen Taufnamen (Penhana). «Als Katie davon Wind bekam, haben sie das natürlich beendet, aber er war ein Romantiker. Er ist zu diesem Müllplatz in Cartagena zurückgefahren, auf den sie ihn geführt hatte, um ihm diese wild lebenden Tiere zu zeigen, und stattdessen traf er auf das hilfsbedürftige kleine Mädchen, und da hat er zwei und zwei zusammengezählt und das als Zeichen genommen. Das war also deine Mutter. Und Katie musste über Nacht umschalten: Erst verlor sie ihn beinahe, und dann musste sie hinter diesem unkontrollierbar wilden Kind her sein. Da ist sie durchgedreht. Sie nahm eine Machete ...» Er stockt.

«Sie tat was?»

«Sie schnitt sich die Beine auf und ging ins Meer. Sie dachte wohl, ein Hai würde kommen und dem Ganzen ein Ende machen. Die Strömung trug sie hinaus, und sie schwamm die ganze Nacht, denn wer will schon sterben?

Schließlich nahm ein Fischerboot sie auf, unterkühlt und voller Bakterien von den ungeklärten Abwässern, die sie praktisch auffraßen. Diese Leute waren keine Ärzte. Sie legten ihr rohes Fleisch auf die Wunden, um das Gift rauszuziehen.»

«Ach du Scheiße. Mein Gott. Aber warum? Ich meine, was für eine verrückte – das ist doch krank –»

«Sie war schizophren.»

Penny bemüht sich, in ihrem Hirn Platz für diese Information zu schaffen. Sie tastet mit den wabernden Tentakeln des Potrauchs darin herum, der eine schattenhafte Wolke im Bus bildet, und entgegnet schließlich: «Hatte sie ihre Medikamente abgesetzt?»

«Medikamente wirken nicht immer so, wie sie sollten.»

Sie nickt.

«Als sie sie gefunden hatten, setzte Norm als Erstes mich und die Kids in ein Flugzeug nach Jersey City. Deshalb haben sie es nie erfahren.»

«Aber warum wissen sie es immer noch nicht?»

«Die Jungs sind nicht so stark wie du. Sie sind wie Katie.»

«Es sind Erwachsene. Sie haben ein Recht, es zu erfahren.»

«Schau mir in die Augen und sprich mir nach: ‹Matthew Baker ist erwachsen.› Willst du ihm wirklich einen Vorwand liefern, auf völlig unzurechnungsfähig zu plädieren? Ich glaube, ich mag ihn lieber, wenn er sich anstrengt, sich mit Norm zu messen. Und Patrick ist ein sensibler Kerl. Ich würde nicht gern hören, dass meine Mutter so gestorben ist. Es war kein langsamer oder schwerer Tod – jedenfalls nicht gemessen an Krebs –, aber trotzdem.»

«Vielleicht ist Matt immer sechzehn geblieben, weil ihn

der Schock hat erstarren lassen. Und ich weiß, dass Patrick es wissen will. Er hat mir erzählt, dass Nichtwissen die *Hölle* ist.»

«Und warum zur *Hölle* – verzeih mir den Ausdruck – fragt er mich dann nicht?»

Darauf hat Penny keine überzeugende Antwort.

«Dein Dad hat immer wieder gesagt, die Geschichten, die wir uns selbst erzählen, seien verantwortlich für die ganzen Probleme. Wenn man der Realität fest ins Auge schaut, ist man weniger verwirrt. Das hat mit dem Signal-Rausch-Verhältnis zu tun. Jede Geschichte, die man erzählt, muss ein Signal sein. Jede Ablenkung ist Rauschen. Alles Unwesentliche ist Rauschen. Aber jetzt versuch mal, das Wort *unwesentlich* zu definieren. Im Leben gibt's nichts Unwesentliches. Es gibt kein Rauschen. Alles ist Signal. Das ist Freud. Der frühe Freud.»

«Er hat versucht, mir das beizubringen, aber in so was bin ich nicht gut. Wie jetzt eben mit Patrick. Du hast recht. Ich versuche ja, hinter die Geschichten der Leute zu steigen. Manchmal gelingt mir das auch, wie mit Rob, meinem Freund. Im Grunde sind wir am Ende zusammengekommen, weil ich ihm kein Wort geglaubt habe.»

«In Bezug auf was?»

«Auf seine Körperfunktionen. Aber ich selbst habe ihm auch nie was erzählt. Bei uns ging es immer nur um die reale Welt, die ganze Zeit. Also um scheinheilige Verlogenheit. Wir mussten uns erst ausziehen, bevor wir uns richtig austauschen konnten.»

Ed nickt und sagt: «Das kenne ich. Unmittelbar oberhalb der Ebene der physischen Welt sind die Signale am stärksten. Wie die Farben des Regenbogens oder die pentatonische Tonleiter. Wenn man Liebe macht, braucht man keine Geschichten.»

«Aber sobald man damit aufhört, wird das Leben kompliziert.»

«Also nimmt man sich ein wenig Zeit, um sich auf eine wunderbare Geschichte darüber zu einigen, warum und wie man zusammengekommen ist. Für mich haben solche Geschichten leider nie länger als ein halbes Jahr funktioniert, aber vielleicht seid ihr ja romantischer. Ich bin kein großer Geschichtenerzähler. Ich muss jedes Mal die bewusste Entscheidung treffen, meinem Bauchgefühl zu vertrauen. Alles, was ich tue, fühlt sich irgendwie willkürlich an, weil ich mich nicht mal selbst überzeugen kann. So ein lausiger Verkäufer bin ich. Das macht es einem schwer, mit seinen eigenen Entscheidungen zu leben.»

«Ich weiß», sagt Penny. «Normalerweise lebe ich eine Zeitlang damit und hoffe, dass ich es merke, wenn sie schlecht sind.»

Er lacht. «Wie gesagt, ich bin nicht Geschichtenerzähler genug, um mir einzureden, Matt wäre ein ganz normaler Typ mit ein paar Interferenzen und Störgeräuschen. Ich muss davon ausgehen, dass alles, was er tut, Teil des Signals ist. Und das zeigt Alarmstufe Rot. Ein Norman Baker Center, das dem Müllwagendesigner gehört, der glaubt, Norman Baker wäre ein Schwindler und Quacksalber gewesen – was zum Teufel ist das?»

«Ein Buchladencafé mit einem Yogastudio.»

«Wenn er jetzt nicht schwul geworden ist, steckt dahinter irgendein Schwindel. Was ist mit seiner Arroganz passiert? Das ist ja fast masochistisch.»

Penny fällt ein, dass Ed nichts von Jazz weiß. Sie hat Jazz

im Verdacht, bei Matts Intrigen eine stille Teilhaberin zu sein, ob sie es nun weiß oder nicht. Aber das kann sie Ed nicht erzählen – diese Geschichte würde ihre eigene Privatsphäre verletzen –, also kehrt sie zum Thema Vergangenheit zurück. «Hey», sagt sie. «Was weißt du von Mom und Matt in Kolumbien?»

«Das musst du sie selbst fragen. Was immer passiert ist, sie haben sich geschickt angestellt. Ich weiß, dass Katie bestürzt darüber war, aber die war leicht aus der Fassung zu bringen, und Norm war sich nie sicher.» Er stockt kurz und fährt dann fort: «Ich weiß, dass er mit deiner Mutter ein paarmal zum Gynäkologen musste, aber dafür kann es tausend Gründe geben. Ich will nicht spekulieren.»

Penny schaut auf ihre Hände hinab und sagt: «Weißt du was, vergiss es.»

Er nickt. «Die Vergangenheit ist vorbei.»

«Sie ist nie vorbei», sagt sie. «Sie ist genauso real wie die Gegenwart. Sie ist wie Schatten auf Rauch. Und wir nehmen an, dass es Feuer gibt, wo Rauch ist, und wo Schatten sind, ist auch Licht, und da sind wir und versuchen, zum Feuer und ans Licht zu kommen, und all das wegen einer Geschichte, die wir in den Schatten auf dem Rauch gesehen haben. Wir sind alle verrückt.»

Er verbeugt sich mit zusammengelegten Händen vor ihr, die Daumen an der Stirn, und sagt: «Bodhisattva.» Auf ihren skeptischen Blick hin bietet er ihr eine kalte Flasche Pils aus dem Kühlschrank an. Sie lehnt ab und sagt, sie sei schon bedröhnt genug. Er entfernt den Kronkorken mit einem Büchsenöffner (er hat Arthritis) und trinkt auf ihre Gesundheit, während sie die Seitentür öffnet und vorsichtig auf den Gehweg hinaustritt.

Sie hört laute und schnelle Trommeln, die direkt unter ihren Füßen zu schlagen scheinen. «Ich bin so bedröhnt», sagt sie.

Um drei Minuten vor zwei geht Matt nach unten zur großen Eröffnung. Mit jedem Schritt die Treppe hinab wird der Geruch nach Ganja stärker. Die Frage ist jetzt – gleich einem Milchschaumhäubchen auf dem vierfachen Espresso seiner Angst –, wie ein Besuch der Polizei sich auf seine persönliche Sicherheit und seine Eigentumsrechte auswirken würde.

Auf der vom Dach aus nicht einsehbaren Veranda tanzt jemand, von dem er nicht erwartet hat, dass er ihm noch einmal im Leben begegnen würde. Rob.

Nichts da, kommt nicht in Frage. Dieses schwanzlose Wunderkind wollte er doch nie wiedersehen. Schon gar nicht hier. Nicht beim Pogotanzen zum Voodoo aus Benin, als wäre es Black Flag. Nicht unerschütterlich stehen bleibend, wie eine Schwuchtel Blickkontakt suchend und eine große, schwielige Arbeiterhand zum Gruß ausstreckend. «Hey!», sagt Rob mit einem freundlichen Lächeln.

Matt holt zu einer Scheinumarmung aus – die Linke um die Schulter gelegt, während die Rechte den Autoschlüssel in die Wunde vom letzten Kampf bohrt – und sagt: «Runter von meiner Veranda.»

Rob knickt unter erheblichen Schmerzen links ein, sagt aber: «Wie ich höre, will Jazz kein Baby von dir.»

Matt sagt: «Das war's, du Schwanzlutscher. Jetzt wirst du sterben.»

Mit finsterer Miene tippt Kestrel Matt auf die Schulter. Sie starrt auf den Autoschlüssel in seiner Hand und blickt eilig wieder auf. «Entschuldige, Matt. Hast du gerade ‹Jetzt wirst du sterben› gesagt?»

«Das war nur so dahergesprochen.»

«Diese Redeweise steht nicht im Einklang mit den Prinzipien der Gewaltlosigkeit. Ich muss dich deshalb bitten zu gehen.»

«In zwei Minuten findet meine große Eröffnung statt. Wenn hier also jemand gehen muss, dann dieser Scheißkerl.»

«Das Baker Center ist Teil unserer Bewegung für soziale Gerechtigkeit und Frieden. Gewalt, ob physisch oder verbal, ist *immer* unangebracht. Wir können das gern bei unserem nächsten Kollektivtreffen diskutieren, aber im Moment musst du eine Auszeit nehmen.»

«Du *arbeitest* für mich, Kestrel.»

«Das befreit dich nicht davon, auf Gewaltlosigkeit zu achten! Geh nach oben und komm in einer Stunde wieder runter. Wenn nicht, werde ich allen sagen, sie sollen nach Hause gehen. Gewalt hat keinen Platz –»

«Fick dich ins Knie», sagt Matt. Er stößt sie gegen die Tür, als er wieder ins Haus geht. «Und *du* dich auch», ergänzt er, als er an Cassidy vorbeikommt. Begierig, sich Robs Körperflüssigkeit von der Hand zu waschen, steigt er die Stufen zu seiner Wohnung hinauf.

Kestrel fragt Rob: «Was um *Himmels willen* hast du dem getan, dass er so angepisst ist?»

Er zieht das T-Shirt hoch, auf dem nun ein rosafarbener Fleck aus Blut und Lymphe erscheint, um ihr seine linke Seite zu zeigen. «Er hat mich krankenhausreif geschlagen, weil er mich mit Jazz im Bett erwischt hat. Darum sind wir abgehauen.»

«Er muss ja *so was* von besitzergreifend sein.»

Es ist zwei Uhr. Kestrel dreht sich zu der Menge um.

Sie muss ein wenig schreien, um die Trommler zur Ruhe zu bringen. Schließlich kann sie alle begrüßen und willkommen heißen.

Die Norman-Baker-Fans skandieren zurück: «Wir wollen Penny! Wir wollen Penny!»

«Penny?», sagt Kestrel und schaut sich um. «Will sie etwas zur Eröffnung des Centers sagen? Irgendjemand sollte das nämlich jetzt bald mal tun. Ist sie hier?»

Penny steht auf der Straße und wiegt sich ekstatisch inmitten einer Menge. Ihre Bewunderer unterbrechen sie und führen sie zur Eingangstreppe des Hauses.

Sie steigt unsicher hinauf, wie ein Kind, dem vom Herumwirbeln schwindlig ist. Oben angekommen, dreht sie sich nach rechts und links, um sich zu orientieren. Kestrel stabilisiert sie so lange, bis sie nach vorne schaut.

Als sie die Menge vor sich erblickt, fängt sie an zu reden.

«Willkommen im Norman Baker Center», sagt sie so laut, wie sie kann. Sie ist sich nicht sicher, ob das laut genug ist, hat aber den Eindruck, dass man sie hört. «Meine Freunde. Ich liebe euch alle. Ich bin so glücklich!»

Ihre Stimme geht kurz im Applaus unter, und sie überlegt, es damit gut sein zu lassen. Sie legt die Hände über den Mund und fährt fast flüsternd fort: «Ich will mit meinem Daddy reden.» Es klingt bittend und treuherzig, wie eine Dreijährige, die nach ihrer Schnabeltasse fragt.

«Sprich lauter», sagt Kestrel.

«Er hat mir so viel beigebracht, aber ich war zu jung, um zu verstehen, worauf er hinauswollte, meistens jedenfalls.» Das Sprechen fällt ihr irgendwie schwerer als gewöhnlich.

Vor ihren Augen taucht ein möglicher Ort zum Verschnaufen auf wie ein blinkendes Schild am Highway, und sie erhebt die Stimme und ruft: «Hey, Mom! Komm du doch hier rauf und erzähl ihnen was von Dad!»

«Nein!», schreit Amalia. «Ich bin nicht Norms Frau!»

Penny sagt: «Wie bitte?»

Sie schirmt die Augen ab und scannt das Publikum. Amalia wird von der Masse Mensch um sie herum verschluckt. Von der Veranda aus kann niemand sehen, wo sie steht, weil sie zu klein ist. Tony winkt hilfreich mit seiner Baseballmütze. Jetzt erkennt Penny, dass die beiden weit weg sind. Junge Menschen fangen an, Amalias Statement mit Hilfe des «menschlichen Mikrophons» nach vorn weiterzugeben, wie bei Occupy, aber da die Norman-Baker-Fans damit nicht vertraut sind, verläuft der Versuch im Sande, und zudem möchten sie nicht lauthals verkünden, dass sie nicht Norms Frau sind.

Pennys Handy klingelt – Amalia. Sie nimmt den Anruf an.

«Ich kann nicht für Norm sprechen», sagt Amalia. «Du bist immer noch die Tochter deines Vaters, aber ich bin jetzt mit Tony zusammen.»

«Wow», sagt Penny beeindruckt und bestürzt. «Und schon hast du ihn vergessen?» Sie kann fast sehen – sieht es dank des ganzen THCs tatsächlich –, wie Amalia mit den Augen rollt. «Was soll ich sagen?»

«Erzähl von seinen Ideen.»

«Welchen?»

«Der Fluss?», souffliert Amalia. «Die kosmische Schlange?»

Kestrel tippt Penny auf den Arm. «Du bist mitten in einer Rede», mahnt sie.

Penny legt Kestrel den Arm um die Taille und lässt das Telefon fallen. Während Kestrel sich bückt, um es aufzuheben, schaut Penny auf die unruhige Menge und ruft laut: «Das Leben lebt! Alles ist eins!»

Diesmal funktioniert das menschliche Mikrophon. Die Norman-Baker-Leute haben die Idee verstanden und machen sie sich zu eigen. «Das Leben lebt!», wiederholt die Menge. «Alles ist eins!» Die Zustimmung schwappt in Gestalt von kurzen Tanz- und Trommeleinlagen mitsamt den beiden Maximen die Straße hinunter.

«Das Leben ist ein Fluss, der aus Leben besteht!», schreit Penny.

Sie legt eine Pause ein, damit das Mikrophon seine Arbeit tun kann, und ihr Statement hallt vier- oder fünfmal wider, während es durch die Menge getragen wird.

«Das Leben fließt bergab, aber wie im Wasserkreislauf erhebt es sich wieder! Oder wie eine Schlange? Ich bin viel zu bekifft hierfür.»

Das menschliche Mikrophon entwickelt ein paar technische Macken. Sie muss zugeben, dass ihren Äußerungen jener Hauch von himmlischer Weisheit abgeht, nach dem sie strebt. Sie fühlt sich durstig, lässt Kestrel los und sagt: «Tut mir leid. Normalerweise bin ich eine bessere Rednerin.»

Kestrel führt eine letzte Runde von Jubel und Applaus an und erklärt dann Baker Books für offiziell eröffnet. Woraufhin etliche Menschen ins Haus gehen, um Leitungswasser zu trinken und die Toiletten zu benutzen.

Rob findet Penny neben dem Haus, wo sie ein Lavendelbeet begutachtet. Sie ist tief in Gedanken versunken. Er flüstert ihren Namen, um sie nicht zu erschrecken.

«Rob!», sagt sie. «Mensch, was bin ich froh, dich zu sehen. Wir müssen reden. Ich habe ein paar wirklich verrückte Sachen herausgefunden.»

«Ich muss hier weg», sagt er. «Ich habe ein bisschen *Hamlet* gespielt. Ich sollte lieber nach Hause gehen, bevor Matt wieder einfällt, was mit Hamlet passiert ist.»

«Zuerst musst du mir versprechen, dass du immer nett zu ihm sein wirst.»

Er streicht ihr übers Haar und sagt: «Baby, hast du den Verstand verloren?»

«Schwör's!», beharrt sie. «Schwöre, dass du Matt immer mit Nachsicht behandeln wirst.»

«Na gut, ich schwör's. Ich muss jetzt los. Wir reden später. Ruf mich an, wenn du fertig bist. Ich komme dann und hol dich ab.»

Vor dem Haus schließt er sein Rad von dem Pfahl, den es sich mit Pennys Rad teilt. Nach kurzer Überlegung sichert er mit seinem eigenen Schloss Pennys Rad doppelt.

Tony findet sie schließlich im Hinterhof, wo sie versackt ist. Sie will im Pool schwimmen – ein verknittertes Stück blaues Vinyl, gespickt mit rostigen Streben –, und die Zweige kratzen sie, geben so ein Geräusch von sich, wenn sie sich berühren, wirklich verwirrend. Sie hat zahllose Mückenstiche, die wie verrückt jucken, einige auf der bloßen Haut, andere (irgendwie) auf und unter dem Kleid. Sie ist ziemlich entzückt, Tony zu sehen. Er ruft per Handy Amalia herbei, damit sie ihm hilft, Penny wieder auf Kurs zu bringen. Sie verfrachten sie in den Taurus und laden sie bei Rob im Tranquility ab. Der wäscht sie und steckt sie ins Bett.

Sie ist glücklich. Sie sieht auch so aus, und sie spürt es. Sie gleitet in den Schlaf, atmet frische, lärmerfüllte Luft. Sie spürt, wie Kraft und Leben mit jedem Atemzug in sie hineinfließen. «Das Leben ist auch Luft», verkündet sie.

«Es ist total Luft», stimmt Rob zu, ohne von seinem Buch aufzuschauen.

Am späten Nachmittag kommt Matt hinunter ins Café, um die Glückwünsche der alten Freunde seines Vaters entgegenzunehmen. Seine Laune ist mehr als miserabel.

Er fühlt sich schlecht. Auch wütend, was weniger unangenehm als vielmehr eine Aufforderung zum Handeln ist. Aber er bleibt ruhig. Was sonst kann er tun? In letzter Instanz ist alles gut. Er hat Rob verjagt. Das Geschäft kann losgehen. Sogar die alten Freunde seines Vaters bezahlen für ihren Tee. Jazz ist nicht hier, aber wie es in dem Bread-Song heißt: *It don't matter to him.*

Am Morgen steht Penny um halb sieben total fertig auf. Sie zieht eine Strumpfhose, ein enges blaues Kostüm und Plateau-Pumps an. Mit einem Schaumprodukt bringt sie Volumen in ihr Haar und steckt es zu einem Knoten zusammen. Sie schleicht sich nach unten, um Kaffee zu kochen, und bestellt ein Taxi zur PATH-Haltestelle.

Alle anderen schlafen noch – außer Rob, der in seinen Schlafsachen in die Küche kommt und sagt: «Wer bist du, und was hast du mit Penny gemacht?»

«Ich bin ihr erdverwurzeltes anderes Ich, ‹Money-Penny›. Verstehst du?»

«Also, ich hoffe, du hast einen sehr guten Tag, denn das ist ein sehr heißer Look. Ich könnte geneigt sein, ihn dir auszuziehen, wenn du nach Hause kommst.» Er schenkt sich einen Kaffee ein, um ihn mit ins Bett zu nehmen. «Gott, ich rede schon fast wie Tony.»

«So lange *ich* nicht finde, dass du wie Tony redest.»

«Das liegt an diesen Schuhen», sagt er. «Die sorgen dafür, dass bei jedem Schritt dein Rock wippt.» Er packt sie an den Hüften und gibt ihr einen ausführlichen feuchten Kuss. «Wer braucht schon Geld? Lass uns nach oben gehen.»

«Keine Chance», sagt sie. «Vor allem nicht jetzt, wo ich weiß, was dich auf Touren bringt. Der Unternehmensberaterinnen-Look. Dieses Outfit hat siebenhundert Dollar gekostet, also wenn du nichts dagegen hast, ich muss jetzt los, die Wall Street besetzen.»

«Es braucht ja nicht lange zu dauern.»

«Ich bin *viel* zu müde für Sex.»

«Aber nicht zu müde, um zur Arbeit zu gehen!»

«Es ist ja nicht so, dass ich kellnern ginge oder am Pressluftbohrer stünde oder dergleichen. Ich muss nichts anderes tun als nach Manhattan fahren und mich dort hinsetzen.»

«Wenn ich dich so ansehe, verstehe ich die Finanzkrise gleich viel besser», sagt Rob.

Ihr erster Tag voller Vorträge in abgedunkelten Räumen mit ihren globalen Rohstoffmarktanalysten-Trainee-Kollegen aus der Investmentabteilung der Big Bad Bank verläuft ernst, würdevoll und ereignislos. Nach der Arbeit geht sie mit ihren Kollegen aus, auf nur einen Drink. Dann macht sie sich auf den Heimweg zum Tranquility, müde im Kopf und glücklich.

Und da wartet Rob im Bett auf sie und liest eine Zeitschrift! Sie könnte nicht glücklicher sein. Ihr fällt nichts ein, was in letzter Zeit passiert ist, das sie nicht restlos glücklich gemacht hätte. Sie vögelt ihn wie ihn Trance und schläft ein, um am nächsten Morgen um halb sieben aufzustehen und zu duschen.

Rob ist nicht so passiv, wie es wirken mag. Er ist sehr versucht, in ein Haus zu ziehen, wo er Platz hat, seine Werkstatt aufzubauen und an Rädern zu arbeiten. Er weiß sogar schon, in welches er will. Er weiß nur noch nicht, wie er da rankommen soll.

Das nächste Meeting des Baker-Books-Kollektivs (sie lehnen es ab, sich Angestellte zu nennen) findet ohne Matt statt. Sie können ihn oben hin- und hergehen hören. Sie klingeln bei ihm. Sie texten ihm. Er bleibt oben.

Sie sind sich darüber einig, dass sein Verhalten einen Tadel verdient. Kestrel wird beauftragt, mit ihm zu reden.

Sie braucht zwei Tage, bis sie ihn im Flur erwischt und um ein Gespräch bittet, als er von der Arbeit nach Hause kommt. Nachdem sie sich etwa zwanzig Sekunden lang formelhaft und pompös in Erklärungen über die Benimmregeln eines anarchistischen Kollektivs ergangen hat, feuert er sie.

«Das kannst du nicht machen.»

«Kann ich wohl. Nimm deinen Kram, verlass meinen Buchladen und komm nie wieder.»

Die anderen Angestellten schließen sich ihr an. Er muss den Laden selbst abschließen.

Zwei Wochen lang bleibt der Laden geschlossen, während Matt erfahrene Buchhändler aus Brooklyn einstellt. Unauffällig öffnet er wieder. Nur Kunden kommen nicht.

Keine. Null. Hashtag: *#boycottbakerbooks*. Auf der Facebook-Seite der Bewegung wird die Kollektivierung des Ladens gefordert und die Entfernung des gewalttätigen Profitjägers Matt.

Die Versammlungsräume und das Yogastudio sind brodelnde Zentren der aktiven Gemeinschaft, aber niemand bestellt im Buchladen einen Kaffee. Niemand isst Kuchenlollis. Niemand kauft einen Roman. In ihrer freien Zeit (sie haben nichts anderes als das) versuchen die Brooklyner, ein Mailorder-Geschäft aufzubauen. Sie bitten Matt um eine Kapitalspritze.

Matt verkündet auf Facebook, dass er die Brooklyner feuern und den Laden schließen wird. Kurzerhand macht er zu.

Am nächsten Tag öffnet der Laden wieder. Matt komt von der Arbeit und findet Kestrel an der Kasse. Feather ist gerade dabei, Jacob für den Gegenwert von einem Dollar Trinkgeld einen großen Latte mit dreifachem Espresso einzuschenken.

Matt dreht sich nach der Tür um und sieht, dass das Schloss aufgebrochen ist. Ein schweres neues Vorhängeschloss – nicht seins – hängt an einer Schließe. Er geht nach oben in sein Anarchisten-Pied-à-terre und bemüht sich nach Kräften, die Mitarbeiter und Kunden des Centers zu ignorieren.

Es dauert nicht lange, bis das DJD in Wechselschichten das Café übernimmt. Binnen eines Monats ist der Laden permanent gerammelt voll. Zusätzlich zu Büchern, Zeitschriften und Schallplatten werden jetzt T-Shirts, Tattoofarben, Kondome, Purpfeifen, Vibratoren und ungewöhnliche Haartönfarben in großen Flaschen verkauft. Wenn es regnet, kommt der Kindergarten in der Kinderabteilung unter – eine mit Teppichboden ausgelegte Ecke voller Spielsachen und schmutzigen Büchern mit Eselsohren, die für immer unverkäuflich bleiben werden.

Im November hört Matt auf vorbeizuschauen.

Er hört auf, weil sein Freund vom Real Time Crime Center herausbekommen hat, dass Jazz wieder im Netz ist. Ihre Kommunikation mit Sorry und Rob findet über ein Billighandy aus einer Barackenstadt in den Wäldern von Oahu statt. Sogleich setzt er sie auf die Flugverbotsliste.

Jetzt bedank dich mal, das war nicht einfach, textet er Matt. Keine Überwachung von Kurden, die bewaffnen wir doch jetzt. WTF?

Er fügt hinzu, Sorry sei nie weit von dort weg, außer wenn Jazz runter nach Waikiki Beach fahre, und das tue sie in so regelmäßigen Abständen, dass er davon ausgeht, sie habe dort einen Job.

Matt unterbricht sein neues Hobby, Häuser in der Umgebung des Baker Centers zu kaufen, und macht Urlaub, um auf die Suche nach Jazz zu gehen.

Ihr Handy hat kein GPS. Um sie zu finden, muss er triangulieren. Die Ergebnisse sind ungenau. Er verschleudert zwei Tage in heftigem Regen damit, das Hafenviertel zu beobachten.

Im Bewusstsein, dass er einen taktischen Fehler macht, fährt er durch die Hügel und geht dann zu Fuß weiter zu der illegalen Siedlung, in der sie jetzt wohnt. Er wählt dafür den frühen Morgen und hofft, dass sie zu Hause ist und schläft. Die Siedlung ist eine Ansammlung von Sperrholzhütten und vergammelnden Wohnwagen, einen Dreiviertelkilometer eine Holzfällerstraße hinauf, die bei Mountainbikern beliebt ist. Es gibt ein Café mit einem Tisch und zwei Stühlen, in dem den Bikern Milchkaffee und Haschisch verkauft wird. Ansonsten die üblichen psychedelischen Frisierstäbe, Mandalas und Berge von Müll. Es erinnert ihn an Pipi Langstrumpfs Domizil, wenn sie und ihre Freunde schlaffe Nudisten gewesen wären.

Dort sieht er Sorry aus einem Trockenklo kommen – eine Außentoilette auf Stelzen, die auf einer rotierenden Trommel mit Sägemehl steht –, aber erst, nachdem sie ihn schon erspäht hat. Von Unterhaltung keine Rede. Sie fängt sofort an zu brüllen. Wirft ihm Verwünschungen an den Kopf. Leute laufen zusammen. Sie beantwortet nur eine Frage, und die mit «Du träumst wohl, Arschloch». Dann beschimpft sie ihn weiter.

«Jazz!», schreit er. «Ich weiß, dass du da bist! Jazz!»

In einem aufgebockten alten Schmalspurbahn-Packwagen am Rand der Siedlung sagt eine Frau, der Jazz gerade eine Massage verabreichen will, zu ihr: «Hörst du das? Da sucht dich jemand.»

Jazz wärmt das Ylang-Ylang-Öl, indem sie es zwischen

den Handflächen verreibt. Sie legt der Frau die Hände auf den Rücken, ohne sie zu bewegen, und sagt: «Das ist mein Verlobter. Wir heiraten an meinem fünfzigsten Geburtstag.»

«Herzlichen Glückwunsch», sagt die Frau.

Matt müht sich durch den Schlamm, der ihn unangenehm an sein letztes Zusammentreffen mit Sorry erinnert. Den Rest des Tages sitzt er in seinem Mietwagen auf dem Parkplatz des Wanderwegs, aber Jazz sieht er nicht. Sie benutzt eine andere Strecke zum Bus, der sie zu ihrem Arbeitsplatz in einem Dinner-Theater bringt, wo sie abends Geschirr spült. Sie schaltet ihr Handy ab. Am nächsten Tag zieht sie mit Sorrys Führerschein (das Foto ist alt) und Sozialversicherungskarte einen Vierwochenjob in der Pantry eines Fischereischiffs an Land. Einen Tag später ist sie auf dem Meer und lernt Tagalog.

Er findet sie, aber nur einmal. Als er an einem Massagesalon zwischen dem Kongresszentrum und der Promenade vorbeigeht, baggert ihn ein rumänisches Mädchen an, das ihr ähnlich sieht. In eindringlichem Ton sagt sie: «Ich will dich für die ganze Nacht.» Sie streckt ihm eine Hand entgegen und presst die andere an ihren Unterleib, als müsste sie ihn präparieren oder schützen – ein bedauernswertes, schmächtiges Mädchen, zu hungrig, zu jung. Mit den gleichen Beweggründen wie jede Frau. Das Menschsein lässt ihr keine andere Wahl, als mit jemandem zu schlafen oder zu sterben.

Bei der Geste muss er an den Tanz der wirbelnden Derwische denken, die mit einer Hand zum Himmel und mit der anderen zur Erde zeigen. Die Energie fließt durch sie hindurch. Eine Geste reinster Weiblichkeit. Er ist kurz davor, sechzig Mäuse zu verpulvern. Aber dann denkt er: Teufel auch, ich kann dieses Mädchen nicht ficken. Sie ist zu schwach. Sie meiner Energie auszusetzen hieße, sie zu zerstören. Er stellt sich vor, in ihr zu kommen und zuzusehen, wie sie stirbt – traurig. Ein Bild von unaussprechlicher Traurigkeit, so scheint es ihm.

Es kommt ihm auch völlig verrückt vor. Er ist nüchtern genug, um wenigstens so viel zu begreifen. Ihm bricht der Schweiß aus, und er rennt den ganzen Weg zum Strand hinunter. Dort setzt er sich schwer atmend auf eine Bank an der Promenade.

Er steht wieder auf, um sich in einer vor ihm liegenden Strandbar einen Drink zu holen. Vielleicht ist es ja die, in der Jazz arbeitet. Er stellt sie sich immer als Barmixerin vor.

Er erinnert sich an ihren leicht schiefen Gang, ihre leicht verrutschte Nase, ihre krausen Locken, die gezackten Narben, ihren störrischen, zarten Körper. Ihre Augen, die wie Bullaugen ins All wirken. Sag ihr, dass du sie willst, und sie nennt ihren Preis: ihr Leben, deins, der Verlust von allem, was ihr gehört. Sie zögert nicht. Sie handelt. Er denkt: Als die Welt leer und nichtig war, haben mich ihr Drama und ihre Anmut zum Leben erweckt, und jetzt gibt es auf der Welt zwei von uns.

Von diesen philosophischen Überlegungen tun ihm die Eier weh. Während der Barkeeper ihm den doppelten Scotch reicht, kann er einen Schmerzensschrei kaum unterdrücken.

«Schon klar», sagt der Barkeeper. «Ich würde das auch keinen doppelten nennen.»

Auf einer Strandliege zusammengesunken, betrachtet

er den ständigen Strom der Fußgänger am Ufer. Selbstbewusste Frauen in Bikinioberteilen und flatternden Sarongs ziehen vorbei. Sie richten dunkle, leere Augen auf ihn – große, insektenaugenhafte Sonnenbrillengläser, einige verspiegelt, andere braun. Ihre Körper erinnern ihn an Vollblüter vor einem Rennen. Pure gedankenlose Unrast, gezügelt vom Kalkül der Jockeys. Keine Sorge prägt ihnen Falten in die Stirn. Es sind Sexhändlerinnen, die ihre Ware zu Markte tragen. Ihre Weiblichkeit ist reine Vortäuschung.

Er überlegt, dass Sex mit einer dieser Frauen wohl kaum seine emotionalen Bedürfnisse befriedigen wird, aber vielleicht beruhigt sich dadurch sein Körper ein wenig. Er lädt eine etwa fünfunddreißigjährige in sein Hotelzimmer ein, holt ihr etwas Alkoholisches aus der Minibar und legt sie aufs Bett.

Es ist eine Erlösung. Sie scheint ihr Rendezvous allein wegen seiner Schnelligkeit zu genießen, wegen der Gelegenheit, die es ihr bietet, blasiert zu tun. Als er ihr dann einen Finger in die Möse steckt, ziert sie sich kurz – *was für eine widerliche Parodie von Unschuld, was für eine geschmacklose Travestie weiblicher Schwäche*, denkt er, als sie den Kopf abwendet und sagt: «Was tue ich hier eigentlich? Ich habe doch nur einen Spaziergang gemacht! Ich muss wieder zurück!»

Er widersteht dem Drang, sie zu ohrfeigen. Er stößt sie weg und sagt: «Mannomann. Als Nächstes wirst du behaupten, dass es nicht in beiderseitigem Einverständnis war.» Daraufhin greift sie nach ihrer Handtasche und holt vier Kondome mit Erdbeergeschmack heraus. Vier! Jedes einzelne zweifellos zu ihrer Kreditkarte und dem von ihr bevorzugten Kundenprogramm einer Drogeriekette ihrer

Wahl zurückzuverfolgen. Für Matt sehen sie wie kleine Freistellungserklärungen oder päpstliche Ablassbriefe aus. Sie zieht ihm eines mit dem Mund über.

Während er ihr sprödes Haar liebkost, beschließt er, nie wieder ein Kondom zu kaufen. Die Kunst dieser Frau ist es, Männern zu dienen, eine Lebensaufgabe, die sie sich selbst gestellt hat – höchstwahrscheinlich als Feministin. Er lacht laut los, und sie schaut auf. Er schenkt ihr ein gnädiges Lächeln, und sie macht sich wieder an die Arbeit.

Er kennt nicht einmal ihren Nachnamen und weiß von ihr nur, dass sie in Texas lebt, jedes Jahr um diese Zeit nach Hawaii kommt und (mutmaßlich) Erdbeeren mag. Hat sie einen Mann oder Kinder? Er hat keine Ahnung. Er vermutet, dass sie verheiratet und das erotische Ideal ihres Mannes die pauschale Thai-Bodymassage ist. In New York, sagt er sich, wäre sie Single (dort ist eine Ehe der Abschied vom Sex und nicht der Einstieg), würde seine Taschen nach einem Ehering durchwühlen, während er pinkeln ist, und aus seiner Brieftasche sechzig Dollar für ein Taxi nach Bedford-Stuyvesant abzweigen. Darüber hinaus hätte sie es morgen gerne wieder, und innerhalb einer Woche würde sie erfinderisch werden – sprich: wettbewerbsorientiert – und in der Hoffnung, sein Interesse wachzuhalten, die Trickkiste aufmachen (Keramik-Strap-on, Opernkarten, die ihr Boss ihr geschenkt hat). Safe Sex – nicht in New York. Von Vegas nicht zu reden …

Die Frau unterbricht seine Träumereien, indem sie ihn aufs Bett drückt, um das zu ficken, was sie offensichtlich für eine volle Erektion hält. Ihr Gleitgel: Erdbeergeschmack. Als er ihre Position dahingehend korrigiert, dass sie mehr nach seinem Geschmack ist, dankt sie ihm. Als er fertig ist, springt sie auf wie ein Schaf nach der Schur und sagt, sie müsse jetzt zurück.

Nur zu, denkt er.

Er wiederum geht zurück zum Strand, für die nächste Eroberung. Zurück ins Hotel, wo die Minibar aufgefüllt worden ist. Er fängt an, Hawaii zu mögen. Sein Rückflug geht erst in zwei Wochen.

Matt nimmt sich die Zeit, sich in Hawaii umzusehen, mit dem gleichen stolzen, ausdruckslosen Blick, mit dem die Ehebrecherinnen ihn taxieren. Das ist kein Blick, der das Unmögliche versucht – durch Wände oder durch die Augen der Frauen in ihr Gehirn zu blicken. Er fängt nur einfach alle Signale auf. Der «Was ist da für mich drin»-Blick des gereiften Erwachsenen.

Was Matt sieht, sind hohe Preise, niedrige Löhne, eine kapitalkräftige öffentliche Hand, die auf den Tourismus baut, Hitze, Feuchtigkeit und ein Müllaufkommen, das starken saisonalen Schwankungen unterliegt; alles zusammen deutet darauf hin, dass es optimale Bedingungen für profitablen Import und Wartung des weltweit dezentesten, leisesten, geruchsneutralsten Ultra-premium-Müllkompaktors gibt, der den Müll wie kein anderer komprimiert.

Er spürt es. Hawaii will seinen Truck. Er kann keine Straße entlanggehen, ohne die stromlinienförmige, blaugrün schillernde Karosse vorbeigleiten zu sehen – vor seinem geistigen Auge, seiner Nase –, die einen Hauch von Fäulnis und Verfall hinter sich herzieht, aber nur einen Hauch.

Er trifft sich mit ein paar Leuten und verteilt Visitenkarten. Sofort wird seine Website von Besuchern aus Hawaii frequentiert. Er testet ein paar Bürokraten per Telefon an, und die offenkundige Verhandlungsbereitschaft ist Musik in seinen Ohren.

Er möchte sich ohrfeigen und sagen: «Was hast du bloß bis heute gemacht!» Es gibt Menschen, die dazu geboren sind, ihr Leben in Jersey zu beenden – Menschen wie Amalia. Hiermit erteilt er ihnen die Erlaubnis, dort *in situ* zu leben und zu sterben und zu ihrer Beerdigung Billy Joel zu spielen. Andere jedoch haben Verstand genug, sich auf- und davonzumachen.

Einsichtsfähig, wie er ist, lastet Matt seinen Fehler der geschwisterlichen Konkurrenz an. Wenn bloß Patrick nicht als Erster in den Südpazifik gezogen wäre.

Aber jetzt spielt das keine Rolle mehr. Er ist darüber hinweg. Er ist auf dem Sprung.

Natürlich ist sein Fertigungswerk in Bayonne, und seine Angestellten (nach allem zu urteilen, was er von ihnen weiß) werden sich keinen Meter von dort fortbewegen.

Es ist eine logistische Herausforderung. Es ist entmutigend. Er will keine neuen Lieferanten ins Boot holen. Und der Gedanke, mit seinem ganzen Geschäft nach Honolulu umzuziehen, begeistert ihn überhaupt nicht. Immobilien dort sind astronomisch teuer.

Aber Schiffsfracht ist billig. Schiffsfracht ist im Keller.

Er grübelt Tag und Nacht. Die Frauen, die er abschleppt, müssen glauben, er wäre ungeheuer kreativ und wichtig, denn er springt ständig aus dem Bett, um etwas auf einen Spiralblock zu kritzeln, den er im Safe des Hotelzimmers verschließt. Er lässt sein Handy ausgeschaltet und ist froh, dass die Industriespionage noch nicht so weit ist, per Fernüberwachung auf Bleistiftspitzen zuzugreifen.

Er sucht nicht mehr nach Jazz. Er denkt nur noch peripher an sie, als ein mittelfristiges Ziel, so wie seine neue Firma. Er stellt Erfüllung zurück wie nie zuvor. Noch nie hat er etwas so gewollt, und noch nie ist er beim Warten so methodisch vorgegangen. Für ihn ist das eine brandneue Fähigkeit, obwohl die meisten Kinder sie angeblich mit fünf entwickeln.

Als er wieder in New Jersey ist, beginnt er mit Sondierungsgesprächen. Er hofft darauf, mit einem bestimmten börsennotierten Müllentsorgungsunternehmen zusammenzuarbeiten und seine neue Fabrik in einer speziellen Wirtschaftsenklave nahe der entmilitarisierten Zone in Korea zu bauen. Seine beiden Oberingenieure signalisieren Interesse mitzumachen. Matt ist im Begriff, richtig reich und Hawaiianer zu werden.

Im Baker Center vergehen drei Wochen, ohne dass Matt gesichtet wird. Dann, an einem Mittwochabend um acht, sieht man ihn durch das Café hinausgehen; er trägt einen großen Karton und eine Laptoptasche.

Im DJD ist das Gesprächsthema Nummer eins. Im Allgemeinen schenken sie Matt kaum Beachtung. Wenn er durch das Café geht, zieht er einen Schwanz von schlechten Schwingungen hinter sich her. Niemand kümmert sich darum oder interessiert sich dafür, was er oben in der Wohnung macht. Viel Zeit scheint er da nicht zu verbringen. Wohl einfach sein Revier markieren, vermuten sie.

Aber jetzt hat er die Räume mit einem großen Karton voller Sachen und seinem Computer verlassen. Das kann nur eines bedeuten: Er will seine Wohnung möbliert vermieten.

Ein leises Tuscheln ist in Jersey City zu hören, als Anarchisten anfangen zu überlegen, wie viel sie für so eine ideale und beneidenswerte Adresse zahlen würden, die man für eine WG nutzen könnte. Fremde machen sich an die Mitarbeiter der Buchhandlung heran und versuchen umwegig herauszufinden, wie man mit Matt in Verbindung treten könnte. Sie sagen, es sei vertraulich. Kestrel wird dazu ausersehen, ihm zu texten und ihn nach seinen Plänen zu fragen.

Er antwortet nicht.

Erst vier Tage später hört Anka durch Sunshine davon. Offenbar ist er fortan der Einzige, mit dem sie spricht, der nicht hofft, selbst dort einziehen zu können. Sofort ruft sie Rob an.

Spät am nächsten Morgen geht Rob ins Café.

Er geht nicht gern dorthin, denn das waren mal seine Küche und seine Toilette. Für die DJD-Bewohner, die die Belegschaft stellen, ist er immer noch Rob, der Schweinehund, der Susannah reingeritten hat – jedenfalls ist das Ankas Theorie, und er hat keinen Grund, anderer Meinung zu sein. Sie würdigen ihn keines Blickes oder Wortes.

All diese flotten jungen Frauen, die mal so nett waren! Jetzt behandeln sie ihn mit Verachtung. Sie ignorieren ihn. Also hat er keine Ahnung, ob sein Plan, das Nicotine zurückzuerobern, funktionieren kann.

Kestrel hat hier alles im Griff, und genau wie Anka gesagt hat, arbeitet sie gerade, als er ankommt. Er fragt sie geradeheraus, was sie von ihm hält. Sie fragt zurück, wie es mit Penny läuft.

«Toll», sagt er. «Warum?»

Kestrel sieht traurig aus.

«Ich habe toll gesagt. Sie ist großartig. Wir passen perfekt zusammen. Wo ist das Problem?»

«Ich weiß nicht.»

«Komm schon. Was ist?»

«Tut mir leid.» Sie dreht sich zur Espressomaschine um und wischt sich die Augen.

«Sag es mir bitte. Ich bin hergekommen, um herauszufinden, was ihr hier von mir haltet.»

«Ich habe geglaubt, du bist asexuell», sagt sie. «Wahrscheinlich musste jemand von außen kommen, um die Wahrheit zu erkennen.»

«Kestrel.»

«Ich war so *blind*. Und jetzt seid ihr ein *Paar*. Du hast Jazz wegen ihr den Laufpass gegeben. Ich meine, Jazz! Du musst so was von *verliebt* sein!» Ihr Ton ist tragisch. Sie wendet sich ab, um allzu heftig mit einem Lappen getrocknete Milch vom Aufschäumer zu reiben.

«Wir sind kein Paar», versichert er ihr. «Ich war schon immer polyamourös, und ich bin's immer noch. Ich bin bloß wählerisch und ziemlich schwer von Begriff. Ich bekomme es nie mit, wenn Frauen in mich verknallt sind. Es hilft wirklich, wenn sie es mir geradeheraus sagen. Im Ernst. Ich bin dankbar dafür.»

Sie dreht sich um, und ihr Gesicht hellt sich auf. «Möchtest du einen Cake Zero?», fragt sie. «Ist umsonst.» (Der Name verdankt sich der Analogie zu Coke Zero, denn wenn ein Rezept so wenig Allergene enthält, ist es schlicht einfacher zu sagen, was drin ist.)

Er zeigt auf den Hirse-Backkürbis-Distelöl-Kuchen und

sagt: «Der hier sieht gut aus. Weißt du was, Kestrel, es gibt eine Art sexueller Freiheit, die darin besteht, dass man mit wem auch immer, der willig ist, macht, was man will. Aber es gibt auch eine andere Art, bei der ist man entspannt genug, überhaupt etwas zu machen. Manchmal glaube ich, dass ich nicht so viele – verstehst du – Mitbewohnerinnen brauche, die mir über die Schulter schauen.»

Sie schneidet ihm ein extragroßes Stück ab und lässt es mit zitternden Händen auf einen Teller fallen. Sie atmet tief durch und sagt: «Da ist was, das ich dir erzählen wollte.»

«Was?»

«Matt ist ausgezogen. Er hat seinen Kram zusammengepackt und ist vor etwa fünf Tagen verschwunden.»

«Das ist ja interessant.»

«Ich würde dich viel häufiger sehen, wenn du hier wohnen würdest, so wie früher. Alle wissen, dass du dieses Haus aufgebaut hast. Du solltest es besetzen.»

«Hmm», sagt er. «Und du glaubst nicht, dass ich den Klima-Marsch verraten habe?»

Sie senkt die Stimme. «Weißt du, warum der Klima-Marsch so grandios gescheitert ist? Wegen des verdammten Freedom Towers, deshalb. Und das war Sunshines Idee.»

«Er ist ein Blödmann», sagt er, den Mund voller Kuchen.

«Ich glaube, er ist ein *Cop*.»

Er nickt und ist mit Essen beschäftigt.

Er nimmt all seinen Mut zusammen. Er geht nach oben – vorbei an dem dampfenden Yogastudio voller Frauen, die voll auf dem Placeboeffekt von Folsäure sind, vorbei am Büro für Rechtshilfe, wo Rufus einem Jurastudenten, der glaubt, er hätte Anspruch auf die GI-Bill, seine Vergangenheit preisgibt, vorbei am Internet-Radiosender, der Ernährungsratschläge verteilt: eine MP3, die 1999 in Tulsa aufgezeichnet wurde, vorbei am Workshop für Puppenspieler, alle in unterschiedlichen Stadien glücklichen Selbstbetrugs. In ihrer Mitte steht Stevie als fröhliches graues Kondom – ein Delfinkostüm, das noch nicht ganz fertig ist, aber bis zum Meeresgipfel ist ja auch noch etwas Zeit.

Er zertrümmert die Tür zu der eleganten Dachwohnung, und er und Penny ziehen ein.

Weil Penny Meetings hat, erfährt sie davon erst Stunden später. Sobald sie Robs Nachricht abgehört hat, ruft sie ihn zurück.

«Juhu!», sagt sie. «Ich hätte nie gedacht, dass ich mal ins Nicotine einziehen kann!»

«Ich würde das nicht mehr das Nicotine nennen», sagt er. «Alles ist so hübsch und funkelt. Das Mobiliar ist aus Birke, Buche, weißem Wildleder und Kaschmir, und der Fußboden ist aus Kiefer fallender Breite, und dieser Teppich, auf dem ich liege, ist so was von unbeschreiblich weich. Weißt du, ich hasse Matt wirklich, aber das Erste, was ich gemacht habe, als ich hier reinkam, war, die Schuhe auszuziehen.»

«Das ist keine Überraschung. Er ist Designer.»

«Na ja, meine Arbeit ist jedenfalls erledigt. Es gibt nichts mehr, was ich an dieser Wohnung noch tun kann, außer aufzupassen, dass ich sie nicht schmutzig mache.»

«Und was für Geräte gibt es?»

«Darin bist du die Expertin. Ich weiß nicht mal bei der Hälfte, wofür die gut sind.»

«Das ist phantastisch. Aber weißt du, was du machen

kannst? Du kannst die Hintertür öffnen und den Hof aufräumen. Die Kinder könnten dort spielen, anstatt die ganze Zeit im Laden zu sein. Von dort aus kommt man doch sogar in die Garage. Du könntest ihnen beibringen, wie man Räder repariert.»

«Wie eine Behindertenwerkstätte, aber mit Hosenmätzen.»

«Na gut, vielleicht auch nicht. Ich habe nur gerade gedacht, du könntest expandieren und jemanden einstellen. Einen Arbeitslosen oder wen auch immer. Vielleicht kannst du dafür Subventionen bekommen?»

«Es gibt einen Grund, warum anarchistische Arbeit nicht bezahlt wird. Lohn bekommt man, damit man Dinge tut, die man ungern tut. Deshalb fängt jedermann an, dich zu hassen, sobald er dein Angestellter wird. Kennst du den IWW-Slogan? ‹Die arbeitende Klasse und die ausbeutende Klasse haben nichts gemeinsam.› Wenn jemand Räder reparieren will, kann er sich mein Werkzeug borgen, und ich zeige ihm, wie so was geht. Mit solchen Menschen arbeite ich jederzeit. Aber ich werde niemanden bestechen, damit er so tut, als fände er gut, was ich da mache.»

«Verstehe ich das richtig, dass dein ökonomisches Ideal eher mit Nachhaltigkeit als mit Wachstum zu tun hat?»

«Gartenarbeit muss man nicht lernen. Ich gehe jetzt nach Hause und hole unsere Sachen, und morgen gründe ich ein Kollektiv und mache den Hinterhof sauber, damit wir draußen sitzen können.»

Nachdem Penny mit Rob geredet hat, ruft sie Matt an (auf seinem Handy, von dem sie glaubt, es wäre in Bayonne), um ihm zu sagen, dass sie ihr Viertel vom Baker Center beansprucht. «Das ist mein gerechter Anteil», erklärt sie.

«Als ob ich diesen Pfennigfuchserkram in meinem Leben bräuchte, um mich abzulenken», sagt er. Er sitzt in der Lobby eines Bürohauses in Honolulu und wartet darauf, nach oben begleitet zu werden. «Nimm das ganze Haus. Ich scheiß drauf.»

«In Ordnung! Mach ich!», sagt sie.

«Gerne doch!»

Matt steckt sein Handy in die Tasche und tippt eine Mail in seinen Laptop.

Hotness! Hoffe, dir geht's gut. Ich habe gerade dein Haus Penny und ihrem Freund, dem ganzen Kerl, geschenkt. Damit quitt? Frage: Am übernächsten Wochenende Speerfischen auf der hochseetüchtigen, bescheidenen Yacht eines ostasiatischen Partners. Geschick beim Harpunieren von Seeschildkröte aus etwa einem Meter in diesen Kreisen de rigueur, aber kein Muss. Wir reden. Die Profis, die er anheuert, sind keine brillanten Gesprächspartnerinnen. Verhütungsmittel gehen aufs Haus.

Am nächsten Abend antwortet Jazz ihm.

Ich habe ein paar Gedichte über Ex-Lover geschrieben, wie ich es manchmal tue. Also dich und Rob. Ich lese sie am Freitag um 9 in dieser rosafarbenen Jurte, die dir vielleicht aufgefallen ist, als du zu Besuch warst. Sorry wird auch da sein. Wenn du das aushalten kannst, ist alles cool. PS: Du brauchst eine richtige Taschenlampe. Es ist Neumond. Kein Handy ist hell genug.

Matt schreibt zurück.

Ich werde da sein und mich nicht langweilen. Danke. Bin schon jetzt weniger gelangweilt. Du weißt, dass ich verrückt nach dir war. Buchstäblich geisteskrank. Ich könnte ein paar ernsthafte Anstrengungen unternehmen, damit du es in meiner Gegenwart besser aushältst. Ich weiß noch nicht wie, aber im Grunde meines Herzens glaube ich, dass ich das kann.

MIX
Papier aus verantwortungsvollen Quellen
FSC® C083411

Das für dieses Buch verwendete Papier ist FSC®-zertifiziert.